El mal del tiempo

Volumen I

Aura
Cumpleaños
Una familia lejana

Carlos Fuentes

El mal del tiempo
Volumen I

Aura
Cumpleaños
Una familia lejana

ALFAGUARA

ALFAGUARA

© 1994, Carlos Fuentes
© De esta edición:
1994, Santillana, S. A.
Juan Bravo, 38. 28006 Madrid
Teléfono (91) 322 47 00
Telefax   (91) 322 47 71

• Aguilar, Altea, Taurus, Alfaguara S. A.
Beazley 3860. 1437 Buenos Aires
• Aguilar, Altea, Taurus, Alfaguara S. A. de C. V.
Avda. Universidad, 767, Col. del Valle,
México, D.F. C. P. 03100

ISBN:84-204-8165-3
Depósito legal: M. 32.213-1994
Diseño:
Proyecto de Enric Satué
© Cubierta:
Carlos Aguirre

Este libro
se terminó de imprimir
en los Talleres Gráficos
de Unigraf, S. A.
Móstoles (Madrid)
en el mes de noviembre de 1994

Índice

La edad del tiempo

A partir de 1981, le concedí al conjunto de mis obras narrativas el derecho de organizarse, como ellas me lo reclamaban, en un solo ciclo de acentos diversos, espirales, círculos y retornos. El tiempo se impuso como eje de esta tierra de ficciones; el lenguaje, como sus polos. Del combate entre temporalidad sucesiva y lenguajes rebeldes, a la mera linealidad, nace un posible ordenamiento de estas novelas. Del que opone la naturaleza discreta y sucesiva de las palabras a la imaginación del tiempo, otra. De allí que el orden, y hasta los títulos de estas narraciones, sean provisionales, mutantes y, aun, nonatos. El desplazamiento, físico o psíquico, es el primer movimiento de la literatura. Pero ésta, si es fiel a sí misma, no sólo se dirige hacia un futuro novedoso. Descubre, también, la novedad del pasado. Y, en última instancia, es el lector quien le da presencia a una novela en el acto mismo de la lectura. La escritura de un libro es finita, su lectura puede ser infinita. Y en la lectura se cumplen en verdad las premisas de LA EDAD DEL TIEMPO: todo sucede hoy, el pasado es la memoria hoy, el futuro es el deseo hoy. Tres momentos poéticos podrían, así, presidir esta obra. Uno es de Blake: La eternidad está enamorada de las obras del tiempo. Otro el de Quevedo: Sólo lo fugitivo permanece y dura. Pero el pensamiento que lo corona todo es, quizás, éste de Platón: Cuando la eternidad se mueve, la llamamos tiempo.

CARLOS FUENTES

Aura

A Manolo y Tere Barbachano

El hombre caza y lucha. La mujer intriga y sueña;
es la madre de la fantasía, de los dioses: Posee la
segunda visión, las alas que le permiten volar hacia
el infinito del deseo y de la imaginación...
Los dioses son como los hombres:
nacen y mueren sobre el pecho de una mujer...

JULIES MICHELET

LEES ESE ANUNCIO: UNA OFERTA DE ESA NATURALEZA no se hace todos los días. Lees y relees el aviso. Parece dirigido a ti, a nadie más. Distraído, dejas que la ceniza del cigarro caiga dentro de la taza de té que has estado bebiendo en este cafetín sucio y barato. Tú releerás. Se solicita historiador joven. Ordenado. Escrupuloso. Conocedor de la lengua francesa. Conocimiento perfecto, coloquial. Capaz de desempeñar labores de secretario. Juventud, conocimiento del francés, preferible si ha vivido en Francia algún tiempo. Tres mil pesos mensuales, comida y recámara cómoda, asoleada, apropiada estudio. Sólo falta tu nombre. Sólo falta que las letras más negras y llamativas del aviso informen: Felipe Montero. Se solicita Felipe Montero, antiguo becario en la Sorbona, historiador cargado de datos inútiles, acostumbrado a exhumar papeles amarillentos, profesor auxiliar en escuelas particulares, novecientos pesos mensuales. Pero si leyeras eso, sospecharías, lo tomarías a broma. Donceles 815. Acuda en persona. No hay teléfono.

Recoges tu portafolio y dejas la propina. Piensas que otro historiador joven, en condiciones semejantes a las tuyas, ya ha leído ese mismo aviso, tomado la delantera, ocupado el puesto. Tratas de olvidar mientras caminas a la esquina. Esperas el autobús, enciendes un cigarrillo, repites en silencio las fechas que debes memorizar para que esos niños amodorrados te respeten. Tienes que prepararte. Metes la mano en el bolsillo, juegas con las monedas de cobre, por fin escoges treinta centavos, los aprietas con el puño y alargas el brazo para tomar firmemente el barrote de fierro del camión que nunca se detiene, acomodarte difícilmente entre los pasajeros apretujados que viajan de pie, apoyar tu mano derecha en el pasamanos, apretar el portafolio contra el costado y colocar distraídamente la mano izquierda sobre la bolsa trasera del pantalón, donde guardas los billetes.

Vivirás ese día, idéntico a los demás, y no volverás a recordarlo sino al día siguiente, cuando te sientes de nuevo en la mesa del cafetín, pidas el desayuno y abras el periódico. Al llegar a la página de anuncios, allí estará otra vez, esas letras destacadas: *historiador joven*. Nadie acudió ayer. Leerás el anuncio. Te detendrás en el último renglón: cuatro mil pesos.

Te sorprenderá imaginar que alguien vive en la calle de Donceles. Siempre has creído que en el viejo centro de la ciudad no vive nadie. Caminas con lentitud, tratando de distinguir el número 815 en este conglomerado de viejos palacios coloniales convertidos en talleres de reparación, relojerías, tiendas de zapatos y expendios de aguas frescas. Las nomenclaturas han sido revisadas, superpuestas, confundidas. El 13 junto al 200, el antiguo azulejo numerado —47— encima de la nueva advertencia pintada con tiza: *ahora* 924. Levantarás la mirada a los segundos pisos: allí nada cambia. Las sinfonolas no perturban, las luces de mercurio no iluminan, las baratijas expuestas no adornan ese segundo rostro de los edificios. Unidad del tezontle, los nichos con sus santos truncos coronados de palomas, la piedra labrada de barroco mexicano, los balcones de celosía, las troneras y los canales de lámina, las gárgolas de arenisca. Las ventanas ensombrecidas por largas cortinas verdosas: esa ventana de la cual se retira alguien en cuanto tú la miras, miras la portada de vides caprichosas, bajas la mirada al zaguán despintado y descubres 815 *antes* 69.

Tocas en vano con esa manija, esa cabeza de perro en cobre, gastada, sin relieves: semejante a la cabeza de un feto canino en los museos de ciencias naturales. Imaginas que el perro te sonríe y sueltas su contacto helado. La puerta cede al empuje levísimo, de tus dedos, y antes de entrar miras por última vez sobre tu hombro, frunces el ceño porque la larga fila detenida de camiones y autos gruñe, pita, suelta el humo insano de su prisa. Tratas, inútilmente de retener una sola imagen de ese mundo exterior indiferenciado.

Cierras el zaguán detrás de ti e intentas penetrar la oscuridad de ese callejón techado —patio, porque puedes oler el musgo, la humedad de las plantas, las raíces podridas, el perfume adormecedor y espeso—. Buscas en vano una luz que te guíe. Buscas la caja de fósforos en la bolsa de tu saco pero esa voz aguda y cascada te advierte desde lejos:

—No... no es necesario. Le ruego. Camine trece pasos hacia el frente y encontrará la escalera a su derecha. Suba, por favor. Son veintidós escalones. Cuéntelos.

Trece. Derecha. Veintidós.

El olor de la humedad, de las plantas podridas, te envolverá mientras marcas tus pasos, primero sobre las baldosas de piedra, en seguida sobre esa madera crujiente, fofa por la humedad y el encierro. Cuentas en voz baja hasta veintidós y te detienes, con la caja de fósforos entre las manos, el portafolio apretado contra las costillas. Tocas esa puerta que huele a pino viejo y húmedo; buscas una manija; terminas por empujar y sentir, ahora, un tapete bajo tus pies. Un tapete delgado, mal extendido, que te hará tropezar y darte cuenta de la nueva luz, grisácea y filtrada, que ilumina ciertos contornos.

—Señora —dices con una voz monótona, porque crees recordar una voz de mujer— Señora...

—Ahora a su izquierda. La primera puerta. Tenga la amabilidad.

Empujas esa puerta —ya no esperas que alguna se cierre propiamente; ya sabes que todas son puertas de golpe— y las luces dispersas se trenzan en tus pestañas, como si atravesaras una tenue red de seda. Sólo tienes ojos para esos muros de reflejos desiguales, donde parpadean docenas de luces. Consigues, al cabo, definirlas como veladoras, colocadas sobre repisas y entrepaños de ubicación asimétrica. Levemente, iluminan otras luces que son corazones de plata, frascos de cristal, vidrios enmarcados, y sólo detrás de este brillo intermitente verás, al fondo, la cama y el signo de una mano que parece atraerte con su movimiento pausado.

Lograrás verla cuando des la espalda a ese firmamento de luces devotas. Tropiezas al pie de la cama; debes rodearla para acercarte a la cabecera. Allí, esa figura pequeña se pierde en la inmensidad de la cama; al extender la mano no tocas otra mano, sino la piel gruesa, afieltrada, las orejas de ese objeto que roe con un silencio tenaz y te ofrece sus ojos rojos: sonríes y acaricias al conejo que yace al lado de la mano que, por fin, toca la tuya con unos dedos sin temperatura que se detienen largo tiempo sobre tu palma húmeda, la voltean y acercan tus dedos abiertos a la almohada de encajes que tocas para alejar tu mano de la otra.

—Felipe Montero. Leí su anuncio.

—Sí, ya sé. Perdón no hay asiento.

—Estoy bien. No se preocupe.

—Está bien. Por favor, póngase de perfil. No lo veo bien. Que le dé la luz. Así. Claro.

—Leí su anuncio...

—Claro. Lo leyó. ¿Se siente calificado? —Avez vous fait des études?

—A Paris, madame.

—Ah, oui, ça me fait plaisir, toujours, toujours, d´entendre... oui... vous savez... on était tellement habitué... et après...

Te apartarás para que la luz combinada de la plata, la cera y el vidrio dibuje esa cofia de seda que debe recoger un pelo muy blanco y enmarcar un rostro casi infantil de tan viejo. Los apretados botones del cuello blanco que sube hasta las orejas ocultas por la cofia, las sábanas y los edredones velan todo el cuerpo con excepción de los brazos envueltos en un chal de estambre, las manos pálidas que descansan sobre el vientre: sólo puedes fijarte en el rostro, hasta que un movimiento del conejo te permite desviar la mirada y observar con disimulo esas migajas, esas costras de pan regadas sobre los edredones de seda roja, raídos y sin lustre.

—Voy al grano. No me quedan muchos años por delante, señor Montero, y por ello he preferido violar la costumbre de toda una vida y colocar ese anuncio en el periódico.

—Sí, por eso estoy aquí.

—Sí. Entonces acepta.

—Bueno, desearía saber algo más...

—Naturalmente. Es usted curioso.

Ella te sorprenderá observando la mesa de noche, los frascos de distinto color, los vasos, las cucharas de aluminio, los cartuchos alineados de píldoras y comprimidos, los demás vasos manchados de líquidos blancuzcos que están dispuestos en el suelo, al alcance de la mano de la mujer recostada sobre esta cama baja. Entonces te darás cuenta de que es una cama apenas elevada sobre el ras del suelo, cuando el conejo salte y se pierda en la oscuridad.

—Le ofrezco cuatro mil pesos.

—Sí, eso dice el aviso de hoy.

—Ah, entonces ya salió.

—Sí, ya salió.

—Se trata de los papeles de mi marido, el general Llorente. Deben ser ordenados antes de que muera. Deben ser publicados. Lo he decidido hace poco.

—Y el propio general, ¿no se encuentra capacitado para...?

—Murió hace sesenta años, señor. Son sus memorias inconclusas. Deben ser completadas. Antes de que yo muera.

—Pero...

—Yo le informaré de todo. Usted aprenderá a redactar en el estilo de mi esposo. Le bastará ordenar y leer los papeles para sentirse fascinado por esa prosa, por esa transparencia, esa, esa...

—Sí, comprendo.

—Saga. Saga. ¿Dónde está? Ici, Saga...

—¿Quién?

—Mi compañía.

—¿El conejo?

—Sí, volverá.

Levantarás los ojos, que habías mantenido bajos, y ella ya habrá cerrado los labios, pero esa palabra —volverá— vuelves a escucharla como si la anciana la estuviese pronunciando en ese momento. Permanecen inmóviles. Tú miras hacia atrás; te ciega el brillo de la corona parpadeante de objetos religiosos. Cuando vuelves a mirar a la señora, sientes que sus ojos se han abierto desmesuradamente y que son claros, líquidos, inmensos, casi del color de la córnea amarillenta que los rodea, de manera que sólo el punto negro de la pupila rompe esa claridad perdida, minutos antes, en los pliegues gruesos de los párpados caídos como para proteger esa mirada que ahora vuelve a esconderse —a retraerse, piensas— en el fondo de su cueva seca.

—Entonces se quedará usted. Su cuarto está arriba. Allí sí entra la luz.

—Quizás, señora, sería mejor que no la importunara. Yo puedo seguir viviendo donde siempre y revisar los papeles en mi propia casa...

—Mis condiciones son que viva aquí. No queda mucho tiempo.

—No sé...

—Aura...

La señora se moverá por la primera vez desde que tú entraste a su recámara; al extender otra vez su mano, tú sientes esa respiración agitada a tu lado y entre la mujer y tú se extiende otra mano que toca los dedos de la anciana. Miras a un lado y la muchacha está allí, esa muchacha que no alcanzas a ver de cuerpo entero porque está tan cerca de ti y su aparición fue imprevista, sin ningún ruido —ni siquiera los ruidos que no se escuchan pero que son reales porque se recuerdan inmediatamente, porque a pesar de todo son más fuertes que el silencio que los acompañó—.

—Le dije que regresaría...

—¿Quién?

—Aura. Mi compañera. Mi sobrina.

—Buenas tardes.

La joven inclinará la cabeza y la anciana, al mismo tiempo que ella, remedará el gesto.

—Es el señor Montero. Va a vivir con nosotras.

Te moverás unos pasos para que la luz de las veladoras no te ciegue. La muchacha mantiene los ojos cerrados, las manos cruzadas sobre un muslo: no te mira. Abre los ojos poco a poco, como si temiera los fulgores de la recámara. Al fin, podrás ver esos ojos de mar que fluyen, se hacen espuma, vuelven a la calma verde, vuelven a inflamarse como una ola: tú los ves y te repites que no es cierto, que son unos hermosos ojos verdes idénticos a todos los hermosos ojos verdes que has conocido o podrás conocer. Sin embargo, no te engañas: esos ojos fluyen, se transforman, como si te ofrecieran un paisaje que sólo tú puedes adivinar y desear.

—Sí. Voy a vivir con ustedes.

II

LA ANCIANA SONREIRÁ, INCLUSO REIRÁ CON SU TIMBRE agudo y dirá que le agrada tu buena voluntad y que la joven te mostrará tu recámara, mientras tú piensas en el sueldo de cuatro mil pesos, el trabajo que puede ser agradable porque a ti te gustan estas tareas meticulosas de investigación, que excluyen el esfuerzo físico, el traslado de un lugar a otro, los encuentros inevitables y molestos con otras personas. Piensas en todo esto al seguir los pasos de la joven —te das cuenta de que no la sigues con la vista, sino con el oído: sigues el susurro de la falda, el crujido de una tafeta— y estás ansiando, ya, mirar nuevamente esos ojos. Asciendes detrás del ruido, en medio de la oscuridad, sin acostumbrarte aún a las tinieblas: recuerdas que deben ser cerca de las seis de la tarde y te sorprende la inundación de luz de tu recámara, cuando la mano de Aura empuje la puerta —otra puerta sin cerradura— y en seguida se aparte de ella y te diga:

—Aquí es su cuarto. Lo esperamos a cenar dentro de una hora.

Y se alejará, con ese ruido de tafeta, sin que hayas podido ver otra vez su rostro.

Cierras —empujas— la puerta detrás de ti y al fin levantas los ojos hacia el tragaluz inmenso que hace las veces de techo. Sonríes al darte cuenta de que ha bastado la luz del crepúsculo para cegarte y contrastar con la penumbra del resto de la casa. Pruebas, con alegría, la blandura del colchón en la cama de metal dorado y recorres con la mirada el cuarto: el tapete de lana roja, los muros empapelados, oro y oliva, el sillón de terciopelo rojo, la vieja mesa de trabajo, nogal y cuero verde, la lámpara antigua, de quinqué, luz opaca de tus noches de investigación, el estante clavado encima de la mesa, al alcance de tu mano, con los tomos encuadernados. Caminas hacia la otra puerta y al empujarla descubres un baño pasado de moda: tina de cuatro patas, con florecillas pintadas sobre la porcelana, un aguamanil azul, un retrete incómodo. Te observas en el gran espejo ovalado del guardarropa, también de nogal, colocado en la sala de baño. Mueves tus cejas pobladas, tu boca larga y gruesa que llena de vaho el espejo; cierras tus ojos negros y, al abrirlos, el vaho habrá desaparecido. Dejas de contener la respiración y te pasas una mano por el pelo oscuro y lacio; tocas con ella tu perfil recto, tus mejillas delgadas. Cuando el vaho opaque otra vez el rostro, estarás repitiendo ese nombre, Aura.

Consultas el reloj, después de fumar dos cigarrillos, recostado en la cama. De pie, te pones el saco y te pasas el peine por el cabello. Empujas la puerta y tratas de recordar el camino que recorriste al subir. Quisieras dejar la puerta abierta, para que la luz del quinqué te guíe: es imposible, porque los resortes la cierran. Podrías entretenerte columpiando esa puerta. Podrías tomar el quinqué y descender con él. Renuncias porque ya sabes que esta casa siempre se encuentra a oscuras. Te obligarás a conocerla y reconocerla por el tacto. Avanzas con cautela, como un ciego, con los brazos extendidos, rozando la pared, y es tu hombro lo que, inadvertidamente, aprieta el contacto de la luz eléctrica. Te detienes, guiñando, en el centro iluminado de ese largo pasillo desnudo. Al fondo, el pasamanos y la escalera de caracol.

Desciendes contando los peldaños: otra costumbre inmediata que te habrá impuesto la casa de la señora Llorente. Bajas contando y das un paso atrás cuando encuentres los ojos rosados del conejo que en seguida te da la espalda y sale saltando.

No tienes tiempo de detenerte en el vestíbulo porque Aura, desde una puerta entreabierta de cristales opacos, te estará esperando con el candelabro en la mano. Caminas, sonriendo, hacia ella; te detienes al escuchar los maullidos dolorosos de varios gatos —sí, te detienes a escuchar, ya cerca de la mano de Aura, para cerciorarte de que son varios gatos— y la sigues a la sala: Son los gatos —dirá Aura—. Hay tanto ratón en esta parte de la ciudad.

Cruzan el salón: muebles forrados de seda mate, vitrinas donde han sido colocados muñecos de porcelana, relojes musicales, condecoraciones y bolas de cristal; tapetes de diseño persa, cuadros con escenas bucólicas, las cortinas de terciopelo verde corridas. Aura viste de verde.

—¿Se encuentra cómodo?

—Sí. Pero necesito recoger mis cosas en la casa donde...

—No es necesario. El criado ya fue a buscarlas.

—No se hubieran molestado.

Entras, siempre detrás de ella, al comedor. Ella colocará el candelabro en el centro de la mesa; tú sientes un frío húmedo. Todos los muros del salón están recubiertos de una madera oscura, labrada al estilo gótico, con ojivas y rosetones calados. Los gatos han dejado de maullar. Al tomar asiento, notas que han sido dispuestos cuatro cubiertos y que hay dos platones calientes bajo cacerolas de plata y una botella vieja y brillante por el limo verdoso que la cubre.

Aura apartará la cacerola. Tú aspiras el olor pungente de los riñones en salsa de cebolla que ella te sirve mientras tú tomas la botella vieja y llenas los vasos de cristal cortado con ese líquido rojo y espeso. Tratas, por curiosidad, de leer la etiqueta del vino, pero el limo lo impide. Del otro platón, Aura toma unos tomates enteros, asados.

—Perdón— dices, observando los dos cubiertos extra, las dos sillas desocupadas— ¿Esperamos a alguien más?

Aura continúa sirviendo los tomates:

—No. La señora Consuelo se siente débil esta noche. No nos acompañará.

—¿La señora Consuelo? ¿Su tía?

—Sí. Le ruega que pase a verla después de la cena.

Comen en silencio. Beben ese vino particularmente espeso, y tú desvías una y otra vez la mirada para que Aura no te sorprenda en esa impudicia hipnótica que no puedes controlar. Quieres, aún entonces, fijar las facciones de la muchacha en tu mente. Cada vez que desvíes la mirada, las habrás olvidado ya y una urgencia impostergable te obligará a mirarla de nuevo. Ella mantiene, como siempre, la mirada baja y tú, al buscar el paquete de cigarrillos en la bolsa del saco, encuentras ese llavín, recuerdas, le dices a Aura:

—¡Ah! Olvidé que un cajón de mi mesa está cerrado con llave. Allí tengo mis documentos.

Y ella murmurará:

—Entonces... ¿quiere usted salir?

Lo dice como un reproche. Tú te sientes confundido y alargas la mano con el llavín colgado de un dedo, se lo ofreces.

—No urge.

Pero ella se aparta del contacto de tus manos, mantiene las suyas sobre el regazo, al fin levanta la mirada y tú vuelves a dudar de tus sentidos, atribuyes al vino el aturdimiento, el mareo que te producen esos ojos verdes, limpios, brillantes, y te pones de pie, detrás de Aura, acariciando el respaldo de madera de la silla gótica, sin atreverte a tocar los hombros desnudos de la muchacha, la cabeza que se mantiene inmóvil. Haces un esfuerzo para contenerte, distraes tu atención escuchando el batir imperceptible de otra puerta, a tus espaldas, que debe conducir a la cocina, descompones los dos elementos plásticos del comedor: el círculo de luz compacta que arroja el candelabro y que ilumina la mesa y un extremo del muro labrado, el círculo mayor, de sombra, que rodea al primero. Tienes, al fin, el valor de acercarte a ella, tomar su mano, abrirla y colocar el llavero, la prenda, sobre esa palma lisa.

La verás apretar el puño, buscar tu mirada, murmurar: —Gracias...—, levantarse, abandonar de prisa el comedor.

Tú tomas el lugar de Aura, estiras las piernas, enciendes un cigarrillo, invadido por un placer que jamás has conocido, que sabías parte de ti, pero que sólo ahora experimentas plenamente, liberándolo, arrojándolo fuera porque sabes que esta vez encontrará respuesta... Y la señora Consuelo te espera: ella te lo advirtió: te espera después de la cena...

Has aprendido el camino. Tomas el candelabro y cruzas la sala y el vestíbulo. La primera puerta, frente a ti, es la de la anciana. Tocas con los nudillos, sin obtener respuesta. Tocas otra vez. Empujas la puerta: ella te espera. Entras con cautela, murmurando:

—Señora... Señora...

Ella no te habrá escuchado, porque la descubres hincada ante ese muro de las devociones, con la cabeza apoyada contra los puños cerrados. La ves de lejos: hincada, cubierta por ese camisón de lana burda, con la cabeza hundida en los hombros delgados: delgada como una escultura medieval, emaciada: las piernas se asoman como dos hebras debajo del camisón, flacas, cubiertas por una erisipela inflamada; piensas en el roce continuo de la tosca lana sobre la piel, hasta que ella levanta los puños y pega al aire sin fuerzas, como si librara una batalla contra las imágenes que, al acercarte, empiezas a distinguir: Cristo, María, San Sebastián, Santa Lucía, el Arcángel Miguel, los demonios sonrientes, los únicos sonrientes en esta iconografía del dolor y la cólera: sonrientes porque, en el viejo grabado iluminado por las veladoras, ensartan los tridentes en la piel de los condenados, les vacían calderones de agua hirviente, violan a las mujeres, se embriagan, gozan de la libertad vedada a los santos. Te acercas a esa imagen central, rodeada por las lágrimas de la Dolorosa, la sangre del Crucificado, el gozo de Luzbel, la cólera del Arcángel, las vísceras conservadas en frascos de alcohol, los corazones de plata: la señora Consuelo, de rodillas, amenaza con los puños, balbucea las palabras que, ya cerca de ella, puedes escuchar:

—Llega, Ciudad de Dios; suena, trompeta de Gabriel; ¡Ay, pero cómo tarda en morir el mundo!

Se golpeará el pecho hasta derrumbarse, frente a las imágenes y las veladoras, con un acceso de tos. Tú la tomas de los codos, la conduces dulcemente hacia la cama, te sorprendes del tamaño de la mujer: casi una niña, doblada, corcovada, con la espina dorsal vencida: sabes que, de no ser por tu apoyo, tendría que regresar a gatas a la cama. La recuestas en el gran lecho de migajas y edredones viejos, la cubres, esperas a que su respiración se regularice, mientras las lágrimas involuntarias le corren por las mejillas transparentes.

—Perdón... Perdón, señor Montero... A las viejas sólo nos queda... el placer de la devoción... Páseme el pañuelo, por favor.

—La señorita Aura me dijo...

—Sí, exactamente. No quiero que perdamos tiempo... Debe... debe empezar a trabajar cuanto antes... Gracias...

—Trate usted de descansar.

—Gracias... Tome...

La vieja se llevará las manos al cuello, lo desabotonará, bajará la cabeza para quitarse ese listón morado, luido, que ahora te entrega: pesado, porque una llave de cobre cuelga de la cinta.

—En aquel rincón... Abra ese baúl y traiga los papeles que están a la derecha, encima de los demás... amarrados con un cordón amarillo...

—No veo muy bien...

—Ah, sí... Es que yo estoy tan acostumbrada a las tinieblas. A mi derecha... Camine y tropezará con el arcón... Es que nos amurallaron, señor Montero. Han construido alrededor de nosotras, nos han quitado la luz. Han querido obligarme a vender. Muertas, antes. Esta casa está llena de recuerdos para nosotras. Sólo muerta me sacarán de aquí... Eso es. Gracias. Puede usted empezar a leer esta parte. Ya le iré entregando las demás. Buenas noches, señor Montero. Gracias. Mire: su candelabro se ha apagado. Enciéndalo afuera, por favor. No, no, quédese con la llave. Acéptela. Confío en usted.

—Señora... Hay un nido de ratones en aquel rincón...

—¿Ratones? Es que yo nunca voy hasta allá...

—Debería usted traer a los gatos aquí.

—¿Gatos? ¿Cuáles gatos? Buenas noches. Voy a dormir. Estoy fatigada.

—Buenas noches.

III

LEES ESA MISMA NOCHE LOS PAPELES AMARILLOS, escritos con una tinta color mostaza; a veces, horadados por el descuido de una ceniza de tabaco, manchados por moscas. El francés del general Llorente no goza de las excelencias que su mujer le habrá atribuido. Te dices que tú puedes mejorar considerablemente el estilo, apretar esa narración difusa de los hechos pasados: la infancia en una hacienda oaxaqueña del siglo XIX, los estudios militares en Francia, la amistad con el Duque de Morny, con el círculo íntimo de Napoleón III, el regreso a México en el estado mayor de Maximiliano, las ceremonias y veladas del Imperio, las batallas, el derrumbe, el Cerro de las Campanas, el exilio en París. Nada que no hayan contado otros. Te desnudas pensando en el capricho deformado de la anciana, en el falso valor que atribuye a estas memorias. Te acuestas sonriendo, pensando en tus cuatro mil pesos.

Duermes, sin soñar, hasta que el chorro de luz te despierta, a las seis de la mañana, porque ese techo de vidrios no posee cortinas. Te cubres los ojos con la almohada y tratas de volver a dormir. A los diez minutos, olvidas tu propósito y caminas al baño, donde encuentras todas tus cosas dispuestas en una mesa, tus escasos trajes colgados en el ropero. Has terminado de afeitarte cuando ese maullido implorante y doloroso destruye el silencio de la mañana.

Llega a tus oídos con una vibración atroz, rasgante, de imploración. Intentas ubicar su origen: abres la puerta que da al corredor y allí no lo escuchas: esos maullidos se cuelan desde lo alto, desde el tragaluz. Trepas velozmente a la silla, de la silla a la mesa de trabajo, y apoyándote en el librero puedes alcanzar el tragaluz, abrir uno de sus vidrios, elevarte con esfuerzo y clavar la mirada en ese jardín lateral, ese cubo de tejos y zarzas enmarañados donde cinco, seis, siete gatos —no puedes contarlos: no puedes sostenerte allí más de un segundo— encadenados unos con otros, se revuelcan envueltos en fuego, desprenden un humo opaco, un olor de pelambre incendiada. Dudas, al caer sobre la butaca, si en realidad has visto eso; quizás sólo uniste esa imagen a los maullidos espantosos que persisten, disminuyen, al cabo terminan.

Te pones la camisa, pasas un papel sobre las puntas de tus zapatos negros y escuchas, esta vez, el aviso de la campana que parece recorrer los pasillos de la casa y acercarse a tu puerta. Te asomas al corredor; Aura camina con esa campana en la mano, inclina la cabeza al verte, te dice que el desayuno está listo. Tratas de detenerla; Aura ya descenderá por la escalera de caracol, tocando la campana pintada de negro, como si se tratara de levantar a todo un hospicio, a todo un internado.

La sigues, en mangas de camisa, pero al llegar al vestíbulo ya no la encuentras. La puerta de la recámara de la anciana se abre a tus espaldas: alcanzas a ver la mano que asoma detrás de la puerta apenas abierta, coloca esa porcelana en el vestíbulo y se retira, cerrando de nuevo.

En el comedor, encuentras tu desayuno servido: esta vez, sólo un cubierto. Comes rápidamente, regresas al vestíbulo, tocas a la puerta de la señora Consuelo. Esa voz débil y aguda te pide que entres. Nada habrá cambiado. La oscuridad permanente. El fulgor de las veladoras y los milagros de plata.

—Buenos días, señor Montero. ¿Durmió bien?

—Sí. Leí hasta tarde.

La dama agitará una mano, como si deseara alejarte.

—No, no, no. No me adelante su opinión. Trabaje sobre esos papeles y cuando termine le pasaré los demás.

—Está bien señora. ¿Podría visitar el jardín?

—¿Cuál jardín, señor Montero?

—El que está detrás de mi cuarto.

—En esta casa no hay jardín. Perdimos el jardín cuando construyeron alrededor de la casa.

—Pensé que podría trabajar mejor al aire libre.

—En esta casa sólo hay ese patio oscuro por donde entró usted. Allí mi sobrina cultiva algunas plantas de sombra. Pero eso es todo.

—Está bien, señora.

—Deseo descansar todo el día. Pase a verme esta noche.

—Está bien, señora.

Revisas todo el día los papeles, pasando en limpio los párrafos que piensas retener, redactando de nuevo los que te parecen débiles, fumando cigarrillo tras cigarrillo y reflexionando que debes espaciar tu trabajo para que la canonjía se prolongue lo más posible. Si lograras ahorrar por lo menos doce mil pesos, podrías pasar cerca de un año dedicado a tu propia obra, aplazada, casi olvidada. Tu gran obra de conjunto sobre los descubrimientos y conquistas españolas en América. Una obra que resuma todas las crónicas dispersas, las haga inteligibles, encuentre las correspondencias entre todas las empresas y aventuras del siglo de oro, entre los prototipos humanos y el hecho mayor del Renacimiento. En realidad, terminas por abandonar los tediosos papeles del militar del Imperio para empezar la redacción de fichas y resúmenes de tu propia obra. El tiempo corre y sólo al escuchar de nuevo la campana consultas tu reloj, te pones el saco y bajas al comedor.

Aura ya estará sentada; esta vez la cabecera la ocupará la señora Llorente, envuelta en su chal y su camisón, tocada con su cofia, agachada sobre el plato. Pero el cuarto cubierto también está puesto. Lo notas de pasada; ya no te preocupa. Si el precio de tu futura libertad creadora es aceptar todas las manías de esta anciana, puedes pagarlo sin dificultad. Tratas, mientras la ves sorber la sopa, de calcular su edad. Hay un momento en el cual ya no es posible distinguir el paso de los años: la señora Consuelo, desde hace tiempo, pasó esa frontera. El general no la menciona en lo que llevas leído de las memorias. Pero si el general tenía cuarenta y dos años en el momento de la invasión francesa y murió en 1901, cuarenta años más tarde, habría muerto de ochenta y dos años. Se habría casado con la señora Consuelo después de la derrota de Querétaro y el exilio, pero ella habría sido una niña entonces...

Las fechas se te confundirán, porque ya la señora está hablando, con ese murmullo agudo, leve, ese chirreo de pájaro; le está hablando a Aura y tú escuchas, atento a la comida, esa enumeración plana de quejas, dolores, sospechas de enfermedades, más quejas sobre el precio de las medicinas, la humedad de la casa. Quisieras intervenir en la conversación doméstica preguntando por el criado que recogió ayer tus cosas pero al que nunca has visto, el que nunca sirve la mesa: lo preguntarías si, de repente, no te sorprendiera que Aura, hasta ese momento, no hubiese abierto la boca y comiese con esa fatalidad mecánica, como si esperara un impulso ajeno a ella para tomar la cuchara, el cuchillo, partir los riñones —sientes en la boca, otra vez, esa dieta de riñones, por lo visto la preferida de la casa— y llevárselos a la boca. Miras rápidamente de la tía a la sobrina y de la sobrina a la tía, pero la señora Consuelo, en ese instante, detiene todo movimiento y, al mismo tiempo, Aura deja el cuchillo sobre el plato y permanece inmóvil y tú recuerdas que, una fracción de segundo antes, la señora Consuelo hizo lo mismo.

Permanecen varios minutos en silencio: tú terminando de comer, ellas inmóviles como estatuas, mirándote comer. Al cabo la señora dice:

—Me he fatigado. No debería comer en la mesa. Ven, Aura, acompáñame a la recámara.

La señora tratará de retener tu atención: te mirará de frente para que tú la mires, aunque sus palabras vayan dirigidas a la sobrina. Tú debes hacer un esfuerzo para desprenderte de esa mirada —otra vez abierta, clara, amarilla, despojada de los velos y arrugas que normalmente la cubren— y fijar la tuya en Aura, que a su vez mira fijamente hacia un punto perdido y mueve en silencio los labios, se levanta con actitudes similares a las que tú asocias con el sueño, toma de los brazos a la anciana jorobada y la conduce lentamente fuera del comedor.

Solo, te sirves el café que también ha estado allí desde el principio del almuerzo, el café frío que bebes a sorbos mientras frunces el ceño y te preguntas si la señora no poseerá una fuerza secreta sobre la muchacha, si la muchacha, tu hermosa Aura vestida de verde, no estará encerrada contra su voluntad en esta casa vieja, sombría. Le sería, sin embargo, tan fácil escapar mientras la anciana dormita en su cuarto oscuro. Y no pasas por alto el camino que se abre en tu imaginación: quizás Aura espera que tú la salves de las cadenas que, por alguna razón oculta, le ha impuesto esta vieja caprichosa y desequilibrada. Recuerdas a Aura minutos antes, inanimada, embrutecida por el terror: incapaz de hablar enfrente de la tirana, moviendo los labios en silencio, como si en silencio te implorara su libertad, prisionera al grado de imitar todos los movimientos de la señora Consuelo, como si sólo lo que hiciera la vieja le fuese permitido a la joven.

La imagen de esta enajenación total te rebela: caminas, esta vez, hacia la otra puerta, la que da sobre el vestíbulo al pie de la escalera, la que está al lado de la recámara de la anciana: allí debe vivir Aura; no hay otra pieza en la casa. Empujas la puerta y entras a esa recámara, también oscura, de paredes enjalbegadas, donde el único adorno es un Cristo negro. A la izquierda, ves esa puerta que debe conducir a la recámara de la viuda. Caminando de puntas, te acercas a ella, colocas la mano sobre la madera, desistes de tu empeño: debes hablar con Aura a solas.

Y si Aura quiere que la ayudes, ella vendrá a tu cuarto.

Permaneces allí, olvidado de los papeles amarillos, de tus propias cuartillas anotadas, pensando sólo en la belleza inasible de tu Aura —mientras más pienses en ella, más tuya la harás, no sólo porque piensas en su belleza y la deseas, sino porque ahora la deseas para liberarla: habrás encontrado una razón moral para tu deseo; te sentirás inocente y satisfecho— y cuando vuelves a escuchar la precaución de la campana, no bajas a cenar porque no soportarías otra escena como la del mediodía. Quizás Aura se dará cuenta y, después de la cena, subirá a buscarte.

Realizas un esfuerzo para seguir revisando los papeles. Cansado, te desvistes lentamente, caes en el lecho, te duermes pronto y por primera vez en muchos años sueñas, sueñas una sola cosa, sueñas esa mano descarnada que avanza hacia ti con la campana en la mano, gritando que te alejes, que se alejen todos, y cuando el rostro de ojos vaciados se acerca al tuyo, despiertas con un grito mudo, sudando, y sientes esas manos que acarician tu rostro y tu pelo, esos labios que murmuran con la voz más baja, te consuelan, te piden calma y cariño. Alargas tus propias manos para encontrar el otro cuerpo, desnudo, que entonces agitará levemente el llavín que tú reconoces, y con él a la mujer que se recuesta encima de ti, te besa, te recorre el cuerpo entero con besos. No puedes verla en la oscuridad de la noche sin estrellas, pero hueles en su pelo el perfume de las plantas del patio, sientes en sus brazos la piel más suave y ansiosa, tocas en sus senos la flor entrelazada de las venas sensibles, vuelves a besarla y no le pides palabras.

Al separarte, agotado, de su abrazo, escuchas su primer murmullo: «Eres mi esposo». Tú asientes: ella te dirá que amanece; se despedirá diciendo que te espera esa noche en su recámara. Tú vuelves a asentir, antes de caer dormido, aliviado, ligero, vaciado de placer, reteniendo en las yemas de los dedos el cuerpo de Aura, su temblor, su entrega: la niña Aura.

Te cuesta trabajo despertar. Los nudillos tocan varias veces y te levantas de la cama pesadamente, gruñendo: Aura, del otro lado de la puerta, te dirá que no abras: la señora Consuelo quiere hablar contigo; te espera en su recámara.

Entran diez minutos después al santuario de la viuda. Arropada, parapetada contra los almohadones de encaje: te acercas a la figura inmóvil, a sus ojos cerrados detrás de los párpados colgantes, arrugados, blanquecinos: ves esas arrugas abolsadas de los pómulos, ese cansancio total de la piel.

Sin abrir los ojos, te dirá:

—¿Trae usted la llave?

—Sí... Creo que sí. Sí, aquí está.

—Puede leer el segundo folio. En el mismo lugar, con la cinta azul.

Caminas, esta vez con asco, hacia ese arcón alrededor del cual pululan las ratas, asoman sus ojillos brillantes entre las tablas podridas del piso, corretean hacia los hoyos abiertos en el muro escarapelado. Abres el arcón y retiras la segunda colección de papeles. Regresas al pie de la cama; la señora Consuelo acaricia a su conejo blanco.

De la garganta abotonada de la anciana surgirá ese cacareo sordo:

—¿No le gustan los animales?

—No. No particularmente. Quizás porque nunca he tenido uno.

—Son buenos amigos, buenos compañeros. Sobre todo cuando llegan la vejez y la soledad.

—Sí. Así debe ser.

—Son seres naturales, señor Montero. Seres sin tentaciones.

—¿Cómo dijo que se llamaba?

—¿La coneja? Saga. Sabia. Sigue sus instintos. Es natural y libre.

—Creí que era conejo.

—Ah, usted no sabe distinguir todavía.

—Bueno, lo importante es que no se sienta usted sola.

—Quieren que estemos solas, señor Montero, porque dicen que la soledad es necesaria para alcanzar la santidad. Se han olvidado de que en la soledad la tentación es más grande.

—No la entiendo, señora.

—Ah, mejor, mejor. Puede usted seguir trabajando.

Le das la espalda. Caminas hacia la puerta. Sales de la recámara. En el vestíbulo, aprietas los dientes. ¿Por qué no tienes el valor de decirle que amas a la joven? ¿Por qué no entras y le dices, de una vez, que piensas llevarte a Aura contigo cuando termines el trabajo? Avanzas de nuevo hacia la puerta; la empujas, dudando aún, y por el resquicio ves a la señora Consuelo de pie, erguida, transformada, con esa túnica entre los brazos: esa túnica azul con botones de oro, charreteras rojas, brillantes insignias de águila coronada, esa túnica que la anciana mordisquea ferozmente, besa con ternura, se coloca sobre los hombros para girar en un paso de danza tambaleante. Cierras la puerta.

Sí: *tenía quince años cuando la conocí* —lees en el segundo folio de las memorias— *elle avait quinze ans lorsque je l'ai connue et, si j'ose le dire, ce sont ses yeux verts qui ont fait ma perdition*: los ojos verdes de Consuelo, que tenía quince años en 1867, cuando el general Llorente casó con ella y la llevó a vivir a París, al exilio. *Ma jeune poupée*, escribió el general en sus momentos de inspiración, *ma jeune poupée aux yeux verts; je t'ai comblée d'amour*: describió la casa en la que vivieron, los paseos, los bailes, los carruajes, el mundo del Segundo Imperio; sin gran relieve, ciertamente. *J'ai même supporté ta haine des chats, moi qu'aimais tellement les jolies bêtes...* Un día la encontró, abierta de piernas, con la crinolina levantada por delante, martirizando a un gato y no supo llamarle la atención porque le pareció que *tu faisais ça d'une façon si innocent, par pur enfantillage* e incluso lo excitó el hecho, de manera que esa noche la amó, si le das crédito a tu lectura, con una pasión hiperbólica, *parce que tu m'avais dit que torturer les chats était ta maniére a toi de rendre notre amour favorable, par un sacrifice symbolique...* Habrás calculado: la señora Consuelo tendrá hoy ciento nueve años... cierras el folio. Cuarenta y nueve al morir su esposo. *Tu sais si bien t'habiller, ma douce Consuelo, toujours drappé dans des velours verts, verts comme tes yeux. Je pense que tu seras toujours belle, même dans cent ans...* Siempre vestida de verde. Siempre hermosa, incluso dentro de cien años. *Tu es si fière de ta beauté; que ne ferais- tu pas pour rester toujours jeune?*

IV

SABES, AL CERRAR DE NUEVO EL FOLIO, QUE POR ESO vive Aura en esta casa: para perpetuar la ilusión de juventud y belleza de la pobre anciana enloquecida. Aura, encerrada como un espejo, como un ícono más de ese muro religioso, cuajado de milagros, corazones preservados, demonios y santos imaginados.

Arrojas los papeles a un lado y desciendes, sospechando el único lugar donde Aura podrá estar en las mañanas: el lugar que le habrá asignado esta vieja avara.

La encuentras en la cocina, sí, en el momento en que degüella un macho cabrío: el vapor que surge del cuello abierto, el olor de sangre derramada, los ojos duros y abiertos del animal te dan náuseas: detrás de esa imagen, se pierde la de una Aura mal vestida, con el pelo revuelto, manchada de sangre, que te mira sin reconocerte, que continúa su labor de carnicero.

Le das la espalda: esta vez, hablarás con la anciana, le echarás en cara su codicia, su tiranía abominable. Abres de un empujón la puerta y la ves, detrás del velo de luces, de pie, cumpliendo su oficio de aire: la ves con las manos en movimiento, extendidas en el aire: una mano extendida y apretada, como si realizara un esfuerzo para detener algo, la otra apretada en torno a un objeto de aire, clavada una y otra vez en el mismo lugar. En seguida, la vieja se restregará las manos contra el pecho, suspirará, volverá a cortar en el aire, como si —sí, lo verás claramente: como si despellejara una bestia...—

Corres al vestíbulo, la sala, el comedor, la cocina donde Aura despelleja al chivo lentamente, absorta en su trabajo, sin escuchar tu entrada ni tus palabras, mirándote como si fueras de aire.

Subes lentamente a tu recámara, entras, te arrojas contra la puerta como si temieras que alguien te siguiera: jadeante, sudoroso, presa de la impotencia de tu espina helada, de tu certeza: si algo o alguien entrara, no podrías resistir, te alejarías de la puerta, lo dejarías hacer. Tomas febrilmente la butaca, la colocas contra esa puerta sin cerradura, empujas la cama hacia la puerta, hasta atrancarla, y te arrojas exhausto sobre ella, exhausto y abúlico, con los ojos cerrados y los brazos apretados alrededor de tu almohada: tu almohada que no es tuya; nada es tuyo...

Caes en ese sopor, caes hasta el fondo de ese sueño que es tu única salida, tu única negativa a la locura . «Está loca, está loca»,

te repites para adormecerte, repitiendo con las palabras la imagen de la anciana que en el aire despellejaba al cabrío de aire con su cuchillo de aire: «...está loca...», en el fondo del abismo oscuro, en tu sueño silencioso, de bocas abiertas, en silencio, la verás avanzar hacia ti, desde el fondo negro del abismo, la verás avanzar a gatas.

En silencio,

moviendo su mano descarnada, avanzando hacia ti hasta que su rostro se pegue al tuyo y veas esas encías sangrantes de la vieja, esas encías sin dientes y grites y ella vuelva a alejarse, moviendo su mano, sembrando a lo largo del abismo los dientes amarillos que va sacando del delantal manchado de sangre:

tu grito es el eco del grito de Aura, delante de ti en el sueño, Aura que grita porque unas manos han rasgado por la mitad su falda de tafeta verde, y

esa cabeza tonsurada,

con los pliegues rotos de la falda entre las manos, se voltea hacia ti y ríe en silencio, con los dientes de la vieja superpuestos a los suyos, mientras las piernas de Aura, sus piernas desnudas, caen rotas y vuelan hacia el abismo...

Escuchas el golpe sobre la puerta, la campana detrás del golpe, la campana de la cena. El dolor de cabeza te impide leer los números, la posición de las manecillas del reloj; sabes que es tarde: frente a tu cabeza recostada, pasan las nubes de la noche detrás del tragaluz. Te incorporas penosamente, aturdido, hambriento. Colocas el garrafón de vidrio bajo el grifo de la tina, esperas a que el agua corra, llene el garrafón que tú retiras y vacías en el aguamanil donde te lavas la cara, los dientes con tu brocha vieja embarrada de pasta verdosa, te rocías el pelo —sin advertir que debías haber hecho todo esto a la inversa—, te peinas cuidadosamente frente al espejo ovalado del armario de nogal, anudas la corbata, te pones el saco y desciendes a un comedor vacío, donde sólo ha sido colocado un cubierto: el tuyo.

Y al lado de tu plato, debajo de la servilleta, ese objeto que rozas con los dedos, esa muñequita endeble, de trapo, rellena de una harina que se escapa por el hombro mal cosido: el rostro pintado con tinta china, el cuerpo desnudo, detallado con escasos pincelazos. Comes tu cena fría —riñones, tomates, vino— con la mano derecha: detienes la muñeca entre los dedos de la izquierda.

Comes mecánicamente, con la muñeca en la mano izquierda y el tenedor en la otra, sin darte cuenta, al principio, de tu propia actitud hipnótica, entreviendo, después, una razón en tu siesta opresiva, en tu pesadilla, identificando, al fin, tus movimientos de sonámbulo con los de Aura, con los pies de la anciana: mirando con asco esa muñequita horrorosa que tus dedos acarician, en la que empiezas a sospechar una enfermedad secreta, un contagio. La dejas caer al suelo. Te limpias los labios con la servilleta. Consultas tu reloj y recuerdas que Aura te ha citado en su recámara.

Te acercas cautelosamente a la puerta de doña Consuelo y no escuchas un solo ruido. Consultas de nuevo tu reloj: apenas son las nueve. Decides bajar, a tientas, a ese patio techado, sin luz, que no has vuelto a visitar desde que lo cruzaste, sin verlo, el día de tu llegada a esta casa.

Tocas las paredes húmedas, lamosas; aspiras el aire perfumado y quieres descomponer los elementos de tu olfato, reconocer los aromas pesados, suntuosos, que te rodean. El fósforo encendido ilumina, parpadeando, ese patio estrecho y húmedo, embaldosado, en el cual crecen, de cada lado, las plantas sembradas sobre los márgenes de tierra rojiza y suelta. Distingues las formas altas, ramosas, que proyectan sus sombras a la luz del cerillo que se consume, te quema los dedos, te obliga a encender uno nuevo para terminar de reconocer las flores, los frutos, los tallos que recuerdas mencionados en crónicas viejas: las hierbas olvidadas que crecen olorosas, adormiladas: las hojas anchas, largas, hendidas, vellosas del beleño: el tallo sarmentado de flores amarillas por fuera, rojas por dentro; las hojas acorazonadas y agudas de la dulcamara; la pelusa ceniciente del gordolobo, sus flores espigadas; el arbusto ramoso del evónimo y las flores blanquecinas; la belladona. Cobran vida a la luz de tu fósforo, se mecen con sus sombras mientras tú recreas los usos de este herbario que dilata las pupilas, adormece el dolor, alivia los partos, consuela, fatiga la voluntad, consuela con una cama voluptuosa.

Te quedas solo con los perfumes cuando el tercer fósforo se apaga. Subes con pasos lentos al vestíbulo, vuelves a pegar el oído a la puerta de la señora Consuelo, sigues, sobre las puntas de los pies, a la de Aura: la empujas, sin dar aviso, y entras a esa recámara desnuda, donde un círculo de luz ilumina la cama, el gran crucifijo mexicano, la mujer que avanzará hacia ti cuando la puerta se cierre.

Aura vestida de verde, con esa bata de tafeta por donde asoman, al avanzar hacia ti la mujer, los muslos color de luna: la mujer, repetirás al tenerla cerca, la mujer, no la muchacha de ayer: la muchacha de ayer —cuando toques sus dedos, su talle— no podía tener más de veinte años; la mujer de hoy —y acaricies su pelo negro, suelto, su mejilla pálida— parece de cuarenta: algo se ha endurecido, entre ayer y hoy, alrededor de los ojos verdes; el rojo de los labios se ha oscurecido fuera de su forma antigua, como si quisiera fijarse en una mueca alegre, en una sonrisa turbia: como si alternara, a semejanza de esa planta del patio, el sabor de la miel y el de la amargura. No tienes tiempo de pensar más:

—Siéntate en la cama, Felipe.

—Sí.

—Vamos a jugar. Tú no hagas nada. Déjame hacerlo todo a mí.

Sentado en la cama, tratas de distinguir el origen de esa luz difusa, opalina, que apenas te permite separar los objetos, la presencia de Aura, de la atmósfera dorada que los envuelve. Ella te habrá visto mirando hacia arriba, buscando ese origen. Por la voz, sabes que está arrodillada frente a ti:

—El cielo no es alto ni bajo. Está encima y debajo de nosotros al mismo tiempo.

Te quitarás los zapatos, los calcetines, y acariciará tus pies desnudos.

Tú sientes el agua tibia que baña tus plantas, las alivia, mientras ella te lava con una tela gruesa, dirige miradas furtivas al Cristo de madera negra, se aparta por fin de tus pies, te toma de la mano, se prende unos capullos de violeta al pelo suelto, te toma entre los brazos y canturrea esa melodía, ese vals que tú bailas con ella, prendido al susurro de su voz, girando al ritmo lentísimo, solemne, que ella te impone, ajeno a los movimientos ligeros de sus manos, que te desabotonan la camisa, te acarician el pecho, buscan tu espalda, se clavan en ella. También tú murmuras esa canción sin letra, esa melodía que surge naturalmente de tu garganta: giran los dos, cada vez más cerca del lecho; tú sofocas la canción murmurada con tus besos hambrientos sobre la boca de Aura, arrestas la danza con tus besos apresurados sobre los hombros, los pechos de Aura.

Tienes la bata vacía entre las manos. Aura, de cuclillas sobre la cama, coloca ese objeto contra los muslos cerrados, lo acaricia, te llama con la mano. Acaricia ese trozo de harina delgada, lo quiebra sobre sus muslos, indiferentes a las migajas que ruedan por sus caderas: te ofrece la mitad de la oblea que tú tomas, llevas a la boca al mismo tiempo que ella, deglutes con dificultad: caes sobre el cuerpo desnudo de Aura, sobre sus brazos abiertos, extendidos de un extremo al otro de la cama, igual que el Cristo negro que cuelga del muro con su faldón de seda escarlata, sus rodillas abiertas, su costado herido, su corona de brezos montada sobre la peluca negra, enmarañada, entreverada con lentejuela de plata. Aura se abrirá como un altar.

Murmuras el nombre de Aura al oído de Aura. Sientes los brazos llenos de la mujer contra tu espalda. Escuchas su voz tibia en tu oreja:

—¿Me querrás siempre?

—Siempre, Aura, te amaré para siempre.

—¿Siempre? ¿Me lo juras?

—Te lo juro.

—¿Aunque envejezca? ¿Aunque pierda mi belleza? ¿Aunque tenga el pelo blanco?

—Siempre, mi amor, siempre.

—¿Aunque muera, Felipe? ¿Me amarás siempre, aunque muera?

—Siempre, siempre. Te lo juro. Nada puede separarme de ti.

—Ven, Felipe, ven...

Buscas, al despertar, la espalda de Aura y sólo tocas esa almohada, caliente aún, y las sábanas blancas que te envuelven.

Murmuras de nuevo su nombre.

Abres los ojos: la ves sonriendo, de pie, al pie de la cama, pero sin mirarte a ti. La ves caminar lentamente hacia ese rincón de la recámara, sentarse en el suelo, colocar los brazos sobre las rodillas negras que emergen de la oscuridad que tú tratas de penetrar, acariciar la mano arrugada que se adelanta del fondo de la oscuridad cada vez más clara: a los pies de la anciana señora Consuelo, que está sentada en ese sillón que tú notas por primera vez: la señora Consuelo, que te sonríe, cabeceando, que te sonríe junto con Aura que mueve la cabeza al mismo tiempo que la vieja: las dos te sonríen, te agradecen. Recostado, sin voluntad, piensas que la vieja ha estado todo el tiempo en la recámara;

recuerdas sus movimientos, su voz, su danza,

por más que te digas que no ha estado allí.

Las dos se levantarán a un tiempo, Consuelo de la silla, Aura del piso. Las dos te darán la espalda, caminarán pausadamente hacia la puerta que comunica con la recámara de la anciana, pasarán juntas al cuarto donde tiemblan las luces colocadas frente a las imágenes, cerrarán la puerta detrás de ellas, te dejarán dormir en la cama de Aura.

V

DUERMES CANSADO, INSATISFECHO. YA EN EL SUEÑO sentiste esa vaga melancolía, esa opresión en el diafragma, esa tristeza que no se deja apresar por tu imaginación. Dueño de la recámara de Aura, duermes en la soledad, lejos del cuerpo que creerás haber poseído.

Al despertar, buscas otra presencia en el cuarto y sabes que no es la de Aura la que te inquieta, sino la doble presencia de algo que fue engendrado la noche pasada. Te llevas las manos a las sienes, tratando de calmar tus sentidos en desarreglo: esa tristeza vencida te insinúa, en voz baja, en el recuerdo inasible de la premonición, que buscas tu otra mitad, que la concepción estéril de la noche pasada engendró tu propio doble.

Y ya no piensas, porque existen cosas más fuertes que la imaginación: la costumbre que te obliga a levantarte, buscar un baño anexo a esa recámara, no encontrarlo, salir restregándote los párpados, subir al segundo piso saboreando la acidez pastosa de la lengua, entrar a tu recámara acariciándote las mejillas de cerdas revueltas, dejar correr las llaves de la tina e introducirte en el agua tibia, dejarte ir, no pensar más.

Y cuando te estés secando, recordarás a la vieja y a la joven que te sonrieron, abrazadas, antes de salir juntas, abrazadas: te repites que siempre, cuando están juntas, hacen exactamente lo mismo: se abrazan, sonríen, comen, hablan, entran, salen, al mismo tiempo, como si una imitara a la otra, como si de la voluntad de una dependiese la existencia de la otra. Te cortas ligeramente la mejilla, pensando estas cosas mientras te afeitas; haces un esfuerzo para dominarte. Terminas tu aseo contando los objetos del botiquín, los frascos y tubos que trajo de la casa de huéspedes el criado al que nunca has visto: murmuras los nombres de esos objetos, los tocas, lees las indicaciones de uso y contenido, pronuncias la marca de fábrica, prendido a esos objetos para olvidar lo otro, lo otro sin nombre, sin marca, sin consistencia racional. ¿Qué espera de ti Aura? acabas por preguntarte, cerrando de un golpe el botiquín. ¿Qué quiere?

Te contesta el ritmo sordo de esa campana que se pasea a lo largo del corredor, advirtiéndote que el desayuno está listo. Caminas, con el pecho desnudo, a la puerta: al abrirla, encuentras a Aura: será Aura, porque viste la tafeta verde de siempre, aunque un velo verdoso oculte sus facciones. Tomas con la mano la muñeca de la mujer, esa muñeca delgada, que tiembla...

—El desayuno está listo... —te dirá con la voz más baja que has escuchado...—

—Aura. Basta ya de engaños.

—¿Engaños?

—Dime si la señora Consuelo te impide salir, hacer tu vida; ¿por qué ha de estar presente cuando tú y yo...?; dime que te irás conmigo en cuanto...

—¿Irnos? ¿A dónde?

—Afuera, al mundo. A vivir juntos. No puedes sentirte encadenada para siempre a tu tía... ¿Por qué esa devoción? ¿Tanto la quieres?

—Quererla...

—Sí; ¿por qué te has de sacrificar así?

—¿Quererla? Ella me quiere a mí. Ella se sacrifica por mí.

—Pero es una mujer vieja, casi un cadáver; tú no puedes...

—Ella tiene más vida que yo. Sí, es vieja, es repulsiva... Felipe, no quiero volver... no quiero ser como ella... otra...

—Trata de enterrarte en vida. Tienes que renacer, Aura...

—Hay que morir antes de renacer... No. No entiendes. Olvida, Felipe; ténme confianza.

—Si me explicaras...

—Ténme confianza. Ella va a salir hoy todo el día....

—¿Ella?

—Sí, la otra.

—¿Va a salir? Pero si nunca...

—Sí, a veces sale. Hace un gran esfuerzo y sale. Hoy va a salir. Todo el día... Tú y yo podemos...

—¿Irnos?

—Si quieres...

—No, quizás todavía no. Estoy contratado para un trabajo... Cuando termine el trabajo, entonces sí...

—Ah, sí. Ella va a salir todo el día. Podemos hacer algo...

—¿Qué?

—Te espero esta noche en la recámara de mi tía. Te espero como siempre.

Te dará la espalda, se irá tocando esa campana, como los leprosos que con ella pregonan su cercanía, advierten a los incautos: «Aléjate, aléjate». Tú te pones la camisa y el saco, sigues el ruido espaciado de la campana que se dirige, enfrente de ti, hacia el comedor; dejas de escucharlo al entrar a la sala: viene hacia ti, jorobada, sostenida por un báculo nudoso, la viuda de Llorente, que sale del comedor, pequeña, arrugada, vestida con ese traje blanco, ese velo de gasa teñida, rasgada, pasa a tu lado sin mirarte, sonándose con un pañuelo, sonándose y escupiendo continuamente, murmurando:

—Hoy no estaré en la casa, señor Montero. Confío en su trabajo. Adelante usted. Las memorias de mi esposo deben ser publicadas.

Se alejará, pisando los tapetes con sus pequeños pies de muñeca antigua, apoyada en ese bastón, escupiendo, estornudando como si quisiera expulsar algo de sus vías respiratorias, de sus pulmones congestionados. Tú tienes la voluntad de no seguirla con la mirada; dominas la curiosidad que sientes ante ese traje de novia amarillento, extraído del fondo del viejo baúl que está en la recámara...

Apenas pruebas el café negro y frío que te espera en el comedor. Permaneces una hora sentado en la vieja y alta silla ojival, fumando, esperando los ruidos que nunca llegan, hasta tener la seguridad de que la anciana ha salido de la casa y no podrá sorprenderte. Porque en el puño, apretada, tienes desde hace una hora la llave del arcón y ahora te diriges, sin hacer ruido, a la sala, al vestíbulo donde esperas quince minutos más —tu reloj te lo dirá— con el oído pegado a la puerta de doña Consuelo, la puerta que en seguida empujas levemente, hasta distinguir, detrás de la red de araña de esas luces devotas, la cama vacía, revuelta, sobre la que la coneja roe sus zanahorias crudas: la cama siempre rociada de migajas que ahora tocas, como si creyeras que la pequeñísima anciana pudiese estar escondida entre los pliegues de las sábanas.

Caminas hasta el baúl colocado en el rincón; pisas la cola de una de esas ratas que chilla, se escapa de la opresión de tu suela, corre a dar aviso a las demás ratas cuando tu mano acerca la llave de cobre a la chapa pesada, enmohecida, que rechina cuando introduces la llave, apartas el candado, levantas la tapa y escuchas el ruido de los goznes enmohecidos. Sustraes el tercer folio —cinta roja— de las memorias y al levantarlo encuentras esas fotografías viejas, duras, comidas de los bordes, que también tomas, sin verlas, apretando todo el tesoro contra tu pecho, huyendo sigilosamente, sin cerrar siquiera el baúl, olvidando el hambre de las ratas, para traspasar el umbral, cerrar la puerta, recargarte contra la pared del vestíbulo, respirar normalmente, subir a tu cuarto.

Allí leerás los nuevos papeles, la continuación, las fechas de un siglo en agonía. El general Llorente habla con su lenguaje más florido de la personalidad de Eugenia de Montijo, vierte todo su respeto hacia la figura de Napoleón el Pequeño, exhuma su retórica más marcial para anunciar la guerra franco-prusiana, llena páginas de dolor ante la derrota, arenga a los hombres de honor contra el monstruo republicano, ve en el general Boulanger un rayo de esperanza, suspira por México, siente que en el caso Dreyfus el honor —siempre el honor— del ejército ha vuelto a imponerse... Las hojas amarillas se quiebran bajo tu tacto; ya no las respetas, ya sólo buscas la nueva aparición de la mujer de ojos verdes: «Sé por qué lloras a veces, Consuelo. No te he podido dar hijos, a ti, que irradias la vida...» Y después: «Consuelo, no tientes a Dios. Debemos conformarnos. ¿No te basta mi cariño? Yo sé que me amas; lo siento. No te pido conformidad, porque ello sería ofenderte. Te pido, tan sólo, que veas en ese gran amor que dices tenerme algo suficiente, algo que pueda llenarnos a los dos sin necesidad de recurrir a la imaginación enfermiza...» Y en otra página: «Le advertí a Consuelo que esos brebajes no sirven para nada. Ella insiste en cultivar sus propias plantas en el jardín. Dice que no se engaña. Las hierbas no la fertilizarán en el cuerpo, pero sí en el alma...» Más tarde: «La encontré delirante, abrazada a la almohada. Gritaba 'Sí, sí, sí, he podido: la he encarnado; puedo convocarla, puedo darle vida con mi vida'. Tuve que llamar al médico. Me dijo que no podría calmarla, precisamente porque ella estaba bajo el efecto de narcóticos, no de excitantes...» Y al fin: «Hoy la descubrí, en la madrugada, caminando sola y descalza a lo largo de los pasillos. Quise detenerla. Pasó sin mirarme, pero sus palabras iban dirigidas a mí. 'No me detengas —dijo—; voy hacia mi juventud, mi juventud viene hacia mí. Entra ya, está en el jardín, ya llega'... Consuelo, pobre Consuelo... Consuelo, también el demonio fue un ángel, antes...»

No habrá más. Allí terminan las memorias del general Llorente: «*Consuelo, le démon aussi était un ange, avant...*»

Y detrás de la última hoja, los retratos. El retrato de ese caballero anciano, vestido de militar: la vieja fotografía con las letras en una esquina: *Moulin, Photographe, 35 Boulevard Haussmann* y la fecha 1894. Y la fotografía de Aura: de Aura con sus ojos verdes, su pelo negro recogido en bucles, reclinada sobre esa columna dórica, con el paisaje pintado al fondo: el paisaje de Lorelei en el Rin, el traje abotonado hasta el cuello, el pañuelo en una mano, el polisón: Aura y la fecha 1876, escrita con tinta blanca y detrás, sobre el cartón doblado del daguerrotipo, esa letra de araña: *Fait pour notre dixième anniversaire de mariage* y la firma, con la misma letra, *Consuelo Llorente*. Verás, en la tercera foto, a Aura en compañía del viejo, ahora vestido de paisano, sentados ambos en una banca, en un jardín. La foto se ha borrado un poco: Aura no se verá tan joven como en la primera fotografía, pero es ella, es él, es ... eres tú.

Pegas esas fotografías a tus ojos, las levantas hacia el tragaluz: tapas con una mano la barba blanca del general Llorente, lo imaginas con el pelo negro y siempre te encuentras, borrado, perdido, olvidado, pero tú, tú, tú.

La cabeza te da vueltas, inundada por el ritmo de ese vals lejano que suple la vista, el tacto, el olor de plantas húmedas y perfumadas: caes agotado sobre la cama, te tocas los pómulos, los ojos, la nariz, como si temieras que una mano invisible te hubiese arrancado la máscara que has llevado durante veintisiete años: esas facciones de goma y cartón que durante un cuarto de siglo han cubierto tu verdadera faz, tu rostro antiguo, el que tuviste antes y habías olvidado. Escondes la cara en la almohada, tratando de impedir que el aire te arranque las facciones que son tuyas, que quieres para ti. Permaneces con la cara hundida en la almohada, con los ojos abiertos detrás de la almohada, esperando lo que ha de venir, lo que no podrás impedir. No volverás a mirar tu reloj, ese objeto inservible que mide falsamente un tiempo acordado a la vanidad humana, esas manecillas que marcan tediosamente las largas horas inventadas para engañar el verdadero tiempo, el tiempo que corre con la velocidad insultante, mortal, que ningún reloj puede medir. Una vida, un siglo, cincuenta años: ya no te será posible imaginar esas medidas mentirosas, ya no te será posible tomar entre las manos ese polvo sin cuerpo.

Cuando te separes de la almohada, encontrarás una oscuridad mayor alrededor de ti. Habrá caído la noche.

Habrá caído la noche. Correrán, detrás de los vidrios altos, las nubes negras, veloces, que rasgan la luz opaca que se empeña en evaporarlas y asomar su redondez pálida y sonriente. Se asomará la luna, antes de que el vapor oscuro vuelva a empañarla.

Tú ya no esperarás. Ya no consultarás tu reloj. Descenderás rápidamente los peldaños que te alejan de esa celda donde habrán quedado regados los viejos papeles, los daguerrotipos desteñidos; descenderás al pasillo, te detendrás frente a la puerta de la señora Consuelo, escucharás tu propia voz, sorda, transformada después de tantas horas de silencio:

—Aura...

Repetirás: —Aura...

Entrarás a la recámara. Las luces de las veladoras se habrán extinguido. Recordarás que la vieja ha estado ausente todo el día y que la cera se habrá consumido, sin la atención de esa mujer devota. Avanzarás en la oscuridad, hacia la cama. Repetirás:

—Aura...

Y escucharás el leve crujido de la tafeta sobre los edredones, la segunda respiración que acompaña la tuya: alargarás la mano para tocar la bata verde de Aura; escucharás la voz de Aura:

—No... no me toques... Acuéstate a mi lado...

Tocarás el filo de la cama, levantarás las piernas y permanecerás inmóvil, recostado. No podrás evitar un temblor:

—Ella puede regresar en cualquier momento...

—Ella ya no regresará.

—¿Nunca?

—Estoy agotada. Ella ya se agotó. Nunca he podido mantenerla a mi lado más de tres días.

—Aura...

Querrás acercar tu mano a los senos de Aura. Ella te dará la espalda: lo sabrás por la nueva distancia de su voz.

—No... No me toques...

—Aura... te amo.

—Sí, me amas. Me amarás siempre, dijiste ayer...

—Te amaré siempre. No puedo vivir sin tus besos, sin tu cuerpo...

—Bésame el rostro; sólo el rostro.

Acercarás tus labios a la cabeza reclinada junto a la tuya, acariciarás otra vez el pelo largo de Aura: tomarás violentamente a la mujer endeble por los hombros, sin escuchar su queja aguda; le arrancarás la bata de tafeta, la abrazarás, la sentirás desnuda, pequeña y perdida en tu abrazo, sin fuerzas, no harás caso de su resistencia gemida, de su llanto impotente, besarás la piel del rostro sin pensar, sin distinguir: tocarás esos senos flácidos cuando la luz penetre suavemente y te sorprenda, te obligue a apartar la cara, buscar la rendija del muro por donde comienza a entrar la luz de la luna, ese resquicio abierto por los ratones, ese ojo de la pared que deja filtrar la luz plateada que cae sobre el pelo blanco de Aura, sobre el rostro desgajado, compuesto de capas de cebolla, pálido, seco y arrugado como una ciruela cocida: apartarás tus labios de los labios sin carne que has estado besando, de las encías sin dientes que se abren ante ti: verás bajo la luz de la luna el cuerpo desnudo de la vieja, de la señora Consuelo, flojo, rasgado, pequeño y antiguo, temblando ligeramente porque tú lo tocas, tú lo amas, tú has regresado también...

Hundirás tu cabeza, tus ojos abiertos, en el pelo plateado de Consuelo, la mujer que volverá a abrazarte cuando la luna pase, sea tapada por las nubes, los oculte a ambos, se lleve en el aire, por algún tiempo, la memoria de la juventud, la memoria encarnada.

—Volverá, Felipe, la traeremos juntos. Deja que recupere fuerzas y la haré regresar...

Cumpleaños

A Shirley MacLaine,
recuerdo de la lluvia
en Sheridan Square.

Hambre de encarnación
padece el tiempo
Octavio Paz, *Ladera Este*

Un viejo está sentado en una silla en el centro de un cuarto desnudo y sombrío. Las ventanas han sido tapiadas. Un gato ronda los pies desnudos del anciano. En un rincón de la penumbra, una mujer encinta, despeinada, descalza, juguetea estúpidamente con sus faldones rotos y canturrea una letra aprendida en las fiestas estivales de una aldea sin nombre. El rostro del viejo se contrae con un esfuerzo sobrehumano. Más tarde, la mujeruca se saca de entre los senos cinco naipes gastados, cinco barajas de esquinas rotas y los va arrojando, uno tras otro, sobre el piso de piedra. No puede decir los nombres de las figuras, pero cada una le alegra la mirada idiota: el tigre, el búho, la cabra, el oso, el dragón. La concentración del pensamiento brilla en la pálida frente del anciano. No se mueve. Viste un hábito monacal y apoya las manos, tenazmente, sobre los brazos de la silla . . . .
. . . .
Son las siete de la mañana y no se escucha nada pero un rectángulo rojo y brillante se enciende y se apaga y al encenderse permite leer la palabra *Alarm*. Una mano femenina se acerca al reloj, acaricia el cuadrante, detiene la alarma. Luego la mujer se dirige a la otra cama, se inclina sobre el hombre que en ella duerme, le toca suavemente el hombro:

—... años... años... años...

La voz llega sofocada, lejana, incapaz de divorciarse del sueño.

—¿Eh?

—... años... años... años...

—¿Qué?

Ella se encoge de hombros; se lleva un dedo a los labios.

—Sssshhh...

—¿Qué?

—Claro. Lo has olvidado.

—¿Qué?

—Hoy es el cumpleaños de Georgie.

El hombre se sienta al filo de la cama y deja que los pies desnudos acaricien el tapete de vicuña. Pasea la mirada por la recámara, sin mirarla. La mujer se acerca sigilosamente con un bulto, una envoltura de papel alegre, grandes listones de seda amarilla, entre las manos; toma al hombre del brazo, tira de la manga del pijama, lo obliga a levantarse.

—Date prisa, George. El niño va a despertar.

Él no sentía sus propias piernas. Quiso asomarse a la ventana, admirar el sol fugitivo de un memorable verano inglés.

—En seguida, Emily, en seguida.

La sigue. Fuera de la recámara, por el pasillo, hacia otra puerta.

—Por favor regresa temprano esta tarde. Por caridad. La fiesta de cumpleaños es a las seis. Te lo ruego.

—Lo siento. No podré llegar hasta la noche.

—Piensa en tu hijo... Vas a desilusionarlo.

—Sabes bien que no puedo salir de la oficina antes de las siete.

—Tú y tu oficina...

—¿Te parece mal un marido trabajador?

—¿Trabajo? Permíteme que me ría.

—Diversión, entonces. De todos modos, tu padre no rechaza los dividendos.

—Bastardo desagradecido. Yo tuve que convencer a papá de que te prestara el dinero para montar el estudio.

—Está bien, Emily.

—George, no hay ninguna razón para que un padre no esté presente en la fiesta de cumpleaños de su único hijo...

—¿Sabes algo, Emily? Naciste para dar fiestas.

—Igual que tu madre.

—¿Qué dices?

—Que tu madre me arrastraba a cuanta cochina fiesta de aniversario se le...

—Deja en paz la memoria de mi madre.

—Sssshhh... Cálmate y no olvides comprar los boletos para nuestra vacación en la costa yugoslava.

Se detienen frente a otra puerta. Ella le da el paquete al hombre; los dos entran a una recámara clara, con las paredes cubiertas por papel con dibujos de feria, circo, carrusel, cantando, ella conmovida y trinante, él ronco y desafinado,

> Happy birthday to you
> Happy birthday to you
> Happy birthday dear Georgie,
> Happy birthday to you. . . . .
. . . .
. . . .
. . . . Tocan a la puerta de la

recámara. El viejo abre los ojos. La mujer, amedrentada, se aparta la cabellera de los ojos, gruñe, se pone rápidamente unas zapatillas viejas, enlodadas. Un plato de latón es pasado por debajo de la puerta. El anciano vuelve a cerrar los ojos, suspira, se levanta. Camina con un paso cansado hasta la puerta, se inclina, recoge el plato de bordes sebosos, mira con desdén el frío cocido de cordero. Toma una pequeña pieza y la come. Luego pone el plato en el piso. El gato se acerca a él y come. La mujer mira hacia el plato y hacia el animal. Se acerca en cuatro patas, acerca la boca al plato y devora el cocido, junto con el animal. El viejo vuelve a cerrar los ojos. Distraído, imagina lo que hay detrás de las ventanas: las antiguas ciudades de piedras, las bóvedas, los llanos amarillos, el mar. Hace tanto que no lo ve. Se aprieta los párpados con el pulgar y el índice. Murmura: Si alguien dice que la formación del cuerpo humano es obra del diablo y que las concepciones en el útero de las madres son formadas por el trabajo de los demonios, anatema sea, anatema sea . . . .
. . . . Al despertar supe que no había pasado un día. Quiero decir que la memoria de mi despertar anterior era demasiado inmediata, demasiado contigua. O quizás un reloj interno (la arena que aún velaba mi vista de vidrio) me advirtió que el tiempo entre el amanecer que recordaba y la noche que vivía era demasiado breve; casi imposible. Sigo acostado, temblando, abrazado a mí mismo, a mis piernas, con las rodillas cerca del mentón. Pero puedo reflexionar: probablemente la noche que me rodea ha sido creada y yo mismo, al imaginarla, la aumento.
¿Qué hay detrás de los gruesos cortinajes? No puedo comprobar si ocultan al sol o a la luna. Un ligero dolor reumático en el hombro izquierdo me asegura, sin embargo, que estoy viviendo un clima distinto. No el mar, que suele liberarme: un río precipitado, un vidrioso lago, una amenaza de tormenta. Tales son las vecindades

48

que sospecho. Es inútil. Al abrir los ojos, no sólo dejo de contar el tiempo. Miro lo que nunca he previsto o soñado.

Más bien, soy mirado: por el niño que está sentado junto a mi cama. Sólo distingo las evidencias: el fleco recortado, el traje azul de marinero, el silbato blanco que cuelga sobre el pecho del muchachito... el esfuerzo enorme que hace para poder sonreír en el instante en que por primera vez lo miro. . . . .
. . . . ¿Quién podría arrebatarme el privilegio del asombro?

Todo: mi memoria demasiado próxima, la creciente certeza de que desconozco los parajes, la casa, la alcoba, el clima mismo; la presencia del niño vestido de marinero; la sospecha de que no he llegado aquí por mi voluntad y la incertidumbre, por el contrario, sobre las maneras como pude ser trasladado hasta aquí; todo me hace dueño cierto, absoluto, de mi propia sorpresa. (Hay un olor a ceniza fría; no tengo hambre.) Todo, menos algo que podría ser nada: la mirada del niño, tan asombrada (me parece) como la mía.

Los músculos de su rostro mofletudo y terso se contraen en pequeños espasmos, anuncio, a veces, de llanto; a veces, de risa forzada. Sus manos juguetean nerviosamente con el silbato. Está sentado sobre un taburete de brocado, con una rodilla doblada, una pantorrilla escondida bajo el muslo de la otra pierna y los pies —altas medias de popotillo blanco, zapatos de charol con hebilla de moños— tensos, como las patas de un gato.

Me mira como si hubiese dejado otras ocupaciones más apremiantes y gozosas (¿jugar, precisamente con un gato?: comienzo a percibir ese olor de orines, a notar los rasguños equiparables en las rodillas del niño y en el brocado del taburete) para ocuparse de mi sueño. Para estar presente en mi despertar. . . . .
. . . . Ahora inclina la cabeza con una cortesía reciente; posee un casco de pelo rubio, cortado en fleco sobre las cejas y en dos breves alas de cuervo (cuervo blanco, me digo, ave incierta) junto a las orejas. Es natural que me dé la bienvenida. Ésta debe ser su casa. De todas maneras, él estaba aquí antes que yo. Será el primer ocupante. Es natural.

No lo es que añada, en seguida, con su mejor voz de día de visita: Qué bueno que has regresado. Entonces vuelvo a adueñarme de mi privilegio. . . . .
. . . . El niño me dijo, debes descansar. La cercanía de la memoria me impulsaba a salir de allí. A regresar.

Le dije que debía regresar. Él insistió, con su serenidad reservada para las grandes ocasiones: debía descansar. ¿Cómo había llegado hasta aquí? Un grave accidente, un accidente grave, repitió, invirtió, mi pequeño espectador. Miraba nerviosamente hacia las cortinas; quizás el pobre tampoco sabía si afuera nos vigilaba un pálido sirviente o un brillante sátrapa. . . . .
. . . . Le he pedido algo de comer. El niño ha mirado desconsoladamente hacia los rincones más turbios de esta recámara. . . . .
. . . . ¿O se prolonga esta penumbra artificial en el mundo exterior y fingimos, él y yo, seguir viviendo porque hemos olvidado que fuimos sobrevivientes? Acostado, inmóvil, pienso que sólo un postulado catastrófico podría, acaso, explicar nuestra presencia juntos: el niño habría despertado un minuto antes que yo; ese instante pudo parecerle más largo que cualquier eternidad anterior: esperar un minuto a que otro hombre (el único) despierte... Dueño de mi asombro, primero, y ahora de esta singularidad compartida: inmersos el niño y yo en la gran penumbra final del mundo. . . . . Él me mira y yo imagino. . . . . . .
. . . . Hablo y pienso siempre de una memoria contigua y quizá sólo invoco una vida brutalmente interrumpida, hace siglos: el tiempo inmediato se parece al más lejano, en medio quedan los pantanos del olvido, siempre supe que la madurez es una manera de recordar claramente todo lo olvidado (todo lo perdido): la infancia regresa cuando se envejece, en la juventud la rechazamos. Creo que cerré los ojos, dispuesto a aceptar mis banales explicaciones, convencido de que no tendría sentido acoger el insistente impulso de levantarme y regresar a . . . .
. . . . mi casa. Murmuré esas dos palabras. Abrí los ojos, fortalecido; una urgencia inexplicable me animaba a levantarme, salir, regresar... . . . .
. . . . ¿a dónde? Sé que hace apenas un instante pude pronunciar dos palabras.

Abrí los ojos. El niño estaba sentado en el regazo de una mujer. No he podido reconocerla. Entonces no somos los únicos sobrevivientes. . . . .
. . . .
La mujer acarició al niño acurrucado contra su pecho. No intento describirla para mí; y para el niño es una presencia consabida, anterior a mi arribo; entrañable y por ello, en cierto modo, dispensable. Pude creerlo porque el niño, abrazado a la mujer,

dirige sus miradas, con particular intensidad, a mí. Y no quiero describirla por otra razón. Supe entonces que esa belleza sólo podría descubrirse poco a poco. Supe que debía esperar su momento culminante y resignarme, después, a un retorno de su misterio privativo. Misteriosa y dispensable: única y repetible, singular y común. Así lo sentí de inmediato. Tan difícil de penetrar que hacerlo debería agotarme. Nos salvaríamos de la fatiga con una afectuosa indiferencia. Quizá eran sus hábitos los que me acercaban a esta idea. Deben existir fotografías viejas en las que las mujeres de otra década combinan de esta manera los signos de la gestación, el servicio y el luto.

Vestida de negro hasta los tobillos, calzada de negro, con medias negras, su oscuro y ancho ropón poseía dos enormes bolsillos laterales. Imaginé cupo, dentro de ellos, para manojos de llaves. Muchos. También libretas y lápices. Y tijeras. Cabrían listas de compras, recibos de tiendas, lupas y cintas métricas. Pero no eran estos detalles, ciertos o posibles, los que singularizaban el aspecto de la mujer, sino la banda fúnebre que ceñía su cabeza, apretaba sus sienes, ocultaba su frente y se amarraba cerca de la base del cráneo: un listón, delgado y ancho, de seda negra, digno de una ofrenda triste y definitiva, del cual surgía, erizada, la cabellera cobriza, atenazada.

Lo diré, en fin: en los ojos negros había un sueño infatigable, en los labios una obstinación libre y enferma, en la piel una palidez de gesto oriental, en las manos un brillo de astro moribundo.

El niño estaba mirándome, pero sus ojos no eran los del asombro, el llanto, la risa o la complicidad. Eran una indicación: su insistencia terminó por turbarme, por conducirme a la otra mirada, la de la mujer. La mujer no me miraba. Y no me miraba sabiendo que yo estaba allí. No me miraba porque no sabía que yo estaba allí. . . . . Su familia será debidamente notificada, dice (me dice) el niño del traje marinero, abrazado al cuello de la mujer de la banda negra; ella lo escucha con paciencia, pero cuando el niño repite la frase, le pega afectuosamente sobre el muslo: Ya sabes que no me gusta ese juego.

El niño se aparta de ella, se levanta la manga del traje y le muestra (me muestra) una herida fresca en el antebrazo.La mujer gime, amedrentada, desobedecida.

—¡Has salido de nuevo!

—Sí, Nuncia.

—Me has desobedecido.

—No, Nuncia.

—Quisiera creer que sólo has jugado con el gato.

—Sí y no, Nuncia.

—¿Por qué miras tanto a esa cama? ¿Quieres acostarte ya? Sabes muy bien que éste no es tu cuarto.

—Todavía no.

—Ven, acurrúcate. ¿Qué quieres hacer?

El niño levantó los brazos y encogió los hombros, hizo una mueca de picardía y la mujer rió mucho. Luego me dieron la espalda. . . . . ¿Cómo comunicarles que siento sed y hambre? Una invencible vergüenza me impide hacerlo. Sería admitir algo que no debo. Sería catastrófico. . . . . Es terrible desconocer, por dentro y por fuera, la estructura de la casa que se habita. Yo no podía imaginar la de ésta. Me levanté, dejé atrás la cama; me dirigía hacia unas cortinas, cerca de mí un círculo de penumbra ocultaba a un niño y a una mujer . . . . La mujer rió mucho, movió de una manera peculiar el hombro y dejó que el batón negro se deslizara por el brazo derecho. El seno redondo, pesado, enraizado bajo la axila, saltó erguido, excitado antes de que el niño acercara sus labios húmedos y frescos al pezón. Nos hemos bañado en un río de crímenes, terciopelos y hierbas ecuatoriales. . . . . Empiezo a investigar la forma de la casa. Investigo, pero no descubro. Probablemente lo que me impide observar con lucidez es la excesiva conciencia que tengo de una duda: no sabría decir si estoy vestido o desnudo. No me basta mirarme; la vista no me resuelve el problema. Recorro los pasajes de la casa (de algún modo debo nombrar a estos conductos que me llevan de ninguna parte a ninguna parte) con la pesadilla indisoluble (éste es mi acertijo menos resistente) e intangible sobre los hombros, como una liviana capa de metal. Si imagino que estoy vestido, temo: que este lugar y este tiempo, para ser reconocidos y acaso redimidos, exijan una entrega idéntica a la desnudez; cualquier pudor sería un contrasentido, una manera de negarle a lo que verdaderamente existe una visión sin apariencias. (Lo que verdaderamente existe: este

tiempo y este espacio que empiezo a sospechar exigentes, no porque sean totales, sino porque apenas balbucean, para mí, su primera necesidad de ser.) Si imagino que estoy desnudo, temo también: las miradas, ofendidas o salaces, de esa pareja cubierta de trapos negros, moños, ribetes, medias, bandas fúnebres.. . . . .
. . . . Toleré la escena durante algunos segundos: ella reía, reteniendo la risa, haciéndola espumosa a fuerza de retenerla en el pecho, cerca de los labios del niño, sumando ese temblor solar al del pezón dócil, sometido a su propio placer. Recuerdo que hay madre. Recuerdo que hay nana. ¿Una hermana mayor que se permite jugar inocentemente con el hermanito que se niega a abandonar las costumbres de la infancia? ¿Costumbre o necesidad?: el niño se había olvidado de mí, estaba entregado a su primer instinto y el acto borraba de sus labios toda la intención de burla (hacia mí) o de lascivia (hacia… Nuncia: aceptaré el nombre que el niño le da, un nombre que nada dice sobre la sangre o el trabajo, y por la sangre o la ocupación he de descubrir quiénes son mis anfitriones).

La toleré. No dejé de soportarla porque el hecho físico me repugnase, tampoco porque lo estaba deseando (¿quién es Nuncia?, ¿es siquiera hermosa?, aún no lo sabía; pero mi indiferencia debió advertirme que sólo podía, a un tiempo, dejar de rechazar y dejar de envidiar algo que ya me había sucedido) sino porque cuando el niño se perdió en los pechos de la mujer, dejó de mirarme y esta ausencia me provocó un frío intenso, una intolerable soledad: la noche se había duplicado.

Alrededor de la mujer y el niño abrazados, la sombra creada por los cortinajes ciñó una segunda vestidura: esa oscuridad era la aliada de Nuncia (lo comprendí sin esfuerzo); ella la convocaba para que el niño dejase de mirarme, para que el acto no fuese una provocación, una exhibición, un desafío dirigidos a mí: para que esos besos se consumieran en sí mismos, sin testigo. Ella lo había dicho: Ya sabes que no me gustan estos juegos. Pero esa mirada, ¿no era también una forma de presagio? Inadvertido por el mundo que era, ¿tenía yo otra posibilidad de encarnación que no fuese la mirada del niño?

Me levanté y caminé hacia las cortinas. No supe si estaba vestido o desnudo. No importaba. Ellos no me miraban, yo no los miraba, yo no me miraba. Si las cortinas velaban un secreto, no tardaría en saberlo. Me detuvo la defectuosa construcción de mi pensamiento: el cortinaje no ocultaba un secreto, sino una evidencia. El secreto, de haberlo, existiría de este lado de las cortinas, de nuestro lado.

Las aparté. Cubrían un inmenso muro de ladrillo sin pintar . . . . Quise imaginar una catástrofe. La hipótesis era demasiado fácil. En cambio, la real impresión es difícil de comunicar. Durante esta hora imprecisa he recorrido vastas galerías que conducen siempre a un punto muerto, como el muro de ladrillo detrás de las cortinas. No hay ventanas en la casa; no obstante, es posible desembocar, sin previsión, en un jardín sin cielo, rodeado de *loggias* y sembrado en el centro de un sexágono de murallas lisas, de piedra carbonizada, que se levantan sin interrupción hacia un firmamento diferente, desconocido, semejante a una bóveda de estaño.

Sin embargo, todo crece y todo corre en el jardín: así los geranios como los surtidores, el sauce excéntrico como las hormigas. Pero basta caminar un trecho por él, para que los pies levanten la ligera capa de polvo; debajo de ella, hay un piso estéril de ladrillo y argamasa. He conocido ciudades similares; no tengo por qué imaginarme en un lugar de excepción. El palacio de Diocleciano, en Spalato, es la moderna ciudad dalmática de Split: los corredores, allí, son las calles; las plazas públicas, los patios; las basílicas imperiales, los templos comunes; las cocinas del monarca, las fondas del pueblo; los salones y cámaras, las actuales habitaciones de los zapateros, pescadores, popes y vendedores de tarjetas postales; las murallas que sufrieron los embates bárbaro, véneto e islámico, el sencillo paseo dominical de los hombres modernos. Split es una ruina viva; un palacio que nunca dejó de estar habitado y que a las heridas naturales del tiempo abandonado ha añadido las cicatrices del uso cotidiano, continuado durante dieciséis siglos. Menos pudo, para marcar al palacio, el puro transcurso del tiempo interminable, que las veloces llagas impuestas a sus fachadas por una riña pasajera, los gritos de los ofrecimientos ambulantes, las travesuras de los niños, las palabras de los amantes, el humo de las frituras. Y así, en la Puglia, Federico de las Dos Sicilias mandó construir en la única cima de esos llanos amarillos, donde apenas se atreven a levantar cabeza los humildes *trulli* de piedra abovedada, el más alto palacio de la cristiandad meridional, Capodimonte, inmenso cubo de piedra cuyas cámaras circulares desembocan, indefectiblemente, en un patio solitario, rodeado de ocho mura-

llas sin ventanas. Pero desde allí, situado en el centro del patio desnudo, sí se observa la eternidad mutante de los cielos. . . . . . .
. . . .
Su rostro fue bañando por el sol memorable de un verano. Observé otros hechos. Los menos singulares son de orden topográfico y por ello discernibles a simple vista. Por ejemplo: los corredores, trazados en línea recta, tienen esquinas. No me refiero a simples adornos o salientes a lo largo del pasaje indiferenciado; quiero decir que, caminando en línea recta, se llega a esquinas delgadas como una lámina pero impenetrables como un contrafuerte. Obstáculos a la vez infinitamente esbeltos y absolutamente gruesos que es preciso doblar, como verdaderas esquinas, en un instante de insensible violencia, a fin de proseguir el camino derecho de la galería.

Diríase que esas falsas y, no obstante, tan ciertas esquinas, aún no optan por su propia naturaleza: no saben si desvanecerse o adquirir la permanencia de un monumento. Empiezo a creer, cuando franqueo esas barreras dudosas, que existen aquí monumentos en proceso de formarse, de decidir su propia grandeza o inmortalidad. Sucede también que las galerías se van angostando sin propósito visible, hasta un grado en que sólo es posible recorrerlas de lado, con las manos abiertas contra el costado posterior y los labios rozando el anterior: así, me veo obligado a caminar dentro de esta capitosidad extrema, dentro de esta respiración de piedra, como lo haría a lo largo de una cornisa altísima, con los ojos cerrados, aterrado por el vértigo. El símil no es ilusorio, pues puede suceder que, apenas salido del estrecho pasaje, éste, en efecto, se convierta en un alero sobre un precipicio: entonces debo realmente cerrar los ojos, no sin antes haber vislumbrado el terror, más histórico que físico, de ese acantilado de piedra blanca que pugna, en un contraste secular, contra la casa que se levanta sobre sus yacimientos. He podido adivinar, en esos instantes de respiración cortada, que la piedra es más antigua que la casa; la sostiene con rencor. Y mi miedo se agranda cuando me doy cuenta, aquí como en el jardín, que la piedra del precipicio existe, como la casa, bajo un cielo artificial.

Esta caída abismal no es de otra naturaleza; sólo es de otro tiempo. Un tiempo sin habitáculos. La roja cólera de la piedra bruta es como la rabia de una madre desposeída: su permanencia no es más que un deseo de volver a ser habitada . . . .
. . . . El enigma del jardín amurallado. Repito:

éste no es un invernadero, ni un espejismo, sino un verdadero jardín, tal como puede encontrarse en cualquier suburbio de . . .
. . . .
. . . . Londres . . . .
. . . . Nada falta en él; sobre todo, no faltan ni el sol ni el aire. Pero su origen es invisible; no se puede trazar un arco imaginario que conecte la luz de las plantas con un astro nutricio, ni el movimiento del agua con un sirocco caprichoso . .
. . . . Trémulo, recorro la cornisa como la razón y el sentimiento de la propia sobrevivencia (casi idéntica a aquélla) me dictan que debo hacerlo: con los pies muy juntos, moviendo primero el derecho y luego el izquierdo hasta reunirlos de nuevo, con las manos abiertas y pegadas al muro, con la cabeza levantada y los ojos cerrados.

Repito infinitamente la operación hasta toparme, en sentido estricto, con la ansiada solución: mis labios vuelven a rozar la pared anterior, opresivamente cercana, remotamente acogedora. No me atrevo aún a abrir los ojos: esta proximidad es tan asxifiante como aquella vertiginosa lejanía. Pero cuando mis labios se liberan, sé que estoy de nuevo en los pasajes de esta casa o ciudad; continúo sabiendo que todo lo que parece exterior o subterráneo es, simultáneamente, interior y aéreo. Empiezo a imaginar que la simultaneidad que percibo no es gratuita; es sólo el signo más aparente de que esta casa, al mismo tiempo (en el mismo espacio) está hecha; sólo que toda su minuciosa factura anterior es como una preparación para ulteriores construcciones, acaso interrumpidas (acaso, aun, impensadas). Esas murallas ciegas, de ladrillo, escondidas detrás de ricos cortinajes, podrían cerrar un pasaje para siempre; podrían, igualmente, ser la transitoria reparación, el paréntesis, de una nueva antesala.

Antesala, compás de espera: todo está construido como un olvido o una previsión, todo está habitado provisionalmente. ¿Por qué hay una gran cama de cobre (la mía) con mosquitero y polvoso toldo, en lo que pasaría por ser la cocina de la casa, si sus viejas estufas de brasero no ocultasen, bajo las parrillas, una ceniza demasiado fría, demasiado vieja? ¿Por qué hay una tina con patas y grifos dorados en el centro de la mohosa biblioteca cuyos títulos resultan ilegibles detrás de las rejillas de alambre donde las arañas tienden sus telas? ¿Por qué hay un armario lleno de ropa de otra época —*knickers* y sombreros de copa, polainas y batas de pluma, miriñaques— junto al sauce inmóvil del jardín sin cielo? Sólo relataré las evidencias: nadie me creerá que, a veces, topo contra paredes donde sólo se ve la invisibilidad del aire, asciendo por escaleras que conducen a falsas ventanas que me reflejan en el acto de descender las mismas escaleras, caigo en breves pozos que en su fondo imitan la fijeza de estrellas olvidadas.

He comparado esta casa a una ciudad yugoslava y a un palacio mediterráneo. Ahora sé que la comparación extiende en demasía un hecho incomparable: aquella ciudad es lo que es en un tiempo numerable, sucesivo; ese palacio fue lo que es en un solo acto: el de la concepción grandiosa de un monarca teutón embriagado por la proximidad de un mar ardiente. Esta casa, la que recorro durante imprecisos instantes, ¿fue, es o será?

Camino, recorro, y a veces veo venir hacia mí la figura negra de Nuncia, ocupada en mil gestos cotidianos: Nuncia que riega plantas, recoge hierbas, prepara baños, remueve cenizas, se ensimisma, hurga en los rincones obsoletos de esta construcción absoluta y jamás me mira, jamás admite la pluralidad de mis andanzas o la singularidad de mi presencia.

No así el gato: en el segundo de este minuto, en el día de este siglo (no sé definirlo; no sé de dónde traigo estas categorías imposibles; el tiempo se me ha vuelto tan ancho como algunas premoniciones, tan estrecho como ciertos recuerdos) en que recorro, para reconocerlas, las formas de esta casa o de esta ciudad (si es ciudad, es sólo un cuarto inmenso, un salón demasiado parcelado; si es casa, es sólo un barrio que soltó amarras con el resto de la urbe imaginable) mi emoción, que en cierta manera estaba congelada por el asombro, sofocada en la fisura entre ese extrañamiento y el hecho real de que todo esto lo vivo, lo toco, lo huelo, lo pienso, aunque pueda dudar de mi vista, se desbordó, sin proporción, cuando el gato, que venía por una de las galerías detrás de Nuncia, se detuvo, me miró a través de sus ranuras grises, se desprendió de la compañía severa y actual de la mujer para trasladar esa actualidad a mi negada cercanía. El gato —un angora insatisfecho, largo, relamido— se frotó contra mis tobillos, maulló, levantó una pata juguetona... Esperé con ansiedad el rasguño: de él dependería saber si yo iba vestido o no, si las uñas rasgaban tela o piel...

No pude saberlo. Nuncia se detuvo también, observó los movimientos del gato, se levantó los cargados faldones y corrió hacia el gato, le dio un puntapié, lo levantó del suelo con una mano brusca, erizando su pelambre abundante pero mortecina, sin lustre, lo agitó sin compasión, tomado de la piel estremecida del lomo: ¿Por qué te detienes? ¿Qué miras? ¿Qué haces? Maldito Nino, siempre tratando de asustarme, siempre haciendo creer que hay alguien más en los lugares...

Seguramente se arrepintió de su severidad; apretó delicadamente a la bestia contra su pecho, le acarició el lomo, acercó la cabeza a las orejas inquietas de Nino, y la dejó caritativamente inclinada:

Si aquí no hay nadie más que tú y yo, tontito, bonito, suavecito. . . . . He regresado, fatigado, a la cama; nuevamente, desconozco los instantes anteriores a ese seguro desplome de mi cuerpo; nuevamente, el niño está junto a mí cuando despierto. Esta vez, me muestra a mí el estigma de su brazo. Nino ronda las patas de la cama de cobre. Sé que los braseros apagados están cerca. Empiezo a reconocer esta casa; ¿qué estaré olvidando a cambio de este aclimatarme en lo que, hace tan poco, era lo desconocido?; empiezo a reconocer el lugar a donde he llegado o a donde he sido traído; si regresara, ¿reconocería el lugar de donde partí? ¿Reconocería aquellas partes, éstas?

Lo hace de la manera más natural: tiende hacia mí el brazo desnudo, arremangado; con la otra mano, acaricia la cabeza del gato. Me muestra algo que para él es una evidencia y, para mí, es sólo un misterio. La herida del brazo. ¿Qué puede unir a una prueba y a un enigma? Sonríe como si supiese que yo entiendo; no comprende que, para entender, primero debo recordar... Tal vez sí; tal vez me equivoco y el gesto del niño es sólo una invitación para que recuerde. ¿Por qué, entonces, presenta su invitación como un acertijo, como una adivinanza?: ¿Cuándo deja una puerta de ser una puerta?

Ríe mucho, seguramente mi cara de estupefacción debe ser el motivo de su risa.

Puedes recorrer toda la casa, añade, recogiendo al gato del piso; pero nunca abras una puerta, ¡nunca!

Yo lo escucho y no lo entiendo; desde hace tiempo, sólo trato de recordar: otra casa, otro amanecer. Pero mi memoria es negra y en ella nado sin fin en un líquido bullente y viscoso. Debo resignarme y aceptar que ésta es mi ubicación: una cama de cobre con toldo y mosquiteros, cerca de las viejas parrillas de una cocina cenicienta, cerca de las frondosas cortinas que ocul-

tan un balcón condenado. Ésta es mi habitación acostumbrada, desde ahora; a ella debo regresar, fatigado, de la única ocupación posible: recorrer sin fin las galerías, cornisas y jardines de la casa. El niño me ha advertido que no debo abrir ninguna puerta: ¿cómo hacerlo, si aquí todo es la libertad del laberinto, la imposibilidad del muro, el vértigo de la caída o la ilusión del ascenso?. . . . . . .
. . . .
. . . . Hoy tuve la tentación de abrir una puerta, sólo que, nuevamente, la puerta no existía. Sin embargo, era la más bella que puede encontrarse en estos dédalos: pues la piedra aquí tiene varias posibilidades; es el ocre hirviente, compacto, despilfarrado, rencoroso de las barrancas-madre; es la lisura uniforme y gris de las galerías; es el ámbar quemado de los patios; es la infinita ruptura de yeso de los decorados que aún no me permito ver en detalle; es la roja ceguera de los ladrillos que condenan las salidas.

Esta vez, la puerta es un marco de piedra aparejada, tallada, simétrica, ligeramente ojivada. Le basta su dorada porosidad para engalanarse. El muro que la cierra es de los más delgados; ellos, sin duda, deben saberlo; no me explico por qué conversaban detrás de él o por qué permitieron que me acercara impunemente: mis pasos deben escucharse con tanta insistencia como el flujo y reflujo de sus voces, que me fueron atrayendo, guiando, hasta ese punto ciego en que la pared me vedaba el paso pero desde donde sus voces se escuchaban claramente.

—¿Insistes en tus mentiras?

—Es la verdad, Nuncia.

—Aquí sólo vivimos el gato, tú y yo.

—Te digo que ha regresado. Te lo juro.

—Deja de enseñarme ese brazo. Te arañó el gato.

—No, cuando él regresa se me abre la herida, tú lo sabes.

—No me engañes. Te he visto en el jardín, junto al sauce.

—Te juro que no me toco.

—Cierras los ojos, aprietas los dientes y te clavas el puñal en el brazo. Luego crees que no ha sucedido. Pobrecito.

—Nuncia, te juro que entra muy cansado y se acuesta en la cama.

—¿Cuál cama?

—La de cobre, con los mosquiteros.

—Pobrecito. Nadie se ha acostado nunca en esa cama. Los mosquiteros están cubiertos de polvo. Ninguna mano los ha tocado. Además, la cama no tiene colchón, está desfondada. Nadie podría dormir allí. Como no fuese para morir.

—Te juro que se levantó y apartó las cortinas y miró por el balcón.

—¡Ah! Caíste en la trampa. Nadie puede mirar por ese balcón salvo tú y yo. Algún día.

—¿De verdad?

—Cuando crezcas. Ahora vete a dormir. Te hace daño excitarte tanto.

—Cuídame, Nuncia. Llévame a la cama.

—Ya eres un hombrecito. Desvístete solo, acuéstate y luego pasaré a darte las buenas noches.

—Como tú digas.

¿El cuarto del niño? En mis andanzas por el lugar, nunca he podido encontrarlo; alguna vez me he preguntado dónde dormirían Nuncia y el niño, porque no he visto otra cama aquí sino la que yo mismo ocupo y esa, según la mujer, no la ocupa nadie. Ahora tengo una oportunidad; si el oído me es afortunado, podré diferenciar, primero, los pasos del niño —difíciles, leves, similares a los del gato que lo acompaña— de los de la mujer —reconocibles por la suma de objetos que chocan entre sí dentro de las bolsas del ropón—; seguir, inmediatamente los primeros con la oreja pegada al muro, con la mano nerviosa recorriendo la superficie, como si bastase ese contacto encantado para establecer una comunicación secreta con los pasos que persigo; con los nudillos a punto de pegar contra la pared, como si de algún modo la oquedad o la espesura intermitentes pudiesen darme un indicio de dirección.

(Suplo, así, la fugacidad de las causas por la gravedad de los efectos; sé, en ese momento, que los motivos pueden olvidarse o reemplazarse o matizarse infinitamente a partir de los ciertos, inconmovibles efectos: que el efecto, al cabo, justifica la causa: febrilmente:) acaricio (velozmente) los muros de este lugar, sin detenerme, seguro, aun cuando no los escuche, que los pasos del niño me guían hacia el encuentro, resistiendo la tentación de probar las oquedades probables, de desanimarme ante las indudables espesuras, divorciado finalmente de la causa —los pasos ensordecidos— y enamorado del efecto —la sensual vibración que los muros comunican a mis yemas—.

Las palmas se abren, gélidas, trémulas, secas, ardientes: no toco más el muro; como dos asaltantes sorprendidos, como dos condenados a muerte en el momento de recibir la descarga

imposible, para siempre aplazada por la estúpida confianza del cuerpo en su propia supervivencia y por la magnífica soberbia del alma que se siente un segundo por delante del cuerpo acribillado, consciente de la muerte del cuerpo y de la inmortalidad del espíritu antes de que el cuerpo posea una y pierda para siempre la otra... mis manos tocan el viejo terciopelo de una cortina. . . . .
. . . . Por primera vez, veo sin ser visto: la mirada del niño, incluso cuando lo amamantan, no deja de fijarme como a una mariposa alfilerada; hay algo, en su insistencia, de mi existencia; los ojos del niño quieren decirme, y decirle a Nuncia, que estoy allí; en cambio, la mirada de la mujer, que quiere negarme, tampoco deja de verme: me ve sólo para decirme que no es cierto, que no estoy allí; su insistencia es mi inexistencia. Pero ahora, ni Nuncia ni el niño pueden crearme o negarme: yo los miro a ellos, impunemente.

Primero al niño, que ha llegado solo a su recámara y durante algunos instantes ha girado sobre sí mismo, antes de acercarse a los juguetes. A medida que los va tocando, yo los voy distinguiendo y clasificando. Ambas operaciones son, en cierto modo, una sola. Algunos juguetes corresponden a una edad que el niño ha sobrepasado; continúan allí por cariño o por descuido y quizá, de nuevo, por ambos motivos a la vez: sonajas, ositos felpudos, pelotas de celuloide, un antiguo silabario con las cuentas despintadas y el marco arrugado por el tiempo o el agua o el fuego: no distingo bien, desde la cortina, las figuras que lo ilustran. Miro desde lejos los muñecos de goma, deteriorados, que representan figuras cómicas; quisiera reconocerlas; quizás, de cerca, podría identificarlas.

Los demás corresponden a la edad del niño, pero hay algo incongruente con ellos, algo que no acierto en ubicar... Un patín del diablo, sí, un trineo, un globo terráqueo, un fusil, ciertos disfraces colgados en ganchos, pierrot, pirata, apache... un tambor, un pequeño piano... y jaulas, una, dos, hasta seis jaulas, vacías, que cuelgan del techo, detenidas por esbeltas cadenas negras: se mecen suavemente, en ese ámbito capitoso, pero ¿no sé que aquí el aire se engendra a sí mismo, igual que la luz... igual que la sonoridad, acaso igual que la visión? No: el niño está allí, acaricia sus juguetes, unos infantiles, otros propios de los diez años... pero todos viejos.

Ese es el orden que impongo a los juguetes: ninguno es nuevo. Ninguno le ha sido regalado en su más reciente cumpleaños. Esta mujer avara debe guardar los juguetes de otras generaciones y ofrecérselos al niño encerrado aquí como si fuesen nuevos. No hay otra explicación.

Entonces entra ella, como lo prometió, a darle las buenas noches.

Él continúa vestido con el traje de marinero. La ve. Se lleva el silbato blanco a los labios y sopla. El chillido insoportable retumba por las bóvedas, multiplicándose, estremeciendo las cadenas y las jaulas con la rispidez de un cuchillo frotado contra un platón de metal. Ella se tapa los oídos con las manos, grita algo que no vence la monstruosa alarma del silbato, tenebrosa sirena de nieblas, aguda ave herida, celo y lupanar. (¿Nuncia o el niño? ¿O la suma de sus gritos?) ¿Y por qué, pienso repentinamente, creo que éste es el cuarto del niño, en una casa donde no puedo ubicarme porque la casa misma no está ubicada, no está repartida normalmente... donde se duerme en las cocinas, se lee en los baños, se baña en las bibliotecas, se cocina en el vacío...? ¿Donde los sauces crecen sobre el ladrillo pulverizado?

—Te dije que te acostaras.

El niño no contesta; hace girar insolentemente las cuentas del silabario.

—Deja de jugar. Desvístete.

—Mira cómo tienes este lugar.

—Obedéceme.

—¿Cómo dicen los grandes? —el niño hace una feroz mueca mimética—. ¡Una pocilga, una pocilga!

Su risa es tan aguda como el silbato: —Ni los puercos vivirían aquí, Nuncia. Muy mal, muy, muy mal. No cumples con tus deberes.

La mujer le da la espalda y él continúa:

—¿Qué cuentas vamos a dar de todo esto?

—Nadie nos pedirá cuentas. Y deja de hablar como un enano.

—¿Y él?

—¿Quién?

—El que regresó, idiota.

Nuncia se encoge de hombros.

—Ni siquiera le has preparado la cama. Podías sacudir los mosquiteros, el colchón y el toldo. ¿No ves que se puede quedar ahogado una noche? ¿Eh?

—No te falta nada. Deja de quejarte.

—¿Y las jaulas? ¿Por qué están vacías? Te he ordenado que me las tengas llenas, siempre llenas...

—Quieres que te cocine, te vista, te bañe, te arrulle, te...

—Es tu deber, Nuncia. Todo lo que hagas es poco. Aunque te maldiga, te azote, te abandone, te desconozca. Tu deber es cargar conmigo. Si no, lo pagarás caro en esta vida o en la otra. Tu obligación es mimarme mucho, mucho, mucho...

—Está bien.

—Toma este trapeador. Mira en qué estado has dejado los pisos...

—¿Qué tienen?

—Tus zapatillas, mi amor. Están llenas de lodo. ¿Dónde has andado? No, no me lo digas. No quiero saber. Por algo están vacías las jaulas. Anda, trapea el piso... No, Nuncia, así no… Ponte en cuatro patas… Así, Nuncia, en cuatro patas, así, como te gusta, ¿verdad?, trapea, mi amor, trapea fuerte, que no quede una sola de tus porquerías en mi recámara. . . . .
. . . .
. . . . Regresé a mi cama porque una intuición filosa me dijo que no sólo me era físicamente repugnante permanecer detrás de la cortina, espiando, sino que, al hacerlo, preparaba el inconsciente peligro de irrumpir. Visitar al niño en su recámara sería un error irreparable. No me hubiese sido fácil encontrar el camino de regreso (el de ida, lo creo ahora, me fue iluminado por la sensación y el deseo) de no haber mediado un nuevo hecho: casi sin darme cuenta, comencé a escuchar ruidos que creí reconocer, ruidos ajenos a este claustro: ciertos taconeos reconocibles, reveladores de la materia que pisaban: grava, pasto, aceras mojadas, lodo primaveral, ennegrecida nieve de húmedos inviernos; cierto rodar de cabriolés sobre calles empedradas; ciertos bufidos cálidos, humeantes, de caballos al salir por la puerta cochera en noches de noviembre; y luego el ritmo parejo de los cascos por la alta calle de un barrio olvidado; las bocinas de viejos automóviles, el ruido de las manivelas y el arranque de los motores...

La suma sonora, imperceptiblemente, me condujo de regreso al cuarto de las parrillas antiguas y la cama desfondada. Pero los ruidos quedaron atrás. Quise recordarlos, habían huido. Quise ubicarlos; estaban dispersos. Mi mente había sido conquistada, a través de los ojos que ni siquiera pueden pestañear, por la atroz escena del niño y la mujer en cuatro patas, él mostrándole

cómo debía ponerse, ella imitándolo con la mueca libre y enferma, la palidez y el brillo, la oscuridad envolvente de sus trapos.

Quizá dormí, reparadoramente: el sueño, en verdad, es el
dulce baño de nuestras labores . . . .
. . . .
. . . . Me despertaron los gritos, el furioso
rugido animal. . . . .
Desperté con pena; mis ojos ya habían visto lo que iban a ver;
había soñado lo que estaba viendo, imprecisamente, a través de
los polvosos mosquiteros de la cama: esa imagen de dolor y cruel-
dad. . . . .
. . . . El tiempo anterior ha sido tan lento; esta
imagen lo vuelve tan precipitado . . . .
. . . . El niño está al
pie de la cama; su traje de indio apache (el que vi colgado en un
gancho en la distante recámara) está hecho trizas; los hombros,
los muslos, las nalgas le brillan entre la ropa rasgada; el niño se
azota a sí mismo con una de las cadenas que sostienen las jaulas
de su cuarto; el niño camina sobre púas arrancadas a los rosales
del jardín sin cielo... Cae exhausto, gimiendo; el gruñir ominoso
de la bestia no cesa. Salto de la cama, lo levanto en brazos, lo llevo
a mi propia cama, corro detrás de nosotros los velos de polvo.

Con los propios velos envuelvo sus pies sangrantes; quisiera abrazarlo, pero el dolor de la sangre cárdena bajo la piel
violentada me lo impide: cada una de esas llagas palpita; el niño
abre los brazos; une las manos sobre mi nuca; murmura, más
para él que para mí (y sin embargo con un aliento cuyo calor
inunda el pabellón de mi oreja): *Non vere creatus, sed ab aeternitate
increatus.*

Luego se separa de mí, se hinca en la cama, me observa,
me tiende la mano abierta, temblando, me pide una limosna; dice
que tiene hambre y siente fiebre, que desde hace días no prueba
bocado y que sus labios le queman, por caridad, por caridad, una
limosna para este pobre niño... No sé cómo tomar su comedia, tan
entristecida por las heridas que él mismo se ha infligido; pero
entonces vuelve a abrazarme y a murmurar:

—Soy un prisionero en esta casa. Ella me tiene encerrado
aquí. Ayúdame.

—¿Quién eres? —le pregunto—. ¿Quién es ella? Primero
debes contarme, si quieres que te ayude...

—¿La ves tan bonita?

—No... no sé; me cuesta decidir si es bella o no...

—Es muy bella —declara el niño, con resentimiento—. Algún día lo sabrás. Pero su belleza esconde su maldad. Me tiene prisionero, me mata de hambre y de sed; es la peor madrastra del mundo...

—¿Es tu madrastra?

—Como si lo fuera; como si fuera la madrastra mala de los cuentos; igual...

—¿Qué quieres que haga?

—Estoy muy solo y muy asustado. Nadie me quiere...

—Yo estoy aquí...

—¿Tú me quieres?

Afirmo sin convicción.

—¿Tú me cuidas y me proteges?

Esta vez digo, sí, sin esfuerzo: debo repetir la afirmación una y otra vez, mientras el niño habla en cascada: ¿Me llevarás al circo? ¿Me comprarás mis libros ilustrados? Y los sábados, ¿iremos a ver jugar a los hombres de blanco en el parque?, ¿iremos los jueves en la tarde a las tiendas hasta que llegue mi cumpleaños?, ¿te disfrazarás para asustarme y hacerme reír?, ¿me enseñarás a dar saltos mortales?, ¿me dejarás guiar el cabriolé cuando sea más grande?, ¿cómo se llaman los caballos?, ¿ya no te acuerdas?, ¿por qué se llevaron los caballos?, ¿es cierto lo que dice Pink el jardinero?, ¿es cierto que se los llevaron para matarlos?, ¡oh, por qué cambiaste el cabriolé y los caballos por esa máquina ruidosa?, prométeme que iremos a Ramsgate este verano, prométeme que esta vez sí me dejarás entrar contigo a ver los bailarines, ¿qué tiene de malo?, los veo desde el paseo, usan sombreros de paja, iremos en el tren, tú y yo solos, y me hablarás como si fuera un hombre grande y me dejarás ordenar el té y las jaleas de cinco sabores y los bizcochos con mantequilla y cuando crezca más, iremos juntos a comprar el uniforme y la gorra y la corbata y me llevarás tú mismo a la escuela y me dejarás solo y seré un hombre...

Como los sonidos que quisiera reconocer me guiaron en el laberinto que separa la recámara del niño de la mía, ahora estas palabras, que también se esfuerzan por resucitar su segunda vertiente en mi memoria, me conducen de la lejanía con que nos observamos (él hincado, herido, mendicante) a un abrazo estrecho y tierno. Acaricio su cabeza rubia y las imágenes se niegan a reposar. Entonces él, que está recostado contra mi pecho, levanta la mirada y hay en ella algo que niega terriblemente nuestro acercamiento, nuestra segura ternura. Primero se chupa el pulgar con malicia, luego habla en un susurro:

—¿Sabes? En la noche, después de que me acuesta, ella sale al jardín... Yo la he seguido... ella no lo sabe... es una mentirosa... dice que debe cuidar las plantas... no es cierto, no es cierto... hace otras cosas... cosas horribles... yo la he visto... por eso están vacías mis jaulas... siempre vacías... ¡júrame que tú sí me llevarás al zoológico de Regent's Park!

No comprendo bien lo que el niño quiere insinuar; sé que sus palabras están cargadas de maledicencia, de desprecio. Lo aparto a la fuerza del abrazo. Él entiende. Ríe, como ella lo dijo, como un enano maligno.

—Tú debías estar conmigo. Contra ella.

—No tengo por qué...

—Ella te niega —su zumbido es el de un insecto de vidrio anidado entre arenas secas—; ella dice que tú no existes...

—Tú la humillas, como un pequeño tirano, la obligas a ponerse en cuatro patas, la esclavizas; es mentira todo lo que cuentas...

Me escupe al rostro con un silbido repentino; su pelo rubio, su casco recortado sobre las cejas y junto a las orejas me parece ahora la peluca de un monstruoso albino: —¡Tú me espías! ¡Tú me espías! Tú me espías!

Aparta violentamente los mosquiteros, salta de la cama y me ordena que lo siga. ¿Para qué resistirlo? ¿Tendría sentido, en este lugar y durante estas horas, rehusar cualquier movimiento, aun el más terrible, que me acerque al corazón del enigma, quizá a su resolución, quizás a la dispersión repentina de estas paredes y del tiempo sin memoria que encierran? Me siento más digno obedeciendo al niño que instalándome, estúpidamente, en la inactividad de la soberbia. No dudo en seguirlo cuando veo que se acerca a las cortinas que, en otro tiempo, yo mismo aparté para encontrar sólo un muro de ladrillos. Espero una revelación: la pared se habrá transformado en el más puro cristal. Corro hacia el niño en el momento en que aparta las cortinas y muestra, nuevamente, el mismo muro ciego. Me convoca. Me acerco, desalentado. Me acerco, más y más, a la fisura que el niño señala con el dedo meñique. Está detenido como un muñequito de porcelana. Acerco el ojo a la ranura casi invisible de yeso. Miro. Miro. Empiezo a gritar, empiezo a llorar amargamente, luego a odiar, más que la visión que el niño me ha impuesto, al niño mismo, autor de esta cruel e inútil

trampa. Sólo para esto, y sólo en este instante, mi pequeño y monstruoso captor me ha devuelto la memoria . . . .
. . . . ¿Por qué no me has pedido de comer?, me dijo más tarde, cuando regresó a la pieza, muy limpio y con aire de haberse peinado y bañado; vestido, ahora, con un traje de terciopelo negro y camisa de holanda con pechera de encajes, pero conservando las altas medias blancas y los zapatos de charol con moños; Nuncia es una excelente cocinera y le gusta mimarme. Debes estar muerto de hambre. Desde ayer que llegaste no has probado bocado . . . .
. . . . No imaginé que la cena sería servida en el jardín sin cielo, en el centro de ese sexágono que podría imitar el patio del gran castillo románico de Capodimonte. Pero el emperador Federico lo concibió como un centro absoluto; sería posible perderse en las recámaras circulares, pero al cabo se desembocaría en ese pivote de la construcción. Aquí, en cambio, nada puede persuadirme de que el jardín, como el edificio entero, no es excéntrico: nadie podría ubicar el punto de su equilibrio formal.

El niño ha mandado apagar el falso cielo —¿será ése, también, uno de los deberes de Nuncia?— y, para suplirlo, ha instalado altos obeliscos de mármol en los que se entierran gruesas velas de distintos colores. El niño me condujo a mi lugar; Nuncia ya ocupaba el suyo. La cena estaba servida en peroles negros cubiertos por tapaderas de hueso labrado. El gato rondaba los pies de la mujer. Tomé asiento.

—Una familia grande, feliz y unida —sonrió el muchachito—. ¿Quién dijo que todas las familias felices se parecen entre sí y que sólo las familias desgraciadas son diferentes? Nuncia, sírvele de comer a nuestro huésped.

La mujer miró con una resignación cercana al rencor hacia el lugar que yo ocupaba, pero no supo o no quiso fijar su mirada en mí; sus ojos me traspasaron sin reticencias, hasta perderse en la más lejana sombra del patio. En seguida, simuló que destapaba uno de los peroles, servía su contenido en un plato de aire y lo pasaba ceremoniosamente al lugar de la mesa que, supuestamente, yo ocupaba. El niño la observó con el ceño nervioso.

—Nuncia, sírvele realmente a nuestro huésped.

La mujer empecinada repitió la operación invisible y se cruzó de brazos. El niño bostezó y me miró con sorna.

—Para Nuncia, tú no existes. Eres mi fantasma.

Rió mucho hasta que la mujer lo interrumpió con estas palabras, sin dejar de mirar fijamente hacia el vacío que se extendía detrás de mi cabeza:

Cuando me anunciaron tu concepción, no quise creerlo. Negué tu existencia desde el primer momento. Sin embargo, mi vientre crecía aunque mi himen se mantuviese intacto. Seguí atendiendo normalmente mi casa, cocinando en los peroles, vigilando que el fuego jamás se apagase, barriendo la viruta del piso. Traté de mantener esa naturalidad y de medir los tiempos prescritos. Pero a los nueve meses mi virginidad continuaba inviolada y comencé a sentir los dolores del parto. Lo posible y lo imposible se habían dado la mano. Imaginé que iba a vomitar, a defecar, a llorar torrencialmente. ¿Cuál podría ser el éxito de este diabólico acontecimiento? Pues sólo a la persuasión diabólica podía atribuir un hecho tan contrario a la naturaleza, que es obra cotidianamente observable del buen Dios. Un viejo comerciante de las tierras donde nace el sol pasó una noche por nuestra pobre cabaña de artesanos y pidió albergue. Se lo di, como si intuyera desde entonces otras fugas, otros exilios sin hospitalidad ni misericordia. Le conté mi historia y él me confirmó en mi sospecha: en la tierra excesiva, amurallada y no obstante inmensa, de la cual provenía el comerciante, el diablo (o su máscara, que es la misma cosa) nace por la hibridación del tigre, del búho, del oso, del dragón y de la cabra. Entre todos, conforman al monstruo difuso en la materia, apercibido sólo cuando brillan los relámpagos y las dagas; le dan la forma de un vaso, de un ánfora plena como un vientre: su monstruosa diseminación, lejos de provocar una ruptura, integra una forma, frágil pero sin fisuras. Supe que yo era ese vaso, esa insoportable unidad del maleficio, disfrazado así de su contrario. Mi feto, engendrado por la multiplicidad diabólica, encontraba en mí la vasija de su unidad. No pude tolerar esta sabiduría; dudé un instante entre alejarme del huésped y entregarme en brazos de mi legítimo esposo, exigirle que me violara para disipar la demoniaca política; pero pensé que él había aceptado la ilusión de la visita angelical y que a un hombre tan simple no se le pueden destruir sus creencias absolutas en el bien sin condenarlo a una fe igualmente ciega en el mal. Para él no era un problema esta lucha entre dos contrarios que se imitan, se contagian, se traspasan propiedades en un mutuo afán de confusión: ¿negará la soberbia del creador que aun el diablo fue obra de su creación total y por ello, de manera cierta, criatura divina?, ¿negará la criatura que su parentesco divino revela, como la otra cara de una moneda, la tentación de renunciar a la unidad y solazarse en la dispersión que la complementa?

¿Por qué tuvo Dios, que es la unidad absoluta, esta tentación de negarse procreando, proliferando, multiplicando unos atributos que, al exiliarse de la unidad, por fuerza se opondrían a ella? La rudimentaria mente de mi esposo no podría comprender esto. En cambio, el viejo y delicado comerciante me entendió, me confió que el conocimiento de su propio cuerpo (y su inminente posibilidad de trascenderlo) le decía que tenía fuerzas para una profanación final: como las semillas que viajaban en sus costales, a lomo de mula en las montañas, a lomo de camello en los desiertos, él había contado las que viajaban aún entre sus muslos finalmente viriles. A los nueve meses de la concepción fraguada con los fragmentos de la laceración, dejé de ser virgen entre los brazos y las piernas y las caricias de ese anciano extrañamente lúbrico, que me tomó recostada de lado. Y cuando mi hijo, pocos días después, pudo nacer en medio de la fuga y el terror, recordé que mi profanador me había contado que en su tierra, también, el demonio cobraba la omnipresencia de su misterio con el terror de las cabezas cortadas. Y antes de partir hacia los mares levantinos, añadió que a su paso por el Indostán había memorizado las crónicas definitivas que relatan el asalto del principio diabólico contra el principio divino. El demonio Mara, en su batalla crucial, libera todas sus fuerzas pero revela, al hacerlo, su verdadera naturaleza: la incoherencia de la legión pluriforme, irreducible a unidad; el demonio es la infinitud desgastada: es lenguas, vísceras, serpientes, lividez, brillo, negro, azuloso, pardo, montañas en llamas, océanos secos, orejas de elefante, hocico de puerco, dientes de perro, lomo de jabalí, vientres de piedra, ojos de hueso, pies como cráneos, manos como narices, o las manos, los pies y las orejas cortados. Dios es el principio: uno solo. El diablo, como los destinos, es la heterogeneidad plural, el infinito alejamiento del caos...

—Está loca —me dijo con un gesto de desprecio el niño—. Cuenta leyendas ajenas.

—Desde entonces —murmuró, tajante, la mujer— afirmo mi victoria. Sólo reconozco a uno. No puedo aceptar que hay dos.

—Hoy te vi fornicar con mi padre —le dije en voz baja a Nuncia. Ella no me reconoció. Y el niño aprovechó ese instante de mi aparente oposición a la mujer, me tomó de la mano, me condujo al punto excéntrico donde crece el sauce. Allí, sin darme oportunidad de reaccionar, me rasgó el antebrazo con un estilete diminuto, se levantó la manga del saquillo de terciopelo mientras yo permanecía estupefacto ante mi propia sangre, clavó el pequeño puñal en su propio brazo, lo acercó al mío y mezcló nuestras sangres.

Hemos vuelto a sellar el pacto, murmuró, extrañamente dócil y conmovido. Nunca nos hemos separado. Nunca nos podremos separar. Viviremos, de alguna manera, siempre juntos. Hasta que uno de los dos logre alcanzar lo que más ha deseado en la vida.

La mujer continuaba mirando hacia el falso infinito de este encierro, murmurando también para el infinito: El destino de los hombres es la dispersión. Cada minuto que se vive nos aleja más del origen, que es el bien, que es la unidad. Jamás los recuperaremos; por eso somos mortales. Yo fui el conducto del demonio. De allí que me aterrorizara oírle hablar de ese modo, engañar a los doctores y a los pueblos con una sabiduría destilada por el maligno. Y él, que sabía lo que yo sabía, me despreciaba: yo le había robado su origen divino al acostarme con un mercader de Catay. Me regañaba en público, casi me borró de su historia. Por eso fui al acto final y lloré a sus pies. Había disfrazado su destino; dijo —y convenció a muchos— que su muerte era necesaria. Fue una muerte tan vulgar como la de cualquier ladrón. Yo fui testigo. Una muerte por tétanos y cianosis. Tuvo un destino, como el diablo: murió disperso. Se hundió en la nada. Su muerte fue la victoria del demonio: la nueva religión se fundó sobre la dispersión de la unidad; desde entonces, Dios dejó de ser uno y ahora somos tres, siempre tres...

El niño se había doblado bajo el sauce, con el rostro escondido entre las rodillas. Alcanzó a gemir. No estoy aquí, no estoy aquí...

Ella, dominada por un impulso de piedad, se levantó de la mesa, corrió hacia él, se hincó junto a él, le acarició la cabeza, le dijo que se acercaba su hora. Lo obligó, tiernamente, a levantarse; él me indicó, con la mano, que lo siguiera. La mujer no se ocupó de mí. Pasamos a la *loggia* románica que circunda el huerto; ingresamos a los laberintos; no progresamos demasiado antes de desembocar en la recámara que yo había visto detrás de las cortinas: los juguetes... las jaulas... los disfraces.

Nuncia desvistió lentamente, severa y recompuesta, al niño. Luego lo vistió con un traje de primera comunión: satín blanco, corbata blanca, un moño de seda blanca amarrado al brazo derecho, una vela, un misal y un rosario entre las manos. Pero no fue esto lo que me llamó la atención, sino la sorpresa de entrever, en las axilas y el pubis del muchacho, el nacimiento del vello: cuando me visitó disfrazado de apache, antes de la cena, era un niño liso.

No volvió a hablar; no pude juzgar su voz. Se dirigió a un retrete improvisado en un rincón del cuarto, arrojó dentro de la taza el misal y el rosario y tiró de la cadena. Encendió la vela mientras Selene reunía en cúmulo los juguetes y yo, de cerca, los distinguía; no los más viejos y gastados, pero sí esos muñecos de goma, el Capitán Tiburón, Hans y Fritz, y la muñecota de trapo, Doña Torcuata, cuyas faldas se abrían, acolchonadas, como las cubreteteras que mantienen caliente el té; bajo esas faldas cabía la cabeza de un niño travieso y tonto que se cubría los ojos con ellas, corría ciego por los pasillos de su casa, excitado, gritando, dándose de topes contra las paredes... Y ese trineo, ¿no descendió durante viejos inviernos las colinas de Hampstead, hasta el lago congelado?... El niño acercó la vela encendida a los juguetes; yo hice un gesto impotente para impedirlo; las sonajas, las pelotas de celuloide, los disfraces de pierrot y de pirata, los libros ilustrados —pude leer los títulos devorados por las llamas: *Black Beauty, Treasure Island, Two Years Before the Mast, From the Earth to the Moon*— se consumían para siempre...

El muchacho corrió a la cortina, abrió la ventana de mi casa, arrojó el silabario al parque y salió lentamente a una madrugada pizarra, de ventisca y lluvia fina. Corrí detrás de él, tratando de detenerlo y, al detenerlo, de frenar también la velocidad del tiempo; regresar, que todo fuera como antes; que las llamas se apagaran, los juguetes se reintegraran a partir de la ceniza, todo volviese a su lugar, el trineo cortase la nieve fina de las colinas de Hampstead...

En el parque, la bruma de los cielos descendía, el humo de los pastos ascendía y las siluetas de los almendros se alejaban infinitamente. El muchacho ya no estaba allí. La delgada llovizna era fría y penetrante. Los búhos callaban; los gallos despertaban. Un terrible gruñido me estremeció. Recogí el silabario del pasto, me detuve un momento, reconociéndolo, jugando con las cuentas, recordando las calcomanías que pegué en sus bordes. Entonces la voz de Nuncia me convocó : Entra, George; por favor entra. ¿No ves que llueve? . . . .
. . . .

. . . .
. . . . El verano pasó velozmente; fue mi única eternidad. Las ventanas y los balcones de la casa se abrieron, como si nunca hubiesen estado tapiados, para que entraran los suaves alisios y la humedad bienhechora y cálida que nos envía el Golfo de México. La casa ha quedado atrás; delante de los balcones abiertos, el jardín se extiende hasta el bosque y allí el calor es frescura y la humedad tibieza: los abedules blancos renacen bajo la sombra de sus propias copas altas, esbeltas, dispersas pero ceñidas por la cercanía de un tronco con otro; en los claros, los árboles se separan en círculos, en semicírculos, en avenidas breves, en sinuosos senderos: nuestras recámaras son tan variadas como el capricho del bosque, tan hondas como el heno, las ramas de jacaranda o los pétalos de heliotropo que encontramos en el camino.

Pasamos los días sin hacer nada; las noches nos agotan. Nuncia surgió de su oscuridad, renació como la naturaleza: blanca como las cortezas de los abedules, transparente como las sombras verdes de las enramadas; sólo su cabellera cobriza se niega a sumarse al ambiente líquido de nuestro verano. Esa es la flama móvil que, al atardecer, se ocupa de las minucias del bosque mientras yo la contemplo; ella reúne las flores salvajes, ella abre los caminos de la jacaranda y el pino (coexistentes en el estío fugaz incomparable), a ella se acercan los ciervos, de ella huyen las ardillas; sus pies evaden los abrojos y acarician los helechos; sus ojos convocan las nubes de mariposas amarillas y dispersan la noche de los búhos; sus manos remueven las aguas de los estanques y llenan los cántaros; sus oídos escuchan el atardecer de los grillos y despiertan al amanecer de los gansos; su nariz tiembla para que el perfume de la mejorana y el romero lleguen hasta nosotros; sus labios sabrán, todo el verano, a jacinto y melón, a menta y algarrobo.

Sus zapatillas, cuando me abandona toda una tarde, regresan mojadas, cubiertas de lodo. Ha ido lejos. No puede manchar la tierra como ensuciaba los pasajes y alcobas de la casa. No tengo que regañarla.

Ella es todo lo que nos rodea: no puedo pensarla y conocerla al mismo tiempo.

Pero puedo completarla. Éste es el único pensamiento que acompaña mi acción: la plenitud de este verano con Nuncia en el bosque me necesita a mí, actuante, para ser completo. Sin mí,

sería un gigantesco vacío. Y yo, el hombre que actúa para que el
verano, la mujer y el bosque sean la misma cosa conmigo, des-
aparezco poco a poco para unirme a ellos: dejo de ser yo para ser
más yo, dejo de ser yo para ser ellos. Dejo de conocerme para ser
uno. No creo, en ese verano, bajo esas enramadas, cerca de esos
abedules (en el jardín, los almendros son la frontera; detrás sigue
el bosque) haber poseído a Nuncia: fui Nuncia. Toda noción de
dominio huyó antes que los patos asustados por los lejanos,
reverberantes escopetazos que a veces escuchamos en la aurora.
(Y Nuncia, para espantarlos, a veces se viste de blanco y agita los
brazos cerca de los estanques.) Para ser el hombre de Nuncia,
hube de afeminarme: de acercarme a la mujer, en sus gestos, en
su olor, en sus poses más íntimas. Era imposible pasar por hombre,
si ser hombre es un gesto de poder, cuando me entregaba a Nuncia
simulándola, buscando sin tregua la posición o la actitud que me
acercasen a ella. Fue una larga identificación; quise darle placer,
placer de mujer; servirla, agradarla, ser ella misma, uno con ella:
ser Nuncia como ella era yo. A veces, recostado boca arriba sobre
la hierba, mirando la fuga celestial (el verdadero cielo, el que se
aleja para siempre de nosotros) con Nuncia acostada sobre mi
cuerpo, con mis piernas abiertas y trenzadas sobre la grupa de la
mujer, ya no era posible saber si ella, realmente, me penetraba.
Nuestro vello era idéntico, hermanado, sin separación posible. Al
trazar su sombra en el pasto donde a veces dormíamos, no me era
posible separar su silueta de la mía; al olerla, me olí con un nuevo
aroma de mar en reflujo (como el cielo verdadero), de playa
abandonada con los tesoros corruptos de la marea: pulpos y estrellas, calamares, antomedusas, hipocampos y percebes, abulón
y cochayuyo; sí, y también, quesos picantes, ahumados, escondidos
bajo tierra, envueltos en hojas de vid, salpicados de ajo; y también
aves muertas, mostaza silvestre, bacilos lechosos, liebres aún
palpitantes. Al besarla y separar sus muslos y luego humedecerla
con mis dedos ensalivados y entrar en ella, conocía el vértigo sin
espacio: la ceguera voluntaria, la pérdida del lugar que se está
conociendo.

  Al hablarle, le dije lo que antes sólo decía a solas. Al mirarla, conocí por primera vez la plata en movimiento, la quietud
del agua sólida, las vetas del aire, la pelambre feroz de las bestias
dormidas en el desierto. . . . .
. . . .
Pasó el tiempo estival; murieron las flores del almendro; el suelo

de los pinares se llenó de piñones y alhumajos; se desnudaron los abedules, y la blancura de sus tallos, fresca guarida del verano, anunció el paisaje otoñal de tinta y oro. Cayeron las hojas, huyeron las aves, agonizaron las mariposas. Fue preciso regresar, temblando, a la casa. . . . .
. . . . A lo que fue la recámara del niño: no he podido olvidar, después de la noche final, sus proporciones, su íntima atmósfera, por más que, ahora, cuando Nuncia me da la mano y vuelve a guiarme, no reconozca el nuevo mobiliario, los nuevos detalles del decorado. Las jaulas han desaparecido. Los muros están recubiertos de cedro y hay muebles viejos y cómodos, taburetes, mesas de café, servicio de té sobre ruedas. Una larga bufanda universitaria arrojada sobre un alto sillón de orejeras, grabados de cacería, un espejo patinado y cerca de él un aguamanil y un estante con viejos artículos de afeitar: navaja, brocha, pote de jabón, correa para afilar. El mismo retrete disimulado. Una escopeta. Un par de esquíes arrumbados. El piano. El tambor.

A lo lejos, resuenan los cascos de un caballo sobre la tierra aún seca; el rumor nos llega por el balcón abierto sobre el parque. Abrazo a Nuncia del talle y caminamos hasta la balaustrada. El ritmo desconcertado se acerca; lo acompaña un lejano tañer de corno, los ladridos sudorosos, eco de sí mismos, inmediatamente perdidos... El galope se vuelve excéntrico; los rumores de la montería se alejan de él; el galope se acerca a nosotros. Todavía distante, por la colinas desnudas que se levantan al sur del bosque, aparece el jinete. Sus facciones son indistinguibles, pero su peligro es evidente; el desenfado con que lo afronta, también. El desafiante caballero cabalga peñas abajo, se levanta apoyado en los estribos, pica espuelas en los despeñaderos, se abraza al cuello del caballo para saltar las trancas, está a punto de caer, es una figura lastimosa, prácticamente agarrada al costado del corcel retinto que resopla con terror, salta la última barrera, entra a nuestro parque...

—Ha estado a punto de matarse —le dije a Nuncia.

Ella apoyó la cabeza en mi hombro. —No te preocupes. Es un buen jinete.

Guardamos silencio, viéndole desmontar, a lo lejos. Después ella añadió: —¿No hubieras preferido que cayera y se rompiera la crisma?

—¿Por qué lo dices?

Ella, que continuaba desnuda, no me contestó. Se dirigió al armario y descolgó un amplio traje de tafetán rojo. El jinete caminaba, guiando de las bridas a su caballo, hacia nuestra casa. Di la espalda al balcón para ver a Nuncia vestirse, con un solo movimiento aéreo; la ropa se detuvo más abajo de los hombros; el corte era alto, como en la moda del primer imperio: el vuelo arrancaba debajo de los senos, que permanecieron altos, capturados. Los pasos del jinete abandonaron el parque, fatigaron la grava. El caballo bufaba detrás de él. El vestido daba a Nuncia un aire regio y embarazado. El jinete, sin duda, amarró las bridas del caballo a la trompa de uno de los elefantes de piedra que guarnecen la entrada de la casa. De perfil, a contraluz: una Nuncia que parecía encinta, con la cabeza baja, los pies descalzos y las manos unidas bajo el vientre. Las fuertes pisadas de las botas se escucharon en el primer pasaje del laberinto. Se acercaron. La puerta se abrió.

Fatigado, con el pelo rubio ceniza despeinado, agitado junto a las sienes y en la nuca, con las botas manchadas de lodo, el saco de caza rasgado, la bufanda blanca y los hombros llenos de espinas y vilanos, el hombre entró a la recámara. Entré yo, yo mismo, un poco más joven que yo mismo, pero con los rasgos, el semblante, la apariencia de lo que yo sería, pocos años más tarde, fijados para siempre. Cerré los ojos. Me dije que no hay dos rostros idénticos en todo el mundo. ¿Un mellizo, entonces? Nuncia disipó esa duda. Corrió hacia el hombre, se arrojó en sus brazos, gritando: ¡George! ¡Has regresado! . . . .
. . . .
Ahora todas las puertas, todos los balcones, todas las ventanas de esta casa están abiertas; cualquiera podría entrar.

Creo que todos entran. Pero no veo a nadie. Sin embargo, ¡es tal el rumor de la ciudad! Hay semáforos en el laberinto; anuncios eléctricos suspendidos en el aire, marcas reconocibles, un alado dios de plata, una fuente circular... Todo un mundo ciudadano frena, se apresura, grita, ofrece, vende, compra, se detiene, inquiere, comenta: lo escucho, no lo veo. La casa se ha hecho más densa; el paso por las antesalas se dificulta, los pasillos se estrechan, hay una nueva atmósfera febril, loca, de fiesta...

Y, sin embargo, detrás de estas numerosas señales de actividad, percibo, al comparar la construcción de ahora con la que conocí anteriormente, un elemento que, lejos de sumarse a la multiplicidad, tiende a la unidad. Pensé alguna vez que la casa se construía, lenta e imperceptiblemente, encima y en contra de los yacimientos rencorosos, del precipicio original. Me pregunté entonces si la casa fue, era o sería. Aún no sé contestar a esa pregun-

ta. Quizá, simplemente, la casa está siendo. Los signos de la dispersión se multiplican; los de la unidad, se acotan. Me es difícil comprender. Pero en instantes fugaces he vislumbrado, más allá del rumor creciente (del caos impalpable), la límpida aparición de una solera, la solidez magnífica de una bóveda de aristas. He circundado, asombrado, una serie de absidiolas. Y he permanecido, mudo, ante una doble puerta y su entrepaño de piedra, coronada, encima del dintel, por un tímpano que describe a la hetaira del Apocalipsis montada en la bestia de Babilonia: el espacio es cerrado por las curvas de bóveda con relieves alegóricos de las bestias: la cabra, el dragón, el búho, el oso, el tigre.. . . . .
. . . .
. . . . Entré a la recámara. La tormenta se había disipado; quizá ella disiparía la aparición. Pues sólo a una obnubilación transitoria pude atribuir mi propia entrada —el ingreso de mi propia figura— por la puerta esta tarde. Ya no se oye relinchar al caballo (y fueron sus relinchos, más que nada, los que me obligaron a abandonar nuestra pieza y a lanzarme, una vez más, por los laberintos); estoy más calmado; la visión de la portada románica fue una compensación estética del placer que hoy abandonamos para volvernos a sitiar, impelidos por el cambio de estación, en esta casa. Mi memoria (me empiezo a conformar con esta conciencia) es inasible, fragmentada; quizá la intuición de las formas es anterior al recuerdo: puedo convocar, a cada momento, los espectros de un castillo románico, de una ciudad de la Dalmacia; ahora intuyo, a través de la doble puerta, de las absidiolas, de la solera, de las bóvedas, una forma final para esta habitación plural.

Pero temo, al mismo tiempo, descubrirla en su integridad: ¿significará esa realización la muerte de ese otro hormigueo, invisible, multitudinario que, a ciegas, me acerca a mi verdadera memoria? No es el momento de pensar. Nuncia está en el lecho. Miro hacia las bóvedas. Las argollas de donde pendían las jaulas del niño siguen allí. Nuncia me abre los brazos y esta noche vuelvo a amarla como durante el verano; no, no exactamente igual: ahora la amo recordando cómo la amé durante el verano.

Me detengo entristecido. Ya hay una diferencia, una mínima separación. ¿Lo sentirá, también, ella? Pero la quiero con el mismo ardor, con la misma espontánea voluntad de ser ella para que su placer se duplique. Yo sé que nos amamos a nosotros mismos (¿no me lo ha dicho, a menudo, aquí, mi terror?) y no quiero que ese amor reflexivo esté ausente del que le ofrezco a

Nuncia; quiero que sienta, simultáneamente, mi amor y el amor que ella se tiene; quiero amarla para provocar que se ame más a sí misma.

Admiro mi propia pasión; sentado en el sillón de altas orejeras, con los pies sobre el taburete, me veo amar a Nuncia, me congratulo, me excito. Todo esto lo estoy viendo; mis ojos no me mienten. Yo estoy encima de Nuncia, me veo amar a Nuncia, Nuncia goza en mis brazos. No puede haber prueba más eficaz: yo me estoy viendo, sentado, desde mi sillón, en la cama con Nuncia . .

. . . .

. . . . Sonó una campana. Corrí a la puerta, la que vigilan los elefantes de piedra, la que da sobre el parque donde continúa amarrado el corcel. Maniobré el pestillo; la puerta se negó a abrirse. Una voz anciana me dijo del otro lado de la puerta: Telegrama para usted, señor. Lo pasó por debajo de la puerta. Yo recogí el sobre, lo rasgué, leí. Decía simplemente:

FELIZ CUMPLEAÑOS GEORGE

. . . .

Regresé a la recámara. ¿Qué otra cosa podía hacer? Sólo mi presencia, constante, al lado de Nuncia podía exorcizar al doble, al fantasma, lo que fuese... todo menos yo mismo, que caminaba por una galería con un telegrama arrugado en el puño. Me detuve en el umbral. Adentro, yo me estaba vistiendo, nuevamente, con el atuendo de cazador y Nuncia me observaba, con adoración, desde el lecho. Yo (el que se vestía) levanté la cabeza y miré a yo (el que se detenía en la puerta con un telegrama inservible en la mano).

Entra, entra, George; no tengas vergüenza, me dijo (me dije). Mira (indiqué hacia las botas embarradas, fláccidas al pie de la cama), las botas están sucias. La cabalgata fue ardua, la cacería infructuosa. Límpialas, por favor.

No supe contestar a esta afrenta; no tuve tiempo de contestar; yo mismo me estaba diciendo: Anda, de prisa, no tengo todo el día. Siempre has sido lento, George. Te digo que te des prisa.

¿Cómo iba a desobedecerme a mí mismo? Caminé hasta el pie de la cama de la mujer, me incliné para levantar las botas, levanté la mirada para observarla a ella; no supo disimular su sonrisa de desprecio. Yo (el otro) me senté al filo de la cama y besé el hombro de Nuncia.

Mis zapatillas también están sucias, George, me dijo la mujer.

Las recogí, junto con las botas; busqué un trapo cerca de mí. No, aquí no, dijo Nuncia. Anda afuera, me dijo George (me dije). . . . .
. . . . Encontré la puerta románica; algunas palomas se posaron en el dintel. Me senté en los escalones con las botas y las zapatillas entre las piernas. Luego me levanté y caminé hasta una fuente que antes no había visto. Mojé las manos en sus aguas, limpié el barro del calzado como pude, empecé a escuchar las detonaciones, las sirenas. Un rumor creciente de pies apresurados, de voces atemorizadas se acercó a mí, materializó su movimiento, aunque no su apariencia; me sentí empujado, ordenado, embestido casi; una marea invisible me condujo, sin que pudiese oponer resistencia; las explosiones eran precedidas por un silbido agudo; pude ver cómo se derrumbaban cornisas, dinteles, tramos enteros de la infinita muralla que nos envuelve; caí; me levanté, siempre con las botas y las zapatillas apretadas contra el pecho, temeroso de perderlas, acaso capaz de dar la vida, en este tumulto acorralado, con tal de no perderlas: ¿qué cuentas le daría a Nuncia y al jinete (a mí mismo)?...

Fui obligado a entrar a un cuarto hondo y oscuro; algunas lámparas de acetileno se encendieron allí. Me llegó un olor de ropa mojada, sudores agrios, pipas apagadas. Y me regresó un viejo poema, una cadena de palabras que sólo aquí, gracias a estas circunstancias, pude recordar. Digo que vagaba por las calles ¿navegables?, ¿alquiladas?, ¿estudiadas?, cerca del Támesis igualmente ajeno, cursable, mareable, fijo; y en cada rostro que encontré, marqué los signos de la debilidad y de la desgracia. En cada grito de cada hombre, en cada grito de terror de cada niño, en cada voz, en cada amonestación, escuché las cadenas forjadas por la mente. En las calles de la medianoche oigo la injuria de la joven prostituta; explota la lágrima del niño recién nacido; dañada, para siempre, la carroza del amor... Temblé pensando en el deseo de huir, engañado, lejos de estas murallas desintegradas, hacia un mundo lejano, con menos fatiga y más esperanza que éste. Pero mi memoria se negaba a convocar la imagen de otro mundo fuera de las paredes consabidas. Lugares estáticos, formas incorruptibles, sí: las basílicas de Diocleciano, el palacio de Federico, el poema de Blake; vibraciones, gérmenes, movimientos, no.

Escuché una nueva sirena. Escuché los pasos arrastrados, el llanto de los niños, las narices sonadas. El sótano fue abandonado por la invisibilidad; perseguí, lentamente, la fuga de la luz. Afuera, la mitad de las murallas no era más que ruinas. El desplome era casi universal. Me arrastré, con las botas y las zapatillas, de regreso a la recámara . . . .

. . . . Me preguntó, con frialdad, por qué había tardado tanto. Traté de explicarle, hasta donde me era posible: las explosiones, los derrumbes, el miedo, el sótano, el poema... Me ordenó que le pusiera las botas de montar. ¿Cómo me iba a desobedecer a mí mismo? Pasé su pierna entre mis muslos, toqué su pie: era mi propia piel, conocida y reconocida; mis uñas, recortadas en media luna hacia afuera, el nacimiento del vello en el tobillo, el ligero callo del dedo pequeño... Introduje el pie en la bota, tiré con fuerza para calzar bien al caballero.

Se han aprovechado de mi ausencia, dijo (dije) mientras le ponía (me ponía) la segunda bota. Hay demasiado aire en esta casa. Ustedes han creído que el verano iba a durar para siempre. Ilusos. Con las ventanas y las puertas abiertas, nos moriremos de frío. Además, dejaremos que entren los rumores, la agitación de afuera. Eso no es posible.

Terminé de calzarlo (de calzarme) y me sentí urgido de una audacia; tomé las zapatillas de Nuncia, me hinqué ante ella y tomé uno de sus pies entre mis manos. Le coloqué la zapatilla; ella no protestó; besé su pie; ella se estremeció. Temí mucho; el salvaje jinete no tardaría en interponerse, golpearme; Nuncia me rechazaría... Levanté tímidamente los ojos; Nuncia me sonreía. Miré a mis espaldas: el jinete (yo) estaba sentado en el sillón de altas orejeras, viéndonos como yo los vi antes. Comencé a acariciar las piernas y los muslos de Nuncia, levanté con la cabeza su falda, por fin apoyé mi cabeza sobre la almohadilla negra, me libré a una enloquecida pasión cunilingüe, Nuncia arañaba las sábanas, gemía; el jinete nos miraba, impasible: yo me miraba . . . .
. . . . Debemos cerrar todas las puertas, todas las ventanas, todos los balcones, dijo ese hombre, ahora, idéntico en todo a mí mismo (antes, cuando llegó, pude pensar que era más joven que yo; en el momento en que pronuncia estas palabras inquietantes es mi exacta calcomanía; yo muevo los labios al mismo tiempo que él, digo lo mismo que él dice cuando él lo dice; estamos los dos en la cama con Nuncia y hacemos las mismas cosas al mismo tiempo). Pero quizá pensamos dos ideas diferentes; él se propone regresar al claustro que conocí al llegar

aquí: encerrarnos de vuelta, clausurarnos; yo aprovecho su idea en otro sentido. Ayer he sido testigo de la ruina de nuestra ciudad; si él ordena cerrar, yo aprovecharé para construir y reconstruir. Hay una hermosa portada románica perdida en este dédalo; de ella se puede partir . . . .

¿Dónde está el gato? ¿Se habrá ido con el niño? . . . .

. . . . Imaginé las herencias: la cúpula bizantina, el arco árabe. Pero en mi construcción, la piedra sería principal; grandes bloques tallados, emparejados, lisos. Trazaría un plano de tres ábsides paralelos; una gran bóveda cubierta de piedra. La nave central estaría abovedada por un arco de medio punto; las laterales tendrían bóvedas de arista. Los muros serían sostenidos por arcos de descargo y, afuera, por contrafuertes. Quisiera poca luz y un decorado arcaico, escaso: la desnudez general sería revestida, de tarde en tarde, por esculturas en las columnas. Los motivos aparentes de estas columnas —el acanto, la vid, el níspero— serían sólo el motivo formal de las trenzas antagónicas de una columna central a la construcción, pero oculta; una columna jónica, que hacia el oriente describiría las formas entrelazadas del ascenso divino y, hacia el poniente, reduciría las mismas formas a su descenso avernal. Los dos principios coexistirían para siempre: la columna sería el rostro verdadero del templo, enmascarado por el altar.

Pude recoger algunas piedras, exponiéndome terriblemente, en el acantilado. El otro hombre me ayudó. Él no sabía mi propósito. Cree que se trata de tapiarlo todo de vuelta . . . . El maullido plañidero se acerca, crece. Quizá Nino, el gato, teme quedarse fuera de la casa amurallada, busca un resquicio final para reintegrarse a nosotros.

La lucha se ha establecido, sorda. Nuestros actos son idénticos; sólo nuestros propósitos difieren. Juntos caminamos, idénticamente, hasta las laderas accesibles de las barrancas; juntos acarreamos los bloques de piedra suelta de regreso al laberinto. Yo tiendo a colocar los bloques, uno encima del otro, en alguno de los amplios espacios donde los muros del pasaje se separan más: secretamente, quiero partir del final, de la culminación: de la columna, para levantar la limpia construcción que he imaginado. El otro pugna contra mí; él quiere utilizar la piedra para cerrar la puerta mayor de la casa, la que custodian los elefantes. Llegamos, sin decirlo, a un compromiso. Colocamos los bloques en el espacio enmarcado por la puerta, sí, pero de un lado y del otro de la

columna que así empieza a integrarse yo labraré los signos de mi imaginación. Actuamos juntos, de concierto; pero a mí me asalta una duda que a él le es ajena: ¿de qué lado quedará el ascenso y de cuál el descenso? ¿Mirará el cielo hacia afuera de la casa y el infierno hacia adentro? ¿O al revés? Me siento a punto de abandonar el proyecto; él no puede conocer mi inquietud, ni resolverla . . . .
. . . . Lo estoy observando, en todos los detalles de su existencia. Hay un enigma cierto: no sé si ha regresado a nosotros; o si nosotros —Nuncia y yo— somos su aventura; si ha dejado su hogar para reunirse con nosotros o si nosotros somos ese hogar. Un día, al despertar, Nuncia recordó que así Cristo como Buda recomiendan fervientemente que se abandone la casa, la mujer, los padres y los hijos para seguir a los hombres religiosos; las virtudes están en el mundo, no en el hogar. En éste (dicen) sólo reinan el pecado y la calamidad; la familia está gobernada por los placeres sensuales y la ambición material; excluye la tranquilidad; la asedian constantemente el fango y el polvo de las pasiones; la avaricia, el odio, la decepción, la cólera, el orgullo, el egoísmo; el hogar es el enemigo del dharma... y de la revolución. La vida errante, sin techo, sin ataduras es, en cambio, la vida de la virtud: reclama la paciencia. O la sagrada cólera
. . . .
. . . El caballo relinchó; sus cascos patearon furiosamente los muros, pulverizaron a los elefantes custodios. El caballo rompió las ataduras; huyó, galopando, libre, cada vez más lejos. Su rumor se perdió en el bosque y luego, hacia el sur, por los montes . . . . . .
. . . . Conocí a un hombre apresurado e indiferente. Su languidez es una forma de la impaciencia; su preocupación, la más segura advertencia de un profundo desdén. Le gusta subrayar las cosas, porque en el fondo no le importan: no las asume con la naturalidad que esperaba de él; las reviste de urgencia, deber o prestigio; no es capaz de aceptar en silencio. Tampoco de ofrecer; su amor es el ritual menos enojoso y más veloz del dominio; apenas termina, la irritación recobra sus predios; otros lugares nos llaman; el mundo es tan vasto... Ha olvidado todo; nada prevé. El instante es su amo: falso amo, falso instante; los momentos serán tan plenos como los deseemos sólo si cada uno levanta sobre la fugacidad todo nuestro pasado y todo nuestro futuro: una memoria entrañable, una imaginación consciente de los precios que habremos de pagarle al desgaste, al olvido, a la tristeza. Es un hombre aún joven; podría tener treinta y cuatro años; no sabe que

su vida es un milagro; la vive impunemente. Taconea con sus botas, se desnuda con alegría, se viste con vanidad, habla con impaciencia, fuetea con desgano. No espera; toma; no da; recibe; no encuentra; espera. Sin embargo, todas las amenazas de la tierra se suspenden sobre su cabeza altanera y dorada. Lo conozco: jamás ha pensado que la veta mortal comienza en un solo hombre y luego se extiende a las ciudades, a las civilizaciones, al mundo entero. No: ni siquiera ha pensado que las propias venas del universo contienen la muerte: que el mundo puede morir antes que él y, por ello mismo, con él.

Hoy se siente inmortal; mañana querrá saberse inmortal; finalmente se sabrá y se sentirá mortal. Será como todos: una isla que apenas sobrevive, gracias a la endeble magia de la alquimia, en un mar de decadencias, de nieblas irrespirables, de incendios totales, de hielos silentes. Hoy taconea, fuetea, habla, ama, ríe, es dueño de la imposible virtud de saberse vivo. Cree que el mundo vive, más que con él, a través de él. Quizá tenga razón. Si lo partiese un rayo (y no le deseo mejor suerte) el mundo y él morirían simultáneamente. Pero si sólo envejece, si sólo es devorado por el tiempo implacable e irreversible (y no conoce otro: su civilización se lo ha negado): entonces, que los dioses tengan piedad de su alma.

Conocí a este hombre que camina, habla, ríe y ama como yo . . . . Esta mañana, al despertar, las sábanas estaban manchadas de sangre. Dormimos los tres juntos. Si yo he despertado, quiere decir que él (yo) también ha despertado y que, como yo, busca (buscamos) el origen de la mancha. No: él duerme, ella duerme y es de la herida del antebrazo de él de donde mana la sangre . . . . Cargamos, jadeando, uno de los bloques de piedra del precipicio a la puerta. Miro su rostro sudoroso, el esfuerzo delatado en los dientes apretados y los músculos faciales contraídos: miro mis ojos amarillos. Sus labios ensalivados, como los míos. Camino y cargo ayudado por la imagen de mi espejo. Los labios rabiosos se apartan:

¿Creíste que no regresaría?

Eso no lo dije, no lo pensé, yo . . . . ¿Nos estamos, realmente, separando? Él ordena, en todos los sentidos; su voluntad de cerrar para siempre la casa es evidente; si en Nuncia queda un recuerdo del estío, ya no es capaz de demostrarlo: su pasividad me daña. Él, en cambio, es la actividad. En un tiempo que puede ser inmenso o brevísimo, ha logrado condenar todas las ventanas, todas las puertas; sólo permanece abierto el balcón, el primero que quise explorar, aquella noche lejana, detrás de los cortinajes gruesos. Ha establecido horarios: para el trabajo, para el reposo, para el amor. Dirige sin piedad nuestras actividades (que son las suyas y que consisten en cerrar todas las salidas). Ha desempolvado, aceitado, dado cuerda a todos los relojes olvidados de la casa. Su perfil recto, sus labios delgados, sus ojos de tesoro enterrado, su cabellera idéntica a la mía, están en todas partes, vigilando, observando; a veces, por un instante, vacilando: es cuando vuelve a parecerse a mí; cuando nos reunimos.

Un solo hecho bastó para establecer la diferencia. Esta noche, lo he visto venir de lejos, por las galerías iluminadas por altas antorchas de sebo. De acuerdo con las reglas no dichas, yo debería acompañarlo; sólo yo; Nuncia ya no se mueve de la recámara (su vida consiste en esperarnos y gozarnos). Pensé que, sin que yo lo supiera, una variante posible del juego se había establecido: si él venía hacia mí, yo, su imagen perfecta, iría hacia él; si antes nos acompañábamos paralelamente, ahora lo haríamos desde puntos opuestos: finalmente, nos encontraríamos. Pero esta vez, si es cierto que él avanzaba hacia mí como yo hacia él, la diferencia era demasiado grande para ser evadida; yo caminaba solo; él, deteniendo una cadena amarrada a una carlanca, caminaba al lado de un gato gigantesco, manchado, oscuro. Un felino feroz; casi un tigre . . . .
. . . . Se sentó en el sillón de orejeras, con la bestia a sus pies. Selene estaba lánguida, en la cama. Yo, una vez más, lustraba las botas de mi amo, a la hora precisa en que debía hacerlo todas las noches. Entonces él pidió que le llevara los esquíes que reposaban contra la pared de cedro. Lo hice; él los acarició mientras asentía con la cabeza.

Aquel invierno (dijo) nos embarcamos en Dover y cruzamos a Calais sobre un mar desdeñoso. De Calais seguimos a París en el *pullman* y allí transbordamos al expreso del Simplón, que nos llevó a Milán y de Milán a Turín. En esta ciudad, trazada como una caserna, pasamos una noche; nos disgustó tanta simetría. A la mañana siguiente, subimos en automóvil a las montañas, hasta vislumbrar el Valle de Aosta. Allí tomamos un cuarto de hotel, en las pendientes de Courmayeur frente al Monte Blanco. Cenamos espléndidamente; la cocina valdostiana es la mejor de Italia; tú elogiaste el jamón ahumado; nos emborrachamos con grapa. Al día siguiente tomamos los esquíes y pasamos en el teleférico al mirador y las pistas del otro lado del abismo de pinos. Las nubes cursaban muy veloces sobre los grandes macizos; la nieve parecía baja, pareja, serena. Bebimos un vov, comimos *sandwiches* de mozzarella derretida. Luego seguimos en el funicular al punto más alto de la pista. Tú estabas seguro de poder dominar el descenso; era la primera vez que lo hacías. Tu padre...

Lo interrumpí: Yo estaba solo.

Prosiguió: Tu padre creía conocer palmo a palmo las pendientes de la gran montaña, tanto del lado italiano, en Courmayeur, como del francés, en Chamonix. Él te indicó cómo tomar la pendiente glacial...

Mi padre no subió conmigo a la estación más alta. Permaneció en la intermedia.

Pero te advirtió que a doscientos metros del arranque la nieve estaba muy floja y que, desacostumbrados los ojos al reverberar intenso, cubiertos los escasos pinos por la nevada intensa...

Mi padre murió de un ataque al corazón, en el restaurante... Hubo testigos.

Dijo que te precedería, para mostrarte el camino. Tú eras un muchacho audaz y torpe, de dieciséis años...

Lo encontré muerto cuando terminé el recorrido de la gran pista de Courmayeur...

Lo viste precipitarse, clamar, quedar sepultado...

Venía excitado; la montaña se había desintegrado en millones de copos aislados; cada uno era un castillo de navajas, un sol de cristales; no era posible ver alrededor; el mundo brillaba, brillaba hasta marear; yo sólo tenía ojos para ese sendero abierto por las proas veloces que levantaban un manto de polvo; que me cegaba, más que el astro menos imaginable. Velocidad y olvido. Brillo y soledad.

¿Por qué te mentiste durante tantos años? ¿Por qué, al regresar a Inglaterra, contaste que había muerto del corazón? ¿Por qué le pagaste a la cuadrilla de alpinistas para que no dijeran la verdad?

Estaba solo; en ese instante descubrí la gloria de estar completamente solo; nunca lo había sentido antes; por primera vez, era joven, consciente, yo mismo; las navajas del viento, la espuma de la montaña, me amortajaban. Yo estaba muerto. No podía saber de nada más, de nadie más. Era incapaz de auxiliar a nadie. Estaba comprometido con mi propia muerte: con mi infinita soledad: con mi identidad primera.

Nunca estarás solo.

Entonces sí. En la gran carroza blanca de los Alpes.

Nunca. Yo siempre estaré contigo. Hicimos un pacto, ¿recuerdas?

Grité. Había vuelto a clavar el estilete en mi antebrazo. Mezclaba de nuevo su sangre con la mía.

Nunca podremos separarnos... hasta que logremos lo que más hemos deseado...

Tú...

¿Pensaste que no regresaría? ¿No te dije que jamás abrieses una puerta? ¿Nunca? ¿Cuándo deja una puerta de ser una puerta?

Se levanta, con lentitud, con tristeza. El tigre gruñe, se incorpora; él vuelve a tomar la cadena y se aleja en compañía de la bestia. Él me ha devuelto la memoria sólo dos veces; escaso recuerdo, para una vida que imagino, desde ahora, organizada, compleja y por ello capaz de retener la experiencia inmersa en el transcurso de tiempos y la variedad de espacios. Lo veo alejarse con odio: él sólo me otorga la memoria de los insectos, fugaz y débil, incapaz de superar los traumas de la metamorfosis: los intermedios catastróficos del olvido total . . . .
. . . . En la mañana, nos afeitamos juntos, frente al aguamanil de porcelana y el espejo duplicado, después de haber amado (ya no sé si simultánea o alternadamente) a Nuncia toda la noche; de haberla amado constantemente, pero ya sin el amor del verano. La costumbre fortalece al placer; asesina al amor. Ella lo acepta así; amada sin interrupción, debe preferir la seguridad de este dominio fiel, de ejecución cada vez más perfecta, a la inseguridad escandalosa de los encuentros libres, azarosos.

Estamos de pie, lado a lado, desnudos: nos miramos dos veces en el espejo; usamos la misma navaja de barbero; la afilamos en la misma correa renegrida por el uso. Hoy miro más intensamente; el acto acostumbrado en nada varía de los que repetimos diariamente; la conciencia del cambio despierta en mí muy lentamente. Pero cuando la poseo, mis ojos se abren. Ante todo, imagino que, de una manera impensable (pues nuestros tiempos y nuestros espacios son comunes) él es dueño de lugares y horas suplementarios. Su aspecto, súbitamente revelado en ese espejo, es el de alguien que ha hecho algo más que yo. Un tiempo más, otra parte: ha añadido a nuestra vida momentos que yo jamás he vivido. Lo dicen las ligeras arrugas alrededor de mis ojos, las entradas en la frente, la mueca fatigada de los labios, el lustre apagado del pelo y de los ojos.

Lo estoy mirando y él se da cuenta, por fin, de mi culpable curiosidad. Trato de reasumir una actitud normal; me enjabono por segunda vez las mejillas. Él me mira con tristeza y desprecio; luego murmura:

¿Qué has hecho de mí?

Me pega una bofetada y se aleja . . . .
. . . . Tomo la larga bufanda universitaria; la anudo velozmente con los puños. Nuncia me mira como si emergiese de un sueño sin fechas.

—¿En qué estás pensando?

—Tú lo sabes.

—No te serviría de nada.

—Odio su despotismo, su pasión, su crueldad, su indiferencia, su prisa, su altanería, su infinita actividad, su orden, su implacable verdad... Me son intolerables.

—Si lo matas, quizá no sobrevivirás. Además, ¿cómo sabes si le queda mucha o poca vida por delante?

—¿Tú lo sabes?

Éstas fueron sus palabras:

Sólo sé que el que debe morir, aun el condenado a muerte, jamás sabe con certeza si ha de morir realmente. Durante aquellos tórridos días de la primavera levantina, todo estaba preparado de otra manera. Él no quería morir. Había concebido un plan maestro: se ofrecería como mártir; se entregaría, aprovecharía el juicio para proclamar su falsa verdad desde las más altas tribunas del reino. Ese pequeño pueblo que lo había seguido, que creía en él, que le debía asombro y salud, ¡ah!, ese pueblo, en cuanto supiera que él había sido condenado, se levantaría en armas, derrocaría a los tiranos y a los verdugos, impediría que la espantosa ejecución se cumpliese. Dos hombres interrumpieron el proyecto. Uno, por acción; el otro, por omisión. Él no contaba con un traidor tan compasible ni con un juez tan indiferente. Uno, al delatarlo, se le anticipó; el otro, al lavarse las manos, lo postergó. Él pensaba en las grandes unidades de la fatalidad; desconocía las necesidades parciales, arbitrarias, de un oscuro discípulo o de un prepotente funcionario. Carecía, en otras palabras, del sentido de los humores ajenos. ¿Por qué iban a colaborar con su proyecto un hombre que se levantó con el designio de ganar treinta dineros y otro preocupado por la salud de su perro? Él creía que su destino era reinar sobre este pueblo primero y luego, al frente de todos los esclavos, propalar, por todos los confines del imperio, la revolución impensable de la multitud liberada. Él quería reinar en esta tierra; era ambicioso, intrigante, más fariseo que el más blanqueado de los sepulcros humanos. Pero le faltaba la modesta necesidad de su delator o la suprema indiferencia de su juez. Él era un hombre ambicioso que, al mismo tiempo, se atrevía a soñar; es decir, utilizaba lo posible para alcanzar lo improbable. Pero la política es una minuciosa afirmación de lo improbable para alcanzar lo posible; es la práctica de la dispersión del sueño. Pagado el traidor, inscrita su denuncia en la monumental contabilidad de las provincias, era imposible aceptar el acto gratuito de un mártir autoproclamado; y el procurador, por su parte, no tenía por qué fomentar el prestigio de los magos locales. El pobrecito pensó que su desafío incendiaría la soberbia imperial; el imperio, más discreto, lo entregó en manos de sus más seguros verdugos: sus semejantes. Quiso triunfar en esta vida. Quiso llegar a Roma y reinar sobre la segunda época. Una gran paradoja se posó, como una paloma negra, sobre su cabeza: le reservó lo que él menos deseaba: el triunfo póstumo. No reinó; murió en la segunda época. Su muerte abrió, con un gran signo de interrogación, la tercera. Pobre, pobre hijo del hombre, de la tierra, del hambre.

—Está loca— dijo (dije) desde la salida de la recámara—. Cuenta leyendas ajenas.

Trencé de nuevo la gran bufanda; corrí hacia él; como en los precipicios glaciales de esa adolescencia que él se atrevió a recordarme, quise estar solo; solo, con Nuncia; pasaría este otoño, sufriríamos un invierno deliberado, de rincones frágiles y tenues aspiraciones; se cumplirían nuestros deseos: el clamor de la primavera derrumbaría las puertas falsas de esta morada con su condena de promiscuidad, reflejo, duplicidad; saldríamos de nuevo al bosque del verano. Seríamos uno: los dos. Me arrojé sobre él. Abracé a un hombre que me miraba con compasión, afecto y, aun, cierto desdén; el oro mate del cabello era una naciente seda blanca; los ojos se habían hundido un poco en cuencas tejidas; la frente albeaba de palidez; en las mejillas adelgazadas, en el mentón tembloroso, crecían las canas. Sus manos estaban vacías y dobladas sobre el pecho.

Lo abracé. Separé sus manos. Las besé. Lo conduje tiernamente, afligido, a la cama que, instintiva (¿preconcebidamente?) Nuncia desocupaba . . . . Allí, curamos sus heridas, lo desnudamos, guardamos secretamente la ropa devastada por la furia del tigre: aun la bestia desconoció a su amo . . . . Velamos cerca de él largo tiempo: las noches son innumerables. Temimos por su vida; un tenue hilo de palabras la mantuvo, pesarosamente; no me atrevo a repetirlas; no quise creerlas. La memoria del viejo era todo lo que el niño y el hombre me habían recordado, es cierto; era, además, todo lo que yo había olvidado. Pero recordarlo todo es, nuevamente, olvidarlo todo. Cuando por fin abrió los ojos (perdidos para siempre en dos oscuras minas de vetas nacaradas) guardó silencio mucho tiempo. No me miró; pero esta vez yo tampoco deseaba verlo. Nuncia, una noche, se cambió de ropa. Dejó que la rica estofa escarlata se desprendiese de sus hombros; me mostró por última vez la turgencia de sus pechos, la flagrante blancura de su vientre; la llama negra de su sexo. Luego vistió el traje blanco, largo hasta los tobillos; las medias, las zapatillas blancas; se tocó con la cofia: se amarró el delantal. Era la misma: empecinada, triste, lejanamente enferma, ahora solícita, candorosa. Se acercó al viejo, tocó su frente con una mano, le tomó el pulso con la otra. Como el caparazón de un insecto, la piel del anciano es tenue; cruje un poco al ser tocada; es una seda demasiado frágil . . . . Él llegó; los rumores cambiaron. La sonoridad que, en otro tiempo, me guió a lo largo de los laberintos era, de alguna manera, progresiva: me permitía ir de un lugar a otro porque los ruidos avanzaban con el tiempo que yo era capaz, así fuese inciertamente, de medir: el sonido iba, como mis pasos, como mi tiempo, de un punto a otro. Ahora, casi como si una cinta magnética hubiese empezado a correr en reversa, los rumores se alejan, no en el espacio (creo, inclusive, que su volumen ha aumentado) sino en el tiempo. Las campanas resuenan con urgencia de armas; hay un secreto estruendo de aguas, de

barcazas fugitivas en el río; hay gritos de muchedumbres, pisadas furiosas sobre puentes de madera; luego un enturbecido resonar de piedras y lodo arrojados con cólera; después el pesado clamor de armaduras, espuelas de fierro, espadas sin compasión. La gritería no cesa: delata hambre . . . .́. . . . .
. . . .

El cuarto del niño (los juguetes, el silabario, los disfraces, las jaulas); el cuarto del hombre (la madera, los sillones, los grabados de caza); ambos desaparecieron. El cuarto del viejo es desnudo. En los muros la piedra lisa y el ladrillo crudo alternan su soberana austeridad. En la cama yace el anciano silencioso. No recuerdo cómo eran las del niño y el hombre; ésta la reconozco. La ocupé cuando llegué a este lugar: es la cama de cobre, envuelta en mosquiteros, coronada por un toldo polvoso. La reconozco. Su ocupante jamás me habla, jamás me dirige la mirada. Atribuyo su indiferencia a la enfermedad; su rencor, no sé situarlo . . . .
. . . .
. . . . He perdido el camino. Sin embargo, los rumores son ahora los que soñé. Pero las formas me traicionan. En la recámara del viejo, las jaulas han reaparecido. Las mece el cimbrarse total de las murallas. Un trabajo invisible y febril nos rodea; ni Nuncia ni el viejo parecen enterarse de él. Pero yo escucho cómo se mezcla en las bascas la cal y el agua; cómo se excavan las tierras y se trabajan las canteras; cómo se ahondan los cimientos y se tienden las hiladas; cómo crujen las carretas y bufan los bueyes; cómo gimen los hombres y llamean las fraguas. Busco incesantemente la columna que empecé a construir con aquel hombre desaparecido, casi olvidado; debía ser el origen y la culminación del hermoso edificio que soñé. Ahora empiezo a tocar otras cosas: las galerías trazan bóvedas distintas, en los nichos se aposentan gárgolas deformes; al final del laberinto, una luz de ámbar y océano comienza a abrirse paso. Las ojivas se cruzan por doquier. Y desde lejos avanzan hacia mí Nuncia y el anciano; ella empuja la silla de ruedas; él, cabizbajo, se niega a reconocerme cuando pasan junto a mí. Sólo la tristeza de la mujer me redime.

Por fin esta noche (¿por qué insisto en medir así el tiempo?: la oscuridad en la recámara es permanente; la luz al fondo del corredor, también) el viejo ha dicho algo. No comprendo en qué lengua habla. . . . .
. . . . Una de las seis jaulas ha sido ocupada. Es el cadáver, pestilente y tumefacto, de un gran tigre. Sus colmillos son amari-

llos, como ciertos ocasos . . . .
. . . . Intenté recordarle a Nuncia lo que sucedió
durante aquel maravilloso, lejanísimo verano, cuando las puertas
y las ventanas de la casa se abrieron. Primero no quiso escucharme;
negó una y otra vez con la cabeza. Después lloró . . . .
No tuve que pedírselo; espontáneamente, comenzó a traducirme
lo que murmura, a veces, el anciano recostado en la cama, casi
inmóvil (su respiración es un pajareo alarmante; las sábanas apenas
lo denuncian) con los brazos y la cabeza hundidos en los cojines
que Nuncia, a cada momento, le acomoda. Al principio, no entiendo
muy bien. Los labios del viejo se han concentrado, como una fruta
dejada a madurar excesivamente; las arrugas amoratadas le sellan
la boca. Comienza siempre con locuciones latinas, que Nuncia no
se toma el trabajo de traducir: *Sic contritio est dolor per essentiam.*
Luego regresa a su lengua incomprensible y ella repite las frases
en inglés. Dice que no es preciso recordar todos los pecados en el
momento de arrepentirse; basta con detestarlos todos. La contri-
ción, añade, debe ser universal. Puede serlo, de todos modos, si
sólo se detesta un pecado singular en virtud de un motivo general.
*Peccatum non tolitor nisi lacrymis et paenitentia. Nec angelus
potest, nec archangelus.*

Se detiene; deja de hablar durante ¿horas? Luego reinicia,
lentamente, el discurso. Ella me traduce: tres tesis escandalizaron
al mundo; la primera fue la de la eternidad del universo; la segunda, la de la doble verdad; la tercera, la de la unidad del intelecto
común. Si el mundo es eterno, no pudo haber creación; si la verdad es doble, puede ser infinita; si la especie humana posee una
inteligencia común, el alma individual no es inmortal, pero el género
de los hombres sí. Logra murmurar: descubrir los caminos de esa
supervivencia común es el gran secreto. Luego vuelve a caer en
una imbecilidad babeante y senil . . . .
. . . .
. . . . El búho ha ocupado la segunda jaula. Está vivo y nos
mira la noche entera. Yo trato de dormir al pie de la cama empolvada.
Nuncia jamás abandona al viejo. Sospecho que se está construa-
yendo una gigantesca ventana al fondo del corredor. Pero la sombra y la luz nos desamparan por igual . . . .
. . . .
He visto cinco lotos flotando en el estanque del jardín. Sin razón,
me recordaron las promesas hechas. Aquí; en este jardín, en estas
recámaras. Miré los lotos y gracias a ellos me di cuenta de que ya

podía recordar mi vida en este lugar. Como en otra ocasión, me pregunté: ¿podré, entonces, volver a recordar mi otra vida cuando deje ésta? Sólo dos veces mis acompañantes, el niño y el hombre, entreabrieron las cortinas de ese pasado que debió ser el mío. Conocí el amor de mi madre y la muerte de mi padre. Supe que ni el uno ni la otra fueron libres; conocí la elemental y clara verdad: ser engendrado, nacer, morir, son actos ajenos a nuestra libertad; se burlan ferozmente de lo que, precariamente, tratamos de construir y ganar en nombre del albedrío. ¿Será esta vida, la que por primera vez puedo recordar que he vivido en este lugar, el ofrecimiento de la libertad que no tuve en la otra; será, por lo contrario, sólo una esclavitud diferente? ¿Qué promesa me recuerdan los cinco lotos? ¿Y a cuál de los dos mundos incumbe su cumplimiento?..
. . . .
A veces, aprovechando que el viejo duerme, Nuncia vuelve a hablar por sí misma. Murmura: Pueda yo también darle vuelta a la más alta rueda; habiendo cruzado, pueda conducir a otros a la orilla lejana; liberada, pueda liberar a otros; confortada, pueda confortar a los demás . . . .
. . . . Cuando me canso de dormir y de esperar, vuelvo a caminar por las galerías. Un cierto orden se está imponiendo; lo afirman algunas simetrías que antes no sabía distinguir: la gran ventana gótica del poniente posee, ahora, una correspondencia en el oriente; las ojivas se suceden con regularidad; pero si orden hay, el caos de los murmullos se ha vuelto ensordecedor: lo niega, lo destaca y sólo por instantes lo asume: cuando logro seleccionar, entre el barullo, mugidos de ganado y sonar de ruedas sobre empedrados; gritos de lucha y de juego; plañidos de hambre y de muerte. El vuelo bajo de los pájaros. . . . .
. . . .
Las zapatillas de Nuncia están, nuevamente, sucias. Han enlodado el piso de la recámara. Pero ella continúa al lado del anciano. En una de las jaulas, está una cabra. Me observa con impenetrable estupidez. . . . .
. . . . El viejo ha insistido en no reconocer mi presencia. Pero esta noche, despertó con un sobresalto. Comenzó a hablar agitadamente. Nuncia cerró los ojos y tradujo:
Dios dejó incompleta la creación. Ésa es su imperfección. La verdadera creación debió ser absoluta, fatal, sin fisuras, sin posibilidades ulteriores; un verdadero Dios no pudo entregarla al capricho de los hombres débiles y concupiscentes. Completarla,

sin embargo, es la carga de los hombres. Un hombre solo no puede; ¿la especie entera tendrá la fuerza necesaria para frustrar el designio de la divinidad? No recuerdo todas mis vidas; ésa es mi imperfección. Mi memoria sólo se remonta al origen de mi conciencia; detrás de ella, reinan las tinieblas; después de ella, sólo la indiferencia (y quizá la selección involuntaria) la ofuscan. Recordarlo todo —ya lo he dicho— es olvidarlo todo. Quizá mi memoria es total porque sólo recuerdo lo que merece ser recordado. Podría convocarlo todo, si así lo deseara. Me volvería loco: mi vida sería idéntica a la naturaleza. Mi proyecto es de signo contrario: diferenciarme de la naturaleza, apurar hasta sus últimas consecuencias esa incompatibilidad que, desde siempre, ha condenado y destruido nuestro espíritu. Pues apenas atestiguamos que nuestro tiempo no es el natural, sucumbimos, enmudecidos de terror, ante esa resignada evidencia. La indiferencia impenetrable de los océanos y las montañas, de las bestias y las aves, de los peces y las selvas, nos derrota, lo primero que sabemos es que el mundo no nos desea; nosotros lo necesitamos, él no nos requiere. No, no quiero decir esto; sería decir que la naturaleza nos recompensa con algún sentimiento, así sea el del rechazo. Para ella, que lo es todo, nosotros somos nada. Aun las construcciones con las que pretendemos crear esa aberración, una naturaleza humana, acaban por excluirnos: durarán menos que nosotros, y entonces las vemos con tristeza; durarán más que nosotros, y entonces las vemos con rencor. La equivocación fundamental siempre es la misma: dominar lo que no nos necesita, infundir nuestro tiempo a un tiempo adverso. Entendí esto mientras dictaba mi cátedra en la Universidad de París; me dije entonces que la salvación consistía en inventar un tiempo propio y total, que se desentendiese por completo de la funesta ambición de insertar un tiempo, por fuerza, fragmentado, en la intemporalidad natural o de exigirle a ésta que sometiese su totalidad absurda, su desgaste milenario, a nuestra racionalidad medible por fugaz. Publiqué tres tesis que escandalizaron al mundo. Ya las he enunciado. Eran una simple aproximación a mi pensamiento más profundo. Bastaron para que fuese condenado, en 1270, por Etienne Tempier, Obispo de París, y combatido, con una saña tanto más feroz cuanto que era disfrazada por las fórmulas de la beatitud, por Tomás de Aquino. Huí a Italia. Me encerré en una casa; me encerré en una recámara desnuda de la casa, condené las ventanas, prohibí la cercanía de la luz, contraté a un criado que, según los rumores, había estado recluido una vez en un manicomio. Le di órdenes de no mostrarse, de no dirigirme la palabra, de limitarse a prepararme la comida necesaria para no morir de hambre y de pasármela en un plato por debajo de la puerta una vez al día. Me senté a repetir, incansablemente, las tres verdades: el mundo es eterno, luego no hubo creación; la verdad es doble, luego puede ser múltiple; el alma no es inmortal, pero el intelecto común de la especie humana es único. Esperaba llegar, por esta triple vía, a la unidad: al pensamiento de los pensamientos. A veces, culpablemente, admitía nociones intrusas: me decía que la estructura objetiva de la naturaleza no puede ser pensada sin volverse loco; no es ésa nuestra misión; nos derrota de antemano; cada aproximación a los secretos que no nos incumben es una falsa victoria; nos distrae de nuestra única tarea, que es encontrar el pensamiento que no puede ser afectado por la naturaleza; a fuerza de aproximarnos a la naturaleza, sacrificamos lo único que nos distingue de ella: la imaginación total que ella no puede penetrar, la inteligencia y la voluntad únicas y eternas de los hombres mortales que incesantemente repiten y emanan al primer ser que fue la causa inmediata del primer pensamiento. Fragüé todas las imposibilidades: pensé en los tiempos reversibles y en la simultaneidad de los espacios, llegué a creer que lo que sucedió jamás había sucedido y que lo que jamás había pasado ya estaba registrado por la historia; imaginé esferas cuadradas, triángulos de innumerables costados, curvas rectas, objetos a la vez infinitamente espesos e infinitamente ligeros, poemas que desintegrarían la materia oral y escrita, lenguajes prohibidos, ciudades ubicuas, estatuas parturientas y colores absolutos. No precisaba un espejo; sabía que la concentración imaginativa me estaba reduciendo a la idiotez; la baba me escurría por los labios; comía con dificultad; mis miembros se movían sólo ocasional y torpemente; evacuaba sin dominio; dormía sin sosiego. Y desconocía lo que sucedía del otro lado de la puerta. No estaba solo; no podía imaginar los sentimientos del sirviente que, con tanta puntualidad, me pasaba el plato de latón todas las tardes por debajo de la puerta. Repetía sin cesar: el mundo es eterno, la verdad es múltiple; el alma no es inmortal. Imaginaba la contradicción: el mundo es mortal, la verdad es única, el alma es eterna. Discernía lo deseable: los mundos son múltiples porque la eternidad es sólo las formas de la mutación; las verdades son eternas porque su multiplicidad asegura que serán, así sea parcialmente, transmitidas: la verdad única puede ser enterrada para siempre, perdida para siempre, en el centro

de una uva; y el alma transita, mortal, pero transformable, entre
aquellos mundos y estas verdades. Pues si el terror original dependía de la radical oposición entre un mundo que no muere y un
alma que debe morir, la radical conciliación sería que ni el mundo
ni el alma muriesen. La mentira de esta proposición era demasiado
flagrante: el mundo nos parece eterno sólo porque su tiempo de
morir es de un ritmo distinto al nuestro. Luego, la conciliación era
de otro orden: el mundo y el alma deben morir juntos. La eternidad debería ser la sincronización total de nuestra muerte y la del
mundo. O, visto de otra manera, la alianza indistinguible entre
nuestra vida y la del mundo. Por el camino de la oposición, había
llegado al punto de partida, sólo que en vez de imponerle mi tiempo a las cosas, iba a dejar que las cosas me impusieran su tiempo
a mí. Pero la suma del tiempo natural, ya lo había dicho, es la
intemporalidad: la brevedad de una libélula es compensada por la
permanencia de una montaña, el tiempo del mar es limitado por el
de un camarón, y expandido por el de los cielos que refleja. La
eternidad es una ilusión de tiempos compensados, un continuo en
el que los seres de corta vida se suman a los de larga vida y éstos,
a su vez, reengendran a aquéllos. Si hubiese sido mariposa —me
dije— ya estaría muerto; si fuese río, aún no habría nacido. Vislumbré el secreto de la reencarnación: el mundo es eterno porque
muere renovándose; el alma es mortal porque vive de su singularidad intransferible. El Papa Inocente III impuso la siguiente profesión de fe a los valdenses, sancionando así las resoluciones de
los Concilios de Braga y de Toledo: Creemos de corazón (y lo
manifestamos en voz alta) en la resurrección de esta misma carne
que portamos y no de otra. Incurrí en el anatema quinto de la carta
de Justiniano al Patriarca Menas: sostuve, en la soledad de mi recámara, que la resurrección sólo es posible si abandonamos a tiempo,
y para siempre, el cuerpo que habemos; afirmé lo que la patrística
negó: *si quis plasmationem humani corporis diaboli dicit esse
figmentum et conceptiones in uteris matrum operibus dicit
daemonium figurari*, A.S. Hice traer a una mujer del pueblo a mi
casa. La sometí a mi propia y escasa lujuria. Intenté todas las combinaciones. La obligué a buscar cópula bestial en los montes. Mezclé
mi semen con el de los machos cabríos y los tigrillos. La envié a
dormir en el aposento de la servidumbre. Dejé al azar el posible
encuentro con el criado loco que me servía. La mujer quedó preñada y, apenas supe de esta concepción, pude imaginar, de un
golpe, todas mis vidas anteriores y todas mis reencarnaciones fu-

turas. Misteriosamente, había tenido mi inserción en el inmortal intelecto común de los hombres. Temblando, sudoroso, mortalmente fatigado, fui un cazador tan desnudo como las bestias que acosaba y me acosaban, un constructor de dólmenes, un esclavo fustigado junto a un gran río, un pícaro mercader en tierras arenosas, un fatal soldado en los ejércitos de Darío, un discípulo frívolo y sensual en el ágora de Atenas, un luchador iletrado y voraz en los circos de Roma, un mago descalzo, colérico y elocuente en los olivares de Palestina, un emigrado que llora a orillas del Bósforo; de nuevo, en Roma, un compasivo y audaz pastor que lleva cantarillos llenos de leche a las catacumbas; más tarde, un devastador de las ciudades inconquistables; en seguida, un conquistador pacífico, *sine ferro et igne*, de las mismas tierras que antes profané; servidor, en fin, de la universidad magistral, expositor de tesis condenables, teólogo en fuga, anciano encerrado en su recámara, pensando sin cesar las fórmulas del tiempo, de la resurrección, de la continuidad, servido por un loco y acompañado de una mujer imbécil y preñada… pensando lo que seré, como ya sé lo que fui: labriego numeroso en tierras de Poitiers, prácticamente dueño de mi parcela, expulsado de ella por el rey, obligado a convertirme en pequeño artesano de la ciudad, muerto nuevamente en una de las guerras de sucesión, falconero de un duque español en mi siguiente resurrección, marinero joven y sin temor, arrojado por un naufragio a tierras que antes no había pisado un hombre europeo, portador de las nuevas increíbles, cazado como un venado en tierras de Almería, presa de la Inquisición, monje abhidarmista en Calcuta, fabricante de pólvora para los festivales de Shangai, fabricante de tejidos en Londres, músico en la corte de Mecklenburgo, arquitecto a orillas del Neva, soldado hambriento en los campos de Boyacá, navegante infinito del Ohio; otra vez, cazador de bestias en las soledades de la Bahía de Hudson. Todo esto seré. Cada vez, en un cuerpo distinto, pero con una inteligencia única.

Lo interrumpí: —¿Y ahora? ¿Quién eres ahora?

Él dijo una palabra incomprensible; Nuncia tradujo:

—Ahora soy tú . . . .
. . . .

Yo estaba cerca del viejo, atento a su aliento falleciente, hipnotizado por su voz extranjera más que por la entristecida traducción de la mujer. Él dijo: Ahora soy tú y, de entre las pálidas sábanas, extrajo el estilete que clavó en mi antebrazo; grité por tercera vez; comprendí las palabras del anciano antes de que Nuncia las dijese en inglés: Hemos hecho un pacto. Estaremos juntos, siempre juntos, hasta lograr lo que más hemos deseado. ¿Cuándo deja una puerta de ser una puerta?

La fuerza de la agonía temblaba en los puños del anciano. Arañaba mis manos y mis brazos como si de mi vida dependiese la que huía de su pecho; yo no podía distinguir esa muerte vecina de un terror actual; el hedor repulsivo del viejo, sus antiguas secreciones, el vaho soterrado en sus labios, me repugnaron: Ahora soy tú, olí, toqué, vomité las palabras malditas. Detrás de nosotros, la luz se agrandaba, como si el gran vitral gótico de la galería se hubiese aproximado; el viejo habló; ella tradujo:

Apenas tenemos tiempo. Debes decidir rápidamente. Puedes escoger tu propia muerte. Puedes morir en la hoguera de Sevilla o en los campos de Aquilea, pueden matarte un centurión romano o un escorpión egipcio, puedes morir del cólera en Marsella o de una lanzada lituana en Novgorod, puedes ahogarte en el mar de Sargazo o ser sacrificado en un altar sin historia; pueden devorarte las bestias del alba; puedes morir del hígado en la cama de tu espléndida casa en Covent Garden; puedes caer, fatalmente, del balcón de tu amante en Lima; puedes morir por abulia, coraje, accidente, sentencia, voluntad o tristeza: en todos los casos, yo estaré a tu lado, listo para absorber tu último aliento y pasarlo a un cuerpo distinto, nuevo, apenas concebido, gelatinoso aún en el útero de una mujer. Mío. Tu muerte será la continuación de mi vida. A donde salgas, en este momento, encontrarás tu muerte; te esperan los verdugos, los microbios, los puñales, los océanos, las piedras, los leones; te espera el lugar que tú escojas para tu muerte: los muros se harán transparentes, las ciudades serán las que tú escogiste para morir; los testigos, los que realmente estuvieron presentes; las soledades, las que el destino te adjudicó. Debes darte prisa; esto te lo estoy contando en otra época, que tú desconoces y cuando tú ya no eres o aún no eres. Por favor, decide. Debemos, por fin, separarnos. Ya tenemos lo que más hemos deseado. Me toca renacer, gracias a ti. Nadie me reconocerá. Todos los que me conocieron habrán muerto. Date prisa. Cada hombre vivo posee treinta fantasmas: somos la mayoría, no puedes combatirnos. Yo estoy sentado, pensando, en una casa en las afueras de Trani. Un criado se aproxima a traerme la comida. Una mujer encinta espera el momento decisivo a mi lado. Te estoy pensando totalmente; tú eres, en este instante, el pensamiento de los pensamientos. Date prisa. Decide. Ya no tarda.

Nuncia cesó de traducir. En su mueca de mujer desobedecida y amedrentada brillaba el terror de una sabiduría: todo iba a reiniciarse. Habló con sus propias palabras.

Omitió contarte que también murió un viernes por la tarde, en una colina en las afueras de Jerusalén. Sus labios sabían a vinagre. Yo lo sé. Recibí su cuerpo amoratado por la asfixia; lo besé llena de piedad.

No tuvo necesidad de traducir las palabras irritadas del anciano. Yo las conocía. Era la tercera vez que las pronunciaba: Está loca. Cuenta leyendas ajenas.

Luego, el anciano se estremeció y ella volvió a hablar en su nombre:

Tenía que compartir la visión con alguien. Cuando el criado pasó el plato por debajo de la puerta, me libré a mi impulso; la abrí. Allí estaba él...

Con la creciente luz, se acercaron los pasos. No tuve tiempo para librarme del viejo, de su agónico abrazo. Caminaba hacia nosotros un hombre con calzas negras y una burda camisa de vello; su pelo rojizo era una maraña centelleante; sus ojos negros negaban la caridad; la locura era dueña de sus labios. No tuve tiempo, en verdad. El desconocido avanzaba con un plato entre las manos; una sebosa frialdad afeaba sus bordes. El hombre se inclinó, dejó el plato en el suelo, lo empujó hacia adelante. Nuncia, obscenamente serena, ajena a la situación, volvió a traducir las palabras del viejo: ¿Cuándo deja una puerta de ser una puerta?

El hombre inclinado contestó, con una voz irreal, triste y amenazante a la vez: —La puerta horizontal... es la tumba.

El viejo soltó mis manos; el criado se arrojó sobre él, le arrancó el estilete del puño y lo clavó una vez, y otra, y otra más, con una danza helada y reluciente, en la espalda del anciano. El viejo logró mirar hacia las jaulas; logró sonreír; logró decirle a Nuncia (y ella, mecánicamente, repitió): No pudiste llenarlas, mujer; te faltaron dos presas; no alcanzaste a cazarlas todas . . . .
. . . .
. . . . . Huí del lugar; sé que renuncié al valor y a la compasión; al dolor también. Detrás de mí escuché los pasos apresurados del criado; luego, sus pisadas, como las mías, fueron tragadas por el rumor de los laberintos que nos envuelven. Todo adquiere forma; muros y siluetas, cúpulas y rostros se despintan, como si su anterior invisibilidad hubiese sido el producto de una negrura total: la oscuridad impenetrable, como la transparencia más límpida, son

igualmente prohibitivas para el ojo del hombre. Las galerías que tanto he recorrido se llenan de gente; el criado, en la muchedumbre, es uno más; toca mi hombro y murmura, riendo: —Este lugar acabará por tener una forma, pero tú no la conocerás... Guarda el estilete ensangrentado en la fajilla del pantalón y se aleja, perdido para siempre, a lo largo de los muros negros, que comienzo a reconocer, y de las blancas murallas de piedra de Portland, blanqueadas aún más por la intemperie.

Redoblo el paso; la ciudad es inmensa y por fin la reconozco.

Sé que sólo gracias a las palabras del viejo asesinado puedo reconocerla: comprenderla. Mi mirada es tan vasta como la ciudad. Mis pasos me conducen velozmente de un sitio a otro. Puedo, al fin, intentar una explicación: reconozco los lugares porque aquí he vivido siempre, pero antes no lo sabía porque no estaba acostumbrado a ver lo que fueron al tiempo que veo lo que son. Camino por Marylebone Road con sus casas de ladrillo y sus aguilones verdes, pero al mismo tiempo y en el mismo espacio recorro los cotos de caza del rey, observo el vuelo de faisanes y escucho el rumor de liebres. Camino por la ciudad de mi infancia, siempre tan similar a sí misma y al mismo tiempo tan abierta a las novedades que la afean, la degradan, la ensordecen: observo con rencor los rascacielos, las cafeterías chillantes, los pórticos de los casinos, los anuncios; siento cerca el aliento del tiempo, en los avisos sobre los autobuses colorados, en las grandes hojas que proclaman desde los quioscos las noticias del día; pero ahora el alto taconeo de las muchachas con minifaldas, ahorcadas por las cuentas de colores (los ojos ausentes detrás de las gafas violetas) se cruza sin alarma con el rumor descalzo de las vendedoras de leche que gritan su mercancía: «Leche de vaca, leche de vaca colorada»; y el paso victorioso de los muchachos con melenas sucias y pantalones apretados con el de los galanes de pelo empolvado y las cortesanas de falsos lunares y miriñaques crujientes. Los altos autobuses y los veloces Ferrari se funden en el Strand con los caballos de posta, las sillas sedán, las carrozas y las diligencias. En Covent Garden no hay nada y al mismo tiempo son levantadas unas casas, son derrumbadas otras, los hombres de levita y sombrero de copa caminan y discuten bajo las arcadas de la *piazza*, las carretas llenas de frutas y verduras obstruyen el tránsito; reconozco las alcantarillas de la ciudad, pero simultáneamente veo a mujeres rojizas vaciar la basura en las calles malolientes; veo el

moderno Puente de Londres y en el mismo lugar veo una construcción anciana y raquítica, apiñada de construcciones y bazares;
el paso vencido de los viejos de hoy, hombres color de cera que
desfondan sus pantalones con los puños crispados, se mezcla con
los acentos antiguos y extranjeros de la agitación comercial en las
estrechas callejuelas invadidas por caballos, perros, el paso de
ganado rumbo a los mataderos, los vagabundos, los frailes aún
tonsurados lanzados a la mendicidad y el robo al ser disueltos los
monasterios; las ancianas de hoy, con los bonetes negros donde
brillan las agujas, con las gargantas apremiadas por las perlas falsas (en las manos llevan bolsas de papel color café, teñidas) circu-
lan tocando los sombreros hechos por los franceses de Southwark,
las telas tejidas por los flamencos de Shoreditch, los grabados
impresos por los holandeses de Westminster; y al mismo tiempo,
veo en los mismos lugares el Mercurio plateado de Picadilly, los
anuncios de Players y Bovril, las insignias de la casa Swan & Edgar,
la fachada del Hotel Regent's Palace y la marquesina del cine Cameo
anunciando *To Sir With Love*. Pasan frente a la Country Fire Office
cinco monjes cisternianos con una grey de ovejas y hacia abajo,
por el Támesis, flotan las barcazas engalanadas, se escucha música de Händel mientras acá arriba, en Haymarket, desde una tienda
de discos se escuchan las voces del conjunto Manfred Mann: *For
every day, another head turns gray.*

En los parques, los viejos toman el sol reclinados sobre las
sillas playeras, las viejas dan alpiste a los pajarillos transitorios, los
jóvenes se tienden sobre el césped con el pecho desnudo y la
camisa enrollada bajo la nuca, las parejas se besan y los niños se
dirigen al zoológico, indiferentes al tumulto bárbaro de carreras
de caballos, encuentros de lucha libre, peleas de gallos y torneos
de arquería.

Cada edificio es sí mismo y todas sus transformaciones,
hasta el origen: el espacio vacío. La ciudad está en llamas; la ciudad está totalmente construida; la ciudad es un campamento romano, amurallado; la ciudad es un desolado valle de arcilla; la
ciudad, interminable, se extiende hasta los blancos acantilados de
Dover. Los fuegos del gran incendio aún no se apagan. . . . .
. . . .
. . . . Caminé interminablemente. Mis pasos me llevaron hasta
el zoológico de Regent's Park.

Atardecía, pero aún no cerraban las rejas. La bruma volvía
a ascender de los estanques; el pasto estaba fatigado por las pre-

muras y los ocios del verano. Tomé asiento en una de las bancas verdes, frente a la jaula de los osos. Los vi juguetear y luego dormirse. Lo recordé todo. Mi rostro era bañado por los últimos rayos de sol de un memorable verano inglés. Alrededor de mi casa en Hampstead un humo fragante se estaría levantando desde los jardines ondulados; florecerían los geranios y las margaritas; las cortinas de lona habrían tomado el lugar de las celosas puertas del invierno; los pastos estarían frescos, los sauces inmóviles, las estacadas entre casa y casa recién pintadas y desde Hampstead Heath llegarían las voces de los niños en vacaciones. Brillarían los tejados y en las cresterías anidarían las palomas. Algunos viejos cultivarían sus jardines. Yo debía regresar temprano a mi casa en Pond Street, dejar mi estudio de arquitecto en Dover Street, tomar mi automóvil, ascender hacia la rutinaria comercialidad de Camden Town y llegar a las colinas de mi infancia. Emily, mi mujer, me pidió que llegara a tiempo; Georgie, nuestro hijo, celebra hoy su décimo cumpleaño. Sentí que en mi antebrazo una herida cicatrizaba.

Escuché pasos planos sobre la grava. Una mujer encinta se acercó a la jaula de los osos. Tenía una bolsa color café, de papel, manchada, en la mano. La seguía un relamido gato de angora. Extrajo de la bolsa pedazos de pan frito y los arrojó dentro de la jaula. Miró con satisfacción a los animales. Luego fue a sentarse junto a mí. Al principio no me habló. La miré de perfil. Creí recordar el sueño infatigable de esos ojos, la obstinación libre y enferma de esos labios, la palidez oriental de la piel; en las manos, un brillo de astro moribundo.

Habló sin mirarme; miraba al gato y lo acariciaba con una mano:

—Nino, bonito, suavecito, mimado, Nino . . . .

Con la otra, iba arrojando sobre la grava cinco naipes gastados, antiquísimos; vi caer sus figuras: el búho, el tigre, la cabra, el oso, el dragón, mientras la escuchaba:

La canícula levantina es excitante y sensual. En los desiertos, nacen los mirajes. A él todos le seguían. Todos creían en sus palabras y en su presencia. Todos se dejaban seducir por su cólera viril, por su promesa de dulcísimos placeres; el cielo estaba lejos, él estaba cerca. ¿Cómo iba a resistirle yo? Él era un hombre completo; vivió poco, pero vivió bien. Era todo amor: mujeres, hombres, niños, cordero, vino, aceitunas, pescados. Cometió todas las transgresiones; en sus ojos brillaba la crueldad ambiciosa

de un déspota oriental. Yo misma me ofrecí a él una noche. Él lo
ha olvidado. Dice que recordarlo todo sería olvidarlo todo: volverse loco. Él sólo recuerda, incesantemente, los momentos simultáneos de su conciencia y de su asesinato. Vive encerrado para
siempre en una recámara desnuda, de ventanas tapiadas, pensando al mundo, pensando a los hombres, esperando que un criado
pase un plato de latón debajo de la puerta. Esperando su nueva
encarnación. Pensándote a ti, que no existes, en un tiempo que
aún no existe. Que quizá jamás llegue. Me ha olvidado. Por eso,
no sabe que yo lo acompaño siempre; que yo reencarno, un poco
antes o un poco después de él, en distintos cuerpos, como él lo
quiso. Cuando no coincidimos, George, cuando él abandona una
vida y yo me quedo encarcelada en mi cuerpo, entonces me siento muy sola, muy triste, y necesito compañía...

Me miró, y su mirada me heló la sangre. Tomó mi mano y
su contacto heló mi piel. Pude observar sus zapatillas enlodadas
. . . .
. . . .
. . . .

Siger de Bramante, teólogo magistral de la Universidad de París,
denunciado por Etienne Tempier y por Tomás de Aquino, huyó
de Italia y se recluyó en una casa en las afueras de Trani, a orillas
del Adriático, frente a las costas de la Dalmacia, cerca de los palacios y de los templos románicos rodeados de llanos amarillos.
Allí fue asesinado a puñaladas por un sirviente enloquecido en
1281. Algunos cronistas disputan la veracidad de esta fecha . . . .
. . . .
. . . .
. . . .
. . . .
. . . .

Una familia lejana

*A mi amigo Luis Buñuel,
en sus ochenta años:*

*«Ce qui est affreux, c'est ce
qu'on ne peut pas imaginer.»*

M. P.

I

La palidez de mi amigo no era insólita. Con los años, la piel de su rostro se unió al hueso y cuando movía las manos delgadas la luz las atravesaba sin pena.

Lo había visto cuando regresó de un viaje a México y entonces su aspecto de fantasma civilizado se disipó. El sol le dio espesor, presencia carnal. Casi no lo reconocí.

Ahora, al recobrar su palidez habitual, debí recordarlo claramente; pero en su manera había algo desacostumbrado. Fui a saludarlo cuando lo vi solo en su mesa del comedor del club y le propuse que almorzáramos juntos.

—Sólo que usted venga acá —dijo mirando hacia las mesas alejadas de la suya.

Esa mirada se perdió en una lejanía más profunda que la del vasto comedor en penumbra. En cambio, las mesas del primer rango están situadas al lado del gran balcón que se abre sobre la Place de la Concorde. Son las mesas privilegiadas del comedor del club y es natural que las acaparen sus miembros más antiguos. Acepté su invitación como lo que era: una deferencia hacia mí, su amigo menor.

—No lo veía desde que regresó de su viaje —le dije.

Siguió leyendo la minuta del almuerzo, como si no me escuchase. Estaba ligeramente inclinado, de espaldas a las ventanas. La luz azulenca de esta tarde temprana de noviembre iluminaba el contorno de la cabeza cana y calva. La levantó súbitamente, pero no para mirarme. Permaneció inmóvil, con los ojos fijos en el punto más alejado de la plaza, junto al río.

—Ordene por mí —me pidió cuando se acercó el mesero. Lo dijo con la premura exacta que comencé a distinguir en todos sus movimientos. Me pregunté si ésta había sido siempre una característica suya aunque sólo ahora la distinguiese yo. Recorrió con los ojos pequeños y vivaces el espacio de la plaza, deteniéndose un largo rato en la perspectiva de la alameda de las Tullerías.

—¿Sabe?, dijo al cabo, cuando nos sirvieron el vino y sus ojos inquietos encontraron reposo en él, estuve apostando conmigo mismo si alguien se acercaría a saludarme o no; si tendría o no la oportunidad de contarle a alguien mi historia.

Lo miré con perplejidad.—No soy *alguien*, Branly. Pienso que somos viejos amigos.

Tocó ligeramente mi mano, me pidió excusas y dijo que cuando todo terminara, tendría que hacer un nuevo balance de su vida; ello resultaba muy fatigoso para alguien de su edad.

—No, añadió, no caeré en el lugar común; no diré que a los ochenta y tres años estoy de regreso de todo. Sólo dicen esto quienes nunca han ido a ningún lado.

Echó la cabeza hacia atrás, riendo, y levantó las manos con un mismo movimiento mientras me decía que era una pretensión creerse a salvo de todo asombro. Acaso, menos que una pretensión, era, simplemente, una estupidez. Sólo una profunda inseguridad nos obligaría a sufrir una pérdida tan tonta como la de nuestra innata capacidad de maravillarnos. Dijo que la muerte sólo vence a quien no se asombra de ella; la vida también. Pestañeó repetidas veces, como si esa luz, menos pálida que el semblante de mi amigo, le hiriese.

—Hasta antes de la visita, creí haber alcanzado un equilibrio merecido —me dijo cubriéndose los ojos con los dedos.

Luego apartó la mano con un gesto gracioso y frívolo, como intentando disipar cualquier solemnidad de su discurso; sonrió:

—¡Por Dios! He vivido todas las épocas, bellas y feas, todos los años, locos y razonables, dos guerras mundiales y una pierna herida en Dunquerque, cuatro perros, tres esposas, dos castillos, una biblioteca fiel y algunos amigos, como usted, que se le asemejan.

Suspiró; apartó la copa de sí e hizo algo extraordinario. Me dio la espalda, giró su silla y miró directamente a la Place de la Concorde, como si le hablase. Preferí pensar que me hablaba a mí de una manera excepcional, deseando subrayar el carácter poco común de nuestro encuentro y también el de la historia que me anunció; al cabo me quedé (para mi propia tranquilidad) con la impresión de que mi amigo quería hablarnos a la plaza y a mí, al mundo y a ese usted numeroso que yo representaba en ese momento y que se esconde, irónico y enemigo, en el nosotros de las lenguas romances, nos y otros, yo y los demás.

París y yo, Branly entre ambos. Sólo esta interpretación salvaguardaba mi dignidad un tanto maltrecha por la conducta extraña de mi amigo.

—El siglo es mi hermano, dijo entonces, hemos vivido juntos. También es mi hijo; lo precedo por cuatro años y lo primero que recuerdo, ¡imagínese usted!, es su nacimiento presidido por una imagen, sobra decirlo, inolvidable: la inauguración del puente Alejandro III. Lo recuerdo como un arco de acantos tendido sobre el Sena para mi beneficio, a fin de que yo, el niño, aprendiese a amar esta ciudad y a recorrerla.

Lo vi llevarse las manos a la gruesa corbata azul y acomodar la perla del alfiler que la adornaba. Me sumé a su mirada perdida en la lejanía del Quai d'Orsay y a través de ella a las palabras que me explicaban que con esa imagen nació en él, y ahora con él en mí al escucharle, la expectativa de que todas las tardes, como aquélla en la que por primera vez admiró el puente sobre el río, un minuto milagroso disiparía los accidentes de la jornada —lluvia o bruma, canícula o nieve— para revelar, como en un paisaje de Corot, la esencia luminosa de la Isla de Francia.

Es éste el equilibrio al que se refiere. Sabe que todas las tardes puede aguardar, sin impaciencia, ese instante privilegiado. La hora jamás lo ha defraudado. Gracias a él, comprendo que a mí tampoco.

Sonríe pensando que las únicas excepciones ocurrirán, amablemente, cuando se encuentre de viaje, lejos de París.

II

A los Heredia los conoció en México, apenas el verano pasado. Coincidieron en una excursión a Xochicalco organizada por un amigo francés, Jean, residente de largo tiempo en la capital mexicana. Mi amigo acogió con alegría la proposición de viajar a las ruinas toltecas del valle de Morelos, sobre todo en compañía de Hugo Heredia, uno de los arqueólogos más notables de América Latina. Mi amigo no se ha saciado de ruinas y al mirar éstas le dijo a Jean que a pesar de Valéry, las civilizaciones no mueren del todo; perduran, pero sólo si no progresan.

Repitió el comentario en un castellano trabajoso para conversar con Hugo Heredia mientras contemplaban el paisaje del valle desde la alta ciudadela india y añadió que sólo sobrevive lo que no progresa porque no envejece.

—Nada más lógico —terminó.

Heredia se limitó a decir en francés que Xochicalco fue un centro ceremonial, no un lugar de sacrificios, como si quisiera curarse en salud y afirmar ante los extranjeros que la violencia no es un privilegio mexicano del cual es necesario excusarse y no una de las escasas constantes de la variadísima naturaleza humana.

Mi amigo emitió un deleitado *aaah!* que significaba su apreciación del buen dominio de la lengua por Heredia pero pensó, encogiendo los hombros, que la sustancia de las palabras del arqueólogo tenía por objeto no alarmar la sensibilidad de un francés razonable, sensual seguramente, pero mediocre no, jamás.

Se lo dijo riendo a Heredia y él le contestó que la sensualidad es apenas un capítulo de la violencia.

—Todo lo contrario —replicó mi amigo.

Las formas del valle que se extiende frente a las ruinas de Xochicalco se acercan y alejan según el capricho de la luz y la velocidad de las nubes; se puede, ilusoriamente, tocar el fondo del barranco, como si el abismo se levantase de un prolongado sueño geológico; los volcanes extinguidos parecen alejarse para siempre, añorando el retorno del tiempo de fuego que fue el suyo.

Mi amigo le dice a sus anfitriones que bastaría el desmayo del dios que respira el viento o la cólera de la diosa que invade una nube para que esa relación de lejanía o cercanía se invierta y el volcán se aproxime mientras el precipicio se ratifica como la solitaria entrada al paraíso mexicano: —Según mi información, es el único Edén imaginado subterráneamente, allí donde Orfeo, Dante y Sartre, por igual, han reservado sitio al infierno.

—Mira, papá, mira lo que me encontré.

El hijo de Heredia llegó corriendo, sin aliento, al borde del precipicio; mi amigo alargó la empuñadura curva de su bastón y lo detuvo del brazo. Está convencido de que lo salvó de un accidente; la caída desde la plataforma rasa de la ciudadela al espacio del juego de pelota debe ser de unos cincuenta metros. El muchacho estaba demasiado excitado, solicitaba toda la atención del padre y éste se la entregó con una intensidad que mi amigo consideró insólita. Entre sus manos morenas reunidas como una vasija de barro e igualmente temerosas de que una sola gota se escapase por las hendiduras de los dedos, el muchacho detenía un objeto, una lámina de brillante fugacidad.

—Perdón, dijo Heredia, no le he presentado a mi hijo Víctor.

Tartamudeó, confundido, y añadió precipitadamente:

—Perdón otra vez, Jean no me dijo bien su nombre.

—Branly, dijo con sencillez mi amigo.

Excusó la torpeza de la presentación; Víctor, el muchacho, estaba demasiado concentrado en su descubrimiento; su padre, en hacerle notar que le daba toda su atención. En tales circunstancias, las presentaciones se aplazan para mejor momento. Pero Branly no puede esperar que nuestra forma de cortesía —lo que los ingleses, insuperablemente, llaman «manners»— sea conocida, y mucho menos compartida, en todas partes, como no puede esperar que la dulzura de la luz vespertina de la Isla de Francia, reclinada como una mujer que alarga el brazo y nos roza la mejilla con los dedos (ese instante se aproxima mientras yo almuerzo y le oigo decir esto) se parezca a lo que él llama, porque la conoce, la luz del mediodía eterno, vertical, visceral y cuchillero, levantado como un puño armado, de las montañas mexicanas.

—¿Dónde lo encontraste, Víctor?, le preguntó el padre.

El muchacho señaló hacia la pirámide trunca, el templo de escasa altura, dice mi amigo, dominado por el cinturón de serpientes esculpidas que ciñen sus cuatro costados, serpientes de piedra que se devoran unas a otras hasta integrar una sola culebra que se muerde la cola para tragarse a sí misma. La pirámide está rodeada de matorrales resecos y polvo inquieto.

—Allá, indicó el muchacho.

—¿Puedo verla?, dijo Heredia.

Víctor escondió el objeto con las manos sobre el pecho.

—No, después.

Hasta entonces, el muchacho había mantenido baja la mirada, fija en el tesoro. Ahora, cuando dijo no, miró a su padre. A mi amigo le sorprendió que, siendo su tez tan morena, su pelo tan negro y lacio, tuviese ojos tan claros. Le parecieron azules y abiertos en esta luz sin refugio, verdes apenas los tocó la sombra de las gruesas pestañas. No podía tener más de trece años; doce quizás.

Quién sabe, dijo ahora mi amigo, esperando conmigo el arribo de la luz vespertina a la Place de la Concorde; los niños mexicanos son muy pequeñitos largo tiempo, como si la precocidad sexual del trópico requiriese, en todo lo demás, una compensación diminutiva. Jamás había visto ojos tan claros en piel tan oscura. Sólo entonces miró con atención al padre. Hugo Heredia era un criollo mexicano de piel rojiza, bigote negro, pelo ondulado y mirada estudiosa y triste detrás de espejuelos de carey.

—No, después, dijo el niño.

Mi amigo se abstuvo de preguntar si un objeto descubierto en un sitio arqueológico no debería ser entregado, cuanto antes, a las autoridades competentes. Después de todo, al visitante extranjero se le advierte que las leyes mexicanas al respecto son muy estrictas; guay del que pretenda esconder una figurilla azteca o tarasca, por falsa que sea, en su bolso de viaje. Se preguntó si Heredia gozaría de privilegios especiales.

Lo supo esa misma noche en Cuernavaca. Jean hospedó a mi amigo y a la pareja del padre y el hijo; cenaron en una *loggia* de maderas claros, estucos azules y soportales abiertos al doble asalto de la respiración vegetal de las barrancas y de la lejanía tormentosa acumulada en la corona de las montañas. Dice mi amigo que le encantó la compañía de los Heredia. El padre poseía esa característica de los latinoamericanos cultos: sentirse obligados a saberlo todo, leerlo todo, no darle al europeo cuartel ni pretexto, conocer igualmente bien lo que el europeo ignora y lo que considera propio, el Popol Vuh y Descartes. Sobre todo, demostrarle que no hay excusa para desconocer a los demás.

Esta actitud suele ser incómoda para nosotros; creemos saber que saberlo todo no significa saber algo. Pero no era éste el caso de Hugo Heredia; en él, dice mi amigo, la universalidad de la cultura era el contexto obligado de su conocimiento profesional de la antropología; simplemente, era un hombre que no quería reducir las cosas a una inteligencia, clara quizás, pero seguramente parcial y mutilante. Heredia, entrecerrando a menudo los ojos, con los espejuelos entre las manos, se abstenía de darle toda la razón a Dios, a los individuos, a la historia o al dinero, pero tampoco se la quitaba, en una medida reflexiva, a ninguno. Mi amigo, al escucharlo, soñó con otra época y habló de una biblioteca que, en un par de estantes, contuviese todo el saber digno de poseerse.

Me dice que recordó los dos rostros más nobles de la pintura, el Erasmo y el Tomás Moro, ambos de Holbein el joven; quiso imaginar algo de ellos en la figura de Heredia. Es un hombre del siglo de la fundación del Nuevo Mundo, pensó; nunca más se ha podido ser universal. Y sin embargo, en los ojos velados de esa inteligencia había también una especie de autoridad patriarcal, un tono leve y firme de límite opuesto a los demás cuando se acercan a las puertas del dominio en el que el descubridor de las tierras nuevas es el dueño de todo, autorizado a disponer de vidas y haciendas sin distinciones entre la función pública y la función privada. Un extranjero no podía sustraer una pieza arqueológica; un mexicano sí. No se roba el patrimonio propio.

El olor agazapado del manglar se intensificó ante la proximidad de la tormenta nocturna que primero lo sofocaría, antes de darle las alas más poderosas. Heredia hablaba de dioses y tiempos y su hijo lo miraba con algo más que atención. El mexicano decía que la expulsión de los dioses por la ciudad moderna nos condena a un tiempo ilusorio porque es el de nuestra limitación humana; percibimos parcialmente una sucesión lineal y creemos que no hay otro tiempo.

—No sé si los dioses existen; sí existe la imaginación de un mundo sagrado en el que las cosas se sacrifican con menos facilidad. Todos los pueblos antiguos se niegan a desterrar las formas viejas en beneficio de las nuevas; unas y otras, en vez de expulsarse sucesivamente, se suman en una acreción permanente. Allí, todo está vivo y presente, como entre los pueblos de Madagascar que resumen la historia posible en dos vertientes: la herencia de las orejas y la memoria de la boca.

Dijo que sería menos interesante consignar laboriosamente ciertos aspectos del presente al pasado que celebrar la existencia presente de cuanto nos es dado decir y de cuanto nos fue dado escuchar.

Mi amigo, al inclinarse a cortar un pedazo de carne, miró directamente a los ojos de Víctor mirando a su padre. Ese niño estaba aprendiendo una lección. Mi amigo buscó en vano la mirada entrecerrada de Hugo Heredia; alargó el brazo para tomar la botella de vino; Heredia no le hablaba a mi amigo, no le hablaba a Jean, le dictaba la lección a su hijo y los dos lo sabían.

En cierto modo, existían en un universo propio; Jean le advirtió antes de la cena que el hermano mayor y la madre de Víctor habían muerto dos años atrás en un accidente de aviación. Hugo y su esposa, cuando nació Víctor, decidieron no viajar juntos nunca más. De allí en adelante, cada uno de los padres viajaría por separado con uno de los niños, alternándolos. Jean se preguntó si ésta no fue una manera de tentar al demonio, combinando el azar, obligándolo a despertar de su sueño para ofrecer una solu-

ción definitiva a la pregunta subyacente del juego de los Heredia:
¿quiénes recibirán la invitación de la muerte?

—Entonces Víctor pudo haber muerto en el accidente, le
dijo mi amigo a su anfitrión.

Jean asintió y durante la cena Branly entendió y aceptó la
atención secreta y cálida que el padre y el hijo se prestaban. Pero
también se sentía incómodo ante la intensidad de una relación
que sin ninguna violencia (todo lo contrario: padre e hijo compartían esos modales ceremoniosos que son la más segura evidencia
india de México; los españoles, dijo mi amigo, son casi siempre
ruidosos y brutales) parecía excluir a los extraños.

Entonces, como si la incomodidad cierta aunque ligera de
mi amigo se manifestase en un silencio repentino, involuntario,
compartido por todos, el muchacho rió y dijo que había pasado un
ángel. Hugo abrió los ojos para mirar, sonriendo, a mi amigo, vestido esa noche de lino blanco e iluminado, entonces como ahora,
por una vela imaginaria que se situara un poco detrás del pabellón
de su oreja izquierda.

Era el último momento de la selva y la barranca; Hugo
Heredia, volteando hacia mi amigo, recordó las palabras de Proust
sobre la pintura de Moreau, «flores envenenadas entrelazadas con
joyas preciosas»; le preguntó a mi amigo si esta noche la selva, los
brillos y las oscuridades del barranco, no le recordaban la misma
frase.

—No, contestó mi amigo. Lo que usted dice es sólo un
elemento de la escena, aunque seguramente el más sensual e inmediato. Yo pienso en algo que escribió la señora de Lafayette al
describir la corte de Enrique II. *Une sorte d'agitation sans desordre.*

Jean murmuró en español, una especie de agitación sin
desorden y la lluvia tropical se descargó sobre el tejado de la *loggia*;
mi amigo no quiso contradecir a Hugo Heredia, sino agradecerle
esta participación a la cual le invitaba. Olvidó lo que no le había
acabado de agradar, la presentación precipitada, la posesión soberana de la pieza arqueológica, los apartes prolongados de la
cena, y admitió la realidad central de esa relación entre padre e
hijo, que primero afirmaba su propia intensidad, por decirlo así su
apoyo mutuo, luego la incorporaba a las cosas que por rodearlas
les pertenecían y finalmente la extendía, una vez definida ante sí
misma y en sus propios términos, sin engaño alguno, al huésped,
al amigo.

El mío no dudó en alargar cordialmente la mano esbelta y transparente como la porcelana, la misma con la que ahora señala hacia las nubes veloces sobre la cúpula del Palais Bourbon frente a nosotros. Me dice que la simetría de nuestros espíritus tiende a reconfortar a la razón que así se reconoce en un cuerpo sólido; la de los templos mexicanos es espantosa como la del tigre nocturno de Blake.

Esto mismo le dijo esa noche en Cuernavaca a Hugo Heredia, mientras Jean encendía el fuego de la chimenea y Víctor se ponía el *pullover* de lana azul con el escudo del Liceo Francés y cruzaba las manos sobre el pecho, igual que esa mañana cuando protegió el objeto que acababa de encontrar contra las miradas de los demás. Mi amigo concedió un triunfo a Hugo; no podía recordar ese brillo fugaz sin asociarlo desde ahora al instante anterior a la lluvia y a la extraña luminosidad fugitiva de la barranca podrida.

El templo, iba diciendo Hugo en respuesta a mi amigo, es un lugar aparte, sagrado y distinto de la naturaleza. Pero también es un eco de ella porque fue creado para distinguirse de ella. Mi amigo, sin embargo, ya no le escuchaba; la lluvia había cesado y los olores de la barranca reposaban con una venganza húmeda. El río podrido a los pies de la villa de Jean se prolongaría en la montaña lavada de las heridas del sol; entre ambos, una voz corría, oscura, lejana, cantando una canción cuya letra era desfigurada por la disonancia metálica de la sierra y la oquedad vegetal de la barranca.

Víctor se levantó, caminó hacia la *loggia* y se apoyó con las manos sobre el barandal mojado. Comenzó a silbar la tonada de la canción que se iba apagando a medida que Víctor la reproducía. Hugo Heredia, con los ojos nuevamente entrecerrados, hablaba de hombres y espacios; mi amigo no apartaba la mirada del niño y sus oídos eran sólo para el juego de la doble melodía, la voz solitaria de allá afuera, la letra indistinguible pero la voz muy joven, indistinguible también sexualmente, el silbido de Víctor, su respuesta al pájaro nocturno.

Mi amigo miró al niño y recordó que pocos meses antes había pasado una tarde sentado en el Parc Monceau, viendo a los niños jugar. No supo si al verlos recordaba a los niños que jugaron aquí mismo con él cuando él era niño, o si sólo miraba de nuevo a los niños de antes, pero ahora, para siempre, sin él.

Dice que se sintió muy viejo en ese momento. Ahora Víctor le ofrecía la posibilidad misteriosa de sobrepasar esas opciones melancólicas y entrar de lleno a una representación inédita del juego infantil. ¿Quién cantaba en la barranca? No importaba si esa voz era de antes o de ahora.

Cesó la canción y Víctor silbó solo, despreocupado, un rato. Mi amigo se interesaba en lo que decía Hugo, en sus ideas comprensivas, desplegadas siempre como un abanico, pero su mirada perseguía a Víctor. Un niño con los ojos claros y la tez oscura, que aun saltaba puerilmente, como ahora, acudía a un llamado que sólo él atendía, como hace un momento, absorbía las lecciones de su padre, como volverá a hacerlo un instante después, al regresar a su sitio en el sillón frente al fuego. Sin interrumpir la conversación, Hugo convocará a Víctor con un movimiento de la mano y el muchacho acudirá al lado del padre, se acostará sobre sus piernas. Hugo le acariciará el pelo y Víctor le acariciará la mano.

Durante el desayuno, Jean le dijo a mi amigo que padre e hijo eran muy unidos, lo había visto; la muerte de la madre y el hermano, sin duda, había sellado esa cercanía. Mi amigo recuerda entonces y ahora que su propio padre murió a los treinta años, cuando él era un niño de cuatro. Tiene junto a la cabecera de su recámara en la Avenue de Saxe una foto de su padre poco antes de morir. Él, un hombre de ochenta y tres años, mira a un joven de veintinueve que fue su padre.

Lo mira largo tiempo antes de dormir, todas las noches, me dice a mí esta tarde en el comedor del Automobile Club de France, le dijo a Jean esa mañana en Cuernavaca mientras desayunaban antes de regresar a la ciudad de México y el sol comenzaba su carrera impaciente por llegar al mediodía.

En vano buscó mi amigo una presencia en la barranca. Un joven criado vestido de blanco y calzado con sandalias sirvió las delicias del desayuno tropical, frutas encendidas, tortillas fritas, huevos ahogados en crema, tomate y chile, panecillos infinitamente variados en el sabor como en el nombre. Los Heredia bajaron un poco tarde, cuando los franceses tomaban la segunda taza de café. Víctor comió con hambre, rápidamente y pidió permiso para jugar en el jardín que se extendía hacia la barranca. Se fue saltando y Heredia expresó el gusto que él y su hijo sentían en haber conocido a mi amigo; habían disfrutado la conversación muchísimo y esperaban encontrarse muy pronto otra vez.

—En septiembre debo asistir a una conferencia organizada por la Unesco en París, dijo Hugo. Víctor irá conmigo.

Mi amigo no comprende aún por qué estuvo a punto de pedirles que se abstuvieran de viajar juntos. Se dio cuenta a tiempo, me dice, que desde la noche anterior un vértigo le había asaltado y su mente corría por varias avenidas simultáneas; recordaba a los niños del Parc Monceau que ya no le recordaban a él; recordaba a su joven padre de un viejo; trataba de imaginar a la madre y el hermano muertos de Víctor; y también, al niño o la niña que cantaba en la barranca. Pero intentaba, sobre todo, penetrar la mirada sin sombra de Víctor e instalarse, niño otra vez, en ella; quizás allí podía recuperar la soberanía sin ambición y las preguntas sin respuesta de su propia infancia.

Le ofuscó ese sol que ahora escalaba el cielo; Víctor era una figura blanca y velada en la lejanía ciega del jardín junto a la barranca. El cielo mexicano parecía proclamarse a sí mismo con una bandera llamativa: mediodía o nada. Mi amigo quiso añadir una combinación más a los programas de viaje concebidos para aplazar la muerte. Estuvo a punto de pedirle a Heredia que no viajara junto con su hijo y casi de ofrecerse a venir por el muchacho y viajar con él de regreso a Francia.

Dice que todo se resolvió, sin embargo, como siempre sucedía con él, mediante una fórmula de cortesía, porque al cabo la cortesía es la única manera cierta, verdadera, honorable y sincera que mi amigo el conde de Branly tiene para darle orden a los hechos humanos e invitarlos a aceptar el refugio de la civilización, calmar la agitación sin desorden y exorcizar a las flores envenenadas que se ofrecen entrelazadas con joyas preciosas.

Los invitó a pasar el tiempo de su visita en su casa de la Avenue de Saxe. Estaba a pocos pasos de la organización internacional, dijo mi amigo, protegiéndose con la mano de la resolana salvaje. Para él sería un placer recibirlos, ahondar la amistad, extender el reconocimiento, expresó mientras buscaba sus anteojos oscuros e intentaba penetrar esa luz espesa y blanca como un baño de cal, el paisaje velado, el jardín donde jugaba Víctor.

Regresó a la ciudad de México en la tarde. La luz se despidió sin preámbulos, impaciente, ahora, por cederle el dominio a la noche abrupta del trópico alto. Con la cabeza apoyada contra el puño, mi amigo miraba el paisaje de la carretera, secuestrado por la oscuridad; en el reflejo del vidrio intentaba recrear la escena de esa mañana, cuando vio al niño Víctor, en el jardín de césped rapado junto a la barranca, a través de la ceguera impuesta por el sol, cuando logró colocarse las gafas, abofetear al criado indígena de la casa de Jean, arrojarlo al piso y arrancarse el cinturón para azotarlo como un pequeño señor feudal, dueño de vidas y haciendas.

III

La condesa, que nunca se aleja de allí, enfermó súbitamente y Branly acudió a saludarla en el castillo cerca de Cahors. Dejó instrucciones a su chofer para que recibiese a los Heredia en el aeropuerto de Roissy y a su servidumbre española para que los atendiese en el hotel particular de la Avenue de Saxe. Regresó cuanto antes; el tren llegó a París a las once de la mañana y mi amigo tomó un taxi y descendió frente a la fachada dieciochesca de su residencia cuarenta minutos después.

Nadie contestó a su llamada. Se sintió impaciente; buscó la llave adecuada en el manojo, logró abrir el pesado portón cochero y caminó irritadamente a lo largo del hermoso patio interior de losas pulidas, flanqueado por los pabellones de servicio, hasta la breve escalinata que conduce a la puerta principal de la residencia de un piso, construida según las reglas del barroco desapasionado de Francia.

Allí, giró sobre sí mismo, con ese gesto soberano de las manos largas y transparentes, que yo le conozco, gracias al cual el sobretodo, arrojado con displicencia sobre los hombros viejos pero marciales de mi amigo, asume los prestigios de un objeto admirable, mitad chaquetilla de húsar, mitad capa torera. Buscó en vano una seña de vida, el chofer, el cocinero o el valet. Pero el auto había salido de la cochera y eran casi las doce del día.

Unió las solapas del sobretodo junto a su barbilla trémula esta mañana asoleada de septiembre en la que, sin embargo, una navajilla del aire indicaba ya la proximidad del otoño y entró por la puerta de vidrio al *foyer* decorado, como toda la residencia, en el estilo imperio favorecido por la condesa, cuya familia debía sus títulos a Bonaparte. Mi amigo encogía divertidamente los hombros. Los muebles de su mujer estaban en mejor estado, gracias a la novedad, que los suyos. De su ascendencia, Branly guardaba, orgullosamente, la propia casa, obra de Gabriel y Aubert, gemela del Hotel de Biron de los mismos arquitectos. Cuando, como era inevitable, se recuerda que en este hotel se hospeda hoy el museo que acoge las obras de Rodin, mi amigo comenta con gracia que por ese motivo no necesita abrir sus puertas al público; puede invitarle a visitar el museo Rodin. Era como si viniesen aquí.

Yo le decía que no; el público se perdería los brillos del *ormolu* en la soberbia colección de candelabra imperial y los relojes en forma de lira, el espejo de caballo en madera enchapada con remates de figuras aladas y medallones de mariposas, los bajorrelieves del Romagnesi y las prodigiosas ánforas de malaquita; el matrimonio del bronce, el mármol, el yeso y la plata con la amboina, el roble, la haya, el tejo y la caoba. Se perdería, sobre todo, el maravilloso reloj suspendido en el arco de una escenografía de bronce dorado, donde la figura de una mujer toca un piano con patas de grifo dentro de una suntuosa caja de cortinas y puertas inmóviles.

—Inmóviles pero venenosas, añadía mi amigo cuando me hacía el honor de invitarme a su inigualada mesa. Ese reloj es obra de Antoine-André Ravrio. Construyó algunas piezas similares para la familia imperial; Hortensia de Beauharnais, quizás, no tenía otra manera de dar a conocer sus composiciones musicales sino como tonada de un reloj al marcar las horas.

—Puede aburrir, le dije, pero no matar; no creo en tedios mortales, pese a la conspiración contraria de varios conocidos nuestros.

—No, replicó mi amigo. Ravrio, en su testamento, legó una suma importante a quien descubriese la manera de proteger a sus obreros del peligro mortal de envenenamiento producido por el trabajo de dorado con mercurio.

—Me da usted la razón. Su casa merece ser visitada por el público. Rodin no ofrece estos misterios.

Reía, decía que hay más misterio en el gesto de una estatua que en el capricho de una reina. Esa mañana escuchó la tonadilla metálica y entró al salón del hotel. Víctor Heredia estaba allí, de pie ante la figura de la mujer sentada al piano, acariciando el bronce dorado.

—Ten cuidado, dijo mi amigo.

Víctor dejó caer la llave con la que había dado cuerda al reloj y volteó, asustado, a mirar a mi amigo. Recuperó la tranquilidad cuando se dieron la mano; dice mi amigo que le preguntó primero por su padre y el muchacho dijo que llegaría esa misma tarde.

—Entonces, ¿no volaron juntos?

—No, contestó Víctor; mi papá ha dicho que es mejor viajar separados, es menos arriesgado, después de lo que le pasó a mi mamá y a Toño.

—¿Tu hermano?

Víctor asintió y miró a mi amigo con la mirada clara y una sonrisa imperceptible.

—Ya le he dicho a Étienne que vaya a recogerlo a las cuatro de la tarde mañana. ¡Qué elegante! Un Citroën con todo y chofer uniformado. ¡A toda madre!

Rió y mi amigo trató de devolverle la sonrisa pero por algún motivo ello le resultaba forzado.

—¿Dónde están Florencio y José?, ¿no te prepararon el desayuno?

El niño miró con curiosidad a mi amigo.

—Sí, ayer, contestó con una tranquilidad que comenzó a enervar a Branly.

No, no, no, hoy en la mañana. ¿Dónde están? ¿Por qué no me abrieron la puerta? ¿Dónde están todos?

Sólo entonces, al girar con el gesto de encontrar a sus criados, se percató de que la magnífica colección de candelabra estaba encendida, vela tras vela, las bases bronceadas con cabezas de carnero, las guirnaldas de muchachas a guisa de tallos, con los ojos vendados, las culebras de bronce mordiendo las pantallas, la *lampe bouillotte* sobre una mesa, las lámparas de pared en forma de máscara barbada, las victorias con alas de plata y la cera inocua sobre los lomos argentinos de una jauría de caza.

—Creo que están durmiendo, dijo Víctor con toda seriedad.

—¿A las doce del día? exclamó mi amigo, incrédulo en ese recinto familiar, transformado así por su joven visitante en lugar vedado, ajeno, lejano, casi fúnebre cuando recordaba el sol de septiembre fuera de la casa, la agitación del regreso de vacaciones en la Gare d'Austerlitz, el conflicto fino como un filo de navaja entre el aliento otoñal del venidero día de San Francisco y la esperanza de un veranillo de San Martín.

Apartó las cortinas rápidamente, movido por una desazón muy alejada de la tranquilidad ostentosa de su joven huésped; el sol entró y palideció con su contraste el breve universo de velas encendidas, plata y bronce.

Víctor rió, llevándose las manos abiertas a la boca y mi amigo vio a la pareja de españoles pasar por el vestíbulo, cargados de bolsas de mercado colmadas, a su vez, de inmediatas evidencias de apio, zanahoria, tomate y cebolla. Confiesa mi amigo que él también sonrió; había imaginado a José con su aspecto exangüe y al florido Florencio amarrados a los pies de su cama, incapaces de desatarse para curar las heridas de sus cuerpos azotados por el mexicanito feudal, amo de vidas y haciendas, señorito de horca y cuchillo, dispuesto a vengarse de los atroces españoles que conquistaron a sangre y fuego las tierras indias.

—Buenos días, señor conde, murmuró José, cada vez más parecido a una figura de Zurbarán.

—Estamos un poco retrasados, continuó Florencio, que daba la impresión de un pelotari fatigado; hubo una *panne* de electricidad esta mañana, antes de que usted llegara.

Branly asintió severamente y mientras almorzaba con su joven amigo un poco más tarde se dijo como ahora me lo dice a mí que no hay inteligencia más cierta que la de quienes han superado las tristes tribulaciones de la prolongada adolescencia que llamamos la vida madura, seria, obligatoria, para recobrar la soberanía de la infancia.

—Tal es la prueba, me dice. De niños legislamos nuestro mundo; en el mundo de los adultos, el mundo nos legisla. La adolescencia es el desafío mezquino que intenta someternos o rebelarnos a la ley de los adultos.

Que los adultos casi siempre venzan, me dice mientras juguetea con el pie de la copa de vino ahora como lo hizo esa tarde almorzando con Víctor, no hace sino aumentar la victoria de quienes mantuvieron la salud que el mundo maduro llama enfermedad: la niñez con sus reinos privativos.

—Ve usted, me dijo durante este largo almuerzo en el club, había una razón detrás de mi cortesía para con los Heredia, no por oscura menos cierta desde que mi segunda conciencia la apadrinó a espaldas de mi vigilia. Quería, simplemente, que Víctor me permitiese entrar con él a su infancia antes de que ambos la perdiésemos, él porque iba a crecer, yo porque iba a morir.

Estoy acostumbrado al humor estoico de mi amigo; aunque propio de su edad, no deja de ser admirable. Pero esta vez había algo más en sus palabras. Esa mañana, dijo, Víctor lo invitó a participar y él, estúpidamente, estuvo a punto de desperdiciar la ocasión, desvirtuarla con exigencias de orden y razón, con el disfraz solemne de una madurez que ocultaba el miedo de recobrar la imaginación perdida. Comieron calladamente y en la tarde

mi amigo pasó el tiempo en su recámara, severa y cómoda, se-
cuestrada al delirio napoleónico impuesto por la condesa al resto
de la residencia.

Un delirio riguroso, más que un rigor delirante, se dijo
Branly mientras miraba, como era su costumbre, la vieja fotografía del hombre de treinta años que fue su padre. Fue un hombre
hermoso, decía ahora su hijo, admirable sobre todo por su perfil,
al menos en esta foto color sepia en la que el fotógrafo, como si
estuviera al tanto de la secreta rebelión de las posibilidades de su
arte, trascendía la figuración roma y recortada de los tiesos retratos familiares de la época y creaba una luz propia, difusa, nimbada,
que parecía nacer de los ojos intensamente claros del padre de mi
amigo pero que en realidad, me digo al ver de nuevo esa foto
admirable, posee el secreto de inventar un aire alrededor del su-
jeto, de la misma manera que el atardecer suspendido de París, a
la hora en que mi amigo y yo somos servidos dos café filtro, no
es sino una acumulación destilada de todos los atardeceres conocidos por todas las épocas de nuestra ciudad: el aire, le digo a
Branly, puede permitirse un tiempo que no es el nuestro, invisible, perpetuo y tan secreto como las voces antiguas que, según
otro amigo mío, han quedado suspendidas para siempre, esperando quién las redescubra y reordene, en sus ondas.

De su madre, dice mi amigo, heredó lo más tosco pero
también lo más resistente, la estirpe bretona esencial, rocosa, tallada por tempestades; de su padre, sólo las manos, unidas en la
foto debajo del mentón partido, como si el capitán de Branly ora-
se en singular ánimo para un hombre vestido de soldado, pero
no los ojos, no la cabellera rubia, larga y ondulante de este oficial
de reserva fotografiado antes de su muerte en 1900, no en una
guerra, sino en una sala de hospital y por motivos que la penicilina hubiese exorcizado en veinticuatro horas nuestras.

La mano de mi amigo pasa con afecto medido sobre el
rostro de su padre muerto a los treinta años, como si quisiera
cerrarle los párpados y olvidar esa mirada que en la foto parece
de plata. Nació en 1870; esa sí fue fecha para un soldado. El hijo,
en 1914, viviría y ganaría las batallas que el padre no pudo ganar
ni perder en las tres décadas de paz que le tocaron vivir, después
de los retornos victoriosos de Tonkin y derrotados de México, la
humillación de Bazaine ante Moltke y la insurrección, bañada en
sangre, de la Comuna de París. Cubrió los ojos de su padre y
cerró los suyos.

Me dice que junto a la foto de su padre tiene un tomo de poemas de Jules Supervielle porque constantemente lee en presencia de esa imagen unos versos que, lo siente íntimamente, le convienen. No sabría explicarlo, añade y me pregunta si no me pasa lo mismo con alguna cosa, un libro, una pintura.

—No; en mi caso es una partitura, Branly, el cuarteto «Emperador» de Haydn. No es que lo relacione, como usted, con alguien y menos con alguien muerto. Es mi manera de relacionarme con mí mismo. Me otorgo, oyendo ese cuarteto, la serenidad, el vigor, el olvido, todas las situaciones y emociones que en un momento dado necesito.

Branly sonrió y dijo que quizás a él le pasaba lo mismo y la asociación con su padre era un homenaje más que un misterio; quizás yo tenía razón y el poema de Supervielle sólo se servía de la imagen del padre para llegar al hijo.

Voyez-vous qu'il sépare
Mal le jour d'avec la nuit,
Et les cieux les plus profonds
Du coeur sans fond qui l'agite?

—Supervielle nació en Uruguay; es de allá, como usted, dijo Branly cuando terminó de recitar esta parte del poema.

—Oh, exclamé, Buenos Aires, Montevideo, son mis ciudades perdidas; han muerto y nunca regresaré a ellas. La patria final de un latinoamericano es Francia; París nunca será una ciudad perdida.

En la tarde Hugo Heredia llegó sin contratiempos.

—¿Debo seguir las órdenes del señor Víctor?, le preguntó Étienne, el chofer, a mi amigo, mientras éste vigilaba el traslado del equipaje de Hugo del Citroën a la casa.

—Por supuesto. Son mis huéspedes. Me extraña su pregunta, Étienne.

—El señor conde debió molestarse en venir en taxi desde la estación mientras yo llevaba de compras a los españoles; no es mi costumbre, señor conde.

—Le repito, son mis huéspedes. Obedezca sus instrucciones como si fuesen las mías.

—¿Las del muchacho también?

Branly afirmó con la cabeza pero algo le impidió decir claramente que sí. A pesar suyo, interrogó a Étienne con la mirada; el chofer se dio cuenta de ello y mi amigo no tuvo más remedio que preguntar, a fin de evitarle a Étienne que apartase avergonzadamente la suya toda vez que Branly se la sostendría sin pestañear, si había motivos serios para hacer semejante pregunta.

—Ellos no se lo dirán, contestó el chofer.

—¿Quiénes son «ellos», Étienne?

—Los españoles. José y Florencio. Tienen miedo de perder el empleo. No quieren regresar a su casa, ¿ve usted?

—¿Qué sucede con José y Florencio?

—Bueno, usted sabe que Florencio protege a José que es más débil. Ayer José, de buena persona, estaba desempacando las maletas del muchacho para colgarlo todo y poner las cosas en orden en los cajones. El joven Víctor entró y según José montó en cólera sin motivo, se arrancó el cinturón y empezó a golpear a José, hasta obligarlo a caer de rodillas. Entonces le dijo que no se atreviera a tocar sus maletas, jamás, a menos que él le diese órdenes, pero antes no.

Añadió que José bajó llorando a la cocina y Florencio dijo que iba a subir a darle una zurra a ese niño impertinente, ¿quién se imaginaba que era?, pero José se mostró muy conciliador, le dijo a Florencio que recordara los tratos que les dio en Zaragoza el señorito Lope, así eran estos señoritos de España y de ultramar, señoritos de horca y cuchillo, vamos. Luego recapacitaron en su peculiar status migratorio y decidieron dejar las cosas por la buena.

—Usted sabe, señor conde. Ellos se saben consolar.

Había una chispa grosera en los lentes sin aro de Étienne y esta vez Branly lo miró severa y fijamente, sin parpadear, hasta que el robusto celta se ruborizó, tosió y pidió ser excusado.

Mi amigo ya no se extrañó cuando el padre y el hijo, mientras tomaban el té servido en la sala de los candelabros, recorrieron con atención el anuario telefónico del área metropolitana de París.

—Es un juego que tenemos, dijo amablemente el padre. A dondequiera que llegamos, buscamos en el directorio nuestros nombres. El que gana, recibe un premio del que pierde.

—En Puebla tuviste suerte, dijo Víctor sin levantar la mirada del grueso volumen.

—Pero tú me has ganado en Monterrey y en Mérida, dijo Hugo acariciando la cabeza oscura y lacia de su hijo.

—Y en París también, papá, rió alegremente el muchacho. Mira.

Los dos, abrazados delicadamente de los hombros, miraron de cerca la letra menuda del anuario.

—Heredia Víctor, dijeron juntos, riendo, más rápido y alegre el hijo que el padre, Heredia Víctor, 54 Clos des Renards, Enghien-les-Bains.

—¿Dónde queda?, exclamó solo Víctor.

Mi amigo no acababa de sentirse cómodo en el mundo que le ofrecían los Heredia; pero era un mundo que deseaba conscientemente, aunque inconscientemente, lo supo entonces ya sin la confusión de esa mañana, le alarmase una aproximación que, para él, tendía a cerrar peligrosamente un círculo demasiado perfecto, matrimonio de alfa y omega. Contestó con ecuanimidad, ni rendido totalmente al juego ni totalmente separado de él.

—Al norte de París.

—¿Puede llegarse fácil?, preguntó Víctor.

—Sí, por la salida 3 de la carretera A1 que lleva a Beauvais y Chantilly.

—¡Papá, que me lleve Étienne!

—No malgastes el tiempo. Hay muchas cosas que ver en París.

—Pero tú perdiste, papá. Me toca mi premio.

—¿No te basta con ganarme?

—No, yo quiero mi premio, quiero ir a ese lugar. Prometiste. Prometimos darnos premios, ¿recuerdas?

—¿No sería bueno telefonear antes a tu homónimo?, sugirió Hugo con cierta resignación.

—Recuerda la cara de asombro de ese viejo de Monterrey cuando nos presentamos sin avisar, dijo abruptamente Víctor, ¿recuerdas?

Sin separarse del abrazo, Hugo tomó la cabeza de su hijo por el mentón y le obligó a mirarlo a los ojos.

—No, no recuerdo. Tú fuiste solo.

El muchacho colgó la cabeza y sus orejas se incendiaron.

—Se figuró que éramos unos parientes perdidos que íbamos a pelearnos con él por una parte de la herencia, añadió débilmente Víctor con un trémolo en la voz intencionadamente risueña.

—Víctor, dijo severamente Hugo, me encanta que participemos juntos en tus juegos, pero para que tengan todo su valor nunca debemos mentir. Ni tú ni yo. Sí, buscamos juntos el nombre en la lista telefónica de Monterrey.

El muchacho, con un dejo de desesperación que alarmó a mi amigo, le explicó precipitadamente que los habitantes de Monterrey tienen fama de avaros en México, como los escoceses en Europa, éste era el chiste, ¿veía?

—Pero no fuimos juntos a su casa, dijo con tono de conclusión el padre. Tú fuiste solo. Te dejé ir solo. Ese fue tu premio.

Víctor miró a mi amigo con súplica y Branly dijo que por supuesto, habría que llamar antes; él lo haría con mucho gusto. Se levantó para evitar la mirada adolorida de Víctor y pasó con el anuario en una mano y los anteojos en la otra a la biblioteca vecina al gran salón; dejó la puerta abierta mientras llamaba al número correspondiente en Enghien-les-Bains y primero la voz firme pero calmante de Hugo le llegó, luego la voz de reproche de Víctor, en seguida las voces alteradas de ambos y simultáneamente la voz de la persona que descolgó para contestar cuando mi amigo habló y las voces rijosas de los Heredia se apagaron.

—Señor Heredia, ¿Víctor Heredia?, preguntó, saludó mi amigo y la voz le dijo que quién lo buscaba.

Era voz de viejo, pensó mi amigo y en ese instante dice que se preguntó, pasajeramente, si los Heredia, acaso, jugaban un juego dentro del juego, buscando, más allá de la homonimia aunque complementándola, que no sólo el nombre sino la edad correspondiesen. Acababa de saber que el Víctor Heredia de Monterrey era un viejo; podía adivinar que el de Enghien también lo era. ¿Habían coincidido las edades y los nombres de Hugo en Puebla y de Víctor en Mérida, de tal suerte que el padre, perdidoso en materia de homonimia, resultaba victorioso en materia de edad? Aunque también podía ocurrir que, irónicamente, a Víctor le correspondiesen los homónimos viejos y a su padre los jóvenes. El *nonsense* inherente a estas combinaciones suscitó la curiosidad y el humor de Branly, quien terminó por preguntarse si éstos eran los motivos de la inesperada irritación de Hugo. ¿Se disponía mi amigo a recompensarlo con la novedad de que esta vez el nombre de su hijo era el nombre de un joven? Iba a ser triste tener que desilusionarlo.

—Le ruego tomar a bien lo que voy a decirle. Una pareja de amigos míos, extranjeros, buscaron en el *bottin* su nombre...

—¿Mi nombre?

—Espere usted. Justamente, buscaron el nombre de ellos y encontraron el de usted.

—¿Por qué?

—Es una diversión, no se moleste, se lo ruego...

—Que se diviertan a costillas de su puta madre, dijo la voz y colgó.

Mi amigo regresó a la sala y explicó el fracaso de una misión que siempre debió juzgar absurda pero que cumplió porque había racionalizado demasiado su ánimo de participación en los juegos de Víctor Heredia. Pero este fracaso inicial, me cuenta, le hizo sentir su propia incapacidad para entrar plenamente al juego, un juego en el que Hugo Heredia parecía, como hace un momento y para sorpresa de mi amigo, reticente. Branly reconoció la expectativa atraillada de los Heredia. Mi amigo había hablado del fracaso de su misión, sin dar mayores detalles. Esperó con la satisfacción del retraso que aumenta la sed de noticias, seguro de que Hugo le preguntaría, al cabo, ¿de qué edad era el hombre que contestó, era viejo, era joven? Pero las pihuelas de esas preguntas nunca se soltaron; permanecieron sujetas a los labios de Hugo y su hijo como los halcones a los puños del cetrero. Mi amigo hubo de romper el incómodo silencio y decir que seguramente les interesaba saber que la voz que contestó y dijo ser la de Víctor Heredia era una voz vieja o, por lo menos, cansada.

Hugo no dejó entrever ninguna reacción. Fue Víctor el que lo miró con expectativa y le preguntó:

—¿Entonces puedo ir mañana, papá, me dejas?

El padre se quitó los anteojos, como para indicar que una mirada podía estar tan cansada como una voz, sin que ello diese fe de una vejez concomitante. Pero dijo que sí con la cabeza, como si la fatiga, al cabo, fuese sinónimo de vejez. Mi amigo sorbió su té y se preguntó en silencio cuál podría ser la línea divisoria entre los actos de unión plena de padre e hijo y los que cada uno trataba de imponer al otro. Víctor aceptaba la lección intelectual de Hugo y Hugo no se conmovía cuando su hijo azotaba a un sirviente. Ambos participaban del principio mismo del juego de la homonimia, pero Hugo se negaba a proseguirlo hasta sus conclusiones y visitar, venido el caso, al hombre con su mismo nombre. No podía saber quién mentía, si el padre que quizás deseaba negar un encuentro riesgoso aunque no un juego inocuo, o el hijo que acaso no comprendía la ausencia del padre en la conclusión misma del juego y lo incluía, imaginaria aunque forzosamente, en ella.

No era éste el problema de mi amigo. Se lo fue repitiendo a sí mismo la mañana siguiente, cuando Hugo partió a la inauguración de la conferencia en la plaza Fontenoy y Étienne los condujo junto al Sena hasta Épinay, antes de internarse en la sucesión de poblados parejos, modernizados sin demasiada reflexión, del Val d'Oise.

Branly quiso entretener a Víctor con algunas explicaciones; Étienne disimuló sus bostezos; mi amigo pensó superficialmente que debía cambiarlo por un chofer más respetuoso y distante; mi amigo le dijo a Víctor que estaban en los límites de la región que desde un tiempo muy viejo se llama el País de Francia; distinto de las provincias vecinas del Parisis, el Sanlisis, el Valois, la Isla de Francia y el Brie Champenois; pero mi amigo realmente pensaba, mientras decía y entretenía y creía pensar lo anterior, lo que ahora me dice.

—Sólo por un milagro llegamos a conocernos este muchacho y yo. Y no porque la geografía nos alejase. Lo normal era que yo hubiese muerto antes de conocerle. Quizás antes de que el niño hubiese nacido cuando yo ya hubiese muerto. O simplemente, que el niño hubiese muerto antes de que yo lo conociese.

Dice que estuvo a punto de preguntarle, ¿cómo era tu hermano?, pero Étienne, que después de todo, con su honesta cara de jamón y sus lentes sin aro, era muy hábil al volante, se apartaba ya de la carretera, entraba a las estrechas calles comerciales de Enghien, y pasaba a lo largo de las explanadas del casino, el lago y los baños termales y debajo de los puentes del ferrocarril hasta internarse en uno de esos bosques mágicos e inesperados que redimen la fealdad de los suburbios parisinos y suprimen no sólo la presencia sino la memoria de todo lo que no sea esta alameda de encinas y esta bóveda de castaños como filtro de la luz en retirada de septiembre.

El Citroën entró por la avenida privada del Clos des Renards y mi amigo tuvo la sensación de hundirse en un mundo de verdor submarino; la avenida, cuando el automóvil dejó atrás el arco de piedra y fierro anunciando el nombre de la propiedad, descendía repentina aunque suavemente, pero ello bastaba para aumentar la altura de los árboles, que era la del matrimonio de sus copas; la hiedra, en cambio, se acercaba levantando los dedos y cubría el fondo de ese océano vegetal; los cerezos eran la gracia ardiente concedida a esta profunda frescura sin aliento. Branly remarcó esa sensación de sofoco que le hacía concebir la entrada a la villa de Enghien como un descenso submarino: el mar, también, puede refrescar mientras ahoga.

El automóvil pasó lentamente sobre un esparcido lecho de hojas muertas. Al fondo de la avenida se abría un espacio claro, como la luz al final de un túnel; mi amigo anheló, lo confiesa, dejar atrás la selva oscura y sofocante para mirar lo que adivinaba ya: un parque francés, un jardín de la inteligencia, un tablero de ajedrez donde la selva salvaje de cierta imaginación romántica era vuelta a domar por la exactitud geométrica de arbustos, céspedes, pensamientos y urnas de piedra dispuestas en perfecta simetría, como un breve prólogo a la casa solariega que levantaba su fachada solitaria, tan simétrica como la del jardín, como si el jardín y la casa se reflejaran, dice Branly, en el estanque ausente; en vano buscó ese elemento del orden que al duplicarlo acentúa la simetría: el espejo de agua. El sólido solar se levantaba desde la advertencia de la grava que ahora trituraba el igualmente sólido Étienne al girar alrededor del espacio de jardinería para detenerse frente a la escalinata de entrada, hasta la corona de las tres mansardas color pizarra y la doble chimenea de ladrillo. Como una transfusión del universo silvestre, la villa semejaba el rostro mismo de una fortificación sumergida, la barbacana inútil de una batalla olvidada en las honduras del mar.

La fecha estaba escrita en la escocia del dintel: A. D. 1870. Étienne creyó que era el número y que se había equivocado; murmuró pestes contra las nomenclaturas municipales que le dan dos números a la misma casa. Mi amigo supo que era una fecha no sólo por la referencia al Año del Señor que Étienne desconocía sino porque al mirar hacia el segundo piso de la casa, cuando bajó antes que Víctor del auto, vio asomada nerviosamente a la ventana una silueta cuyo velamen, como el de una goleta antigua, se confundía en los planos irresueltos de un peinado ondulante, unas cortinas agitadas, un hábito blanco fugazmente divisados e inseparables, sin embargo, en la impresión de antigüedad que de ellos recibió un hombre, mi viejo y querido amigo, llegado con su joven pupilo extranjero a lo que parecía ser el final de un juego y resultó ser, apenas, el inicio.

IV

Regresaron a la Avenue de Saxe; Branly quiso interesar a Víctor en otros paseos pero el muchacho se mostró ensimismado aunque amable y dijo que prefería quedarse en casa. Mi amigo lo vio

dedicado a recorrerla, conocerla, acaso memorizarla mientras él
leía un tomo en su biblioteca, de la cual los anaqueles bien surti-
dos eliminaban las exigencias decorativas del vacío. Aquí no habían penetrado los empapelados de bustos griegos, acanto, flautas
y báculos, ni los bajorrelieves en los que Minerva extiende su mano
protectora sobre la cabeza de Amor. En cambio, había el diálogo
susurrado, gradual e intermitente con Balzac y Lamartine.

Dejó descansar el volumen de las *Meditaciones* sobre las
rodillas. Insistieron. Tocó con los nudillos a las puertas de vidrio
biselado de la residencia. Nadie acudió a abrir. Ordenó a Étienne
que tocara con el cláxon. Mi amigo sintió la vibración en las yemas de los dedos abiertos sobre el vidrio de la puerta. A pesar de
la reclusión del Clos des Renards, los murmullos de autobuses
lejanos y carreteras impacientes llegaban hasta aquí. Pero ni ese
rumor distante ni el muy próximo del Citroën anunciando su presencia frente a la fachada del más pálido amarillo, se dio cuenta
mi amigo, parecían distraer a Víctor de su posición en la terraza
protegida por dos leones de piedra agazapados y equidistantes.

De espaldas a la casa, el muchacho miraba lo que mi amigo
comenzó a distinguir con él y, ahora lo sabe y me lo dice, gracias
a él. Más allá de los contrastes soberanos del bosque y el jardín,
el espíritu del orden que parecía gobernar a éste salía al encuentro de la mitad que lo negaba en aquél; orden y desorden se
reunían sin conflicto entre los rosales, las hayas y un sauce solitario, pero, sobre todo, en el bosque de abedules que cercaba
uno de los extremos de la mansión.

Branly miró de nuevo hacia el segundo piso; lo que antes
creyó ver allí ya no estaba. En el silencio repentino y acentuado
del instante en el que Étienne juzgó decente dejar de sonar la
bocina, Víctor chifló una tonada y bajó las escalinatas con la cabeza baja y las manos clavadas en las bolsas del pantalón de pana;
la grava crujió bajo sus pies. Caminó hasta el final del sendero de
guijas y se dirigió a la larga avenida del bosque. Mi amigo dice
que escuchó el tránsito de la piedra machacada a las hojas muertas y sólo entonces pensó lo que ahora me está diciendo: era
septiembre, el otoño aún no comenzaba y sin embargo la avenida de castaños y encinas era un hondo sendero ininterrumpido
de follaje seco.

No sabe aún por qué le pidió a Víctor que se detuviera,
no avanzara sobre las hojas muertas, regresara al auto; ya veía;
no había nadie; quizás regresarían otro día y tendrían mejor suer-

te. Víctor, dócilmente, se detuvo, dio media vuelta y regresó al auto donde Branly lo esperaba con la puerta abierta. De regreso a París, mi amigo no insistió demasiado en volver a salir; secretamente, aunque sin razón, deseaba que Víctor no se sintiese contrariado, que recorriese a gusto el hotel de la Avenue de Saxe, su planta única entre la oquedad barroca del ingreso, el patio de piedra amarilla y el jardín de césped bien recortado, las urnas sin valor y un grueso pino marítimo contento de crecer en la arena gemela, en cierto modo, del asfalto igualmente estéril de la calle. No obstante, mi amigo insiste en concebirla como una defensa contra la posible invasión de la calle; invoca el hecho de que ese pino crece gracias a la arena y sería asesinado por el asfalto.

En realidad, en el momento que ahora recuerda está imaginando, se corrige, que su residencia difícilmente sería devorada por la calle que detestaría el falso oasis del jardín, reconociendo en él un desierto disfrazado; en cambio, el bosque del Clos des Renards no acataría, al cabo, la fragilidad de yeso, vidrio y pizarra de la casa solariega; como la visión pasajera de la ventana, había algo allí que no resistiría una agresión de cuanto le circundaba. Quiso reconfortarse pensando que su casa sí, ella le ofrecía esa protección, como la arena que nutría al pino marítimo.

Oyó entonces el murmullo desmayado, que penetró hasta la biblioteca sólo porque esta tarde de septiembre poseía una tranquilidad hospitalaria, como si la ciudad, abandonada durante el verano, todavía no recuperase el bullicio habitual, a pesar del apresurado retorno de sus habitantes, tan visible en la agitación de la mañana anterior en la Gare d'Austerlitz llena de empleados que venían de los suburbios, turistas que venían de sus vacaciones en España y españoles que venían a buscar trabajo en Francia.

Era la tonada del reloj obra de Antoine-André Ravrio, donde al sonar las horas la figura en bronce de una mujer vestida a la manera del Primer Imperio simulaba tocar un piano recubierto, como ella, como las puertas y cortinas de su sala inmóvil, por el opulento dorado de un baño venenoso. Mi amigo me cuenta que recogió entonces esa tonada y sólo en ese instante, como suele suceder con nuestra memoria auditiva y sobre todo musical, que no llega a nosotros bautizada sino, por así decirlo, desnuda y huérfana de nominaciones restrictivas, tratando de imponerse por sí misma y no por el título que la precede, describe y asocia, convirtiendo a los poemas sinfónicos que así se anuncian en deplorables fanfarrias de fondo para una escena de teatro que debemos imaginar antes de escuchar la música, se percató de que no era otra la tonada que Víctor tarareó aquella tarde en casa de Jean y que otra voz le devolvió desde los fondos ponzoñosos de la barranca de Cuernavaca.

Caminó lentamente, no con intento furtivo, me lo asegura, sino con afán de preservar el instante, al sitio donde Víctor, como en el momento en el que Branly lo sorprendió al llegar a esta casa, acariciaba el bronce dorado del reloj que proclamaba la una de la tarde en su suntuosa caja musical con la tonada metálica que daba sonoramente la hora impalpable y matemática de las manecillas.

Branly estaba en el Parc Monceau de niño, jugando con otros niños que lo reconocían, lo querían, lo saludaban porque era niño como ellos y al cansarse de jugar entre el decorado de columnas, pirámides, tumbas y rotondas encargadas apenas un siglo antes por el duque de Orléans, todos se reunían junto al estanque imaginado para imposibles naumaquias y canturreaban esa vieja tonada, aprendida en la casa más que en la escuela, un madrigal filtrado por miles de voces de niños y amantes a través de la historia; mi amigo, con la voz quebrada por la emoción del recuerdo, apoyó una mano sobre el hombro de Víctor y murmuró, *à la claire fontaine, m'en allant promener, j'ai trouvé l'eau belle, que je m'y suis baigné.*

No opuso obstáculo a la nueva solicitud de Víctor; cenaron con Hugo, pero no se habló del asunto; el padre parecía haber olvidado el juego y su cabeza pertenecía a los trabajos de la conferencia. Al día siguiente, mi amigo Branly y su joven amigo Víctor tomaron de nuevo el camino a Enghien-les-Bains.

V

La búsqueda de Víctor Heredia fue similar, me dice ahora Branly, al fatigado velar de un espejo. Me pidió que imaginara vigilia semejante, sí, sólo imaginar me pide, buscando mi reflejo en la ventana cerrada sobre el movimiento de la Place de la Concorde, una permanencia paciente junto a un espejo vacío, hasta encarnarlo, dotarlo de la imagen perdida.

—¿Quiere usted decir, me atreví a suponer, que, además de homónimo, el Víctor Heredia de Enghien-les-Bains era un doble físico del muchacho?

Mi amigo agitó severamente la cabeza calva y reluciente; el entrecejo adquirió una gravedad inusitada al negar mi suposición. No era esto lo que quería darme a entender, de ninguna manera; no, sino exactamente lo que dijo, velar a un espejo, sitiarlo, eso es, tenderle sitio largo y tenaz, hasta obligarle a rendir su imagen, no la duplicación de quien lo mira, ¿entendía?, no, sino eso, exactamente eso, su propia figura oculta, evasiva, diríase coqueta, disimulada.

Por segunda vez, nadie acudió a abrir las puertas de cristal al fondo de la terraza de los leones. Era miércoles, día de carreras; Branly y Víctor comieron en el Casino y vieron pasar a los densos grupos de hombres y mujeres viejos que todas las semanas gastan sus pensiones en el hipódromo de Enghien y no contentos con perder a los caballos, se empecinan en perder a los números. Su andar arrastrado, sus trajes de un azul oscuro y lustroso, sus bonetes de alfilería oxidada, desmienten, salvo en un extremo de avaricia ejemplar, el éxito de estos azares perseverantes. Mi amigo le preguntó al suyo si entre los tristes jugadores no se encontraría, disfrutando de un asueto, nuestro evasivo homónimo Víctor Heredia. Branly, ve usted, se empeñaba en imaginar al sosias bautismal del muchacho mexicano como un hombre de edad madura; dice que esa impresión le causó su voz por teléfono; admite que se negaba, a priori, a encontrar una réplica física en el portador del mismo nombre que el joven Víctor; se consuela pensando que entonces tuvo, al menos, esa sensación que ahora quisiera comunicarme, la de estar vigilando un espejo en espera de que se atreviese a mostrar su figura ausente; al menos eso supo intuir, me dice.

—Ve usted: siempre creí que aun al encontrarlo, no dejaría de buscarlo, de esperar pacientemente a que me entregara su retrato escondido. Lo hice por el muchacho, se lo aseguro.

Al atardecer, la pareja del viejo y el joven que se conocieron por puro azar, que no debieron conocerse en circunstancias normales porque el viejo debió haber muerto antes de conocer al joven, y éste nacido, quizás, después de la probable muerte del viejo, caminaron junto al lago de Enghien; el ejercicio les sentó bien y decidieron, esta vez, seguir a pie hasta el Clos des Renards. Branly le dijo a Étienne que se tomara un café y los alcanzara en media hora a la entrada de la propiedad. Durante la caminata, Víctor se rezagó, curioseando y dando esos saltos infantiles que llamaron la atención de Branly en Cuernavaca; mi amigo, que camina derecho como una varilla a pesar de su pierna lisiada,

colgó esta vez un poco la cabeza y trató de imaginar que la figura
entrevista en la ventana del segundo piso sería el homónimo deseado, el Víctor Heredia francés. Este cálculo caía por tierra tantas
veces como era levantado; mi amigo no podía saber si la voz que
le contestó era realmente la de Víctor Heredia. Trató de reconstruir, mientras caminaba delante de Víctor, tieso, apoyado de vez
en cuando en su bastón, la plática telefónica. Cuando preguntó
por Heredia, la voz contestó con otra pregunta, ¿quién lo busca?;
y cuando explicó que había buscado su nombre en el anuario, se
extrañó primero y luego lanzó su insulto, pero jamás admitió llamarse Víctor Heredia.

Se preguntó, me dice ahora mientras mira la copa de
Sauternes apenas menos pálida que la mano que la detiene, mientras caminaba entonces adelante del joven Víctor Heredia y respi-
raba los olores de gasolina, humo de trenes y bruma primeriza del
bosque septembrino pudriéndose con tantas cosechas estériles, si
esa voz podía corresponder a la silueta blanca y como envelada
que fugazmente pasó por la ventana del Clos des Renards; si la
voz y la imagen, correspondiesen o no entre sí, atañían a la persona llamada Víctor Heredia o sólo le servían, protegían, educa-
ban, cuidaban, recordaban o esperaban. Si esa voz y esa figura no
eran las de Víctor Heredia, me insistió esta tarde, entonces Víctor
Heredia era servido por un criado, protegido por un guardián,
educado por un tutor, cuidado por un médico, recordado por un
deudo o esperado por un amante.

Iban llegando a la muralla que rodea la propiedad del
Clos des Renards y mi amigo admitió que estaba fabricando un
misterio y que hacerlo le divertía; se detuvo a esperar a Víctor
que se rezagaba constantemente y lo vio junto a la muralla alta y
coronada de musgo, con la oreja pegada a la piedra color mostaza. Oscurecía con rapidez; Branly llamó con la voz y con la mano
a Víctor; el muchacho se despegó de la pared y llegó corriendo.
Traía un caracol entre las manos y se lo mostró a mi amigo. Incli-
nados el uno cerca del otro, admiraron al molusco mientras, insensiblemente, caminaban hacia el arco de entrada al bosque y su
avenida de castaños, encinas y hojas secas que no habían caído
de ningún árbol circundante; Branly levantó con violencia la mirada, la desplazó, con un peso de plomo en los párpados, del
minucioso caracol a la avenida de ingreso a la propiedad y ató
ese cabo, asumió ese conocimiento hasta ese instante suspendido en el aire, flotando como la bruma insinuada al fondo de la

avenida, en la casa sin agua, ésta fue la segunda revelación reservada por esta hora crepuscular, era extraño que una casa de estas dimensiones y pretensiones no tuviese un espejo de agua, un estanque, una fuente.

Étienne frenó abruptamente junto a la entrada de la avenida privada y tocó la bocina; descendió y dijo que se hizo tarde de repente y temió por la salud del señor conde; además, por primera vez, había un no sé qué de frío en el aire, dijo el chofer varias veces, de pie en la acera de la calle frente a Branly y Víctor, con la puerta abierta servicialmente y en espera de que los señores subiesen al auto donde Étienne había dispuesto, frente a los asientos, dos mantas escocesas. Dice mi amigo que quisiera distinguir todavía el movimiento veloz y nervioso de Víctor, su duda apenas perceptible pero cierta como la luz de un relámpago, entre correr hacia la avenida de hojas muertas, entrar al coche o hacer lo que hizo, cerrar con una violencia atroz, que resumía sus opciones en una especie de desesperación horrenda, la puerta del Citroën, prensando los dedos del chofer que la mantenía abierta; el propio Étienne, sofocando el grito de dolor, la abrió y Branly soltó el bastón y detuvo a su empleado del brazo, asediado también por la duda entre auxiliar de inmediato a Étienne o detener a Víctor, quien ahora corría hacia la avenida del follaje caído bajo las arboledas frondosas.

No hubo, me dice, necesidad de que hiciera nada; una figura se apresuró hacia ellos, chocó contra el muchacho y detuvo su carrera tomándole firmemente de los hombros obligándole a regresar a la escena del accidente y preguntando qué había ocurrido. En el instante, Branly no supo si este hombre era un pasajero de la calle o si había salido de la avenida que conducía al Clos des Renards.

—Por favor, dijo el recién llegado, disipando de inmediato la duda, pasen a mi casa, allí tengo con qué curar al señor.

Branly dijo que Étienne no soportaría caminar el largo trecho entre la calle y la casa; invitó al servicial aparecido a subir al auto, miró con extrañeza a Víctor y él mismo tomó la dirección, arrancó y entró por la avenida del bosque en la Citroën, con Étienne a su lado, gimiendo entre los dientes apretados, doblado en dos, sangrando, envolviendo la mano herida en un pañuelo. Atrás viajaban Víctor y el hombre que mi amigo comenzó a observar por fin en el retrovisor, entre los destellos del sol poniente en esa hora de la Isla de Francia que él y yo aguardábamos en el corazón mismo de París y que en el día narrado por Branly se cumplió en el momento en el que manejaba el automóvil con Étienne herido y miraba por el retrovisor a un hombre con sombrero de lana mezclada cuya ala no alcanzaba a ensombrecer una mirada clara sobre una nariz de singular rectitud, sin caballete, y una boca descarnada, recta como la nariz e interrumpida sólo por las solapas levantadas del sobretodo de lana escocesa, como el sobretodo, verdosa.

Esos ojos, sorprendieron los de mi amigo, mirándolos; sonrió y dijo:

—Perdón. Me llamo Víctor Heredia. Lamento de verdad este accidente a las puertas de mi casa. Haremos lo posible por aliviar a su chofer, ¿señor?

—Branly, dijo secamente mi amigo.

Ahora admite su cobardía o su prudencia, o su temor puro y simple, ni cobarde ni prudente; no presentó a Víctor Heredia con Víctor Heredia.

Tampoco pudo ver en el espejo la reacción del muchacho cuando el hombre cuya edad mi amigo aún no podía distinguir, como tampoco podía conectar esta voz a la del teléfono, dijo su nombre. Frenó frente a la terraza; el Heredia francés bajó velozmente y entre ambos ayudaron a Étienne a subir los peldaños de la terraza y atravesarla hasta llegar a las puertas de cristal que Heredia empujó suavemente para que los tres entrasen a ese recinto de maderas oscuras e intenso olor de cueros, que parecía ser el *foyer* de la residencia.

Su dueño, sin quitarse el sombrero o el sobretodo, subió rápidamente las escaleras mientras Branly miraba la mano destrozada de Étienne y sólo al descender el anfitrión, quitarse el sombrero, mostrar una melena blanca y proceder a la curación elemental de la mano del chofer con yodo y vendas pudo mi amigo creer que se trataba de un hombre de cierta edad aunque con un rostro fresco y sólo cuando Heredia dijo que era preciso llamar a una ambulancia y se dirigió al teléfono a hacerlo buscó mi amigo al otro Víctor Heredia y al mirar a través del cristal de las puertas lo vio en la terraza, de pie, con las piernas separadas, una mano detenida en la cintura y otra en el lomo de piedra del león agazapado, inmóvil como otra estatua y con la mirada lejana, también, como la de una estatua.

Quiso percibir la dirección de esa mirada. Heredia llamaba por teléfono a la ambulancia, Étienne apretaba los dientes y acariciaba la herida empapada en yodo y vendajes caseros y Branly se acercaba a la ventana para observar al muchacho inmóvil que observaba el bosque de abedules suspendidos entre la bruma aplacada del sueño y la luz fugitiva del atardecer que recortaba su esbelta blancura nacida, en apariencia, de la neblina germinal; los tallos albos y delgados eran el resumen perfecto de la niebla y la luz del sol al retirarse, satisfecha ésta, indecisa aquélla. El bosque aparecía a esta hora como un telón de bruma y luz, delgado como los troncos, blanco como una gasa, en el cual era difícil distinguir, rompiendo la simetría vertical de los tallos, un poco parecida a la bruma horizontal que la escondía y otro poco a la luz oblicua que la revelaba, la silueta de un ser humano inmóvil visto por el muchacho inmóvil visto por mi amigo inmóvil desde la puerta de cristal entreabierta.

El encanto se rompió. La figura del bosque avanzó hacia la casa, silbando. El muchacho mexicano dejó caer el brazo y luego juntó las manos sobre la cara, como si la quisiese ocultar. Daba la espalda a Branly, pero mi amigo pudo deducir sin dificultad ese gesto mientras escuchaba, entre los labios de la figura del bosque que avanzaba hacia ellos, la tonadilla del madrigal antiguo sobre la clara fuente y sus aguas tan bellas.

VI

Heredia el francés dijo que era preciso llevar a Étienne al hospital del Boulevard d'Ormesson; temía una fractura de los dedos. No era lo más bonito que podía sucederle a un chofer, añadió. Branly, al escucharlo, obvió la mirada del muchacho mexicano que en ese momento entraba a la casa por primera vez y mi amigo no quiso pensar que Heredia el francés recriminaba a su joven homónimo y mucho menos que éste pensase que Branly se asociaba a una acusación, si lo era, por lo menos prematura.

Miró con el entrecejo interrogante, incapaz asimismo de formular una desaprobación expresa a su novedoso anfitrión y exclamó sin énfasis:

—No se preocupe usted, Étienne, no es nada que no se atienda en el acto.

—Le aconsejo seguirnos en su coche, le dijo Heredia el francés a mi amigo.

Branly, de nuevo, se reservó la irritación provocada por semejante dispensador de consejos; además, había un tono de humor perentorio en la voz del Heredia francés, como si al aconsejarle a Branly que los siguiese, aceptase con ironía una preocupación del amo hacia el sirviente que él, el Heredia francés, jamás tendría la debilidad de sentir y mucho menos de mostrar. Pero las actitudes que mi amigo comenzó entonces a sentir como pruebas de una educación corriente que no le correspondía condenar sino, estrictamente, evitar, le parecieron, incluso antes de pensarlo, indignas de comentario. Otra realidad se imponía con gravedad muchísimo mayor a su conciencia. El joven Heredia, como una figura del cine mudo, se detuvo apenas traspasado el umbral, rodeado de su propio silencio, enmarcado por una luz oscilante que le convertía en una llama trémula. Si no cerró los ojos, estuvo a punto de hacerlo; lo cierto es que respiró hondo y parecía nervioso aunque satisfecho; esto era lo que más llamó la atención de Branly.

La respiración del joven se volvió un poco agitada mientras más olió ese aroma de cueros que impregnaba el ingreso a la residencia. Mi amigo decidió interpretar esa agitación como el resultado tardío del terrible acto cometido contra el chofer y estuvo a punto de decirlo así frente al anfitrión del Clos des Renards, como prueba cortés del arrepentimiento o pesar del muchacho, pero algo le detuvo, algo íntimamente ligado con la percepción que comenzaba a tener del homónimo de Víctor; sacudió la cabeza, me dice, con la discreta certeza de que mientras menos se supiera de cuanto estaba ocurriendo, mejor sería; el mismo sentimiento le propuso abstenerse, una vez más, de presentar a los homónimos; con suerte, se dijo, la curiosidad natural del muchacho quedaría satisfecha con la visita misma y superada por los acontecimientos que sus acciones habían determinado: sólo al muchacho se debía que la atención se hubiese desplazado de los nombres, idénticos o disímiles, a un chofer herido al cual, dijo el francés Heredia, sin prestar atención a la presencia del joven mexicano, urgía trasladar a un hospital; él lo acompañaría en la ambulancia, repitió, aunque pensándolo bien él podía ocuparse solo del chofer y esos señores podían regresar a París; él los tendría al tanto, al día siguiente, del estado del pobre tipo.

—De ninguna manera; Étienne es mi empleado y me corresponde atenderlo, dijo mi amigo después de una breve pausa que entonces le pareció natural pero que, retroactivamente, habría de juzgar tramposa; aún no calculaba los cálculos de Heredia el francés y había tropezado con el obstáculo levantado en el camino de su infinita corrección: el otro Víctor Heredia hablaba como un abarrotero y ello se avenía mal con la nobleza de sus facciones clásicas, mucho más que el contraste físico entre la hermosa cabeza leonina de Heredia y su estatura media, su torso robusto y cuadrado, sus manos vulgares, cortas y romas.

Mi amigo dijo, como para disipar cualquier duda acerca de responsabilidades que estaba dispuesto a asumir plenamente, que él podía ir solo con Étienne al hospital en la ambulancia. Heredia insistió en acompañarlo. Conocía bien a los médicos de guardia y ello facilitaría los trámites. Branly no quiso decirle a nadie, como ahora lo admite en nuestra conversación, que aplazaba la posibilidad de manejar de noche por las carreteras, de por sí peligrosas y, al amanecer, semejantes a campos de batalla insignificantes por repetitivos y no por ello menos atroces: sus ojos sufren demasiado con las luces agresivas de quienes, en efecto, se consideran contrincantes de una justa moderna. La visión de los camiones de carga volteados, los 2CV aplastados como las láminas de su origen, las camillas, las sirenas de las ambulancias y las luces oscilantes de las patrullas en el alba sangrienta y gris de las autopistas se redujo repentinamente al puro ulular de la ambulancia detenida frente a la terraza de los leones, detrás del Citroën estacionado.

No hubo tiempo, me dice Branly, de decidir nada; todo parecía dispuesto de antemano, como la coreografía de un ballet. No le sucedería nada al muchacho, dijo Heredia el francés; su propio hijo no tardaría en llegar y los muchachos se acompañarían hasta el regreso de los hombres que irían con el pobre Étienne al hospital.

—Pero sí, pero sí, dijo Heredia, insisto en ello; pasarán la noche aquí, con mi hijo y conmigo; mañana, señor Branly, podrá usted darse una vuelta por el hospital para ver cómo sigue el tipo; crea que no me molesta; me levanto hasta muy tarde. Haga de cuenta que está en su casa; además, mi hijo André los atenderá. No tenga cuidado; la despensa está bien surtida, amigo, éste no es su clásico albergue español, ¿eh?

—No desearía que el señor conde se molestara por mí, dijo Étienne al subir a la ambulancia.

—No se preocupe usted, Étienne, dijo Branly. Le repito que todo se arreglará.

Branly y Heredia siguieron la ambulancia en el Citroën conducido con cautela por mi amigo y en el corto trayecto al hospital fue posible aclarar el por qué de la visita y la homonimia de los Víctor Heredia; el francés rió y pidió excusas por los insultos que empleó en el teléfono, no sabía que un hombre tan distinguido, todo un señor conde, le llamaba; lo trató como a un bromista vulgar, era tan común en la época actual recibir telefonazos de tipos innobles a toda hora y éste, en particular, es decir, el señor conde, lo cogió medio adormilado todavía, ya le dijo que se levanta tarde, ¿lo perdonaría el señor conde de Branly?, por eso se excusaba también, no sabía quién era, no había empleado la partícula, ¿eh?

Branly se abstuvo de decir que él tampoco la empleaba pero el irrepresible Heredia ya estaba narrando la historia de una familia cubana emigrada a Haití durante las revueltas de fines de siglo contra la dominación de España, asimilados primero a la lengua francesa en los salones de mármol carcomido por el calor y la sal de Port-au-Prince y luego, enriquecida por el comercio de exportaciones e importaciones, a la Francia de la primera guerra, montados en una montaña sabrosa y aromática de plátanos, tabacos, rones, vainillas, ¿parientes del poeta?, ¿cuál poeta?; no, concluyó con un aire de fatiga presuntuosa, habían desterrado el uso de la lengua española, que para ellos traía sólo recuerdos de barbarie, revolución e impaciencia.

—El francés es como mi jardín, elegante, dijo Heredia; el español como mi bosque, indomable.

Mi amigo olvida su respuesta al Heredia francés, no le importa; había en el tono de este hombre de mirada clara, nariz recta y melena blanca algo insufrible para Branly, quien espontáneamente sabía ser cortés y hospitalario con todos; Heredia hacía gala de ambas virtudes, pero ése era, precisamente, el problema para mi amigo: la voluntad sospechosa de ser amable como para ocultar una suficiencia intolerable en algún respecto físico o moral que Branly no alcanzaba a distinguir pero que Heredia daba por descontado tratando de prodigar atenciones cuyo propósito era el de disimular la superioridad que se atribuía a sí mismo, incluso con la actitud que más repugnaba a mi amigo: la humildad a la vez obsequiosa e irónica, propia del arribista burgués que aterrado ante la posibilidad de volver a ser criado, se dispone a someter a servidumbre a quienes teme y admira.

Bastante conoce mi amigo al mundo como para no distinguir esos momentos en los que otra persona siente una superioridad que no desea mostrar y a pesar del deseo de no hacerlo, multiplicando amabilidades, ello mismo comprueba lo que se quiere ocultar. Me dice que estuvo a punto de hacerle sentir a Heredia que lo opuesto era más exacto; el contraste entre una vieja línea francesa y un trasplante colonial era, sin embargo, demasiado grosero y Branly se sintió incómodo de haberlo pensado siquiera; por lo demás, acaso, Heredia había sufrido demasiado a manos de la superioridad y la pedantería, a menudo parejas, de los franceses como para no saberlo, provocarlo y así rendir en la trampa a quienes, menos cautos o más inseguros que Branly, no la percibiesen. Al contrario, mi amigo decidió practicar una cortesía irreprochable, menos dependiente de la voluntad que de la costumbre, a riesgo de que Heredia, a su vez, viese en ella una trampa.

Dice no haber provocado, por ello, el comentario de Heredia cuando se detuvieron detrás de la ambulancia frente al hospital y si estas palabras se escucharon fue porque, quizás, estaban, aunque por razones distintas, en las cabezas de ambos hombres.

—No le aconsejo despreciar nunca a quienes le contrarían por el simple hecho de haberse ganado la fortuna propia en vez de heredarla cómodamente.

Una salida tan inesperada y sin embargo tan cercana, en su perspicacia, a lo que realmente pasaba por la cabeza de mi amigo provocó su rápida respuesta: —Todo lo que se tiene se compró, se heredó o se hurtó. No se preocupe usted. No somos tan distintos como parece creer.

Pero, contrariamente a lo que Heredia, acaso, deseaba y que Branly se atrevió a sospechar entonces como una intención de distraerlo, embarcarlo en una discusión banal, una reacción de honor o un silencio tenaz y cortés como el que, a todas luces, había provocado, en primer lugar, las aberrantes palabras que Heredia, como banderillas, había querido clavar en el cuello de su huésped, éste barrió la viruta mental de la cubierta oscilante de su nueva e inesperada relación y se dio cuenta, límpidamente, de que un hombre como éste no tenía por qué preocuparse por un hombre como Étienne el chofer. Normalmente, no levantaría un meñique por él ni se desplazaría para curarlo; Heredia decidió, actuó, telefoneó al hospital antes de saber quién era Branly; su atención con Étienne no nacía ni de la compasión hacia el sirviente ni de la adulación para con el amo, sino de otro motivo que Heredia, tramposamente, quiso oscurecer haciendo gala de la actitud más repulsiva que mi amigo y yo conocemos: el resentimiento.

Branly no lo dudó; apenas descendió Heredia del Citroën, mi amigo cerró la puerta, echó reversa y arrancó. Las luces de la ambulancia le cegaron, pero cegaron igualmente a la figura asombrada de Heredia detenido en la acera con una mano en la frente, protegiéndose del combate cruzado de las hachas luminosas de la ambulancia y el Citroën con una angustia blanca que espantó a mi amigo hasta que, siempre en reversa, encontró el espacio donde podía enderezar la dirección de su auto y, precipitadamente, seguir las indicaciones viales que le empujaron lejos del hospital, de Heredia y de Étienne detenidos como estatuas viéndole maniobrar desesperadamente para enderezar, regresar al Clos des Renards de donde, ahora lo sabía, Heredia quiso, ¿por qué?, alejarlo y mantenerlo, inútilmente, alejado. El aturdimiento de las luces no lograba apartarle de la verdad concebida en un rincón a donde no llegaba más luz que la de la certeza anímica: si Víctor Heredia el francés no se interesaba ni por él ni por su chofer, entonces sólo debía interesarse por su joven homónimo, el mexicano Víctor Heredia.

Dice que sintió una sombra descender a su garganta y posesionarse de ella; las indicaciones lo alejaron del centro de Enghien, hacia las carreteras que temía recorrer de noche y en la cárcel de vidrios y luces que le rodeaba la visión de un accidente en el cual él perecía y la de un parque de niños que ya no le reconocían se confundieron como dos ríos de cristal que fluyeron mucho tiempo, paralelos, y al cabo se reunieron, esta noche, chocando sin ruido. El joven Víctor lo necesitaba, estaba en peligro, por eso le había alejado Heredia del Clos des Renards, esto me dice ahora Branly y añade que es cuanto él sabía o, más bien, quería saber en esa hora indecible de su vida. Manejó a ciegas, amenazadamente, seguro de que corría al encuentro de la repetida pesadilla de la muerte en las carreteras nocturnas. Se sintió, sobre todo, objeto de una hostilidad implacable.

No supo ubicarla. No quiso darle a Heredia el privilegio de transmitir un odio tan soberano; el francés se había quedado de pie en la acera frente al hospital del boulevard d'Ormesson, aquí y ahora, cegado por luces actuales; la ráfaga de la inquina contra Branly, le dijeron en ese instante a Branly sus jugos vitales, sus tripas, el sabor de sombra en su boca, venía de otra parte y de otro tiempo, lejanísimos ambos, tan lejanos como la tromba de hojas muertas que se levantaron al paso veloz del automóvil por la avenida del Clos des Renards y que mi amigo aceptó, febrilmente, como cosas muy apartadas del lugar donde las veía, porque no habían caído de ningún árbol de esa alameda y nadie podía saber quién o qué las llevó hasta allí y cuándo o dónde cayeron en verdad, y de cuáles arboledas.

VII

Branly es un viajero impenitente; no es raro encontrarlo, como hoy, en el comedor o la piscina del club alojado en el magnífico pabellón de Gabriel sobre la Place de la Concorde y luego perderlo de vista durante meses. Desea ver sus Velázquez preferidos en el Prado o los magníficos Bruegel de Nápoles, los lagos de diamante del sur de Chile o el amanecer infinitamente dorado del Bósforo; cumple en el acto su deseo, no su capricho, me aclara, porque conoció el mundo sin sospecha anterior a Sarajevo y le parece absurdo que en nuestro tiempo de comunicaciones instantáneas no sea un derecho de todos emplear los transportes a solicitud de nuestro puro deseo ejercido libremente y en nombre de un privilegio que anuncie, como una nueva conquista, lo que perdimos: el universo intercomunicado, sin visas, que él disfrutó cuando a Kabul se viajaba, no en Caravelle, sino a caballo. La broma atribuida a Paul Morand podría aplicarse a mi amigo. Ama tanto viajar que en su testamento ha ordenado que al morir su piel sirva para hacer una maleta.

Nadie, en su grupo de amigos, se asombra, así, de su repentina ausencia. Puede estar visitando a la condesa en el Quercy, cerca de nosotros, o encontrarse tan lejos como las ruinas toltecas de Xochicalco. Ni una ni otras se moverían jamás de su sitio y mi amigo acude gustoso, como parte de su vida de cortesía y relación, a las montañas que, lo sabe, no vendrán a él.

Esta política viajera sirve otro propósito. Le permite, como es su gusto, evitar toda mención de ocasionales enfermedades. Nada le irrita más que la preocupación, sincera o fingida, aunque casi siempre hipócrita, sobre los achaques de los viejos; él no es un hipocondriaco y detesta a quienes quisieran verle quejoso o postrado. Florencio y José están bien adiestrados para responder, cuando Branly se encuentra encamado contra su voluntad, que el señor conde se ha ausentado por algunas semanas y quien quiera comunicarse con él puede hacerlo escribiéndole, indistintamente, a cargo de la prefectura de la Dordogne o de la *poste restante* de la isla Mauricio; el señor conde no tardará en pasar por allí uno de estos días a recoger sus cartas.

Aun quienes sospechamos una broma en todo esto la asignamos con gusto a la fantasía y a la reserva siempre aliadas de mi amigo, que en su caso constituyen prueba suficiente de su libertad; así nos insta a respetarle como él nos respeta. Sólo esta tarde, por ejemplo, me entero de que estuvo varios días encamado después del accidente que sufrió esa noche al chocar contra uno de los encinos de la alameda del Clos des Renards; no dejo de agradecerle su franqueza, aunque una imperceptible sonrisa en el brillo de sus ojos pequeños me dice que si me cuenta esto es sólo porque, en primer lugar, forma parte inseparable del relato y, además, porque se trata de un accidente de automóvil, previsible en quien tanto viaja, y no de un vulgar resfriado.

—Seguramente, hay actos que se cumplen sólo porque los tememos. Si nuestro miedo no los convocase, no acudirían, ¿ve usted?, a nosotros, jamás organizarían la dispersión que los mantiene en estado puramente potencial. Me imagino que nuestra prevención inquieta los átomos de la probabilidad y les permite adquirir actualidad, como si despertasen de un sueño. El sueño de nuestra soberana indiferencia.

A él le despertó la tonadilla silbada del madrigal de la clara fuente; abrió los ojos para ver el parabrisas roto del Citroën e imaginarse capturado dentro de una red de arañas de cristal antes de cerciorarse del dolor de su pierna y de su cabeza, tocarse el cráneo y sentir los dedos pegajosos de sangre y la sensación, renovada, de desmayo.

Recuerda que despertó de nuevo recostado en una cama de baldaquín y automáticamente se tocó la cabeza adolorida.

—No se preocupe, señor conde, dijo Heredia el francés a su lado, ha sido usted bien atendido, se lo juro. Lo encontré al regresar del hospital. ¿Por qué cometió usted semejante tontería? ¡Tantas desgracias en una sola noche! Mi hijo André y su amiguito me ayudaron a trasladarle hasta aquí; vino el doctor, usted deliraba un poco, le dieron la inyección antitetánica y todo eso, no son más que lesiones superficiales, no hay nada roto, su herida de la pierna se resintió y le pusieron un parche en la cabeza, pero el doctor aconseja que guarde usted lecho por algunos días; es el *shock* más que nada, ¿sabe?, pero a su edad hay que andarse con cuidado.

Branly despidió con la mano las preocupaciones sobre su persona y preguntó por Étienne. Heredia rió de una manera desagradable.

—Noble hasta el fin, ¿eh? Su vasallo está bien y le agradece que se preocupe por él. Pasó la noche en la clínica y hoy lo darán de baja. Quería darse una vuelta por aquí, pero le dije que no, usted necesita descansar, usted ya no se cuece al primer hervor y yo estoy a sus órdenes, de veras, para lo que mande.

Mi amigo tuvo la reacción, me dice esta tarde, que Heredia sin duda esperaba: nuevamente ese testarudo silencio ante la impertinencia creciente de quien ahora, en cierto modo, lo tenía arrinconado y ponía a prueba la capacidad de cortesía espontánea propia de Branly, desafiándola a ejercerse desde una cama de inválido y a contar con el auxilio del hombre de mirada clara, nariz recta y melena blanca que le atendía en esta recámara olorosa, como toda la residencia y no sólo el *foyer*, como lo creyó en un principio, a cuero. De cuero era el baldaquín de la cama y los sillones de la recámara en penumbra, protegida por gruesas cortinas de terciopelo que impedían adivinar la hora del día.

Se dijo, sin embargo, que era pueril negarle a ese hombre desagradable el gusto perverso de servir a su huésped sólo porque en ello veía Heredia una prueba más del espíritu feudal de Branly y su decisión, que acaso era un gran alivio para Heredia, de ver al mundo, como Heredia pero no Branly quería verlo, poblado de siervos personales.

Mi amigo se acomodó solo contra el respaldo de cuero en la cama sobre ruedas, y luego le pidió a Heredia que le arreglase las almohadas para mantener los brazos cómodamente apoyados sobre ellas. En seguida, le rogó permiso para llamar por teléfono. En su ánimo comenzaba a diseñarse algo así como una política para tratar con su indeseado anfitrión y se le ocurría que nada lo desconcertaría más que la prueba persistente de la cortesía, más que en contrapunto con una rudeza que por helada le costaría a Heredia distinguir de ciertas formas de amabilidad lejana, como en una especie de rosario de perlas de idéntico color pero de distintos grosores berruecos poco distinguibles a simple vista.

Heredia esperó un instante, mirando con curiosidad a mi amigo. Cruzó los brazos sobre la bata de seda blanca, acolchada y sucia, que usaba y dijo al cabo que no había teléfono en esta recámara, solamente en la planta baja y sin extensiones. Podía trasladarse si así lo quisiese; había notado, sin embargo, que rengueaba de una pierna, desde antes del accidente, ¿eh?, eso no se lo podía achacar a él, por si se le había ocurrido presentar queja por el segundo accidente; menos mal que el primero ocurrió en la calle y fue culpa del niño, ¿eh?

Branly afirmó con la cabeza y le encargó a Heredia llamar a Hugo, el padre del muchacho. El anfitrión iba a salir cuando mi amigo le dijo: —No, pensándolo mejor, no moleste usted al señor Heredia; podría preocuparse por su hijo y no es el caso. Además, se encuentra demasiado atareado con la conferencia. Si no le importa, hable con mis criados. Son españoles, así que pueden entenderse bien con usted. Sí, sí, de esta manera el señor Heredia sabrá donde está su hijo, pero no se preocupará por él. ¿No le molesta, Heredia, empujar mi cama hacia la ventana? No sé qué hora es, en esta penumbra. Dígale al muchacho que suba a verme después. Verdaderamente, me siento todo menos cansado.

Sin decir palabra, Heredia empujó levemente la cama hacia una posición más cerca de la ventana. Branly sonrió; le dijo a su anfitrión que era, realmente, un hombre robusto. Tomó el bastón que Heredia había apoyado contra la cama y con él apartó la cortina y dejó entrar el sol.

—¡Ah!, exclamó con gusto y, también, con ganas de compartir una cierta alegría fundamental de vida, mañana y sol con Heredia; pero el propietario del Clos des Renards había abandonado bruscamente la recámara y, en vez, buscando instintivamente las señas de vida que su ánimo todo, después de la noche pasada, reclamaba, miró por la ventana, recorrió con la mirada el jardín razonable, meneó la cabeza al ver el choque aparatoso de su automóvil contra el encino y sólo al llegar, en su observación de inválido alegre, al bosque, vio a las dos figuras, tomadas de la mano, en el centro de los celajes negros y blancos de los abedules. Le costó distinguirlos, porque no se movían y todo lo que no se mueve en medio de la naturaleza sucumbe a la ley universal de la mímesis.

Dormitó pensando que después de todo su anfitrión quizás decía la verdad, él ya no estaba para emociones fuertes y el mundo lo había engañado, acostumbrándole demasiado, durante muchísimo tiempo, al respeto que él sentía merecer; un resentimiento tan flagrante y grosero como el de Heredia existía, en la conciencia de Branly, con síntomas de la vaga posibilidad, cierta pero jamás cercana o evidente, de ese otro mundo que, siendo, no era el suyo. ¿Desde cuándo alguien no le contrariaba con grosería, desde cuándo no se rompía en su presencia el murmullo sacerdotal propio no sólo de las conversaciones en Francia, sino de lo que él consideraba toda civilización perfecta?

Miró hacia afuera; atardecía y en la vecindad de la noche el bosque no se distinguía del mar. Vasto, sereno, incansable, renovado en cada respiro. Sintió el súbito sofoco de la recámara, el creciente olor de piel curtida y con un movimiento que le pareció, entonces, natural y que ahora, conmigo, recuerda como un gesto violento, casi desesperado, alargó el bastón y con la punta empujó los volantes de la ventana. Al abrirse, ascendieron hasta él, alegremente, las voces de los dos niños, jugueteando, sin duda, a los pies de la ventana del inválido, en la terraza guardada por los leones.

Bastó, me dice, ese rumor para disipar el ahogo del olor de pellejos y llenar la recámara, como si fuese una copa delgadísima y de muy alto tallo, con los temblores del hermoso aunque melancólico atardecer, pero también con la alegría indescifrable, puro rumor de sí misma, de los muchachos que reían juntos y cantaban, ahora lo distinguió, el madrigal, *Chante, rossignol, chante, toi qui as le coeur gai.*

Branly sonrió y entrecerró los ojos. Hubo un instante de silencio y luego las voces rieron otra vez y comenzaron un juego de preguntas y respuestas. Conocía la voz de Víctor Heredia el mexicano, era la que contestaba las preguntas del otro muchacho, al que aún no podía describir porque no lo había visto de cerca, sólo allá al fondo del jardín, donde comenzaban los abedules. La voz de André era de una dulzura incomparable, detenida a medio camino entre la niñez y la pubertad pero sin las resquebrajaduras que tanto afean, de costumbre, este tránsito; esa voz había retenido la pureza de la niñez en la adolescencia, y anunciaba una hermosura viril, sin las vergüenzas, faltas de compasión y solicitudes de simpatía de la voz perdida de la infancia.

—Capital de Argentina.

—Buenos Aires.

—Capital de Holanda.

—Amsterdam.

—Capital de Serbia.

—Belgrado.

—Capital de Noruega.

—Oslo.

—No.

—Perdón. Cristiania.

—Capital de México.

—¡Qué chiste! México. Es como si yo te preguntara capital de Francia, André.

—¡Enghien!

Los dos rieron muy alto y Branly volvió a adormecerse gracias a ese juego que era como contar ovejas y recordando, claro está, su propia infancia, los juegos entre los pedestales y falsos triunfos del Parc Monceau cuando los niños aún lo reconocían y su pasado no requería, como ahora, compensación alguna porque era el puro estar de la niñez, sin una torre de fichas apostando al ser que se contentaba con estar sin una conciencia propia y, además, enemiga. Se durmió diciéndose que disfrutaría de estos días en el Clos des Renards más de lo imaginado; creía haber encontrado el sentido, patético pero cierto, de su presencia allí.

Cuando despertó otra vez había caído la noche y un temprano frío otoñal entraba por la ventana abierta. El cuarto estaba a oscuras. Branly tomó el bastón y con el puño trató, inútilmente, de atrapar uno de los volantes. Otra mano le ayudó entonces, tomó la suya y la acercó al tirador de la ventana. Branly sintió el contacto de una piel áspera que guió su mano hacia la manija de cobre.

La ventana se cerró y el olor de cuero regresó, embriagante, casi indistinguible, esta vez, de un perfume viejo, guardado largo tiempo, que Branly, en medio de su estupor fascinado, quiso definir como una textura, un olor, intermedio entre la madera y el cuero, una madera dúctil y quebradiza, parecida, si no a la piel, por lo menos a un guante; el sándalo, cuero curtido, madera perfumada.

Despertó con un sobresalto. La luz estaba prendida y Heredia le acercaba, sin demasiado buen humor y sin asomo de la desazón que secretamente agitaba a su huésped, cuyo pecho era presa de una extraña marea interna, una bandeja con vino, media *baguette* y carnes frías. Branly miró, sin abandonar su sensación enervada, hacia la ventana. Estaba perfectamente cerrada. La empuñadura del bastón descansaba junto a la cabeza de mi amigo, al lado de la cama.

—Espero que tenga hambre. Ha dormido usted como un bebé, señor conde.

—Gracias. ¿Quién cerró la ventana?

—Yo mismo. Hace un instante. No queremos que encima de todo le dé pulmonía. A sus años...

—Sí, sí, Heredia, ya sé. ¿No tiene usted servidumbre en su casa?

—¿Por qué lo dice?

—No deseo que se moleste subiéndome una charola tres veces al día.

—No es molestia. Hay un montacargas. Además, es un privilegio servir al señor conde. ¡No iba a darle ese honor a un criado, eh!

Dijo lo último con el tono de suficiencia resentida que tanto desagradaba a mi amigo, pero éste había decidido no irritarse más: Heredia era, en cierto modo, un libro abierto, con la singularidad de que cuanto en él se leía debía ser entendido en otro sentido, lo cual, al cabo, remitía a una lectura literal que cancelaba sus propias interpretaciones. El trayecto, se dijo Branly, era inútil, tan inútil como las pesquisas de la policía en *La carta robada* de Poe; el objeto buscado estaba siempre a la vista de todos. La «carta robada» de Víctor Heredia, entendió Branly en ese momento, era su hijo; no necesitaba verlo para saber que a esa voz singular, a esa alegría que tanto le conmovió esa misma tarde, correspondía una naturaleza muy distinta y muy distante de la del padre.

Éste le miraba con ojos de perro apaleado.

—¿Por qué me ofende usted tanto, señor conde?

Branly levantó la mirada y estuvo a punto de dejar caer el tenedor estrepitosamente sobre el platón de estaño. Inquirió sin palabras.

—Le dije que no hablábamos español en mi casa; pero usted dudó de mí, me mandó a hablarle a los criados en español porque pensó que ellos me entenderían, usted...

Dice mi amigo que en ese instante se inició en su pecho una secuela de violencia; dudó entre darle curso o, como era su costumbre, dominarla.

—Heredia no merecía mi cólera, me dice mi amigo esta tarde; no la merece quien así se desnuda, plañidero y lleno de compasión de sí mismo. Esta es otra forma de ese resentimiento que usted y yo juzgamos insoportable.

—¿Usted le tendió esa trampa a propósito?, me atrevo a preguntarle.

Me asegura que lo hizo, por así decirlo, en defensa propia. Por una parte, Heredia acumulaba engaños contando con que la discreción y cortesía de su huésped no se los haría notar;

por la otra, sólo se lo podía indicar con otro engaño tácito, como éste de pedirle que les hablara en español a los criados. Decidió burlarse al máximo de Heredia.

—Me extraña mucho, señor Heredia, que en una casa de ascendencia caribeña no haya por ningún lado imágenes de las santas patronas de aquellos rumbos, la Virgen de la Caridad del Cobre, la Guadalupe o la Virgen de Coromoto...

Lo dijo con su trabajoso acento francés, la Virguen de la Cajidad del Cobjé, la Gadaloupe, la Virguen de Cojomotó, mientras pensaba, como ahora me lo repite, que le convenía apostar que el francés Heredia mentía en este asunto para convencerse de que mentía en otros muchos. Pero no se lo dijo esa noche:

—Lo importante es que le haya usted dado mi recado, a través de los criados, a don Hugo Heredia.

Estuvo a punto de preguntarle, ¿lo hizo usted?, pero se midió para no darle a Heredia la oportunidad, secretamente solicitada por el castellano del Clos des Renards, de dejar, como lo hizo, sin respuesta a Branly, darle la espalda y detenerse en el umbral. Sólo entonces habló con una especie de rabia apaleada.

—Caridad, no Cajidad, Guadalupe, Virgen no Virguen, Coromoto, no Cojomotó. Esta no es casa de putas, señor Conde.

Salió de la recámara con un barrunto de dignidad aún más lastimosa que su autocompasión del principio. Sonrió mi amigo; Heredia no se había atrevido a dejar de hacer lo que Branly le solicitó como un favor y Heredia entendió, porque fue acompañada de un regaño, como una orden.

Pensó, mientras comía solo, en la relación entre la otra pareja de padre e hijo, Hugo Heredia y su hijo Víctor; me dice ahora, en el comedor abandonado por todos menos por él y por mí, que entonces quiso entender que entre los dos mexicanos había una suerte de compenetración o entendimiento inimaginable entre los dos franceses; el joven Heredia del Clos des Renards, por lo que mi amigo alcanzaba a adivinar, no podía ser más distinto de su padre; bastaba oír esa voz, sin conocer la apariencia, para conocer la delicadeza, dulzura y medida de un muchacho que en todo negaría la grosera impertinencia, la desmesura del padre; en cambio, desde aquella noche junto a la barranca había dado por supuesto un entendimiento secreto entre Víctor y Hugo Heredia. Seguramente, por ello, había bastado la llamada de su antipático anfitrión para tranquilizar al antropólogo respecto a la ausencia de su hijo. Ese entendimiento, murmuró Branly entonces en su lecho transitorio, ahora en su mesa permanente en el Automobile Club, tenía que ver con la actitud brutal del muchacho hacia el criado en casa de Jean y hacia su propio servicio español en la Avenue de Saxe; sin duda, murmuró ahora mientras me miraba con penetración, entonces mientras volvía a dormirse, esa impunidad del feudalismo latinoamericano, tan anacrónico como pintoresco como delicioso como suicida... Fermina Márquez en París, Doña Bárbara en los llanos del Apure...

En una naturaleza vacía, pero que él soñó perfectamente normal, incluso añorada por esa ausencia absoluta de formas, colores, clima o extensión, como si la otra, la acostumbrada, fuese una aberración y sus nombres, olvidados y disgustantes, un invento perverso para ocultar la perfecta blancura de un cosmos autosuficiente, sin necesidad de arbores, pierras, flumens, blumens, nevers, avanzó sin avanzar, capturado por una locomoción inútil y fatigada, el séquito suntuoso de palanquines y trompetas, pajes y palafreneros, corceles nerviosos y mendigos hirsutos; y entre los mendigos distinguió al rey con todas sus ropas e insignias, pero heladamente ignorado de quienes le rodeaban, soldados y pordioseros, como si fuese uno más, engañado de sí mismo, y en la litera del rey portada por los palafreneros viajaba, en cambio, el joven mendigo, rubio y de ojos negros, un niño aún, cubierto de harapos, sin más corona que la cabeza rizada, recostado lánguidamente, sin saber muy bien si ésta era una burla más, ni cruel ni risueña, ignorante de sí, pero que el muchacho estaba dispuesto a aceptar primero y luego a renunciar o a aceptar, según su voluntad, mientras nadie se la disputase, pero el rey, al que nadie prestaba atención salvo el soñador que le escuchaba en otra parte dijo que encontró al niño en una casa abandonada; no había nadie en ella y ahora quererlo y cuidarlo es como querer o cuidar a un pequeño mendigo.

VIII

Lo despertó, muy temprano, el sonsonete insistente. Al abrir los ojos sintió que la recámara se hinchaba pero no era más que la brisa temprana, sápida y larga, de la Isla de Francia, un aire de entusiasmo reflexivo que da su tono a esta región y que, se dijo Branly, todavía amodorrado, él llevaba ochenta y tres años respirando.

—Una de las ventajas de los países antiguos es que aprenden a cuidar bien a sus viejos, porque en ellos se miran retratados. Los países jóvenes tienen prisa y le niegan a sus viejos la inteligencia, el respeto y, al cabo, la vida.

—Quizás esto es cierto, me atreví a interrumpir. Lo malo es que hoy Europa quiere sentirse joven y, como usted dice, niega la existencia de los viejos.

—Si no por otro motivo, continuó Branly como si no me escuchase, soy digno de vivir porque tengo una biblioteca en mi cabeza y, ¿sabe usted?, si mañana amanecieran vacíos todos los libros del mundo, unos cuantos viejos podríamos escribirlos de nuevo.

Me di cuenta de que no le gustó mi interrupción y, mucho menos, la excepción que conllevaba; para él, en el instante de nuestra conversación, la brisa hinchaba como un velamen las cortinas entreabiertas como los párpados, de una inteligencia interrogante, de mi amigo Branly, quien recordaba vagamente una visita nocturna de su anfitrión pero buscó sin éxito el platón abandonado de la precaria cena. Además, la ventana estaba abierta. Llegaban los ruidos matutinos de las carreteras, las impaciencias renacientes y el paso de los grupos de trabajadores de la madrugada. Branly no necesitaba verlos para imaginarlos, rojizos, encendidos por el temprano frío y el desayuno de coñac, vestidos de mezclilla azul y *pullover* de cuello alto y a veces, aun, el *beret* tradicional y bromeando, riendo con voces de grava, canturreando la tonada del madrigal, *à la claire fontaine, m'en allant promener*, a medida que se alejaban y los cuervos volaban sobre los bosques de Enghien pero en este jardín que él se apresuró, apartando aún más la cortina, a admirar en su soledad del alba plena, satisfecha y llena de rechazos para quienes la perturbaban, un pájaro solitario parecía reproducir, en sus trinos lamentables, límite de su verano, la misma tonada, *chante rossignol chante, toi qui as le coeur gai* y ahora las bandadas simétricas de patos silvestres pasaron aumentando el adiós, rumbo al sur, apagando todos los rumores salvo el suyo, tan intensamente nostálgico a pesar de su cacofonía, como si actuasen una comedia de hiel y sólo al apagarse en la lejanía recobrada poco a poco después del sueño sin naturaleza ni extensión el rumor de las aves salvajes ascendió desde la terraza, invisible en la perspectiva de Branly, la voz reunida de los dos niños, *toi tu as le coeur à rire, moi je l'ai à pleurer*, antes de que, ahora más lejanas, las voces de los obreros la recogieran sin palabras, otra vez, pura tonada y los niños la terminasen con una risa alta y compartida, *il y a longtemps que je t'aime jamais je ne t'oublierai.*

—¿Capital de Bolivia?

—Sucre.

—¿Capital de China?

—Peipín.

—¿Capital del Congo Belga?

—Léopoldville.

—¿ ... del África Ecuatorial Fran ... ?

Iba a acercarse más a la ventana, movido por una luz interior flagrante y súbita, colocada ya no, como yo acostumbraba decirle en broma, un poco detrás de su oreja izquierda para darle esa luminosidad translúcida a su cabeza toda y sobre todo a los pabellones de sus orejas ancianas, un poco colgadas de los lóbulos como las de todos los viejos, pero compensadas por las hélices un tanto puntiagudas y que señalan orgullosamente hacia el cráneo brillante, sino dentro de éste, latiendo allí como un tamborcillo cordial. Pero antes de que lograra hacerlo escuchó la carrera de los niños, sus pasos sobre la grava, la risa fugitiva, circular y circulante. Corrían alrededor de la casa y Branly se acomodó en la cama y esperó la visita de Heredia con el desayuno, que no tardaría.

Ahora dice mi amigo, con una sonrisa, que acaso más que cualquier otra cosa esa espera en la cama le obligó a darse cuenta de la excentricidad de su situación; trataba de recordar, en vano, una mañana normal de su vida, no los amaneceres de las guerras, las trincheras del Marne en 17, el bombardeo y la caída de Calais en el 40, que habían sido, a la vez, la excepción y la justificación de su vida acomodada, sino una sola mañana de paz en la que alguien no hubiese acudido, solícito, a posar sobre sus piernas extendidas una mesita plegable, humeante, cálida al tacto de los dedos impacientes que tocaban la parte inferior de la tabla esperando que dejase filtrar las tentaciones del café hervido y los *croissants* al horno.

Al cabo de una hora de espera en la que primero dio cabida a una suerte de irritación que quiso suprimir como indigna por caprichosa volvió a dormirse, cansado parejamente por el hambre y el combate contra el principio de berrinche que también le recordaba los amaneceres en que una mujer de bellísimos ojos azules, rostro sin color y labios sin carne llamada, sí, Félicité, le subía el desayuno con retraso cuando era llevado de visita al castillo de su abuelo y su padre, el hermoso oficial con cuyo retrato en la cabecera de la cama había dormido siempre, le llevaba de la mano por una peligrosa escalera de piedra y sin barandal a una recámara vasta y fría donde él, de noche, hacía esfuerzos, como aquí, por acercar la cama pesada a la ventana donde, imaginaba, la protección era más segura que en el centro desguarecido de la alcoba. También en aquella escalera sintió miedo y se preguntó por qué bastaría una cuerda, un simulacro cualquiera de barandal, para darnos toda la seguridad deseada.

Estaban lejos, se alejaban siempre hasta volverse uno con el bosque de los abedules y le era difícil, entre esas celosías formadas por las ramas aún verdes y el contraste violento de la corteza siempre disfrazada de dominó en harapos, distinguir las figuras y los movimientos de los dos muchachos durante la mañana.

Pero precisamente esa confusión de las dos figuras con el hermoso bosque que es como el emblema extraño de un invierno mantenido celosamente a lo largo de las temporadas y que acepta las galas pasajeras del estío sin renunciar jamás a su naturaleza permanente de árbol invernal le permitió reunirse, en cierto modo, con los muchachos Víctor y André y recordar lo que, quizás, ellos vivían, confundidos con el bosque cuando permanecían inmóviles, distinguibles desde la ventana entreabierta de la alcoba del huésped sólo al moverse.

—¿Recuerda usted ese momento en el que nuestro yo descubre lo que los siglos han sabido? ¿Cómo es la sombra de un árbol, el olor de una flor o la nervadura transparente de una hoja? No hay que ir más lejos para conocer el abismo absurdo que separa la realidad persistente de las cosas del conocimiento de ellas que sólo yo, sin que cuente para nada esa persistencia o el saber que de ellas tienen o han tenido antes miles de millones de hombres, puedo adquirir para mí y que no podré, dolorosamente, transmitirle a nadie. Víctor y André estaban descubriendo el mundo y desde mi ventana yo los miraba y pensaba si un viejo no se miente irremediablemente al imaginar a la juventud.

Hoy se pregunta con más previsión si algún día habrá una manera cierta de acumular y transmitir la experiencia que cada uno posee al morir a fin de evitarle a los que aún no nacen el esfuerzo de volver a aprenderlo todo como si nadie hubiese nacido antes que ellos; pero la respuesta burlona es siempre un vasto ¿para qué?

—Quiero decir, mi amigo, ¿con qué derecho habremos de arrebatarles a los demás su experiencia sólo porque vuelve a figurar la nuestra? Traté en ese momento de proponer, así, la imaginación de un viejo sobre su infancia y sobre su vejez. ¿Podía ser falsa o cierta?

Despertó con un hambre acosante y aguda; eran las once de la mañana y Heredia, el anfitrión deshonesto, menos honorable que el alberguista español al que no quiso ser comparado, no se hacía presente con el desayuno.

Branly hizo un esfuerzo y se acercó a la ventana. Gritó:

—¡Heredia! ¡Víctor Heredia!

Miró hacia el bosque de los abedules, al otro lado del recortado y simétrico jardín francés, donde ahora jugueteaban los dos amigos, asomó la mano entre las cortinas de la ventana abierta y gritó ese nombre que, se percató con una sonrisa involuntaria, era el de dos personas en esta casa.

Dice estar seguro de que Víctor, el joven mexicano, seguía allí, inmóvil a veces como la víctima de un juego infantil de encantamientos, como uno de los troncos de corteza pordiosera pero a veces, está seguro, también rápido como un azogue que tejiese una guirnalda fugitiva e impalpable entre árbol y árbol: invisible, ahora, en virtud de su velocidad.

—¡Heredia! ¡Víctor Heredia!

Agitó la mano; el muchacho no respondió. Quizás no estaba allí. Pero no podía andar lejos. El silencio exasperó a Branly; se vio a sí mismo en la ventana, gritando un nombre, agitando una mano, llamando a alguien que no le contestaba, oculto por las cortinas hinchadas como un velamen y se dijo que si en ese momento alguien hubiese llegado al Clos des Renards por primera vez como él mismo llegó dos días antes y hubiese visto la figura que era la suya desde la alameda de encinos y castaños, no habría imaginado sino lo que el propio Branly, lo admitía ahora, imaginó entonces: una silueta asomada nerviosamente a la ventana, confundida con unas cortinas agitadas, un hábito blanco fugazmente divisado e inseparable de la impresión de vejez.

Jugaban a lo lejos, entre los abedules. No le escuchaban. No le hacían caso. En cambio, algo incomprensible trataba de hacerse sentir por él, de acercarse a él. Cayó de espaldas sobre el lecho, fatigado, vencido por ese sentimiento oscuro y diáfano a la vez. Él quería comunicarse con los niños y ellos no le escuchaban; al mismo tiempo, alguien quería comunicarse con él y él no lo escuchaba porque sentía en esa convocatoria algo maldito. Algo maldito le llamaba y trataba de acercarse a él. ¿Sentían lo mismo los niños cuando él los convocaba?

Lo despertaron el calor de un mediodía inesperado, prolongación del estío tenaz de este año y las voces de los niños desde la terraza. Como una inversión del sueño, las voces devolvieron a la virtualidad de las formas todo lo que se había disuelto progresivamente en el reposo de la conciencia.

—Está muy solo.

—No. La señora vive arriba.

—¿Quién es?

—Ya te dije. La señora madre.

—¿Nunca la ves?

—Muy poco. Vive encerrada. Está recostada siempre. Reza mucho. Es muy devota, ¿sabes?

—¿Es muy vieja?

—No sé; creo que sí.

—Sería una buena pareja para él; él también está muy viejo, ¿verdad?

Rieron mucho y las risas se desvanecieron, disolviéndose progresivamente porque Branly dormitaba o porque los niños se alejaron como los obreros, los patos y la melodía de su propia infancia en el Parc Monceau, *fui a pasear a la clara fuente y sus aguas eran tan bellas que en ellas me bañé*.

Soñó con una mujer a la que él amó en el pasado; no recordó las edades respectivas, pero sí el sentimiento, porque era el tiempo en el que le bastaba saberse enamorado sin esperanza, para ser feliz. Se afincó en este sentimiento porque era lo único seguro en una época particularmente veloz en la que todo parecía ocurrir con simultaneidad. Su nacimiento ocurrió como le había sido relatado, tantas veces, por Félicité, en el castillo del abuelo, allí mismo, en las vísperas de un siglo nuevo; su muerte tuvo lugar, apenas ahora lo supo, instantáneamente, al lado del nacimiento narrado por la sirviente de ojos azules y piel sin color. Su angustia fue sólo la que le obligó a distinguir entre los dos momentos y avisarle al mundo y a sí mismo que el nacimiento había tenido lugar, pero la muerte no; escuchó risas al pie de la ventana, en la terraza, desmintiéndole con la burla, diciéndole con incredulidad sarcástica que el nacimiento y la muerte habían ocurrido juntos cuando cualquiera de estos actos había ocurrido.

En medio de esta contigüidad temporal inseparable de un paisaje infinitamente mutable que era su mellizo en el espacio, conoció a esa mujer y trató de explicarle, detenidos ambos en medio de un parque en movimiento mientras ellos imitaban a las estatuas, que no se preocupara; lo que veían no lo veían ellos, sino alguien que poseía el don de verlo todo con una velocidad que no era, gracias a Dios, la de los hombres, porque de otra manera se separarían apenas se reuniesen; si el nacimiento y la muerte eran simultáneos. Miraron tan lejos como los ojos de una estatua pero los ojos de la mujer eran como dos ventanas que se abrían hacia adentro, mirando el interior del cuerpo y de la casa; una vez adentro, sin embargo, no era posible ver nada, a través de ellas, hacia afuera. Ése parecía ser el precio de este don.

Olió el cuero y el sándalo y la mujer se acercó a él con la charola entre las manos. Branly no tuvo tiempo de mirarle el rostro porque sentía hambre y sólo tuvo ojos para lo que había sobre la bandeja y cuando vio lo que era quiso consolarse con el encuentro de la mirada de una mujer pero para entonces ella había dejado el almuerzo sobre las rodillas del hombre y éste no pudo adivinar el rostro detrás de las manos que lo ocultaban como un velo de largos dedos, uñas doradas y anillos suntuosos; los humores de cuero y sándalo le ahogaban; extendió sus propias manos en solicitud de auxilio a la mujer que se retiraba dándole la espalda, mostrando los jirones de satín blanco de su traje de baile de alta almilla, las tiras rasgadas del echarpe amarrado debajo de los pechos escotados y los omóplatos salientes, el peinado construido como una torre a punto de derrumbarse en ruinas de polvorones y vieja azúcar algodonada; las zapatillas de raso agujereadas corrieron con un rumor de ratoncillos blancos y mi amigo se quedó mirando el plato sopero lleno de hojas secas, mojadas por un líquido maloliente, que era todo su almuerzo.

—¿Por qué no usa velo?

—No sé.

—O por lo menos una máscara, ¿no crees?

—Sí, sería más cómodo que andarse tapando la cara con las manos todo el día. Oye, ¿has leído la historia de la máscara de fierro?

—No, ¿de quién es?

—Alejandro Dumas. ¿No lo conociste?

—Sí, leí *Montecristo* y *Los Tres Mosqueteros* en el Liceo.

—Vino de Haití, igual que mi papá. Queríamos invitarlo a esta casa, pero murió el mismo año.

—El mismo año.

IX

El año de su encuentro con los Heredia en México fue succionado por el año de la enfermedad de la condesa y la decisión de no viajar más, tragado por el año de su último viaje a Nápoles a ver el cuadro del mendigo ciego guiando a los mendigos ciegos que fue desplazado por el año de su ingreso al Automobile Club de France para hacer ejercicio en la vasta piscina de mosaicos verde y oro y puentes de fierro después del año de la segunda guerra en que fue herido en una pierna durante la *débacle* de Dunquerque devorado por el año de la muerte de su segunda mujer succionado por el año de la primera guerra por el año de la visita final al abuelo en el castillo por el año en que leyó *La máscara de fierro* en el jardín de claros surtidores de su madre agonizante por el año de la muerte de su padre y el de la inauguración del puente Alejandro III y el año de su propio nacimiento y al fin el año que disolvía todos los demás y él estaba otra vez en una casa no muy distinta de ésta, mirando hacia un bosque de abedules y una avenida de árboles desnudos cuyas hojas otoñales, al ser pisadas, marcaban el sendero de la mujer hacia él; vestía de nuevo la ropa de baile del Primer Imperio, aunque éste, estaba seguro, no era ese tiempo porque él se soñaba joven pero nacido y la lógica causal y persistente que dentro del sueño es lo fantástico para el sueño le decía que sólo nonato pudo conocer a la mujer que se acercaba a lo largo de la alameda con un traje de la época napoleónica. Alargó la mano para tocarla y decirle que ya veía, no debió preocuparse, aquel tiempo veloz en el que el nacimiento y la muerte ocurrían simultáneamente no era el de ellos, el tiempo dulce y lento de los hombres y las mujeres que se aman sobre la tierra y que no requiere fatalmente que, apenas se conozcan, los amantes se separen. Pero la mujer del Primer Imperio lo miró sin entenderlo, casi sin escucharlo, con un ceño delator de su incomprensión. Sobre un hombro desnudo descansaba un parasol blanco que la mujer hacía girar entre los dedos blancos de uñas bañadas en oro y los anillos suntuosos. Lo detuvo súbitamente y su expresión cambió; la alegría nueva de su rostro era la de una convicción: no recordaba a este hombre, nada le debía, el encuentro había sido casual y la actitud de él impertinente.

Branly despertó con el grito de desesperación suspendido que quería decirle a la mujer desvanecida que le reconociera pronto, antes de que él también la olvidase en el tiempo dulce y triste en el que la muerte y el nacimiento no coincidían. Pero más poderoso que su grito fue el goteo vecino que cortó el flujo de la sucesión de capas de la realidad succionada por el infinito vacío del sueño. Se sintió bañado en sudor nervioso y hambriento; se incorporó con la ayuda del bastón y se dirigió a la pequeña sala de aseo, rengueando penosamente, dándose cuenta de su incapacidad para ir muy lejos o maniobrar escaleras. La gota que fue más fuerte que su sueño, el nombre o el rostro de la mujer de su sueño caía de una ducha vieja que Branly observó como a una estalactita suspendida de un tubo herroso: los poros de la regadera habían acumulado los tumores calcáreos del agua en la región del Sena. Mi amigo se desnudó y refrescó con dificultad; volvió a ponerse el camisón y la bata prestados por Heredia y, apoyándose en el bastón, salió de la recámara en busca del montacarga.

El pasillo era largo y el paso de Branly lento; las puertas cerradas de recámaras equidistantes le produjeron, no supo entonces por qué, una sensación de temor acentuado; el cuero era el tapiz constante de esta casa, pero su extensión a lo largo de corredores, recámaras y suelos lo despojaba de esa característica de singularidad preciosa que otorga su valor a las pieles destinadas a un uso privilegiado, calzado, libro, abrigo o sofá, pero que en realidad les es adjudicada porque una fantasía secreta nos sugiere imaginarnos desollados para que nuestra piel le sirva de manto o zapato a quien posea el derecho inapelable de arrancárnosla; aquí, sin embargo, la idea, la sensación física y aun la evidencia de una cualidad estropeada, dispareja, las convertía en poco menos que odres desteñidos y malolientes arrancados sin compasión a los lomos de las bestias.

El montacarga estaba encerrado en una pilastra junto a la escalera. Branly lo abrió y encontró allí la *asiette anglaise* renovada, condimentada esta vez con mostaza que, seguramente, Heredia se encargó de untar sobre las carnes frías desde esa mañana, pues ahora formaban una costra no muy distinta de los cueros secos que tapizaban la casa. Mi amigo tomó la bandeja con dificultad, encajándola entre el antebrazo y las costillas para poder apoyarse sobre el bastón con la otra mano y regresó a la recámara lamentándose, en cierto modo, de que Heredia no le hubiese dado motivo para el mudo reproche de condenar a su huésped a la muerte por hambre. Pero, de todos modos, ¡suponer que Branly debía suponer que la comida fría le esperaba desde esa mañana en el montacarga era mucho suponer!

—La imagen que en ese momento tuve de mí mismo fue atroz: un anciano menesteroso encerrado en un asilo por parientes irresponsables y crueles.

No quiso pensar más en las sutilezas de la hospitalidad tal y como la entendía su extraño anfitrión; el hambre reclamó su entera atención y, sin dejar de sentirse, por primera vez en muchísimo tiempo, humillado y abandonado, devoró el rosbif, la salchicha y la pata de pollo mientras miraba el atardecer en los bosques del Clos des Renards y las voces de los niños, nuevamente, se acercaban a la terraza y ascendían hasta su recámara.

—Creo que debo subir a saludar.

—No.

—Ha de preguntarse por qué no he ido.

—No puedes.

—¿Por qué, André?

—Porque sí.

—Ésa no es razón.

—No hay razón, nada más que desde ahora no haremos nada que no podamos hacer juntos, ¿me entiendes?

—Sí.

—¿Me juras?

—No sé.

—Te prohíbo que hagas nada que yo no pueda hacer, ni yo haré nada sin ti, ¡allí tienes!

Ahora dice mi amigo que en ese preciso instante se actualizó para él el sentimiento de que algo incomprensible pero amenazante trataba de acercarse a él; la bandeja con los restos del almuerzo cayó de sus rodillas trémulas pero ya al acercarse, con violencia, de pie, a la ventana, otro sentimiento previo se hizo presente; era la interrogación acerca de la falsedad o certeza con las que un viejo puede imaginar su propia juventud; y al apartar con las manos temblorosas las cortinas, extendió esa duda a todo lo que se refiriese a la juventud de los dos muchachos que decían estas palabras que él juzgó terribles pero que no tenía, por ningún motivo, derecho de juzgar. Se detuvo agarrado de la cortina, seguro al cabo de saber que huir de un peligro era salir al encuentro de otro peor y que esta certeza moral le estaba obligando, bajo una extraña compulsión paralela, a vacilar, ruinoso como la torre de polvo y azúcar de una mujer que él pudo haber amado en otro tiempo, detenido inciertamente de una vieja cortina de damascos podridos para no tambalearse y caer de la ventana a la terraza de losas duras donde los niños reiniciaban su juego.

—¿Capital de Nigeria?

—Lagos.

—¿Capital del Sudán Anglo Egipcio?

—Kartum, Kartum.

—Vamos a jugar a que tú eres Gordon y yo el Mahdi.

—¡Malvado Mahdi!

—¡Valiente Gordon!

Rieron e iniciaron una de esas onomatopeyas infantiles que remedan simplemente las epopeyas adultas, con voces imitando el disparo de los cañones y la cabalgata de las brigadas. Branly, agarrado a la cortina, obtuvo la fugaz memoria de sus propias charadas, cuando el recuerdo de los combates coloniales del general Gordon estaba fresco en la tinta y en las conversaciones; por fin se asomó a la ventana y vio la cabeza oscura de Víctor Heredia pero no la de su amiguito francés, pues André estaba tocado con un gorro de marinero y un traje también —mi amigo sólo podía ver esto desde su perspectiva— de niño marinero, azul celeste, de pesado lino bordado de blanco, con pantalones hasta el tobillo.

Al atardecer, cayó una lluvia fina y constante. Branly pasó varias horas contemplando los bosques desde la ventana; de la misma manera que la luna ascendía poco a poco desde el jardín sin secretos y desde la humedad oculta entre los encinos y los abedules, que así se libraba a la evocación de una larga ausencia veraniega y celebraba, también, el regreso del otoño abundante, cuando los bosques son soberanos de su plenitud moribunda, mi amigo sintió que los verdaderos rumores de la naturaleza que observaba con un triste y prolongado deleite nacían dentro de él.

Las cornejas que anuncian la noche de la Isla de Francia pasaron volando alto; abajo, la menuda concentración de los seres invisibles liberaba un santo olor de arena mojada que vencía la insoportable originalidad de una casa revestida de peletería, pero también, se dijo entonces Branly, ese olor natural y poderoso era un rechazo implícito de la otra anomalía de esta mansión desollada y desolada, la avenida de hojas secas bajo las copas estivales, plenas y verdes, de los encinos. Recordó su hotel en la Avenue de Saxe y la arena sobre la cual crecían los pinos, dándole, en el centro de París, un aire marino a su jardín. Sonríe recordando la escena del *Perro andaluz* de Buñuel donde la heroína abre la puerta de su apartamento en el sexto piso de un inmueble parisino y pasa directamente a la playa, Cabourg, el mar, la arena.

Ahora, allí, el olor de la tierra remojada del Clos des Renards no era diferente y mi amigo, que también lo es de anticipar la belleza de las cosas, imaginó desde luego el amanecer siguiente, el pasto mojado, las hojas de los árboles que al retener en su limbo tanto el rocío como la lluvia, brillarían con infinitas perlas frente a la ventana que él abriría al despertar, respirando hondo, agradecido, otra vez, de estar vivo. ¿Desde cuándo entraba todas las noches al sueño con la merecida paciencia de no esperar la madrugada siguiente?

La serenidad de su visión fue rota por la prueba suficiente del descuido holgazán del dueño de la propiedad. El Citroën seguía abandonado de mala manera junto al encino que interrumpió su carrera ciega y titubeante hace dos —¿o eran ya tres?— noches. Intentó recuperar el idilio brutalmente interrumpido por un automóvil que se veía fuera de sitio allí, con algo de esos cuadros flagrantes de Kurt Schwitters, otra ilustración del paraguas y la máquina de coser reunidas, esta vez, no sobre una mesa de operaciones sino en medio de un jardín diseñado por los herederos de Le Nôtre, que era casi como imaginar la fuga a Varennes, me dice ahora Branly con una sonrisa llena de coquetería referencial, a bordo de un helicóptero que despegó del Pequeño Trianón.

No era menos chusca e hiriente, por oculta, la imagen que sus ojos descubrieron al cabo en la trayectoria entre el fin de la alameda, donde el Citroën, por decirlo así, yacía junto a un encino frondoso y el límite de la avenida de hojas muertas, el sendero de grava por el que inicialmente llegaron a este lugar, a bordo del automóvil conducido por Étienne, Branly y el niño Heredia, y el jardín propiamente dicho, la disposición precisa de arbustos, pensamientos y pastos en una especie de arabesco de alcachofas y rosales cuya geometría, a medida que descendía esta primera lluvia pertinaz del otoño venidero, se revelaba brutalmente desfigurada por una herida honda y prolongada, un navajazo en la jardinería razonable y perfecta, una irrupción de la selva en este espacio diseñado para negarla: desde las hojas caídas, sobre la grava, entre el pasto y los arbustos, la lluvia revelaba, como en una solución fotográfica, una trinchera indecente, una marca tajante y oblicua en el rostro del jardín, el jardín desfigurado por algo semejante a la huella de una bestia nocturna, secreta, acechante.

El color y la textura de esta huella eran los de una mano involuntariamente quemada por una cerilla, blanca, gris y negra a la vez. Branly buscó los abedules, cuyas cortezas eran siempre plata herida y entre sus tallos las figuras bajo la lluvia de los dos niños; pero esta vez no estaban allí; quizás la bruma lejana los ocultaba.

Agitó la cabeza. Volaron los cuervos. Se llevó los dedos a las sienes. Cayó la noche y él se preguntó, ¿cómo es la sombra de un sueño? La soberanía del goteo en la sala de aseo venció a la de la lluvia menuda y agonizante.

Heredia prendió la luz y Branly sólo pudo guarecer su mirada deslumbrada con la mano y preguntarse cuánto tiempo llevaba su anfitrión allí, en la oscuridad, observándolo observar el jardín, la lluvia y la herida del jardín revelada por la lluvia. Ninguno, concluyó de inmediato; lo propio de Heredia, me dice esta tarde de noviembre en el comedor vacío y oscurecido del Automobile Club, donde sólo permanecemos él y yo y sólo permanecemos gracias al respeto que se le tiene a mi amigo en esta institución, era disipar de inmediato la contemplación serena, el buen humor o la espontaneidad de los sentimientos y hacer a quien compartía con él una hora o una alcoba sentirse consciente de sí mismo, por no decir: culpable.

Pero el anfitrión prendió la luz y luego recogió la bandeja que había posado, para hacerlo, en una silla; dijo, al descansarla de nuevo, ahora sobre el regazo de mi amigo, que esta vez no se quejaría; le había traído algo caliente, ya veía, un *cassoulet* bien preparado, no eran las sobras de una comida anterior, ¿eh?, no lo fuera a creer. Branly guardó silencio un instante, acomodándose en la cama pero sin dejar de mirar los ojos de Heredia, claros como una corteza de abedul blanco, antes de afirmar que seguramente la cena caliente era obra de la señora; le daba gusto saber que había regresado y que se ocuparía de la cocina; Heredia le permitiría decir con franqueza —Branly se limpió figurativamente los labios antes de empezar a comer— que la comida de hoy no fue, ¿cómo decirlo?, digna de un albergue español, ni de un bohío antillano, ni de... Pero Heredia sabría comprender lo que él decía; no podía suponer que el huésped, en ausencia flagrante de su anfitrión durante todo el día, adivinase la presencia de un plato de carnes frías en el montacarga.

—¿No le bastó?, dijo Heredia.

—He comido menos en otras circunstancias, respondió Branly pasando por alto, una vez más, la impertinencia de Heredia. El problema no es ése, continuó, sino la falta de prevención. Bastaba saberlo desde la noche anterior. Quizás usted me lo pudo haber dicho.

—El hecho es que usted dio con la comida y que de ahora en adelante ya sabe dónde encontrarla.

Branly saboreó largamente el trozo de ganso empapado en salsa antes de añadir: —¿Quiere decir que nunca le veré de día, señor Heredia?

—Ya le dije. Duermo tarde. Me desvelo.

—¿Es usted un vampiro?, dijo con su mejor sonrisa mundana Branly, sin mirar a Heredia y empeñado, en cambio, en cascar con suma precisión las judías que nadaban en el platón hondo del *cassoulet*.

Heredia miró de soslayo a mi amigo e hizo algo extraordinario; caminó hasta el lavabo, descolgó el espejo ovalado y marchó con él de regreso hasta la cama ocupada por Branly; allí, se inclinó con el espejo detenido entre las manos hasta que su óvalo reflejase a ambos, el anfitrión y el huésped.

Ahora me dice Branly que en ese instante, con toda la atención fijada, como lo deseaba Heredia, en el reflejo fidedigno de los dos rostros, cuando mi amigo casi esperaba, con la impaciencia de quien desea un desenlace a ciertos enigmas a fin de que dejen de serlo, que en el vidrio sólo se viese un rostro, el suyo, dejó de fijarse en otras posibilidades que sólo más tarde se le ocurrieron y que esta tarde formula con las siguientes palabras:

—No supe distinguir, ¿ve usted?, entre dos alientos, quizás cálido el uno y frío el otro, o uno presente y otro ausente; sí, no supe a quién pertenecía la vida que empañaba el cristal, como no supe si la mirada de Heredia, junto a mí, proyectaba a través de mí su perfil ausente del espejo y quizás de la recámara; o si, en fin, lo contrario era cierto y yo no era ya más que una ilusión diseñada en ese óvalo por algo tan vago como un dedo que dibuja sobre el vaho fugitivo de un cristal. Ve usted, querido amigo, a esas alturas yo no sabía aún que la sucesión de mis sueños sólo disfrazaba la ignorancia de mis propios deseos.

X

«Il m'a eu», se dijo más tarde mi amigo, me ha tomado el pelo y yo me permití caer en su trampa. Claramente reflexionó que su intención era darle a entender que sabía de la existencia de una mujer en la casa; con esa evidencia quería confrontarlo, a ver cómo se escapaba de la prueba proporcionada por la conversación, escuchada sin querer, de los dos muchachos mientras jugaban en la terraza al pie de la ventana, sin sospechar que Branly los oía.

En realidad, me confiesa ahora, quería saber si su sueño era verdad, si esa vigilancia onírica de los pasados días permitía algo tan destructivo y banal como una comprobación: tu sueño es verdad, tu sueño es cierto porque es tu sueño, tu sueño no es un sueño si realmente sucedió, tu sueño es mentira.

No; Heredia lo sorprendió y lo disgustó demasiado con la teatralidad acentuada de la escena con el espejo; él dio pie con su malhadada referencia a los vampiros; debía ser más cauto de ahora en adelante; empezaba a sospechar una cosa en el Heredia francés, algo intencionalmente oculto, como si esa grosería que tanto disgustaba a su involuntario huésped fuese, en realidad, una máscara para desviar la atención de la verdad.

—Me di cuenta, ¿ve usted?, de que los sentimientos que he estado describiendo, inspirados todos ellos por la conducta zafia de Víctor Heredia, no eran más que *mis* sentimientos hacia Víctor Heredia. Admití con ecuanimidad que nunca lo había visto conducirse en sociedad, ni sabía lo que los demás pensaban de él. Llegué a formularme un íntimo reproche; el hombre burdo era yo, incapaz de arrojar sobre mi anfitrión otra luz que no fuese la de mis propias normas, valores y, ¿por qué no decirlo?, prejuicios.

Pero entonces regresaba a su memoria la sensación de la mujer ausente amada en un jardín donde nacer y morir eran actos simultáneos; rechazaba la simpatía ecuánime hacia Heredia para decirse que el patán, incivil y tabernario anfitrión del Clos des Renards le había cantado anoche, con voz carrasposa, un aria de ópera para distraer su atención de esta pregunta: ¿dónde está la mujer de la que hablan los dos niños?

Las voces ascendieron puntualmente desde la terraza. Branly escuchó con atención. Todo el tenor de la conversación esta mañana fue reiterativo, de muchas maneras, entre juegos, risas, silencios súbitos, tarareos del madrigal y nuevas concentraciones de sigilo, de la decisión de no hacer nada que no pudiesen hacer juntos, nada que debiese excluir a uno de ellos. Imaginó que se descubrían como él, también, creía descubrirlos.

—¿No te gusta?

—No, André.

—Me cuesta mucho cambiar.

—Pero a mí no me gusta que hagas eso.

—Entonces si no quieres no seré así Víctor sino todo lo contrario.

Ahora en las tardes de su infancia en el Parc Monceau un niño nuevo aparece detrás de las ventanas de uno de los hermosos hoteles particulares que gozan de la privilegiada vista sobre el jardín que, siendo público, lo es privativo de sus habitantes; es difícil distinguir su rostro porque los vidrios biselados, la luz cegante del sol vespertino y sí, la lejanía, le dan un extraño aspecto de fotografía velada, metal gris muerto y él dejaría morir muchos minutos entre sus manos, una vez que sus compañeros cesaran de mirar al niño encerrado y regresaran a los juegos entre las columnas, tumbas y pirámides de este jardín de las locuras del Duque de Orléans antes de que la renuncia en favor de la razón republicana le privara de este poder del capricho (pero, ¿hay poder sin capricho?, me atrevo a interrumpir a mi amigo) que seguramente, como si lo supiera mejor que nadie, él que ya había escogido su nombre revolucionario, su nombre para entrar al nuevo siglo, pronto le sería arrebatado para siempre por él mismo, transformado en Felipe Igualdad.

Branly recuerda ahora con una sonrisa entre irónica y tierna su infancia en este maravilloso lugar donde un secreto desquiciamiento de la ciudad toda aflora y se apaga, se enciende de nuevo y se apoya en el gesto de la fantasía imprevisible antes de paralizarse, finalmente, en la piedra de las ruinas fingidas. En Monceau, once años antes de la revolución, había, qué sé yo, un templo romano y una pagoda china, falsas ruinas feudales, una granja lechera suiza y un molino de viento holandés. Las mansiones burguesas que encierran por cinco de sus seis costados al parque son como las miradas de Medusa que petrificaron ese relámpago de demencia aristocrática final, desesperada y agónica.

En una de ellas, con entrada por la Avenida Velázquez, vive el niño que no sale a jugar con los demás. Lo sueña tal como es, sin un rostro distinguible pero con los ojos claros, brillantes, fijos en estas ruinas falsas de un siglo extrañamente obsedido por reproducir en miniatura, a escala, con exquisita delicadeza y amor del *trompe l'oeil*, pero también con un temblor secreto, la naturaleza entera, como si ésta no se bastase o nos bastase sino que, más bien, poseyese el pecado imborrable de un pasado, un origen no atribuible a la razón humana sino a la vesania divina.

—Las aldeas rústicas de María Antonieta en Versalles no son distintas de las batallas reproducidas en el césped de su casa, entre dos hileras de rábanos y coliflores, por el personaje de Sterne, privado de participar en la campaña del duque de Marlborough, como los jardines metálicos del personaje de Goethe, insatisfecho con la naturaleza real afuera del recinto de su imitación, no lo son de las fantasías de Felipe Igualdad en Monceau.

Un día el niño encerrado cruzó la frontera entre su casa y el parque, abrió la verja del jardincillo privado y pasó, vestido de marinero, al espacio común de los niños que cantan a la alegre fuente me fui a pasear, pero la presencia de su cuerpo no asegura la definición de su rostro, como si sus facciones sufriesen la condena perpetua de la ausencia: un velo deformante de cristales de plata gris bajo el gorro marinero. Al mirar al niño, Branly, que entonces también lo es, tiene la misma sensación que en su sueño de la mujer, que está por venir, a la que sólo podía amar porque sólo podía reconocerla, y ella a él, en un tiempo fatal de desenlaces inmediatos, sin enigmas porque la identidad de vida y muerte era total, pero no en el tiempo corriente en el que, al reencontrarse, no se reconocerían.

Los demás niños han regresado a sus juegos; sólo Branly permanece inmóvil, haciendo ofrenda de toda su atención al recién venido; al principio los demás niños lo observan con curiosidad burlona, luego con indiferencia y al cabo reasumen sus juegos sin él, ya sin curiosidad ni burla, como si no estuviese allí. Branly recuerda ese instante en que es olvidado por todos sus pequeños camaradas como si ya fuese el hombre de ochenta y tres años de ahora y no el niño de once años de entonces; pero ese abandono le abrirá, lo cree con un sobresalto del ánimo entero, a la amistad y al reconocimiento del niño encerrado que hoy aparece por primera vez entre los demás y da la impresión de no entender las razones del mundo exterior a su casa; tropieza torpemente, se lleva una mano a los ojos, como si la luz lo dañase y Branly no sabe cómo acercarse a él y compartir con él un momento que imagina excepcional porque ignora si el niño encerrado, que lo mira sin mirarlo con esos ojos claros que son la única identidad de sus facciones veladas, está convirtiendo, en su actitud toda, presente pero ausente, abierta pero impenetrable, su ignorancia en un misterio.

—Hoy mismo, querido amigo, no sé si entonces yo padecía privativamente lo que quería atribuir al extranjero; si yo mismo asumía, al detenerme de pie, con la mano apoyada contra la cadera y un balón rojo capturado entre mi brazo y la cintura, así, con esta insolencia, ¿ve usted?, el aire intrigante de quien, inseguro e incipiente, tiene al menos la dudosa elegancia de presentar sus defectos como un misterio.

Hay algo más en esa lejana tarde soñada esta mañana más próxima y relatada ahora mismo mientras mi amigo y yo persistimos en prolongar una tarde de noviembre que aún no se atreve a encender los redondos faroles de la Place de la Concorde ni a apagar las tenues luces del comedor del pabellón de Gabriel, creando una transfusión de sombras impalpables aunque sólidas a la mirada de los dos interlocutores, él y yo (sí, de vez en cuando yo logro decir algo, introducir un comentario, ofrecerle un pie verbal a mi amigo) que convocamos la luz misma que permite decirle a la sombra, sombra.

Ese algo más, me indica Branly, era la radical novedad del recién venido que le había visto tantas veces desde el otro lado de los cristales biselados de su ventana, hasta asemejarse de una manera indefinible a ellos, de tal suerte que la transposición hasta cierto punto consciente de la ignorancia en misterio practicada por el astuto niño de once años que es mi amigo Branly era en el niño encerrado algo diferente, que Branly reconoce sin entender aún aquel día lejano y que tardará toda una vida en recobrar como parcela del alma: en cada gesto incierto, en cada paso titubeante, en la presencia toda del recién llegado bajo el sol con el que parecía mantener una extraña relación de miedo y beneficio, como si la luz, repite, lo dañase, le quitase lo mismo, lo poco que le otorgaba, en las actitudes que afortunada, casi caritativamente, los otros niños ya no observaban, había, más que nada, una falta de experiencia, un asombro esencial, una reducción apartada, una duda patética.

El niño de entonces, mi amigo, quiere reír, está en presencia de un bobo, un idiota, acaso un ciego, un enfermo motriz, un baldado, y da gracias de que los demás no lo miran mirando al imbécil porque se reirían de él porque él, esto es lo incomprensible, no se ríe de este melancólico e involuntario bufón sin rostro imaginable, torpe, nervioso, lento, agazapándose del sol como de una acechanza bestial y del sol, dice mi amigo, como se defendería de la lluvia, del aire, del trueno, de la niebla, de todo, porque todo, lo ha sabido desde entonces pero sólo hoy lo puede formular con palabras, todo, dice, era nuevo para ese niño; ni ignorancia ni misterio, su patético girar a orillas del Parc Monceau era el de un astro nacido dos segundos antes, al partirse en dos una galaxia que durante los eones se expandió hasta el punto de ruptura que permitió la aparición del ser encerrado en su perfecta agonía. Para ese niño nuevo todo es nuevo y al serlo —el desconocido tiende una mano de temblor y palidez a mi amigo y éste no sabe qué hacer con esa ofrenda— todo está en otra parte.

El desconocido le tiende la mano y mi amigo deja caer el balón rojo, pierde la compostura insolente y corre a reunirse con sus compañeros; el balón rueda hasta los pies del niño nuevo, tarado, que se agacha con torpeza, con movimientos mecánicos, a recogerlo, mugiendo algo incomprensible, que no es siquiera una lengua, pero mi amigo resiste (sigue sintiéndose orgulloso de ello hoy, ya viejo) el impulso de regresar por la pelota, reclamar su propiedad, arrebatársela a ese tonto herido por el sol que mira el balón y mira a mi amigo y mira los árboles y mira los bancos del parque como si todo fuese, no sólo nuevo, sino oculto. Monceau, para él, no tiene nombre ni historia. Es todo lo que dicen sus ojos.

—Para esos ojos que eran toda su identidad, toda su inteligencia capturadas dentro de un rostro que no sé recordar, todo estaba oculto; por esto todo era nuevo y todo era extraño.

Mira de reojo al muchachito escapado del hotel de la Avenida Velázquez y ruega que los otros niños no se den cuenta de que no ha ido hasta el recién venido para arrebatarle la pelota que no es suya sino del grupo de amigos que se reúne aquí todas las tardes a la salida de la escuela; apenas le ha dado la espalda al extraño, escucha el rebote del balón y se detiene, voltea y ve la pelota roja que se aleja de las manos extendidas, de la posición un poco ridícula, casi acuclillada, de la mirada siempre azorada. Mi amigo quiere saber, entonces y hoy, si el niño encerrado le devolvió el balón voluntariamente o si éste sólo escapó de sus manos ineptas.

Sintió un fervor, un arranque de ternura hacia ese desconocido; lo agradece aun hoy. Fue una revelación de sí mismo a los once años que habría de acompañarlo para siempre, no un recuerdo sino una constancia y entonces como hoy y también en los tiempos espirales del sueño siente que estuvo a punto de dar el paso de más que le hubiese permitido reunirse con el extraño, confundirse con él en un abrazo piadoso porque dos seres que al fin se reconocen son la figura misma de la compasión. Olvidar lo que les separaba, recordar lo que les unía, recuperar algo que les era común y que era la razón del fervor.

No dio el paso de más. El abrazo no ocurrió. Y sin embargo el fervor de lo que fue, el gesto del desconocido al devolverle la pelota, el suyo al no arrebatársela, le reveló a Branly que tenía «eso que llaman un alma».

La recámara se hinchó de viento y mi amigo tuvo otra vez la sensación de que un velamen interior movía a esta casa forrada de cuero hacia un destino alejado de su ubicación actual; los muros se convertían en suaves cascadas de agua y mi amigo despertó.

Víctor el joven mexicano lo observaba intensamente. El muchacho de pelo oscuro y lacio estaba sentado en la cama, junto a los pies de mi viejo amigo. Se miraron largo rato sin decir nada. Branly emergía del sueño de su fervor infantil y no veía en los ojos del joven Heredia nada que le compensara de la terminante ausencia onírica.

—Tenías cara de miedo, dijo al cabo el niño Heredia.

Branly iba a preguntarle, ¿entonces por qué no me despertaste?, pero sabía que no tuvo una pesadilla, sino que el sueño del cual se apartaba para encontrar los ojos claros del niño que apenas conocía había sido un sueño grato, el recuerdo de una unción y el reconocimiento del espíritu propio y compartido.

—Entonces mi rostro no correspondía a mi sueño, le contestó finalmente.

Alargó una mano transparente y huesuda para tocar a Víctor; se percató de la terrible ausencia que para él representaba ese muchacho, tan lejano como el idiota de su sueño a pesar de la aparente cercanía; ahora, aquí, sentado sobre la cama de Branly, no hacía sino acentuar esa terrible distancia de sus apariciones en el bosque de los abedules o al pie de la ventana, pura voz y acompañado siempre de otro niño al cual Branly nunca le había visto la cara.

—¿Has hablado con tu padre?, dijo mi amigo y el niño mexicano dudó un instante y luego afirmó con la cabeza.

Branly dijo que se sentía mucho mejor y que seguramente mañana podían regresar al hotel de la avenida de Saxe; acarició ligeramente la mano extendida de Víctor pero no quiso decirle que le agradecía esta prueba de independencia, el hecho de venirlo a ver a pesar de las prohibiciones del joven André y a pesar del juramento de no hacer nada que no acordasen de antemano los dos, este Cástor y este Pólux de dos ciudades tan distintas y distantes, si no enemigas, tampoco fraternas. Quiso que su caricia indicase el reconocimiento aprobatorio ante la que juzgaba, implícitamente, como una rebelión de Víctor contra André; hacerlo explícito hubiese sido, sin duda, un *faux pas* acaso irreparable: Víctor se habría retraído, seguramente, a su amistad esencial con el chico de su edad: ¿qué podía atraerle en un viejo de ochenta y tres años?

¿Qué, en efecto, pensó rápidamente, si no el hecho mismo de haberle conducido hasta aquí, haber servido de indispensable guía hasta el momento en que Víctor cerró violentamente la puerta del auto contra los dedos de Étienne y el homónimo, Víctor Heredia el francés, salió de la avenida de hojas muertas a ofrecer su ayuda espontánea y generosa?

—Sí, dijo Víctor, todo depende de qué tal te sientas.

—Mucho mejor, ya te dije. Gracias por inquirir. ¿Qué sabes de nuestro Étienne? ¿Por qué no ha venido por el auto?

—Yo no sé. En cuanto estés mejor y puedas caminar, debes conocer a los demás.

—¿André? ¿Tu amigo? Por supuesto.

Víctor volvió a asentir, esta vez bajando la cabeza y permitiendo que sus pestañas largas y oscuras ensombrecieran con un trazo de bochorno los ojos claros.

—Sí. Pero a ella también.

—¿Quién es ella, Víctor?

—Dice que quiere volverte a ver.

—Ah, entonces la conozco.

—No sé. Ella dice. Chao.

Salió corriendo y mi amigo se libró a una curiosa reflexión, la misma que hoy me comunica en la creciente penumbra del comedor.

—Claro: fue a verme no por su propio impulso o un afecto inmotivado, sino porque los dos se pusieron de acuerdo para engañarme, perturbarme y burlarse de mí, ¿no ve usted?, con esta mentira acordada entre los dos, la existencia de alguien más, una mujer, una conocida mía, en esta casa.

Me dice que, más que otra cosa, le irritó el desdén subyacente de toda esta cómica invención de los muchachos; rió al recordar lo que entonces pensó, me creen tan viejo y distraído que ya no puedo recordar con precisión a las mujeres que amé, toda mujer de cierta edad pudo haber sido mía; no sólo no la puedo recordar; no la puedo, sobra decirlo, reconocer. Rió.

Se acomodó en la cama y estuvo a punto de voltear la bandeja con cafetera, taza, cubiertos, azucarera y biscotes secos. Su impresión inmediata, me dice, es que no olió ese desayuno imprevisto que se disponía solamente a buscar más tarde en el montacarga habitual, abandonado allí desde las horas moribundas de la noche pasada por Heredia. Su horario se habituaba a sólo dos comidas diarias; mientras más tarde fuese la primera, menos sufriría esperando la segunda.

En seguida, que no olió porque, al acercar la charola a su regazo, se dio cuenta de que era una colación fría: frío el pan y el café, sin la reconfortante tibieza que durante tantos años le anunció en las palmas de las manos y en las yemas de los dedos un cuidado cercano, una preocupación por su persona que jamás desmayaría y que, mañana tras mañana, se manifestaba en esta sencilla prueba: un desayuno caliente posado respetuosamente sobre sus rodillas.

Esta mañana, ¿se lo trajo el joven Víctor? Se recriminó a sí mismo; no le dio las gracias; tal insinuación constante de la cortesía, sin embargo, cedió en el acto a una sospecha desagradable y a la pregunta que la formuló.

—¿Por qué estaba Víctor, el joven huésped extranjero de esta casa, sirviendo al viejo Heredia, su homónimo?

Sintió, me dice, que unos ojos lejanos lo perseguían y las voces de la terraza llegaron de nuevo.

—¿De dónde vienes?

—De México. ¿Y tú?

—De donde vengo.

Luego se volvieron a perder en esa extraña letanía, adormecedora como un rosario de amapolas, de capitales que ya no coincidían con los límites de naciones obsoletas y colonias perdidas.

—África Occidental Alemana.

—¿Dar-es-Salaam?

—Bosnia Herzegovina.

—¡Sarajevo!

XI

Sarajevo, murmura mi amigo y trata de recordar dónde se encontraba ese día aciago, el 28 de junio de 1914; qué hacía él mientras el terrorista serbio Gavrilo Prinzip hacía lo que hizo y qué decía él cuando el archiduque Francisco Fernando dejó de hablar para siempre. ¿Despertaba apenas después de una noche alegre, hacía la *grasse matinée*, olía el perfume de la mujer que dormía con él, tenía apenas dieciocho años pero ya estaba instalado en el mundo con todos sus placeres y privilegios ordenados por el nombre, el rango, la familia, el deber y el derecho, era la bella época, el aire de verano entraba por las ventanas de un balcón abierto sobre el Boulevard de Courcelles, frente al Parc Monceau de su infancia, nadie preparaba el café, el polen de los castaños entraba por el balcón, ella se confundía con las almohadas, el novedoso teléfono no había sonado para nada, aún no aparecían los diarios con las espectaculares noticias, ella lloraría por la muerte de una esposa morganática ese día en Sarajevo, ella era la molicie sentimental y la deliciosa inconciencia?

No les importaba que los viesen, que supieran que se amaban tarde y entonces él se levantó desnudo y acarició ligeramente, sonriendo, los tobillos de su amante, caminó hasta el balcón, miró hacia el parque y los lejanos inmuebles desde donde nadie podía verle desnudo, erguido, joven, bañado en el placer sensual tan nuevo pero tan aceptado, sin sobresaltos ni torpezas. Y sin embargo, él sí pudo ver, detrás de los cristales biselados de la lejana ventana los ojos de ese niño invisible y silencioso, encerrado para siempre y desde siempre, sólo una vez colocado en la inminencia de la amistad por él, Branly, cuando tenía once años.

Corrió con un temblorcillo las cortinas y ella dijo desde el lecho, ¿por qué cierras?, la mañana está hermosísima y él contestó que había sentido frío y rió, nadie tenía por qué verla así sino él, la quería sólo para él y parafraseando a Lamartine le dijo al oído, *le digo a este día, sé más lento*, pero ella le contestaba, has cerrado las cortinas, y él reía que entonces puedes decir lo mismo que el poeta, sin enmendarlo.

Je dis à cette nuit: «Sois plus lente»

Leyó la noticia cuando salió de casa de Myrtho, al atardecer. No la entendió muy bien al principio, porque la molicie sensual de la alcoba de Myrtho en la esquina del Boulevard de Courcelles y la rue de Logelbach retenía su imaginación entre una montaña de sábanas, fundas, edredones y corpiños desechados, medias negras y botines sin agujetas; la parafernalia sensual de la ropa en aquella época, cuando todo, me dice, sabía más porque costaba más. Y ahora él leía un periódico incomprensible en un café del Boulevard Malesherbes y se preguntaba si a su edad podría solicitar una comisión de oficial o si se dejaría movilizar. En el cristal del café buscó el reflejo imberbe de su rostro de adolescente disfrazado de anciano.

Antes de la Gran Guerra, me explica, los jóvenes ingresaban más pronto a la existencia adulta porque el promedio de vida para los hombres en Europa era de treinta y ocho a cuarenta años (tisis, difteria, escarlatina, viruela, sífilis, tifoidea, malaria, oncocercosis, silicosis, envenenamiento con dorado de mercurio), de manera que tener dieciocho años era ya la mitad y no, como hoy, el inicio de la vida.

—Hoy se trata de prolongar, a veces indecentemente, la juventud. ¿Ha visto usted a esos sexagenarios que persisten en disfrazarse de *boy-scouts*? Antes del 14, se trataba de ser adulto cuanto antes; nos dejábamos crecer bigote y barba, nos poníamos *pince-nez* y bombín, trajes negros, botines altos, cuellos de paloma y camisas almidonadas. ¿Y quién salía a pasear sin bastón y polainas salvo un obrero o un mendigo? La distancia entre los dos, entonces, era muy relativa, créame usted.

Pero esa ropa abundante, difícil y formal aumentaba el placer sexual, me asegura; el premio requería esfuerzo, las sorpresas eran máximas y las adivinanzas temibles. Las noches eran más lentas; nos obedecían, como un corcel a su jinete.

Volvió a pensar en el autor de las *Meditaciones* varias semanas después, cuando obtuvo la comisión deseada, fue enviado al frente como lo solicitó y creyó que su destino sería el de morir en los lugares donde disfrutó de la vida. Tantos antiguos lugares de recreo, el castillo del abuelo cerca de Vervins para pascuas y navidades, las excursiones al borde del Marne, y hacia el corazón del bosque de las Ardenas en el verano. En cada instante en el que la muerte le amenazó se repitió casi mecánicamente la estrofa:

Et de mourir aux lieux où j'ai gouté la vie!

Durante su primera licencia, quiso comprobar la fidelidad de todos los lugares donde gustó de la vida parisiense y dudó entre regresar al apartamento de Courcelles y Logelbach o al jardín de su infancia. Insensiblemente, sus pasos perdidos, la lasitud de su tarde libre, después de un soberbio y agradecido almuerzo solitario en el *Laurent* de los Campos Elíseos, el ligero mareo del cigarrillo dorado entre los labios, la sensación de ser él mismo y alguien distinto, observado de manera distinta en su uniforme de oficial condecorado después de la defensa de Charleroi, defensor de la cuna del poeta más vulnerable y vulnerado que jamás existió y pensando acaso en el joven y bello Rimbaud, encaminó sus pasos al hotel particular de la Avenida Velázquez, se atrevió a tocar el timbre y preguntó por el niño, el joven, sí, el hombre joven que vivía allí, que vivió allí de niño.

La conserje le dijo que esa familia se había mudado mucho tiempo atrás, pero si el señor oficial quería ver el apartamento, estaba vacío ahora, tenía una hermosa vista sobre el parque, ah, si algún día, cuando todo esto terminara, el señor oficial se casaba, deseaba tener un lugar donde instalarse, pues aquí aprovecharía esta vista impagable, decía la viejecita parlanchina mientras Branly avanzaba por el apartamento vacío, enjalbegado, acariciándose las puntas sedosas de los bigotes, de un caoba brillante, adquiridos en su campaña contra los hunos, sonriente, pensando menos en que ésta fue la morada de ese niño extraño que en el hecho divertido de que, desde las ventanas de este lugar, podría ahora mirar hacia el balcón de Myrtho inadvertida de la sorpresa que su joven amante le reservaba para esa noche que sería la más lenta de sus vidas, cuando la mujer diez años mayor que él le abriese la puerta sin reconocerlo, cómo iba a ser el mismo, aquel joven aristócrata lampiño, de maneras lánguidas aunque todavía no perversas, pronta y satisfactoriamente situado en el centro del mundo y sus recompensas, para darlas y recibirlas en el círculo que, aceptándole como su centro, acudiese a él, y este joven hombre endurecido, embigotado, marcial y tieso como una varilla que había visto la muerte ajena y sospechado la propia en las Ardenas y Charleroi.

—¡Oh, Dios mío, señor capitán, qué tiene usted!

Desde la ventana que mira al jardín de heridas abiertas, carbonizadas, ve nuevamente el paso de la procesión que avanza desde la avenida de encinos y castaños verdes en el verano entre las montañas de hojas secas; el palanquín, esta vez, es portado por numerosos y pequeños ancianos, enjutos y blancos, harapientos e hirsutos, que cantan con voces altas, chillonas, similares a los trinos funestos de las aves de la herida, el madrigal *chante rossignol chante toi qui as le coeur gai*, canta ruiseñor tú que tienes el corazón alegre y detrás de la litera corretean pesadamente con las plantas planas de los pies, diez o doce mujeres embarazadas y desnudas que persiguen con la mirada hambrienta la litera, sacudiendo las cabezas como perras que salen del agua en pos del palanquín que avanza entre cúmulos de hojas muertas sobre los hombros de unos viejecillos miserables y roñosos.

En la litera yace un niño en el límite que anuncia la pubertad, totalmente desnudo e inmóvil, bañado en oro, inmóvil como una estatua, semejante a una de las figuras del amor juvenil de Rodin pero carente de pareja a la cual besar; la estatua está muerta, comienza a gritar Branly, se lo advertí, el baño de dorado con mercurio es venenoso, no debió tocar esa figura nunca.

El niño inmóvil no lo mira, pero los viejecitos sí, le saludan, convocándole con las manos para que se una a la procesión, invitándole con risas agudas mientras las mujeres pasmosamente lentas y pesadas le preguntan si se atreve a invitarlas a cenar.

—La mujer y la muerte son los invitados más suntuosos a la fiesta del mundo. ¿Quién se atreve a invitarlos?

—¡Oh, Dios mío, señor capitán, qué tiene usted!

—¿Qué te pasa, Félicité? Estás pálida.

—Una mujer se suicidó anoche en el barranco del bosque, aquí cerca de Vervins, señor conde. El cadáver amaneció devorado por los lobos.

—Sólo por milagro llegamos a conocernos. Lo normal es que yo hubiese muerto antes de que él naciese. También es cierto que él pudo haber muerto antes de que nos conociésemos, como su hermano.

—Marco Polo relata que veinte mil personas fueron ejecutadas durante la procesión fúnebre del Mogul Khan para servirle en la muerte.

—¿La madre de Víctor y Antonio? ¿Quién la conoció a la madre de los niños? ¿Usted la conoció, Jean?

—Hay ciertas cosas que sólo se aman porque nunca volverán a verse.

—Se llamaba Lucie.

—¿De dónde vienes?

—De México. ¿Y tú?

—De donde vengo.

—¿Me recuerdas?

—Muy mal. ¿Y tú?

—No, no te recuerdo. Pero recuerdo una tempestad *terrible* en agosto que arrancó todas las hojas de los árboles, los dejó desnudos y parecía noviembre. ¿No lo recuerdas?

—No, Víctor.

—Recuerdo también un país que era nuestro de nuestra propiedad. Lo bonito es que allí todo estaba cambiando siempre, nada era igual dos veces, ni el pasto ni las nubes ni nada. ¿No lo recuerdas?

—No. Pero te recuerdo a ti.

—Yo no.

—¿Tampoco cuando vino de visita Alejandro Dumas?

—No, nada de eso. Sólo los lugares que cambiaron, si hacía calor o frío, si llovía o hacía sol. Cosas así. ¿Qué hizo aquí Dumas?

—Creo que escribió un libro. Pero se perdió.

—Podemos buscarlo entre los dos, André.

—Yo te recuerdo un poco. Recuerdo sobre todo que debías regresar. Eso recuerdo. Creo que te retrasaste un poco.

—No sé. No me acuerdo.

—Te retrasaste con tu regalo, Víctor.

—Sí, eso no lo olvidé. Lo traigo.

—¿Me lo traes? ¿Lo tienes aquí?

—No. Está en la maleta.

—Trae la maleta. Por favor.

—Si tú lo quieres, cómo no. Haremos todas las cosas juntos, ¿verdad?

—Sí. Ya ves que yo ya no hago lo que no te gusta a ti.

—¿Se te ocurre que me estabas esperando?

—Sí; yo te recuerdo, aunque mal.

—Yo no. No sé.

—Habla más despacio. Recuerda que él nos oye.

—No; está dormido.

—No sé.

—¡Oh, Dios mío, señor capitán, qué tiene usted!

—Nada, señora, es el calor o quizás algo que comí, alcanzó a decir Branly al detener su caída tomando de la mano el marco de una de las ventanas de cristal biselado desde donde le miraba, ocho años antes, un niño encerrado y de donde él no se había movido, esta tarde de agosto de 1914, durante los minutos más largos de su existencia.

—Tan largos, mi amigo, que decidí olvidarlos. El olvido fue apresurado por Myrtho, cuando pasé a verla esa noche. Estaba acompañada de un general. Tuve que cuadrarme. Ella miró mi medalla y me dijo con burla que era de chocolate; después de todo, ¿no tuvimos que retirarnos de Charleroi? Te condecoraron por una derrota, rió Myrtho mientras el general me daba la espalda y hacía ruidos incómodos. Cuando salí a la calle, el Parc Monceau ya estaba cerrado. Caminé tristemente de regreso a mi casa. En verdad, no había sabido defender la cuna del poeta niño.

XII

Me cuenta que jamás regresó a Monceau, disfrazando su miedo de pudor, hasta hace muy poco tiempo, cuando después de cumplir los ochenta, decidió repetir la jornada de su licencia del año 14, después de la retirada de Charleroi y antes de seguir a Joffre en la campaña que rechazó a los alemanes hasta el río Aisne. Sucedió lo que sabemos: los niños de hoy no miraron siquiera al anciano, como los niños de ayer no miraban al extranjero que los miraba a ellos detrás de los cristales biselados de la casa de la Avenida Velázquez.

Hubiese querido, como en los cuentos, que los muchachos de ahora le rodeasen mientras él relataba las historias de una época que todos, injustamente, convienen en llamar la más bella y la más dulce. Branly se levanta del banco y camina lentamente hacia el Boulevard de Courcelles. Busca con los ojos el balcón de Myrtho y da la razón a los nuevos niños que le han olvidado y han olvidado esa guerra atroz de los muertos, esa vida cruel de los vivos.

—Pobre Myrtho; creyó salvarse de la pobreza y la enfermedad de su madre. La vi una vez, arruinada y tísica, antes de morir. ¿Era ésta la dulzura de la vida?

Dice que es el recuerdo de aquellos días lo que, más que nada, le impulsa este atardecer, cuando se acallan las voces de Víctor y André y el bosque del Clos des Renards, al caer la noche, no se distingue del mar, a levantarse y probar sus fuerzas. Suspiró al cerrar la ventana y se dijo lo que ahora me repite:

—Ojalá que no crezcan. Su misterio será juzgado ingenuidad o crimen.

Flexionó con más facilidad la pierna y observó el receso de su hematoma frontal en el espejo del lavabo, el mismo que Heredia el francés había utilizado la noche anterior para demostrar, seguramente en broma, que no era el Nosferatu de Enghien-les-Bains pero en realidad, había decidido ya mi amigo y lo recordó de nuevo ahora al emerger, por el simple hecho físico de moverse, del vasto sueño de esa jornada semejante a una oscura epifanía, para distraer su atención del misterio que los niños, decidió también, le ofrecían como otro engaño, obverso pero complementario, del primero. Sacudió la cabeza calva y cana; Heredia le engañaba para que no imaginase la existencia de la mujer; los niños, para que la imaginase. Recordó la primera visita a este lugar. Un fantasma blanco en la mansarda le hizo entender que 1870 no era nomenclatura urbana sino fecha histórica: tiempo, no lugar.

El bastón le ayudó a conquistar el pasillo de puertas equidistantes; se había acostumbrado al persistente y penetrante olor de cueros, pero al acercarse a la escalera estrecha que conducía al altillo, tuvo una sensación olfativa extraordinaria. Todos la conocemos, me dice esta tarde que pierde su luz prestigiosa para hundirse en los colores del ratón; es esa agudización del sentido del olfato que en un instante fugaz y desacostumbrado nos restituye, en un perfume, toda una ciudad, una temporada, una persona. Incluso, a veces, eso que llamamos una civilización.

—No, no me refiero al re-encuentro esperado. Si me paseo por el Carrefour de Buci, espero ese olor maravilloso, fresco y pungente a la vez, de pimientos y pescaderías, quesos de cabra y manojos de mejorana. Me refiero, más bien, al encuentro con esa sensación en otra parte, la transposición del olor reconocido en un sitio insospechado.

Le dije que sí, le entendía. Como exiliado y andariego, yo buscaba a veces esa sensación pero sólo me era dada cuando no la solicitaba; mis ciudades perdidas del Plata, Montevideo y Buenos Aires, son también olor de cueros, río pardo, bencina barata, asfaltos derretidos del verano, dársenas repletas de trigo y lana, mataderos y confiterías. He vuelto a encontrar ese olor, fragmentado, aquí y allá, en Niza y Venecia, en las ramblas de Barcelona y en los muelles de Génova. No es lo mismo, pero se aproxima como el aire seco y opresivo de las mesetas gemelas: Castilla y México.

En el ascenso a la mansarda del Clos des Renards, afirma Branly, con el pasillo a las espaldas, la cita olfativa era de cueros, de pieles con ubicación, como si cada una proclamase su antiguo origen con una muda apelación a la nariz, somos cueros españoles viejos, viejos cueros árabes y romanos, somos cueros de las tenerías del Guadalquivir, el Tíber y el Tigris, somos lisonja de caravanas en el desierto, lomos de largos breviarios cristianos y fundas de cortas espadas romanas; y sin embargo, para el olfato de Branly mi amigo perseverante y metódico en sus pasiones y obsesiones, al que yo imaginaba olfateando como un viejo sabueso los rincones de esta villa perdida en los suburbios de París, oasis empolvado, arrinconado por la fealdad industrial, las tiendas de descuento, los arcos de luz neón, a medida que ascendía la estrecha escalera, todo ese torbellino nasal se concentraba en una sola imagen, superficialmente curiosa, como si los olores de lugares y tiempo perdidos acabasen por acumularse en un inmenso cuadro de trofeos, un lienzo con temática de David pintado por un Delacroix menos áspero y «desabusado»: un festín imperial olvidado, podrido, decadente, después de los fastos napoleónicos cuando los mariscales de la Grande Armée saquearon los confines de Europa y el Mediterráneo para abastecer los museos de Francia: abrió la puerta del altillo, la luz final del día era una helada estrella de polvo, un sudario de leche, una justa corona fantasmal para los trofeos arrancados a las bestias vencidas, vacas, gatos, camellos, leones, terneras y monos, de las huestes de cartagineses, omeyas y visigodos, todos trenzados en la ausencia absoluta de su propia connotación histórica, meros rumores, flores aplastadas, despojo de nombres destinados a trenzarse en esto que vio al abrir la puerta, todo lo que dijo, imaginó y citó resuelto al cabo en una figura para la cual los cueros, las pieles arrancadas a las bestias de los ejércitos antiguos, los trofeos avasallados por Masséna para Francia, se trenzaban como flores de veneno en torno a joyas preciosas.

La imagen de la agitación sin desorden era la mujer detenida junto a la ventana. Su vestido de baile del Primer Imperio, blanco y vaporoso, de alta almilla y ancho echarpe, era iluminado por la luz adyacente propia de los retratos femeninos de Ingres y, como ellas, ésta era una figura neoclásica a punto de ser romántica, vista pero a punto de verse, racional pero al borde de la locura, vigilante pero en la esquina del olvido.

Se tapaba el rostro con las manos y sus anillos estaban dorados de mercurio, igual que sus uñas venenosas. Ingres era Moreau y Branly titubeó ante la imagen, se apoyó en el bastón y en la pilastra con la que culminaba y en la que se apoyaba la estrecha escalera de ascenso a la mansarda. Las cortinas de la ventana junto a la figura de la mujer eran de muselina blanca; se agitaron y la cubrieron, animándola inútilmente.

Víctor Heredia el francés cerró la ventana y acomodó de una manera parsimoniosa, que a Branly le pareció digna de un ama de llaves chapada a la antigua, las blancas cortinas. El cuadro de la mujer de blanco iluminada por luces blancas contiguas y ensombrecida por la máscara de sus propias manos pintadas y enlazadas estaba apoyado contra la pared curva de la buhardilla.

—¡Ah, señor conde, ya andamos de pie y listos para cacarear con las gallinas! No le pido que me ayude a acomodar a mi señora madre, ¿así dicen ustedes, «señora madre»? Bah, no sé, es de lo más anónimo eso de «señora madre». Las mujeres a defecto de un título como la Duquesa de Langeais o la Princesa de Lamballe deberían tener un nombre propio, breve y llamativo, como la Perrichole o mam'zelle Nitouche, ¿no le parece? Pero no le pido que me ayude a acomodar a mi mamá; con la propia nos basta, ¿eh?, y como dice el dicho, madre sólo hay una.

Rió de su manera peculiarmente irritante y se plantó con los brazos en jarra y las manos apoyadas contra el cinturón de su extraño traje de campo, que Branly recordó haber visto por última vez en el segundo acto de *La Traviata*.

—¿Sabe usted, señor conde? La verdadera libertad sería nacer sin padre ni madre. Esto no lo entendería usted, que tanto se ufana de sus antepasados y que, excúseme la franqueza, sería alguien de baja estofa sin ellos, ¡ja!, ¡no me lo niegue!, ¿qué habría hecho usted sin más oportunidad que un trabajador a destajo o una hija de lavandera? Pero los mortales comunes y corrientes como yo, que quisiéramos deberlo todo a nosotros mismos, nos resentimos, créamelo, de esa deuda que pretende, porque nos dio la vida, imponernos la obligación de perderla.

—¿Para qué conserva entonces el cuadro?, dijo tranquilamente Branly.

Heredia rió a carcajadas, ejecutando una extraña danza zapateada con sus altos botines de caza, que Branly quiso comprender, más que nada, como una celebración de la creciente oscuridad del altillo; la presencia de la mujer en el cuadro atrajo demasiado la atención de mi amigo y sólo ahora completaba la escena, como suele suceder, retroactivamente. Heredia su anfitrión se agazapaba cerca de las sombras, se mantenía lejos de esa luz de Ingres que daba su tono de polvo enamorado, como en el gran soneto de Quevedo, al cuadro de la mujer del Primer Imperio. Heredia se encogía ante la luz; ahora bailaba porque la noche descendía sobre el mundo.

Le preguntó a su huésped si pensaba que alguien, adquiriente público o privado, se interesaría por un cuadro tan absolutamente raro, indigno de colgar en comedor o museo, de una señora que se tapaba la cara con las manos. Vaya, era tan incolgable como una espantosa pintura que vio una vez en una revista ilustrada, un Jesús coronado de espinas y amarrado de puños que reía a carcajadas, con dientes bien sanos, como si el régimen alimenticio en Palestina no hubiera dejado nada que desear.

Branly le dijo que no contestaba a su pregunta: ¿por qué lo conservaba él?

Me dice que no le interesó, como no le interesaba ya el personaje, la respuesta de Víctor Heredia el francés vestido como para una partida de caza en tiempos del Príncipe Presidente. La consigna, empero, para no dejar incompleto este relato e identificarlo, así, con su integridad textual.

—A los seres por nacer los une una pareja, señor conde, esto no lo negará usted, ¿no es cierto?, hasta de los perros esto es cierto. ¿Puede usted imaginar entonces que lo contrario no sea cierto, que a los jóvenes-amantes no los una el nonato que, él sí, exige su propia creación a través del alma de los jóvenes padres?

Miró al cuadro y dijo que ella se hizo de rogar, la interesante pero desinteresada, la fría, la desdeñosa; pero ésa era su manera de conspirar para conquistar al ingenuo indiano, al plantador de las Antillas, y capturar su fortuna haciéndole creer que ella no la necesitaba.

Cuando él se dio cuenta, era tarde. Ella se había adueñado de todo. Su venganza fue mandarla pintar así, avergonzada en un cuadro como jamás lo supo estar en una recámara, un salón o una tumba. Porque yo, señor conde, me imagino a mi madre como una calavera burlona con dientes como castañuelas, riéndose de nosotros día y noche.

—Para ella todo es noche, dijo Branly, recordando de nuevo la línea de Lamartine.

Heredia rió y contestó que lo dudaba; su madre era capaz de organizar un fandango en los sótanos de la muerte, un baile de esqueletos con largos cirios y altos candelabros, a fin de seguirse burlando de ellos, los indianos engañados otra vez, explotados y burlados por la zorra europea aparecida en La Guaira en las vísperas mismas de la independencia para trastornar a los jóvenes con sus maneras brillantemente adaptadas a las necesidades de las colonias que en el arribismo bonapartista podían ver el espejo de su propio dilema.

—Hacer la revolución en nombre del pueblo pero en beneficio propio. Un simple asunto de quítate tú para que me ponga yo, afuera los españoles y adentro los criollos, ¿qué modelo mejor que Bonaparte?, me dice, resumiendo los lamentos de Heredia, mi amigo. Las revoluciones criollas no se hicieron para tener libertad, igualdad y fraternidad, sino para tener Napoleón. Ése era y sigue siendo el deseo secreto de las clases dominantes de la América Latina, le digo, asintiendo, a Branly: la consagración bonapartista, mi hermano en Nápoles, mi prima princesa.

La historia era demasiado simple y previsible como para informar seriamente estos rencores de Heredia. Pero esa tarde el anfitrión del Clos des Renards no tuvo más que decir o Branly más que imaginar; el personaje, ya lo ha dicho, le fatigaba y sólo ahora me dice mi amigo que ésta, paradójicamente, era su fuerza mayor y más perversa. Aburría; era olvidado con demasiada facilidad; se olvidaba el contexto de su fatigosa aparición y se dejaban de atar cabos.

Un sopor, casi una amnesia, le impidió entonces a Branly relacionar las imágenes dispersas alrededor de Heredia. Me pregunta ahora si yo, que me beneficio tan sólo de un relato por naturaleza desnudo y no, como él, de una experiencia inmersa en las distracciones sin selección de las veinticuatro horas de cada día, he podido establecer esas relaciones entre las cosas que él fue incapaz de percibir entonces.

Dudo antes de contestarle. Sé que le heriré si le digo que sí, porque lo sentirá, a pesar de todo, como una presunción de superioridad de mi parte, siendo yo menor en edad y merecimientos y también si le digo que no, porque lo entendería como falta de atención o interés de mi parte.

—Quizás esta vez usted pudo haber dado el paso de más, Branly, que no dio aquella tarde en Monceau de niño.

Mi amigo envejeció de un golpe al oír mis palabras. No lo digo con ironía; no es la edad la que nos hace aparecer viejos y Branly es un joven de ochenta y tres años. Me miró con un sentimiento abierto que hasta entonces era, en sus palabras, sólo la expresión latente de lo desconocido y hostil. Pero si al hablarme este sentimiento le rodeaba, ahora, al hablarle yo, Branly lo asumió.

—¿Por qué dice usted eso?

Le contesté que acaso el verdadero engaño de los niños no consistía, como él lo había creído, en hacerle creer que la mujer del cuadro existía en la realidad y lo recordaba sino, a través de este juego, invitarle a recordar, no a las mujeres a las que en la burla de los muchachos habría olvidado, sino al niño de la ventana en la casa de la Avenida Velázquez al que, él mismo lo admitía, sí había olvidado.

—¿Recuerda usted su rostro, Branly?

Mi amigo, ensimismado, negó con un gesto casi episcopal de la mano; se llevó en seguida los dos dedos levantados a la sien palpitante y dijo que esto que yo decía es lo que él pensó aquel atardecer con Heredia en el altillo del Clos des Renards, que su anfitrión le invitaba a imaginar en su nombre el verdadero motivo de un rencor soterrado, antiguo, perdido en lugares y épocas lejanas y que él, Branly, vio en ello una trampa más de Heredia para alejarle de la verdadera situación creada en este encierro involuntario y las posiciones verdaderas que aquí ocupaban Heredia, su homónimo Víctor, su hijo André y él, el convidado ausente, el sospechoso indiscreto al cual los otros tres, ahora lo sentía, le reprochaban, una vez cumplida la misión de reunirlos, la presencia indeseable.

—La simplicidad de la historia de Heredia en la buhardilla me hizo creer que su motivo era concluir mi curiosidad y despacharme de regreso a París. Pero el verdadero problema era otro. Todos sabían que yo no regresaría solo. El chico mexicano se iría conmigo. Esto es lo que vi, detrás de los ojos claros y angostos de Heredia. Vi lo desconocido y hostil. Lo que no me reconocía pero me odiaba.

Branly calló por un instante y aspiró, como si suprimiese una queja bramada que debió, para silenciar, deglutir, el aire de sus siguientes palabras.

—Ahora usted me dice que en realidad la ecuación era otra. Él me odiaba porque yo no le reconocía.

No quise preguntarle si al cabo admitía que esto era cierto. Había, en la figura de mi amigo, algo demasiado triste, herido y lastimoso. No necesité mirarle a los ojos; la curvatura de su presencia era la del sentimiento de una oportunidad perdida para siempre.

XIII

Clemencita

«*La bête épanouie et la vivante flore*»
J. M. de H., Les Trophées

Heredia el francés recuerda con nostalgia el mar agitado frente al malecón de La Habana en enero, que es como acercar las mejillas a una botella helada venida de muy lejos con un mensaje de sal blanca y espléndida desesperación: a él le sabe a nieve; también ese remanso turbio frente a los arenales de Veracruz, donde el Mediterráneo se cansa y sale a la playa, en un relámpago de escamas, como un pez suicida; y sobre todo, porque allí llegó ella, el mar asoleado de La Guaira, espejo sin crestas tendido servilmente a los pies de ese paisaje de montaña y fortaleza, rocas y alcatraces.

A Branly le cuesta trabajo pensar que Heredia pueda evocar algo con un conato de ternura; prefiere suponer que ha regresado a su sueño interrumpido y desde la altura de San Carlos ve entrar a puerto la balandra con los colores pálidos del reino de las abejas y trata en vano de distinguir a las lejanas figuras que se pasean lentamente por la cubierta, los hombres con las manos reunidas detrás de la espalda, las mujeres con las sombrillas abiertas; quisiera estar cerca para verlas y su deseo se cumple en el acto: él se pasea por la cubierta pero la balandra navega al garete, tripulación y pasaje la han abandonado y en cambio en la alta finca del vigía, envuelta en las brumas de los amaneceres de La Guaira, ella se pasea por corredores de estuco ocre y entre patios húmedos que abren nuevos pasajes de piedra carcomida por el aire salobre que desembocan sobre nuevos patios de liquen y heno muerto, buscando en vano un espejo para reconocerse y recordarse, aunque lo único que sabe es esto que le dice al oído.

—Toda memoria puede ser una mentira.

Le gusta sentir cosas frescas junto al rostro; de la altura de la montaña se despeñan hacia el puerto las lluvias, el lodo, las piedras pero también las cañadas antes de que las toque la basura de la ciudad; en ellas mete las manos y busca la cara; no la reflejan porque son demasiado veloces; le han dicho que no busque ningún reflejo en ningún lado porque podría encontrarse con un ánima en pena pero ella se guarda su secreto. El fantasma sólo se le aparece cuando ella se sienta, al amanecer, frente al clavecín que su padre le regaló de niña. Es el único recuerdo que le queda de Francia y cuando al atardecer se sienta horas enteras en un balcón sobre los tejados húmedos y mira allá abajo y allá lejos el mar siente la nostalgia de su patria francesa pero se dice que es inútil pensar en ella y menos en regresar allá; nunca debió abandonarla, es todo; no puede regresar a la patria que dejó porque ya vivió aquí y allá nunca será igual después de venir aquí; nunca debió venir aquí, se dice y le dice a la nana niña, mucho más joven que ella, cuando la mulatica se aparece bailando con una peluca rubia, para divertirla.

—Tuve una nana venezolana, dice Heredia; cocinaba cosas estupendas; pero un día dijo que le hacía falta su tierra y quería morir en ella. Como ya estaba muy vieja y un poco atarantada, le seguí la corriente, ¿eh? Salió de aquí muy oronda la mulata, con su pañuelo en la cabeza otra vez, que no se lo había puesto en treinta años, y sus maletas de mimbre. Dio toda una vuelta de París a Cherburgo y de allí en barco por Gibraltar a Marsella, de donde regresó a París en tren convencida de que estaba de vuelta en Caracas. Es que yo preparé aquí un cuarto con hamacas y pericos y un invernadero con soportales y tejas para engañarla; pero en realidad me engañé a mí mismo, ¿qué le parece?, porque antes de morir ella me dijo: «El barco pasó entre un peñón y una playa verde, niño Víctor, donde la mar se hizo angosta y entonces pude ver de cerca las casas y los ojos de la gente escondida detrás de sus ventanas mirando con miedo la salida y entrada de los barcos, como si trajeran a purito condenado. Miré arriba al palo del barco y estaba lleno de monos saraguatos fumando pitillos. Ah Dios mío me dije, ya regresé a mi casa».

—¿Nunca le preguntó qué hacía usted en el lugar del destino, debiendo estar en el lugar de la despedida?

—No. Le digo que en realidad ella me engañó a mí. Sabía que el nuevo mundo había cambiado para siempre a Europa, ¿no cree usted?

«El diablo siempre sabe qué hora es», murmuró Clemencita, «pero en otra parte».

La Guaira es como una trepadora que va arañando el rostro de la montaña para alejarse del calor insoportable de la costa, alcanzar la bruma del fuerte de San Carlos y desde allá arriba mirar de vuelta a Cádiz y Palos de Moguer para ver si ya salieron las carabelas de regreso. En los bailes del antiguo verano ella lució su hermoso traje blanco y vaporoso de alta almilla y echarpe ancho que fue la primera aparición en estas tierras de la moda del imperio y los salones de La Guaira, ¿recuerdas, Clemencita?, eran frescos por el ladrillo mojado y los techos altos y las maderas altas y frescas también, vigas, celosías arzobispales, armarios inalcanzables.

—¿Ve usted? Las fortunas son como las balandras. Buscan puerto en la tempestad y a veces el instinto del dinero, que es encontrar lugar seguro, le ciega y confunde la lejanía con la salud. Ríase y piense que un comerciante francés de las Antillas, enriquecido con el contrabando generalizado que señaló el ocaso de la dominación española y el ajetreo de las guerras napoleónicas, pero aposentado en la colonia negra de Haití donde los plantadores murieron ahorcados en sus propias palmeras y los ejércitos de mosquitos vencieron a los ejércitos franceses como los vencerían más tarde la nieve y el lodo de Rusia, sabía mejor que cualquier político que lo que hoy está arriba mañana estará abajo y que mientras más grande es el orgullo, mayor será la humillación. Le pareció grotesco tener que reducirse algún día ante los Borbones franceses que habían sido los dueños de las vidas y haberes escasos de su gleba familiar, pero no tanto hacerlo ante los Borbones españoles, con los cuales en su mente descentrada tenía columnas limpias de debe y haber. Napoleón no pudo someter a España porque la España napoleónica no estaba en la península, sino en sus colonias, que es donde se continuaría la revolución francesa una vez que en Europa la enterraran las dinastías advertidas de que su verdadera alianza era con el tercer estado de abarroteros y matasanos y cagatintas pero siempre en contra de la gleba que, si lo sigue siendo será, en el reino de la libertad, porque no tiene más voluntad que la de ser esclava, ¿eh?

Monsieur Lange alquiló una balandra en Santiago de Cuba, a donde se había refugiado después de las insurrecciones haitianas y salió rumbo a La Guaira con su sueño de una revolución liberal sin negros, sus existencias de percal y tabaco y ron gracias a una dispensa del cónsul de aduanas extremeño al que había enseñado a contar, el clavecín inseparable de su preciosa hija de dieci-siete años, la hija misma y los tres gallinazos que lo seguían por todos los puertos del Nuevo Mundo. Reía; los buitres, en el Caribe, podían dedicarse al deporte de saltar de isla en isla, como famosamente lo hizo Jesús al cruzar el ¿Jordán o el Mar Muerto? Monsieur Lange no sabía mucho de estas cosas pero en La Guaira todos rivalizaron por la hermosa francesa, hasta el Libertador Simón Bolívar que entró como un vendaval a fines de julio, ocupó la plaza, encarceló al enciclopedista Miranda que fue amante de la gran Catalina y evacuó de nuevo el puerto aunque los mismos bailes continuaron con los realistas y Monsieur Lange continuó luciendo a su doncella, que para eso la trajo aquí, de anzuelo para renovar la fortuna que se iba acabando a medida que se apagaba la epopeya napoleónica, y que moriría del todo en cuanto, como era inevitable, dejara de ser rentable en la agitación del contrabando colonial y bélico: amigo del mar revuelto, el francés llegó con su hija a la colonia sublevada donde los jóvenes de La Guaira, igual que él, buscaban el puerto seguro, el puente de plata hacia lo que quedaba del dominio español en las Antillas, San Juan, La Habana, o el regreso a Caracas, dependía, pero siempre la fuga elegante, entre las insurrecciones de unos y las represiones de otros.

—Mire usted lo que son las cosas, dijo la vieja Clemencita, se engañaron al parejo y cuando el más sabidillo y hablador de los señoritos en La Guaira se casó con la mamasel gabacha ella descubrió que al señorito Heredia lo habían desheredado sus padres por rebelde fantasioso y los rebeldes sus amigos no le aseguraban ni la misa en cuaresma.

¿Dónde anduvo el señorito Heredia mientras Bolívar rodaba exiliado por los rumbos de Curazao y Cartagena y exponía el cuero lo mismo en Puerto Cabello que en Cúcuta? Pues descubriendo que después de las noticias del invierno de 1812 nadie daba dos reales por los bonos y pagarés del imperio que iba a acabar rodeado de pura agua salada, niño Víctor, en Santa Helena, que es una isla sin nieve ni pájaros ni monos ni nada, se lo juro a usted.

Ella trató de distinguir, entre los círculos de buitres que volaban sobre La Guaira, los tres que siguieron hasta la muerte a su pobre padre tan habilidoso para las cuentas y triquiñuelas jornaleras pero tan estúpido para entender lo que rebasaba el balance comercial de un año. No hay ser más peligroso que el mercader idealista y su mejor heredero fue quien más lo odiaba: Francisco Luis de Heredia, que se casó con Mademoiselle Lange creyéndola heredera como Lange creía heredero a Heredia. ¿Cómo va a creer Branly que este rencor perdurable que se atreve a encarnar en sueños que no le pertenecen no sea más que una sórdida historia de dinero?

Heredia ríe de manera desagradable, al señor conde no le parece que el dinero puede ser fuente de rencor, tragedia y mal, ¿qué amar al dinero más que a una persona no es motivo de un odio perseverante? Este joven cortesano, bello como una aceituna verde y mojada a la que las gotas se le resbalaban como el rocío a las rosas dijo entonces que lo que el suegro hizo gracias a las revolturas de allá él podía hacerlo gracias a las de acá y empezó a contrabandear entre Venezuela y Cuba, Haití y México, recorriendo las costas para sacar y meter lo que España daba y requería por La Habana, lo que a Haití llegaba de Europa para las repúblicas trifulcas de la Nueva España y la Nueva Granada emancipadas y lo que los ingleses, a propósito, dejaban que se colara por la Jamaica.

—Las colonias inglesas enriquecen a los súbditos ingleses, acostumbraba decir, en vida, Monsieur Lange, pero las colonias españolas sólo enriquecen a la corona española. España no crece, pero el patrimonio de sus gobernantes sí. Verás cómo los gobernantes de estas nuevas repúblicas hacen lo mismo.

Ella no le entendía; tocaba madrigales antiguos en su clavecín y siguió haciéndolo cuando se casó con Francisco Luis y nunca se enteró y de haberse enterado no hubiese entendido, como traficaba su marido, el heredero de su padre difunto, primero en lujos inanimados, plata y tintes contra telas inglesas, luego dicen que no, el lujo animado de unas vidas, esclavos de hecho si no de derecho, trabajadores escasos aquí y necesitados allá, negros de la Gran Colombia, indios de Yucatán, tentenelaire de Cuba y saltapatrás tabasqueños, otra vez contra telas inglesas, siempre contra telas inglesas, que por estos rumbos todos manejaban oro y plata pero nadie era capaz de instalar un telar decente y vender el buen paño en el arca, ¿qué no traficó Francisco Luis de Heredia, eh?, señor de horca y cuchillo, cruel y envejecido, más viejo mientras más cruel gracias al ron barato en las cantinas de Río Hacha y Santo Domingo, más cruel mientras más enfermo gracias a los oscuros males de los prostíbulos de Maracaibo y Cap Haitien, ¿qué no vendió para contar con la amistad de un indispensable firmador de exequaturs aquí, un repulsivo notario cacarizo allá, el grosero señor coronel jefe de la guarnición de Puerto Bello, el aduanero de pies resecos de Greytown con uno entre nicos y otro entre ticos y, a veces, el señor ministro que por primera vez tocaba carnes blancas, qué no vendió?

—Cuando dejó de servirle la mandó guardar en ese despeñadero con vista de La Guaira, ese regalo final creyó darle, tanto que le gustaba La Guaira, allí te dejo para que la mires todo el día, cruel señor amo de vidas y haciendas, recordó Clemencita, pero él también cacarañado como los notarios que cierran trato en los burdeles y luego celebran con las mujeres que se vengan a su manera de que alguien pretenda celebrar algo con su pobre miseria, tú ves. Ahora era una aceituna amoratada, arañada, podrida. Pero qué importaba que él perdiese su belleza: podía seguir viviendo como siempre porque hace tiempo que nadie se le acercaba por haber sido de fama buen mozo, ahora nomás porque era cruel, tramposo y conveniente para sacar castañas del fuego y aquí todo se iba en meter y sacar castañas y lo primero que aprendió es que en todas partes se cuecen habas pero en este circuito de sus afanes, entre México, las Antillas y las nuevas repúblicas de la Tierra Firme, sólo se cuecen habas y nada más que habas, palabra de honor.

Ella no; acabada, aislada; ya no servía. Que hablara sola, tocara el clavecín, cantara madrigales y mirara el día entero el mar de La Guaira por donde llegó jovencita con su papá el modelo de su marido que no perdonó la burla del matrimonio sin dote, vil engaño francés, escotes y echarpe y vestidos de baile vaporosos.

—Un traje blanco, porque eso no da calor aquí. Me lo debo volver a poner. Debo buscar entre los baúles. Allí debe estar, en alguna parte. Cuando encuentre mi traje blanco, algo extraordinario va a suceder, yo lo sé, aquí en mi corazón, mamita Clemencita. Ayúdame.

Una nana más joven que ella, trece años nomás, una mulatica llegada de Puerto Cabello a mendigar en las calles de La Guaira cuando las milicias de la inestable república de los crueles criollos mataron a la gente y entre la gente estaban su papá y su mamá y que la oyó todos estos años, tarareó los madrigales que ella se empecinó en seguir tocando en el clavecín cada día más tintineante, se disfrazó con una peluca rubia para distraerla y buscó con ella entre los mundos con sus ropas malolientes, devastadas por el calor y la humedad parejas, la lepra tropical que todo lo amilana, adormece y corrompe sin acabar, nunca, de matarlo.

—Una eterna y lánguida contemplación del instante agónico. ¿Conoce usted la pintura de Moreau, mi amigo, sabe lo que es la agitación sin desorden, propia de nuestro espíritu? Se lo diré: es lo contrario del desorden petrificado de las nuevas repúblicas latinas.

XIV

La Mamasel

> *«Fatigués de porter leurs misères hautaines»*
> J. M. de H., Les Trophéess

Pero Branly había cancelado, igual que la situación que invocaba, toda voz moderadora y conversacional como la mía. No sé si relatar lo que pertenece al tiempo —una memoria, una premonición o el sueño que se inserta entre ambas y es nuestro presente— suponga encarnarlo y representarlo con el fervor que, súbitamente, se había apoderado de mi amigo, como si a través de esta lejana historia de otro lugar y edad remota cumpliese muchas de las acciones inminentes que, en su vida consciente, dejó pasar por alto.

La representación de Branly contrastaba aún más con esta hora de penumbra en la que sólo por deferencia nos era permitido prolongar la sobremesa de manera insólita, por no decir escandalosa, en el comedor del hotel de Gabriel sobre la Place de la Concorde.

—¿Se siente usted bien, mi amigo?

Branly asintió vigorosamente en el momento en el que uno de los muy serviciales meseros del Club se acercaba a nosotros con un candelabro de plata. En los ojos de mi amigo había una sucesión de interrogantes iluminadas y transmitidas por la inteligencia. Rogué que mi propia mirada no delatara una estupidez demasiado flagrante y que los cirios inciertos que, nueva deferencia, el mozo acercaba a nosotros iluminasen sólo la inteligencia de Branly y no mi titubeante comprensión del relato que me obstinaba, sin embargo, en ubicar como una cuenta más en el rosario onírico del Clos des Renards.

Recapitulé; le dije (me lo dije a mí mismo más que a él, es verdad) que ésta era la hora nocturna cuando Víctor Heredia el francés acostumbraba aparecer, llevarle la cena a su huésped y conversar un poco con él, hasta que Branly se adormeciese y luego, en la mañana, fuese despertado por el *bavardage* simpático de los niños André y Víctor en la terraza bajo las ventanas del paciente. Ésta, le recordé, es la hora del sueño profundo y seguramente a ella pertenece la historia que me está usted relatando.

La inteligencia no cedió detrás de los velados ojos de Branly cuando la chispa del asombro se añadió a ella y se sumó, también, a un mínimo desconcierto gemelo del mío.

—No entiendo todavía lo que me dice, contestó, porque no he terminado de contarle la historia.

—Pero usted ya la conoce, dije con escasa agudeza, como si aún no admitiese que ésta no era de las charlas que mi amigo y yo teníamos, habitualmente, después de almorzar o antes de nadar en la piscina del club.

—No, negó con énfasis Branly, no la conoceré hasta que no la cuente. Ésta es la verdad.

Dijo esto apretando mi antebrazo con sumo vigor, como si fuese de madera y pudiera asirse a él en el vértigo que yo sólo podía conocer verbalmente. Traté de imaginar lo que sería para él vivir, por así decirlo y a sabiendas de la insuficiencia de ese infinitivo, lo que se convertía para mí en relato verbal sólo después de su gestación incomprensiva en el alma porosa de mi amigo iluminado con temblores por el candelabro que avanzaba hacia nosotros portado por un sirviente y ella le pidió a Clemencita, apaga las velas, no ves que me dañas los ojos y estoy soñando en un terremoto que nos tira de aquí hasta el mar de una vez por todas y arranca las rocas de cuajo, Clemencita.

La mulata le acarició la cabeza rayada de gris a su niña vieja y le dijo pobrecita bordona, yo no sé adónde tú quieres viajar, pero a tu país ya no vas a regresar nunca, no creerás que tu marido con su nueva mujer y su hijo va a querer tenerte allá junto a él en los Parises pero ella dijo que eso no importaba si ella lograba ponerse el vestido de baile y verse en un espejo, porque estaba segura de que entonces lo volvería a conquistar como en los bailes de La Guaira hace tantos años. Y porque la quería mucho la nana mulata no le dijo que no había ningún vestido blanco en los baúles que su marido el señorito cruel y enfermo le dejó traer hasta aquí. Pero la ausencia de espejos en la casa era decisión de Clemencita, para que su ama se sintiese siempre muchacha y no tuviese nunca la sensación de envejecer. Ella tocaba su clavecín para sofocar el silbo quejumbroso del diostedé entre las hierbas.

—Entonces, ¿tú ves mi hijito?, tuve que hacer economías y empeñar dos o tres cosas para comprar en el puerto las sedas y muselinas y hacerle a tu pobre mamita un vestido blanco de baile que quizás ya no le iba a servir más que para ser enterrada con él, ¿tú ves mi hijito?

Cuando la segunda señora de Heredia supo que la viejísima nodriza mulata andaba contándole estas cosas a Víctor, pidió que la despidieran y la mandaran lejos, de regreso a las calles mendicantes de Puerto Cabello pero el señorito cruel y enfermo se rió de ella y le dijo que nadie, ni siquiera ella tan distinguida, menos que nadie ella tan respetable e insulsa, podía compararse a la belleza de la mamasel gabacha cuando llegó a La Guaira al baile del Libertador Simón Bolívar que acababa de ocupar la plaza y sólo tuvo flores y galanteos para ella y así le picó la cresta del celo y la ambición a él.

—Y no has parado desde entonces, Francisco Luis, pero yo no sé qué ha sido más grande, si tu ambición o tu ceguera. Te casaste por ambición con una francesita sin un escudo partido por la mitad creyéndola rica heredera; y de la necesidad hiciste virtud y siguiendo las huellas de tu detestado suegro repetiste su vida y fortuna a la sombra de la independencia republicana. Ahora mírate de nuevo al borde de la ruina, ingenuo, zalamero, inclinado ante el hermano del tercer Bonaparte y embarcado en las aventuras financieras del Duque de Morny con el banquero Jecker y sus bonos en México. Mira lo que ha decidido Juárez: esas obligaciones fueron contraídas con el gobierno conservador y no valen ni el listón de seda con el que las amarras, lo acabo de leer en *La Gacette de France*. ¿Qué vas a hacer ahora, Francisco Luis? ¿Cómo vas a mantener a tu hijo y a mí en el lujo de la corte de Napoleón y Eugenia, por poco legítima que sea? ¿Cómo vas a pagarle al señor Winterhalter el cuadro que te pedí que me pintara?

No estaba mal que su hijo creyese ser hijo de la mamasel y no de esta provinciana distinguida y legitimista pero insulsa y redicha, atracada con tartas azucaradas de su Limousin nativo; todo esto le serviría a la actual señora de Heredia para hacerse cuenta de la muy precaria situación en que se encontraba toda mujer que fuese, o dejase de ser, objeto del capricho de todo un señor como Francisco Luis de Heredia, hijo de la encomienda de indios y la mita minera, descendiente de patriarcas, jueces y carceleros de los llanos del Apure con su cara carcomida por viruelas y pálida como la manga del diablo en el fondo de la vieja selva de las Hibueras, donde más de un conquistador andaluz dejó el alma y las uñas.

—Tú no te afanes, le decía Clemencita a su niña, que ningún verdadero señor anda por allí proclamando que lo es.

—No me importa nada, nana. Yo lo amo. Quiero que vuelva a mí. Yo soy su preciosura de mamasel, así me llamaba.

—Branly, ¿se siente usted bien?

—Mira mi niña: tu vestido que querías. Mira mi niño: tu mamita sufrió mucho. Mire mi señora nueva: yo me iré cuando quiera porque su marido no puede vivir sin el remordimiento vivo que soy yo. Mire mi señor amo: usted es el diablo y no le fío la cuaresma a su descendencia. ¿Qué no hicieron ustedes los Heredia para quebrar y humillar a mi bordona que me quiso tanto cuando acabé de mendiga en esas calles empinadas de La Guaira, llenas de cáscara de lechosa y piedras ardientes? Pero ella sabía más que ustedes, eso ténganlo por seguro sus mercedes. Ella sabía el secreto de las cosas. Por ejemplo, cómo aprovechó que ya no se miraba en ningún espejo para ir más lejos de lo que yo pensé, que era hacerla olvidar que envejecía mucho aquí sola en este caserío del cerro sobre el mar, para regresar a la edad sin espejos de su infancia, cuando me decía, «Clemencita, sal conmigo al parque porque hoy hace sol y tengo un amiguito en el parque Monsiú o Monzón», yo no sé hablar bien el gabacho, niño Víctor, pero ella me describía ese parque primoroso lleno de molinos de viento y granjas lecheras y fuentes brotantes, una preciosura, como le decía tu papá a tu mamá cuando la quería, antes de arrastrarla por todas las humillaciones imaginables, las primeras y las que todavía faltaban. Creo que ella se salvó entonces recordando sus juegos de niña en ese parque Monzón o Monsiú de París y a su compañero de juego porque ése, dijo sentada aquí en el balcón sobre los tejados y el mar inmóvil de La Guaira, es mi amigo que nunca se hará viejo mientras me recuerde a mí y yo lo recuerde a él. Nunca se hará viejo si sueña conmigo, igual que yo, Clemencita.

—¿Qué le pasa, señor conde? Recuerde que es sólo un cuadro, ¿eh?, no una mujer de verdad que lo recuerda y espera aquí, como dijeron los niños. ¿Ha visto un fantasma? ¿Qué sabe usted, con todos sus años, lo que es la verdadera memoria? Cumpla cien y verá como sigue sin recordar el noventa por ciento de sus recuerdos. Lo que sucedió en el pozo más profundo del pasado. ¿Qué le parece, conde? Yo se lo diré: la memoria es como un témpano flotante; sólo muestra lo que quiere. ¿Se acuerda de los tres buitres que seguían por todas partes al comerciante francés? No los pierda de vista. Ahora vuelan sobre el Morro de La Habana donde Francisco Luis, arruinado por la aventura de los bonos mexicanos, ha ido a refugiarse entre colonos españoles que cuando se conviertan en insurgentes cubanos le harán pagar, también, sus crímenes de contrabando, esclavitud y prostitución a mi padre que ahora tiene que mantenernos a su segunda esposa y a mí en el bienestar y el culto de la apariencia del Segundo Imperio. Digo esto a favor del viejo. Todo conspiraba para hundirlo en la pobreza pero él no se dejaba y el rencor sólo le inflamaba. La culpa de todo fue el engaño del francés y su maldita hija la mamasel. Pero a Francisco Luis de Heredia no hay quien lo hunda porque es un señor, todo un señor en tierras de negros estúpidos y de indios holgazanes.

¿Qué iba a organizar en los tiempos del sobrino de Napoleón que su suegro no hubiese organizado en tiempos del tío? Armas obsoletas para la república en México y contrabandos y obsequios para ese regalo del cielo, la invasión francesa con sus huestes llegadas de todos los rincones de la Europa imperial, batallones zuavos, regimientos valones, bandas de música checas, húsares austriacos y cocineros húngaros, profesores de baile triestinos y pequeña nobleza polaca olorosa todavía a vaca, jamón y estufa de azulejo, secretarios caligrafistas prusianos y donceles afanadores evadidos quién sabe cómo de los fríos petrogrados, todos ellos confluyendo, sedientos, hambrientos, acalorados, primitivamente eróticos y liberados en las tierras de la edad de oro y el buen salvaje con cuya evocación el viejo continente se había arrullado durante un siglo, en la playa exhausta de Veracruz con los tres buitres volando sobre el fuerte y prisión de San Juan de Ulúa.

—Cómo no se iba a vengar otra vez, señor francés, óigame usted bien ya que me sirvo de sus labios para hablar, imagínese al cabo si ese diablo no se iba a vengar para siempre de mi niña vieja, muy vieja, arrancándola de su palomar donde vivía sin espejos frente al espejo invisible del mar de La Guaira, él que ya la había vendido y humillado de joven hasta secarle la juventud y la belleza, ahora de vieja cómo no iba a explotarla y humillarla arrastrándola sin comprender ella nada hasta Veracruz, para librarla allí a esa tropa ebria, burlona, cruel, enervada, alejada de sus patrias. Ah, Clemencita, me dijo Francisco Luis, qué buena idea tuviste de coserle de nuevo el vestido de baile a tu mamasel. Eso es lo que va a hacer, bailar en los extraños burdeles de indios y flamencos, campesinos de manta blanca y húsares de chalequillo bordado, húngaros de pómulo alto y tapatíos de mirada lúgubre, el gran cinturón prostibulario de la invasión napoleónica en México, señor conde, de Guadalajara a Salina Cruz a Tuxpan y Alvarado, por donde los soldados fueron regando hijos de ojos claros y piel morena, los que debieron llamarse, si sus padres los hubiesen reconocido, Dubois y Herzfeld y Nagy y Ballestrini pero se llamaron como sus madres, Pérez y León y Gómez y Ramírez, ¿cómo va usted a recordar todo eso, señor conde, nadie tiene memorias tan largas?

—Ah pobrecita mi niña vieja, anunciada cruelmente, entren todos, aquí está la Duquesa de Lanché, la mismita que leyeron de mozos, aquí está, ¿quién ha visto o tocado en su patria a una auténtica Duquesa así con D grande?, no le mire lo viejo, señor capitán, la distinción no tiene edad pero si quiere aprovecharse de los avanzados años de la Duquesa déjeme decirle algo al oído y luego véalo usted mismo con sus propios ojos y tiente con su propia mano, ábrale la boca, así, pásele el dedo por las encías a la Duquesa, ¿qué le parece?, ni un solo diente, ¿eh?, apenas una cascarilla de marfil aquí y allá para darle sabor al caldo, como el ajo a la sopa de frijoles, ¿señor capitán?, ¿eh?, eso ninguna jovencita se lo puede hacer, ¿eh?, ¿señor capitán, qué le parece?

—¡Oh, Dios mío, señor capitán, qué tiene usted!

—Ah pobrecita mi niña, mi bordona convertida en princesa de burlas, lejos de su palomar de La Guaira. Una noche la encontré muerta, vestida con su traje blanco de alta almilla y echarpe ancho, frente a un espejo en ese burdel a donde la llevó su horrible tirano Francisco Luis de Heredia para sacarle hasta el último real de entre la boca. Ni la burla perdonó. Mire usted lo que tenía en el puño: media moneda de oro. Su última paga, pero hasta eso incompleto. Un oficial se burló de ella y le dio una moneda partida por la mitad.

—Ni la burla perdonó mi padre, señor conde. Mi madre murió en un burdel de Cuernavaca, donde tenía su palacio de placeres, lleno de mariposas y pavorreales, el emperador Maximiliano. Pero quién sabe dónde la enterraron, porque el obispado tenía prohibido que a las mujeres fáciles se les diese reposo en sagrado. Quién sabe en qué barranca la arrojaron. Pero él no perdonó ni la burla y mandó publicar en las gacetillas locales una esquela fúnebre anunciando el sensible deceso de la señora Duquesa de Langeais. Dicen que toda la corte francesa de México rió mucho con esta broma grotesca.

—Pero usted me dijo al principio que su madre se burlaría de todos, Heredia; no entiendo...

—¿No cree usted que es su turno?

—Quizás.

—¿Conoce usted los nombres de todos y cada uno de los oficiales imperiales que estaban acantonados en Cuernavaca y

que concurrieron al burdel de Heredia en la barranca de Acapaltzingo la noche del 12 de agosto de 1864 a celebrar el septua-
gésimo aniversario de la Duquesa de Langeais?

—No, por supuesto que no. No se burle *usted* de mí, Heredia.

—Está bien. ¿Le parece una gran coincidencia la homonimia,
conde?

—No; es una simple posibilidad del azar y de la aritmética
onomásticas cuando se reúnen.

—Cuando se reúnen. Sí. Y cuando se separan.

Branly sacudió la cabeza y retomó el hilo racional de la
actitud que había decidido asumir en sus relaciones con Heredia
el francés.

—Permita que exprese mis dudas sobre todo lo que he
escuchado aquí esta noche.

Heredia encogió desmesuradamente los hombros.

—¿No soy de fiar, eh?

—No. Perdone la franqueza. Puedo apreciar que todo lo
que me dice tiende a distraer mi atención de otra cosa que, sospecho, usted quiere ocultar.

—Sospeche cuanto guste, señor conde. Pero nada impe-
dirá que lo que estuvo unido una vez vuelva a juntarse.

Branly intentó mirar hacia afuera pero la noche más oscura había caído sobre los bosques y parques del Clos des Renards;
se dio cuenta de que llevaba horas escuchando voces mientras
miraba la nada de esta noche. La imagen pintada de la pobre
mujer conocida como «la Duquesa de Lanché» había desaparecido
en las tinieblas más que detrás de las manos que ocultaban su
rostro. Heredia lanzó una exclamación de falsa sorpresa y se excusó
de todo: la oscuridad, la hora tardía, el desvelo, la obsesión parlanchina sobre historias familiares que ni le interesaban ni le tocaban al señor conde, cuya ilustrísima familia no había tenido
contacto con estas feas realidades durante siglos, ¿verdad que no?
Quizás hace nueve siglos o mil años sí, pero apenas un siglo antes, ¿cómo iba a ser? Ningún antepasado del señor conde de Branly
andaba en el prostíbulo de Francisco Luis de Heredia una noche
de agosto de 1864 ni había visto el entierro de la mamasel gabacha en la barranca de Acapaltzingo, con Clemencita cantando en
mal francés, a guisa de responso fúnebre, un madrigal que la
mamasel adoraba y tocaba siempre en su clavecín, *eló eté sibele*,
rió Heredia, así cantaba Clemencita en su mal francés, convirtiendo el madrigal en candombé.

Mientras decía, entre risas, estas cosas, Heredia encendió con gesto falsamente obsequioso las velas de un candelabro de plata y guió a su huésped de regreso a la recámara.

—Sígame, señor conde.

—¿Por favor?

—Usted dirá.

—No; es que ayer, cuando Víctor me trajo la comida, me pregunté si usted también lo degradaba, Heredia, como ese tal Francisco Luis a su esposa.

—Oh, señor conde. El muchacho no me sirve a mí, sino a usted.

Branly trató de sonreír. —El padre de usted nunca tuvo tan buena excusa. Le faltó, quizás, un tercero en discordia.

—¿No le extraña que la escogiese a ella como mi madre?, preguntó inopinadamente Heredia.

—No, se expresó con lentitud cabal Branly. Ya me advirtió usted que, según su manera de pensar, sólo es libre el que nace sin padre ni madre. Quizás la solución intermedia sea ésta, escogerlos.

—De veras que es usted el buen francés racionalmente sensual, señor conde, rió Heredia.

Pero no mediocre, estuvo a punto de repetir mi amigo y recordó repentinamente su conversación con Hugo Heredia el día que lo reconoció, en la atalaya de Xochicalco, mirando las barrancas profundas. Víctor corrió hacia ellos con su descubrimiento; Branly lo detuvo con el bastón, le impidió caer cincuenta metros.

—Un francés razonable, sensual seguramente, pero mediocre no, jamás.

—La sensualidad es apenas un capítulo de la violencia.

—Todo lo contrario.

Lo recordó pero se abstuvo de repetirlo. Siguió lentamente a su anfitrión, fatigado, apoyado en el bastón y preguntándose si la falsa Duquesa de Langeais de esta historia caliente y barroca de los Heredia había huido, también, de su sueño.

XV

No; regresó puntualmente a él. Pero esta vez llegó cargada de colores, memorias presentidas, signos y olvidos aún más profundos que su misterio inicial: entonces carecía de historia y ahora, me dice Branly, es precisamente la historia la que se ha encargado de hacerla más vigorosa, pero también menos verdadera.

Sin embargo, la invasión de su sueño prístino de la mujer situada ubicuamente en el umbral común del nacimiento y de la muerte por la marea connotativa, lodosa, de guerras y pasiones, venganzas y rebeldías, tráficos de armas y de cuerpos, si le robaba la realidad más pura a la mujer que ahora, además, tenía los falsos nombres que la moteaban, le hacía sentir a Branly que le debía a los Heredia una ruptura de la rutina y del sentimiento concomitante de un tiempo forzosamente inútil. Esto se dijo al acostarse esa noche, sometido a los horarios de su desvelado anfitrión y sintiendo en ello una derrota que le alejaba de las horas solares y de las conversaciones escuchadas de los niños en la terraza.

De todos modos, un viejo duerme poco; un viejo dormilón es un tanto ridículo, me dice ahora, cuando consulta su viejo reloj guardado en un bolsillo del chaleco y anunciado por una elegante leontina de oro.

—Son las cinco.

Branly me pregunta si me interesa que continúe el relato o si prefiere que nademos en la piscina del club y luego, si me parece, que cenemos juntos (ríe excusándose como de una afable imposición) en el *Laurent* de su juventud no, eso sería imposible, el restaurante ha sido cerrado desde hace mucho tiempo, sino quizás en el *Vert Galant* del Quai des Orfèvres: allí también son amigos suyos. ¿Deseo que mande reservar una mesa para las nueve de la noche?, me pregunta. Yo me he detenido reflexivamente, en la asociación involuntaria de tiempos que revelan sus palabras. Sabe que un restaurante sigue abierto y el otro no, pero no se resigna a la desaparición de los dueños del lugar que frecuentó en 1914 y les otorga la misma presencia que a los dueños del que, a veces, visita hoy. Ahora puedo afirmar que en ese momento la segunda perspectiva me parecía mucho más encantadora pero que un movimiento incontrolable de mi espíritu me indujo a decirle:

—No, Branly, no deseo interrumpir su narración.

No me atreví a explicarle que un terrible sentimiento de lo inconcluso comenzaba a asediarme; temí que una pausa prolongada sellase la naturaleza inacabada de las varias historias que parecían confluir en la narración única de mi amigo. Él asintió y me dijo que el verdadero misterio de aquella noche pasada en compañía de Víctor Heredia el francés fue que al regresar a su recámara cayó en un profundo sueño, tan hondo que cuanto había sucedido antes le pareció parte de ese sueño: el ascenso a la buhardilla del Clos, el encuentro con el hombre de mirada y melena blanca, el descubrimiento del cuadro de la mujer con el rostro vedado por las manos, las historias de Francisco Luis y la nana Clemencita. Pero curiosamente, me dice, dentro de este sueño que era como una inmersión en la que sus pies no tocaban arena, su cabeza creía sobrenadar en una especie de lucidez atroz pero indeseada, iluminada sólo por la luna; ahogado en el sueño, formulaba proyectos precisos para abandonar la quinta del señor Heredia al día siguiente; llamaría a Étienne, ¿por qué no había venido a recoger el Citroën?, llamaría a Hugo Heredia, ¿por qué se había desinteresado tan asombrosamente de su hijo?, para la hora del almuerzo estaría de regreso con el joven Víctor en el hotel de la Avenue de Saxe, ¿tendrían todo en orden los criados españoles, José y Florencio?

—No sé si me hago entender. Lo fantástico de mi sueño eran estas observaciones cotidianas; la racionalidad de mi sueño era su fantástica identificación, abrupta e indiscutible, con la realidad total del mundo. Imagínese lo que se me ocurrió para atender a mi lógica. Profundamente dormido, me entretuve, dentro del sueño pero como si no pudiese conciliarlo, en contar, como otras tantas ovejas, a franceses nacidos en el nuevo mundo hispánico.

Dice que sobre las cercas de su imaginación pasaron saltando, como figuras de un ballet trasatlántico, Paul Lafargue al que un viento huracanado trajo a Londres desde su cuna en Santiago de Cuba para arrebatarle una hija a Marx y con su aire de ciclón interminable pasar por los escombros de la Comuna y seguir sembrando tempestades socialistas en España, Portugal y Francia; Reynaldo Hahn que desde Caracas trajo sus cantos grises y sus dedos largos para mecer los sueños de la Bernhardt y de Marcel Proust; Jules Laforgue que no quiso que en Montevideo su carne envejeciese «más tarde que las rosas» y vino a Francia a apresurar el paso de su «juventud triste y hambrienta» junto al Plata a esa trama temprana de la ilusión universal que se llama la muerte junto al Sena; ¿y para qué emigró, otra vez del Uruguay, Isidore Ducasse, sólo para morir sobre una mesa de operaciones, entre un paraguas y una máquina de coser en los miserables hospitales de París, cuando en Montevideo tenía ya su mal de aurora: las aguas del Río de la Plata amanecerían embarazadas de pellejos inflados, pieles de reses sacrificadas, de hombres mutilados, de niños olvidados entre las pacas de lana y las ubres de oveja?

Escucho a Branly decir esto de mis ciudades perdidas y excluyo para siempre de su narración a ese doble monstruoso del conde de Lautréamont, su bestia de presa que escribe poemas con los tentáculos ensangrentados de tinta: «c'est un cauchemar qui tient ma plume»; respiro involuntariamente cuando mi amigo libera el espacio de su sueño para otro francés de Montevideo, el lúcido y magistral Jules Supervielle que emigró con razón: allá, con tanta pampa, su frente hubiese permanecido para siempre desnuda, como «una gran plaza vacía entre dos ejércitos»; salta detrás de él José María de Heredia, el francés de La Habana, el conquistador entristecido que regresa al viejo mundo cargando con fatiga las altaneras miserias de sus trofeos, la bestia expansiva y la flora viviente, el sol bajo el mar y los temblores de oro: ebrio de «un sueño heroico y brutal», el sueño del continente nuevo, la pesadilla del continente viejo.

—¿Ve usted, mi amigo? Usted, que también es de allá, debe entenderme cuando le digo que el nuevo mundo fue la última oportunidad de un universalismo europeo; también fue su tumba. Nunca fue posible ser universal después del siglo de los descubrimientos y conquistas. El nuevo mundo resultó ser demasiado ancho, a escala distinta. Nadie pudo pintar allá, como Holbein el joven acá, esa exacta medida del universo humano que son los retratos de Moro y Erasmo. Allá, nos convertimos en Heredias: en criollos enervados. Le diré que la cruel pluma de Maldoror escribió a latigazos su poema sobre demasiadas espaldas inocentes.

Me miró con intensidad inusitada y un poco siniestra, lo cual le dio un aire levemente cómico de viejo senador romano complotando crímenes en las termas de Diocleciano. Temí esto, porque siempre que Branly parecía un poco sublime yo acababa por tragarme mi humor y completaba su acto con una buena dosis de ridículo propio. Bajó la voz repentinamente.

Dejé de reír para mis adentros cuando apoyó su mano en mi brazo y temí el giro que mi extraordinario amigo le daría a cuanto decía, sentía, recordaba y preveía.

—Escúcheme usted bien. Esa historia me fue contada aquella noche en la buhardilla por varias voces, la de Heredia y la de su padre el estúpido y cruel Francisco Luis y su no menos estúpida, aunque benévola, segunda mujer; por la nana Clemencita y mademoiselle Lange. Pero no me contaron su propia historia, porque su historia era la de otro Heredia. El joven. El niño Víctor Heredia. Ésa es la verdadera historia que me contaron.

Mi asombro cuando escuché a Branly decir esto sólo fue comparable, creo, al sentimiento de mi propia insuficiencia cuando le escuché repetir la narración de los Heredia en el Caribe, que a su vez fue castigo y compensación de mi suficiencia exagerada cuando le hice notar a mi amigo que comprendía, quizás mejor que él, la verdadera historia de los dos niños en el Parc Monceau.

Estaba dispuesto ahora, sentados los dos en la sala en penumbra del club, a admitir a la «Duquesa de Langeais» en el cuadro del Parc Monceau; no así a cargar sobre las jóvenes espaldas del mexicano Víctor Heredia todas las miserias y humillaciones de los Heredia de La Guaira. Creo que Víctor Heredia el francés era el niño de la Avenida Velázquez. Pero hoy era un niño llamado André. Y Víctor el mexicano era el prisionero de André.

—Exagera usted, Branly, me permití afirmar con un ligero aspaviento nervioso que resolví doblando primero y luego desdoblando idiotamente la servilleta marchita sobre la mesa.

Me miró con un reconocimiento y una súplica simultáneas; la primera me hacía notar que, como a él, la exaltación del mundo antillano me comenzaba a dominar insensiblemente; la segunda me invitaba, junto con él, a recuperar, de ser posible, el módulo inicial de nuestra conversación, el tono del diálogo francés, sacerdotal y razonable y, lo que es más importante, sus maneras. ¡Ay!, desde el siglo XVI, exclamé, Erasmo escribió que los franceses se creen los depositarios de la cortesía. No seré yo quien ahora desmienta al sabio de Rotterdam. Branly me recordó que en el mismo párrafo, Erasmo acusa a los alemanes de enorgullecerse de sus conocimientos de la magia. Se daba cuenta, de todos modos, de que yo aceptaba explícitamente, aunque implícitamente le opusiese reservas, su culto de la *politesse*. No debía confundirlo, dijo, con una característica nacional, como Erasmo, o como Lope de Vega que le atribuía igual virtud a los moradores de la Lombardía. Era, simplemente, su religión personal. De todos modos, suspiró, considerando los destinos históricos de Francia y Alemania, ¿no era preferible seguir las modas de la nación francesa? Me dije que la empresa no sería fácil; la inteligente mirada de mi amigo me decía, a su vez, que la historia de los Heredia nos había contagiado a ambos. Hablábamos como colonos; reaccionábamos como «criollos enervados».

—Hablamos de Supervielle, dijo Branly como para romper mi círculo vicioso. ¿Recuerda usted un maravilloso poema suyo, *El cuarto contiguo*?, me preguntó con la cabeza curiosamente ladeada.

—Sólo porque usted lo mencionó al principio de nuestra conversación, le respondí tratando de reaccionar contra las críticas que nos confundían a ambos en disposiciones anímicas que no me agradaban.

—Es uno de mis favoritos, dijo Branly cerrando los ojos y uniendo las manos bajo el mentón en una actitud equidistante de la oración y la memoria. Lo recuerdo porque me obligué a soñar con todos ellos, Lautréamont y Heredia y Supervielle, creyendo hacerlo conscientemente y, en verdad, ¿ve usted?, estaba yo proyectando anticipadamente la solución parcial de los enigmas porque el poema de Supervielle que comencé a repetir en sueños, *Tournez le dos à cet homme, mais restez auprés de lui*, estaba preparado, me pre-existía a fin de unir las partes dispersas de mis sueños en el Clos des Renards y conducirme, al fin, a la verdad.

Mi amigo comenzó a recitar suavemente el poema. Reflexioné, con una sonrisa, en que éste era el poema de un uruguayo francés y que Branly, al recuperarlo, ejercía el supremo don de selección, síntesis y consagración que Francia se ha reservado secularmente. Supervielle era la manera de alejarnos suficientemente de ese enervamiento tropical en el que lo sublime roza constantemente lo ridículo y los sentimientos de una culpa cruel se revelan con demasiada crudeza, sin los piadosos velos que los europeos sabemos arrojar, prontamente, sobre nuestros crímenes históricos para acercarnos al espíritu de la razón y el gusto, ambos discriminativos y exigentes, de Francia, pero sin perder el filo de fantasía, de desplazamiento, de locura reveladora, de las tierras anchas y vacías del nuevo continente.

> Laissez-le seul sur son lit,
> Le temps le borde et le veille,
> En vue de ces hauts rochers
> Où gémit, toujours caché,
> Le coeur des nuits sans sommeil...

Quise recordarlo, anticiparme a las estrofas que Branly iba repitiendo, como una oración y un recuerdo inseparables, en la oscuridad; pero más poderoso que el poema fue una voz semejante al rumor que escuchamos en el corazón de las caracolas de mar: no hay nada allí y sin embargo todo el océano está capturado en un rumor invisible.

Tuve la sensación primero, en seguida la seguridad, de que Branly pensaba las mismas palabras que yo evocaba, como yo pensaba también, un instante antes de que él las pronunciase, las palabras del poema de Supervielle. No podían ser, lo supe entonces, sino las palabras de su último sueño en el Clos des Renards. Es extraño: todas ellas habían sido dichas antes, por el poeta o por su lector, mi amigo Branly.

XVI

Siento una sombra descender a mi garganta y posesionarse de ella. Me siento, sobre todo, objeto de una hostilidad implacable. Pero a pesar de ello me niego a alejarme de ese niño que me observa detrás de los cristales biselados. No me alejo, aunque le dé la espalda. No sé si la confusa barbarie que siento en mi mirada es sólo mía o sólo un reflejo de la suya y sus historias barrocas en las que la pasión y la venganza se alzan sobre un altar giratorio, hecho de lámina dorada y humedad de luna. Estoy de pie sin decir palabra, dando la espalda al niño que me mira. La mujer avanza por la avenida de paisaje infinitamente mutable del Parc Monceau; el niño nos mira desde la ventana de la casa de la Avenida Velázquez. No sé que hora es. Veo a los dos, el niño y la mujer y sé que ambos tienen dificultad en separar el día de la noche. Querría decirles que no se preocupen; lo que ven no lo ven ellos, sino alguien que posee el don de verlo todo con una velocidad que no es, gracias a Dios, la de los seres humanos, porque de otra manera todos estaríamos destinados, sin excepción, a separarnos apenas nos conociésemos. Pero el nacimiento y la muerte no son simultáneos para nosotros. La mujer no comprende porque ya no me mira; mira al niño de la ventana y le dice que no tenga tanta pena en distinguir los cielos más profundos del corazón agitado y sin fondo que es el suyo. La mujer le habla al niño como si yo no estuviese allí, detenido entre los dos. Pero cuando ella pasa junto a mí, puedo oler el cuero y el sándalo; extiendo las manos en solicitud de auxilio pero ella se retira dándome la espalda, mostrando los jirones de satín blanco del traje de baile de alta almilla, las tiras rasgadas del echarpe amarrado debajo de los pechos escotados y los omóplatos salientes, el peinado construido como una torre a punto de derrumbarse en ruinas de vieja azúcar algodonada. La detengo con una mano y le digo que ya veía, no debimos preocuparnos, el tiempo veloz en el que el nacimiento y la muerte ocurrían simultáneamente no era el nuestro. A nosotros nos pertenecía el tiempo dulce y lento de los hombres y las mujeres que se aman sobre la tierra y que no requiere que, apenas se conozcan, los amantes se separen. Pero la mujer me mira sin entenderme, casi sin escucharme, con un ceño delator de su incomprensión. Las zapatillas de raso agujereadas corren con un rumor de ratoncillos blancos y la mujer desaparece detrás de la verja del hotel de la Avenida Velázquez. Yo sigo en el Parc Monceau esperando su retorno pero ella ya se encuentra dentro del hotel. Allí arrulla al niño como la mulata la arrulló a ella, lo protege e impide que nadie se le acerque, mucho menos un usurpador como yo, que no soy niño ya y sin embargo pretendo la atención y el cariño que ella le reserva al muchacho con el que jugó, siendo niña también, en el parque Monzón o Monsiú, antes de irse a cumplir su fatalidad en los cerros empinados de La Guaira y en las barrancas rumorosas de Cuernavaca. Se lleva un dedo a los labios y nos dice que dejemos al niño solo en su lecho; el tiempo lo bordea y vigila. Los dos se han reunido. Han salido de las tumbas en las barrancas podridas de manglar y plátano para reunirse en los altos miradores rocosos donde gime, siempre escondido, el corazón de las noches sin sueño. Que nadie entre más a esta recámara, exclama la mujer con el viejo traje del Primer Imperio; nadie más saldrá de este refugio más que un gran perro que ha perdido la memoria y que buscará sobre la tierra pero también a lo largo del mar al hombre que dejó atrás, inmóvil, entre las manos tiesas y definitivas de la nueva madre y nana, reunida al fin con su hijo que nunca tuvo pero que la escogió a ella, encerrada con él en la recámara donde nacimiento y muerte son siempre idénticos y ningún mal, ninguna fealdad, ninguna humillación, ninguna exigencia vulgar puede colarse, intrusa, entre la textura inconsútil de lo que sólo existe instantánea y simultáneamente: este amor, esta proximidad, esta conciencia perfecta de que no habrá tiempo entre el acto de nacer amando y el acto de amar muriendo. Yo espero para siempre afuera. Quizás el perro sin memoria me traiga la noticia final del momento en que mi nacimiento coincidió con mi muerte. Solitarios ambos. Ella no regresará más. Ella me ha condenado a muerte porque no tuve paciencia para recordar al niño y para ella esto es un espantoso abandono. Un crimen. Estoy solo en el Parc Monceau. Ellos están reunidos al fin.

Reunidos al fin.

XVII

Abrió los ojos. Corrió las cortinas. Era de día. Despertó convencido de que había soñado toda la noche anterior. Su encuentro con Heredia era un sueño. Miró hacia el jardín simétrico pero dividido por esa herida secreta que distinguió antes, semejante a una laceración de pólvora. El Citroën continuaba abandonado allí, junto al encino contra el cual se estrelló, sobre la alfombra de hojas secas. La mañana asoleada de septiembre identificaba su tranquilidad con el silencio del jardín y los bosques, el juego de los rayos entre las hojas devoradas por la agonía del verano y, como único rumor, uno que Branly no había escuchado hasta entonces, el silbido lento y quejumbroso, alto y lejano, de la tigana.

En cambio, intentó vanamente oír las voces acostumbradas de los muchachos. Pero en seguida la tigana fue acallada por los pies apremiados sobre las guijas. Se asomó y vio a sus criados españoles, el exangüe José que parecía una figura de Zurbarán y el florido Florencio con su aspecto de pelotari cansado. Ambos caminaban de prisa y confusos con las maletas en las manos.

Branly las reconoció inmediatamente; con ellas llegó el joven Víctor Heredia al hotel de la Avenue de Saxe. José y Florencio parecieron dudar acerca del mejor camino a seguir; Branly arrojó lejos de sí la ropa de cama, apretó el bastón y se apoyó en él. Descendió con una rapidez que desmentía, me dice, los temores a los que su edad o su estado, o ambos, pudieron, razonablemente, someterle. Descalzo y rengueante, llegó al pie de la escalera, cruzó el *foyer* oscuro del Clos des Renards, abrió las puertas de vidrio y salió a la terraza de los leones de piedra en el momento preciso en el que los sirvientes se acercaban al Citroën, con movimientos vacilantes entre los espacios de la grava y de las hojas secas; Branly no dudó; me dice que para entonces todos los pesados mantos que oscurecían la recámara de su corazón se habían descorrido, conocía en exceso el desenlace de la historia y se disponía, como al principio, a ofrecer la empuñadura del bastón para evitar que Víctor el joven recayese en el barranco sin fondo de una vieja memoria ajena que solicitaba un alma nueva donde anidar su ponzoña peregrina.

Los criados abrieron la puerta trasera del automóvil y parecieron volver a dudar por unos instantes; luego Florencio, que era el más fornido, levantó una de las maletas y la entregó a través de la puerta del Citroën, mientras José asentía y Branly avanzaba a trancos, con los pies aguijarrados pero temeroso, aunque confiado en la sabiduría de su temor, de cruzar el césped del jardín devastado por esa cicatriz horrenda que sólo él había visto desde la ventana.

José y Florencio le vieron acercarse y se miraron confusos; Branly los vio correr a esconderse, como criados de comedia, más allá del reguero de hojas que mi amigo, en su agitada premura no pudo adivinar como la razón del color más desmayado que nunca de José y del semblante apoplético de su camarada. Pisó las hojas y abrió la puerta. Conocía el interior del Citroën; después de todo, era su auto. Pero esta cueva maloliente, transformada en el curso de tres días y tres noches en un depósito de hierbas podridas, temperaturas turbias y restos de cosas no era, pensó momentáneamente, más que una jugarreta monumental, una travesura terrible de los niños que, con un universal instinto de urraca, buscan los escondites donde ocultar sus tesoros y, también, disimularse a sí mismos.

Los vio. El cuerpo increíblemente liso, prepúber, oliva y secreto en su talla mestiza, de Víctor Heredia, recostado sobre el asiento, con André, desnudo, blanco, coronado de una cabellera rubia y rizada que contrastaba con el pelo negro y lacio de Víctor al cual intentaba acercarse con suaves quejas, con los labios abiertos, liso como un efebo de Donatello del cuello a la cintura, antes de que una selva hirsuta se apoderase de sus pies, sus piernas y su vientre enmarañados como culebras ensortijadas de arañas.

Branly quiso taparse los ojos; pero más que la brutal cópula de los adolescentes, le deslumbró el brillo de los objetos; André lo mantenía en la cavidad de la mano extendida sobre la cabeza de Víctor; Víctor había extraído el suyo de la maleta revuelta y vaciada a su lado; las manos con los objetos brillantes se juntaron y Branly gruñó desde una entraña vieja y ronca; se arrojó dentro del coche sobre los cuerpos desnudos aunque de temperaturas dispares de los muchachos e intentó separar las dos manos más que los cuerpos: las dos mitades brillantes, una en la mano de André, la otra en la de Víctor, se unieron como un objeto de metal fundido a otro; las manos unidas eran como la forja ardiente que derrite y hermana los metales. Branly tocó esa cosa, primero con la idea de impedir la unión de sus partes, en seguida para romper lo que logró unirse.

Gritó con los dedos quemados al tocar esa cosa dura, fría, ardiente como moneda, hielo y llama y fluida como una cañada que horas antes era pura nube. Se llevó la mano ardida a los labios; con la otra levantó el bastón y estuvo a punto de dejarlo caer sobre los cuartos traseros del monstruoso André, que en la postura del macho le daba la espalda a Branly pero volteaba el rostro para reír y guiñar los ojos claros. Entonces, dice, él sólo miró los ojos lastimosos del joven Víctor, la infinita solicitud de compasión y comprensión en ellos, la terrible tristeza irremediable, la gratitud de una despedida gemela de la muerte y se detuvo azorado de su propia piedad. Incluso más tarde no supo si la compasión se la otorgó a ese pobre muchacho recostado allí con las piernas abiertas o a otro niño al cual no le tendió la mano muchísimos años antes cuando una pelota de goma roja rebotó entre ambos o a otra niña que decía haber jugado con él en los mismos lugares, pero esto él no lo recordaba.

—Hoy sé, mi amigo, que la piedad que le di a Víctor Heredia se la di en nombre de mis otros dos compañeros perdidos.

Pero en realidad la mirada del joven Víctor Heredia lo paralizó de terror, lo admite ahora, porque hay algo que es más fuerte que el amor, el odio o el deseo y es esa simple voluntad, cuando no se tiene o se es nada, de existir a cambio de otro. Branly sospecha que esto es lo que el niño mexicano le comunicó esa mañana a su cordial anfitrión francés, rogándole que no interrumpiese algo que él no entendía porque venía de muy lejos.

Mi viejo amigo cerró sin violencia la puerta del Citroën y sólo repitió las palabras que yo conocía:

—Dios mío, que no crezcan nunca; su misterio será juzgado ingenuidad o crimen.

Las dijo como las repite esta tarde, con una gravedad inmensa que tiene su asiento en los territorios de la muerte. O lo que es lo mismo: en un amor inasible. Sobre las hojas secas, inmóvil, Branly sintió el sudor en las manos, la frialdad pegajosa, el temblor de los músculos vencidos y el dolor azulenco de las uñas que había podido adivinar, en otras ocasiones, como síntomas mortales de una amante y de algunos amigos, de su segunda esposa y de los soldados en el frente occidental.

Vaciló y dice que estuvo a punto de caer sobre unas rodillas que se negaban a sostenerle. A un alarido lejano que él decidió atribuir a esa ave zancuda y plañideramente vanidosa siguió el apresurado regreso de José y Florencio. Le sostuvieron de los codos, mezclando excusas e interjecciones castizas: ya habían estado aquí, sobre las hojas, por eso sabían lo que sentía el señor, que se alejara, vamos, josú, era horrible pero bastaba alejarse pronto.

—Llévenme a la casa.

—Sí, señor conde, afuera está el tasi esperando.

—No, esta casa, aquí, llévenme.

—Por favor, señor conde, regrese usted a su casa.

—Pero yo me dije, ¿ve usted?, que no había llegado solo al Clos des Renards y no regresaría solo a la Avenue de Saxe donde Hugo Heredia me esperaba en una recámara del Primer Imperio con vista a un jardín cuya simetría apenas es turbada por un pino marítimo, siempre verde y plantado en la arena.

—Conozco su casa, Branly.

—Quiero decir que pensar en la recámara de Hugo Heredia allá me obligó a pensar en la recámara de Víctor Heredia aquí. Nunca la había visto.

—Ni la de los adolescentes.

—Era el Citroën.

Los criados lo incorporaron fuera del perímetro de las hojas.

—Jamás había interrumpido a mi zafio anfitrión de día, jamás le había pedido razón y cuentas de algo más que una sorpresa inmerecida o una indiferencia grosera.

—Por aquí, señor conde.

—No, por allí.

—Señalé con el bastón la ruta más lógica entre dos puntos pero también, formalmente, la menos aceptable. El jardín francés, perfecto en su simetría, se interponía entre mi persona, mis criados y la casa.

Mi amigo me dice que ni siquiera en los momentos más arduos de la campaña del Aisne tuvo que imponerse una decisión tan inmediata y difícil. Los criados querían respetar ese espacio emblemático de la jardinería formal y bordearlo por el camino de grava.

—En cambio, yo decidí que algo, no sabía ni sé hoy qué cosa, dependía de que me atreviese a cruzar el jardín por el camino, oculto al ojo cercano, ¿recuerda usted?, sólo divisable desde la planta alta, de la rajada que lo cruzaba como el rastro de fósforo de una bestia.

José y Florencio le soltaron, temblando, excusándose, insinuando explicaciones para su conducta deplorable que Branly jamás les solicitaría porque si algo define a mi viejo amigo, lo sé ahora más que nunca, escuchándole y tratando de prever el final de su jornada entre los Heredia, es que su orgullo más profundo no habla porque su orgullo es un silencio que no pide excusas ni da razones.

—Señor conde, usted nos dijo que obedeciéramos al señorito Heredia en todo.

Las voces se fueron apagando; mi amigo avanzó descalzo por el sendero herido de ese jardín, mirando a su alrededor el paisaje infinitamente mutable de sus sueños, como si los lugares que soñó desde su recámara hubiesen estado siempre aquí, a simple vista de sus ventanas, cuando en ellos se apareció una mujer a la que amó en el pasado.

—Escúcheme usted: en el centro del jardín formal miré, rodeándome, el espacio restituido, el más amado, me di cuenta entonces, el paisaje insustituible de mi vida afectiva, el Parc Monceau de mi infancia y en ese momento supe que, fuese cual fuese el término o el significado de cuanto vivía, a Víctor Heredia, a mi joven amigo mexicano, le debería esto, reconquistar el dominio sobre lo que más quería y sin embargo, había olvidado. Imaginamos que el instante nos pertenece. El pasado nos obliga a entender que no hay tiempo verdadero que no sea tiempo compartido.

Apretó afectuosamente mi antebrazo, cosa rara en un hombre de maneras tan precisas y corteses, aunque jamás efusivas o sentimentales, y su silencio me permitió balbucear que, en efecto, todos los lugares que hemos recorrido no son, al cabo, sino la búsqueda de un solo lugar que ya conocemos y que contiene toda nuestra emoción, toda nuestra memoria.

—Sí, sí, asintió Branly, así es. Esto le debía a este muchacho al que normalmente no debí conocer porque él debió nacer cuando yo ya hubiese muerto. ¿Qué lo impedía? Cuando Víctor Heredia nació, yo tenía setenta y un años. Mi padre murió a los treinta años.

Branly no miró hacia afuera; daba la espalda a las ventanas de la plaza y frente a él sólo había un rostro, el mío, desvanecido por la penumbra. Quizás por ello hablaba así; quizás sentía que, en verdad, hablaba consigo mismo. Me atreví por ello a preguntarle como uno se pregunta estas cosas:

—¿Hubiera usted preferido nunca conocer a los Heredia?

—No, no conocí a los Heredia, contestó mi amigo después de una pausa. Me conocí a mí mismo, ¿no se ha dado usted cuenta?

Dijo esto con una especie de concentración cariñosa que me conmovió porque sé que, sinceramente, reunía el amor disperso que mi amigo pudo sentir hacia su vida, ciertamente, pero también hacia quienes, vivos o muertos, la compartimos. Y este sentimiento nacía de una visión: Branly en el centro del jardín formal del Clos des Renards se veía (acaso era visto por los dos muchachos y por Heredia el francés en su escondite, también) devuelto al Parc Monceau; detrás de él una muchacha vestida de blanco avanzaba por una avenida y frente a él se mantenían tenazmente cerradas unas ventanas de vidrios biselados por las cuales asomaba un niño con el rostro entregado al olvido.

Avanzó hacia él, dejó atrás a la mujer, prefirió al niño, se dijo que lo necesitaba, al cabo, más que nada en la vida, porque a nadie le había dado menos en la vida, ahora, setenta y un años después de que lo olvidó; esta vez no lo defraudaría, fuese quien fuese ese amigo perdido...

Avanzó hasta llegar al espacio de las guijas machacadas frente a la terraza de los leones. Monceau, el hotel de la Avenida Velázquez, sus habitantes, se desvanecieron y en su lugar apareció lo que nunca se había movido de allí, el *manoir* suburbano sin demasiado estilo, existiendo en el limbo de una elegancia pasada de moda, muy luisfeliparda, masiva y un poco descascarada en su exterior de pintura amarillenta. Cruzó el dintel con la escocia donde quedó grabada la inscripción AD 1870, el *foyer* oscuro; recorrió un comedor aún más oscuro tapizado de cuero cordobés, una biblioteca que en vez de libros tenía montones de papel viejo en los anaqueles, una cocina con escasos alimentos, muchas hojas de árbol remojándose en calderones de cobre frío con olor a agua de lluvia, el teléfono antiguo, el no menos viejo y crujiente montacargas.

En la planta superior sólo estaba la buhardilla. En la intermedia, la recámara que él estuvo ocupando estos días. La de Heredia el viejo debería estar en el mismo piso. Y sólo podía estar, se dijo reconstruyendo mentalmente el plano de la casa que por primera vez acababa de recorrer en su extensión básica, detrás de las simétricas puertas de cuero del pasillo entre la recámara y el montacarga.

Volvió a recorrer ese pasaje, igual que durante la mañana, que ahora le parecía lejanísima, en la que fue a buscar por primera vez su propio desayuno al montacarga cuya ubicación hubo de descubrir en una pilastra junto a la escalera. Fue tocando con los nudillos a cada una de las puertas equidistantes.

—Eran simple *trompe l'oeil*, mi amigo. Las puertas habían sido artificiosamente pintadas sobre el cuero, como las casas y las calles sobre el fondo del Teatro Olímpico del Palladio en Vicenza. Pero detrás del cuero mismo, al golpear con el puño cerrado, no descubrí oquedad alguna, sino un macizo muro de ladrillo. Casa desollada, sí; también, me dije entonces, casa amurallada.

Sólo una puerta sonó hueca. Estaba junto a la columna que daba cabida al montacargas. Branly la abrió y vio, al fondo de una vasta galería despojada de muebles o decorados, a su anfitrión.

XVIII

Víctor Heredia el francés estaba vestido de negro. Zapatos, pantalón, paletó y camisa negros. Lo único blanco de su atuendo era un cuello talar, tan blanco como la cabeza, la piel y la mirada de este hombre desagradable detenido en una esquina de la enorme pieza blanca, encalada como los sepulcros a los que Cristo compara a los fariseos. Había en la mirada de Víctor Heredia, angosta y satisfecha, en su ridículo atuendo eclesiástico, en la disposición de sus manos romas y avaras prendidas a los ojales de la americana, algo repulsivo que, unido al resplandor mortecino de esa estancia, provocó en mi amigo estas asociaciones bíblicas, poco comunes en él y, generalmente, en las culturas latinas que en realidad sólo creen en Jesús porque Roma lo adoptó.

La ausencia de ventanas aumentó la sensación de sofoco; pero la razón principal de la asfixia eran las palabras mismas de Heredia, dándole la bienvenida a Branly con su atroz y acostumbrada vulgaridad, ¿qué hay, conde?, ¿se le olvidaron las babuchas?, a su edad no debe andar sin zapatos, mire que por allí se pescan las pulmonías y un buen día, ¡pum!, se nos va usted a comer el rábano por las raíces y luego, ¿cómo va a caminar descalzo por las brasas del infierno?

Comentó sus propias palabras con carcajadas ruidosas y aunque Branly no estaba dispuesto a guardar, esta vez, miramientos con su anfitrión y hubiese preferido anunciar secamente su partida en compañía del joven Víctor Heredia, el espectáculo del viejo Heredia disfrazado de párroco y riendo groseramente precipitó estas palabras que quizás, en otras circunstancias, Branly no hubiese dicho:

—Vengo a despedirme. No quiero hacerlo sin decirle que no tengo motivos para agradecerle nada. Su falacia ha sido constante. Pero me basta recordarle la primera de sus trampas, para que no crea que me voy engañado. Usted se ofreció a cuidar a Étienne si el muchacho y yo regresábamos a París. Pero sabía perfectamente que me quedaría porque Étienne es mi empleado. Espere un momento. Sólo quiero que sepa una cosa. Me doy cuenta cabal de que mi chofer y yo hemos sido pretextos para que el muchacho venga aquí. Quería decirle esto antes de irme para admitir que si al principio caí en sus celadas, hoy, al regresar a mi casa, yo no me engaño. Es usted un perfecto tramposo.

El Heredia francés lo miró, me dice Branly, con un asombro teatralmente exagerado. —¿Para qué diablos me viene usted a decir todo esto?

Branly se irguió, apoyado sobre su bastón. —Para decirle que soy un hombre de honor y que usted es un pelagatos deshonesto. Lamento que mi edad me impida darle una paliza en privado o en público. No merece usted otra cosa.

Admite Branly, con un brillo risueño de sus pequeños ojos negros en la penumbra del comedor, que si adoptaba estas actitudes era, entonces, con el propósito de que Heredia bajase la guardia y persistiese en verle como una especie de mamut aristocrático, anclado para siempre en las cavernas de un código pasado de moda.

—La moral de alguien como Heredia, si moral puede llamársela, parte del supuesto que nosotros nos agotamos en un código de costumbres abrogado; nuestra verdadera superioridad consiste en que mantenemos el código aunque hagamos lo mismo que los Heredia de este mundo; ellos carecerán, al cabo, de esa protección, a la vez, ética y estética. Todo es política en este mundo, y la política es ante todo un problema de legitimación.

Apoyó su mano sobre la mía; su obsesión en ese instante, me dice, era rescatar al joven Víctor Heredia y sus palabras eran maneras de rondar alrededor del tabernario señor del Clos des

Renards, encontrar el resquicio por donde escapar con el muchacho y devolverlo —esto sí que lo exigía su honor más profundo— a Hugo Heredia. El cariño manifiesto entre padre e hijo, que percibió aquella noche en casa de Jean en Cuernavaca, pasó por su mente, me dice ahora Branly, con el fulgor doloroso del cielo mexicano derramándose sobre la barranca tropical. Ahora no tenía más defensa para el joven Víctor, pensó, que la exacerbación altanera del ánimo de Heredia. Unió las manos como sólo él sabe hacerlo: dedos largos, pálidos, opalinos; oración y memoria.

—Añado algo, Heredia. El vicio inglés no me espanta; puede ser parte necesaria de la educación de nuestros jóvenes. Pero hay que saber distinguir si el *partenaire* es de la misma clase o de una inferior; a éste, se le paga.

Miró con una altivez provocativa a Heredia. El anfitrión, sin perder la sonrisa, soltó las manos de los ojales.

—¿Cuántos siglos de corrupción humana han pasado para que usted tenga esas manos tan delicadas y puntiagudas, conde?

—Por lo menos desde que San Remigio convirtió a Clodoveo al cristianismo, contestó con displiscencia mi amigo y yo iba a reír de su respuesta cuando él mismo reiteró la ofensa a Heredia: no quería marcharse sin liquidar cualquier deuda pendiente; ¿cuánto debía pagarle a André por sus servicios sexuales para con Víctor?

Dice Branly que Heredia se movió con un ruido subterráneo de cadenas soldadas a ladrillos y cayó sobre él como una montaña de piedras sueltas, sin cemento, pesadas y dispersas, inasibles y heladas como todo el universo de este ser atroz y, sin embargo, extrañamente digno de piedad que murmuraba con cólera y ternura descompuestas, «es un ángel, es un ángel».

—Esto quizás sólo lo sé ahora; aún no lo sabía entonces, cuando se arrojó sobre mí, porque la agresión física privó sobre cualquier otra consideración. Debí haberlo sospechado, sin embargo. Sólo me agredió para defender a su hijo. Pero había, ¿no lo hay siempre?, algo más.

La verdadera locura no es apasionada ni cálida, añade mi amigo; su voz tiene la temperatura del invierno y así de helada fue la voz de Heredia cuando cayó sobre Branly, arrojándolo contra la pared blanqueada, apresándolo allí con su cuerpo mal hecho, corto y grueso, redimido sólo por la fuerza clásica de la cabeza, el perfil, los labios…

¿Qué dijo, se pregunta Branly y me lo pregunta a mí? ¿Que Branly no sabe estas cosas, no imagina lo que es saber a su madre mal enterrada en una barranca, tan mal enterrada que los perros y los buitres lograron escarbarla, devorarla, dispersarla, perderla, mientras el niño esperaba a que su padre indiano regresase de rehacer la fortuna en Cuba y en México, el niño solo pero con la esperanza de que su madre regresase también, sólo que nunca regresó porque había sido banquete de soldadesca primero y de bestias rapaces después, por esto iba a pagarle Branly, por la ternura incumplida de todas esas tardes cuando los chicos normales salían de la escuela a jugar en el Parc Monceau y el niño sin nombre o familia reconocidos miraba detrás de los vidrios biselados de un hotel particular de la Avenida Velázquez y sólo una vez otro niño, él, estuvo a punto de reconocerle, jugar con él, admitir su existencia y no se atrevió, no dio el paso de más, por eso también iba a pagarle, y cuánto le pagó el capitán francés a la «Duquesa de Langeais», a la bien llamada mamasel gabacha en el burdel de Acapaltzingo que era parte del negocio de Francisco Luis, quién era inferior, la mamadora o el mamado, eh?, ¿quién debió pagarle a quién, Branly, tu padre a mi madre o tu madre a mi padre, quién le hizo el favor a quién viejo cabrón y ella qué iba a saber que las cosas no eran como ella imaginaba, si Clemencita la apartó de todos los espejos del mundo y la mamasel se creía tan bonita y tan joven cuando se acostó con el capitán del ejército francés de México como cuando se acostó con Francisco Luis después de los bailes de La Guaira medio siglo antes, qué te dije viejo cabrón qué te pregunté, a los seres por nacer los une una pareja, señor conde, esto no lo negará usted, hasta de los perros esto es cierto, puede usted imaginar entonces que lo contrario no sea cierto, que a los jóvenes amantes no los una un nonato que él, sí, exige su propia creación a través del alma de los jóvenes padres? Las generaciones son infinitas; todos somos padres de los padres e hijos de los hijos.

Mi amigo respiró penosamente y logró apartar de su rostro pálido el jadeo de Heredia, ese aliento helado que era realmente el de la locura aposentada en un invierno que era todos los inviernos, muy lejos de las axilas sudorosas y el vientre moreno y la cintura cimbrante de ese gran cuerpo de mujer que se recuesta sensualmente sobre las olas entre la Nueva Orleans y Cartagena de Indias, el Castillo del Morro y la Fortaleza de San Juan de Ulúa, las torres incendiadas de Sans Souci y las balandras cargadas de plátano y sandía de la Martinica francesa, la Jamaica inglesa, el Curazao holandés: ese mundo, agazapado, sólo en apariencia domado, volvió a saltar, a herirnos, aquella mañana final en el Clos des Renards, esta tarde de lenta agonía en el Automobile Club, como si se negara a permitirnos el remanso prolongado de la buena razón cartesiana que mi amigo y yo luchábamos por salvar, ¿lo creíamos verdaderamente?, del caos tropical de los Heredia que sin embargo emitía entre sus labios sin carne un vaho de muerte fría, como si esta existencia barroca tan alejada de nuestro mundo se manifestase igualmente intensa en los extremos pero sólo en ellos; me dice ahora que al sentir cerca de su mejilla el jadeo de Heredia imaginó a las Antillas cubiertas de hielo y no le sorprendió: catedrales blancas, blancas palmeras, papagayos y lechuzas blancas volando por el cielo sin color y el mar de leche derramada.

—Miente usted, dijo con su voz más apretada, severa, entre dientes cerrados, Branly, miente o se confunde en todo, da igual. Mi padre no alcanzó a ir a la expedición mexicana; no había nacido, sólo nació en 1870. Vive usted en la confusión, Mademoiselle Lange, la primera señora de Heredia, tenía entonces setenta. No podía concebir. Y no tuvo hijos con Francisco Luis. Usted es hijo de la segunda mujer de su padre, Heredia. Pero esto también es una mentira confusa, porque usted ha decidido que ella no es su verdadera madre. Le concedo ese derecho caprichoso a una leyenda pergeñada entre usted y la mulata. No veo qué tiene que ver un nonato en todo esto.

—Cuesta fabricar a un niño, es cierto, sonrió de manera particularmente lúgubre y desagradable Heredia. Las verdaderas generaciones no tienen nada que ver con su cronología pedestre.

—¿Qué quiere usted decir?

—¿No lo vio abajo? No está bien terminado, pobrecito. Las piernas, el vientre. Mal acabado, le digo. Cuesta mucho.

—¿Qué?

—¿Qué dice usted, Branly?

—Espere, apretó mi mano, yo mismo no entendía; le he dicho que no podré entender esta historia hasta que termine de contarla.

—¿A pesar de haberla vivido?, insistí.

—A pesar de eso. ¿Qué relación puede haber, dígamelo usted, entre vivir algo y contar algo?

—Quizás ninguna, es cierto.

—Perdone mi violencia, dijo Heredia al separarse del abrazo mortalmente enconado con el que se derrumbó sobre Branly; soy un hombre inseguro y temeroso, ¡ja!, no tengo sangre azul como usted para sentirme siempre en la cumbre del mundo.

—Es usted irremediablemente vulgar, dijo Branly con una sonrisa torcida. Irremediablemente, ¿Heredia? ¿Es ése su nombre verdadero?

El anfitrión del Clos clavó las manos en los bolsillos y se encogió de hombros, como un pillete mal educado y resentido.

—Me gustaría, al cabo, saber el nombre del niño al que no supe tenderle la mano, hace setenta años, en el Parc Monceau. Sé que es muy tarde para compensar mi omisión.

Esto lo dijo Branly con una emoción retenida y severa. Buscó, al hacerlo, la mirada clara de Víctor Heredia el francés. Su anfitrión dejó pasar un largo rato; lo empleó en remoler el talón contra el piso a la cal de esta galería sofocante.

—André, dijo finalmente Heredia, mi nombre es André.

—Como su hijo, dijo Branly con una de esas expresiones concluyentes y reiterativas que llenan con una cortesía aleve los vacíos de la conversación social.

—No, movió la cabeza Heredia, como yo.

—¿Usted, Heredia, no le he dicho que quisiera compensar mi indiferencia, mi crueldad si lo prefiere usted? ¿No es suficiente? ¿Necesita usted seguir eternamente montado en un sarcasmo de baja estofa?

—¿Sabe usted por qué no aparezco de día? No, no diga nada. Yo se lo diré. Los verdaderos fantasmas sólo se aparecen de día, conde.

Se había acercado con pasos remilgados, como de solterona vieja, a un rincón del aposento y Branly, me lo comenta ahora, conocía para entonces suficientemente las trampas de «Heredia» y esperaba, detrás de estos andares mímicos, una actitud nueva y desconcertante de su anfitrión. Dijo con estos ademanes de virgen anciana que temía a los fantasmas diurnos y su distinguido huésped, el señor conde de Branly, debía temerlos también; ¿quería salvar a los niños, acaso?, ¿no se daba cuenta de que los niños quizás no querían ser salvados?, ¿de cuántas cosas no se daba cuenta, envuelto en su altanería aristocrática el señor conde tan alejado de los barrancos negros y podridos donde las señoritas francesas exiliadas en el nuevo mundo cantan madrigales para espantar a los perros y los buitres que se las quieren comer muertas, tan seguro en sus hoteles y sus jardines simétricos, inconmovibles, en esta patria sin terremotos ni cólera morbo ni triquinosis ni guardias blancas ni mita minera ni huracanes que arrastran hojas viejas y en pleno agosto pelan a una selva entera de ramas y frutos y se los llevan lejos, allende el mar, a preñar de puro polen tropical a las austeras esposas europeas que luego paren sin saber que las semillas viajan, el aire las lleva, se meten por las narices, las orejas, las bocas, los culos, los incontables orificios de un cuerpo humano que es más agua y hoyo y charco que otra cosa, eh?, ¿de cuántas cosas, eh?

—De mi voluntad de darle vida a todo lo que no fue y pudo ser, dijo «Heredia» irguiéndose de repente, dotándose de una dignidad que Branly hubiese creído imposible en él.

—¿André debió ser hijo de Francisco Luis y mademoiselle Lange?, preguntó, titubeante, Branly.

—Lo es, señor conde, créame, lo es. Esto es lo único cierto de esta farsa. Sólo que esta vez mi angelito va a nacer completo, no como antes, otra vez entero.

Entonces «Heredia» tomó de un brazo a mi amigo pero esta vez con una fuerza, dice Branly, no sólo insospechada en su anfitrión sino en hombre alguno; dobló el brazo de Branly, obligándolo a inclinar la cabeza primero, el torso después, en la dirección buscada por este monstruoso comediante al que, en ese momento, mi amigo no sabía qué carácter atribuirle: si el de un peligroso payaso, un loco inofensivo, un mitómano ineficaz o un hombre abandonado, caído, aislado y digno de piedad.

—Mira vejete hijo de puta viejo güevón coño de tu mare ojete mira por andarte metiendo en lo que no te importa tratando de separar lo que siempre estuvo unido y ahora lo estará para siempre mira Víctor Heredia ya no pertenece a tu tiempo sino al mío y mi hijo ya tiene el compañero que yo no tuve...

Con un brazo rodeando el cuello de Branly, «Heredia» levantó con la mano libre las hojas del montacarga y empujó la cabeza de mi amigo hacia el hueco del ascensor, como si la preparase para el hacha del verdugo o el filo de la guillotina; Branly miró hacia el fondo del espacio por donde subía y bajaba ese servicial empleado que los ingleses llaman «dumb waiter», el mozo mudo; la tormenta helada le despeinó, las finísimas dagas de hielo hirieron su piel y le obligaron a cerrar, llenos de lágrimas involuntarias, los ojos; había visto, en ese instante, lo que tenía que ver.

No había soltado mi mano.

—¿Se ha detenido a pensar, mi amigo, en la espantosa noción del infinito, el tiempo y el espacio sin principio ni fin? Eso es lo que vi en el cubo del ascensor esa mañana. El infinito era como la carne interior de un calamar mojado y blando, resbaloso y babeante, una pura textura sin color ni ubicación, pura *sensación* vertiginosa de un gran molusco blanco que desconoce todo tiempo y todo espacio. Algo interminable y envuelto en una perpetua llovizna de nieve.

—¿En qué piensas vejete?, ¿crees que al salir de aquí vas a echarme a la policía encima, acusarme, exigir que devuelva a Víctor? Olvídalo, conde. Víctor y André ya no están aquí. Víctor y André ya no son André y Víctor. Son un ser nuevo y distinto. Nadie los reconocería. Ni yo mismo. Pueden pasar frente a tus narices en un café, en una calle. No los reconocerías. No lo reconocerías. La verdadera locura es la que pasa desapercibida.

«Heredia» comenzó a reír otra vez y Branly, al cabo desprovisto de toda razón, de toda aproximación inteligente a este demonio que lo era sobre todo porque era incomprensible, ignorado y por ello espantoso, hizo lo que nunca había hecho en su vida, o que nadie le había obligado a hacer.

—Sólo esa mañana, créame usted, aprisionado por los brazos de «Heredia», con esa visión incomunicable del vacío infinito ante mi mirada doblegada, hice una cosa que nunca, en mis ochenta y tres años, había hecho. Grité, mi amigo, grité como se gritaba en los melodramas de Frédérick Lemaître a los que asistían nuestros bisabuelos en el Boulevard du Crime. Grité convencido de que mi voz era mi salud, mi vida, mi única opción para salvarme y vivir. ¡Bah!, creo que sí, habré gritado así, pensándolo bien, en mi cuna, claro.

Dijo esto separando al fin su mano de la mía, a la cual se había asido durante esta parte de su relato, y uniendo las suyas con ese gesto gracioso, muy propio de él, que pretendía, en circunstancias como éstas, disipar la probable solemnidad y devolver las cosas a un justo medio razonable y no desprovisto de humor.

—¡Bah!, repitió, lo que son las cosas. Grité aterrado por esa visión y por la sensación de mi muerte próxima, lo admito. Pero al gritar convertí el melodrama en comedia. Luché contra «Heredia» y la puerta de la sofocante galería encalada se abrió con la chapa rota por el peso de los hombros de Florencio. José entró corriendo detrás del fortachón que parecía jugador de pelota vasca, ambos se lanzaron a separarme de «Heredia» y a dominarle; caí sofocado y vencido. En la refriega, «Heredia» fue golpeado duramente por Florencio, se tambaleó y cayó de cabeza por el cubo del ascensor. Los dos criados exclamaron cosas en español y se asomaron al espacio vacío.

—Anda tú, vamos al sótano.

—Oye Florencio, mira la cantidad de hojas secas que se han levantado por el hueco.

—Les dije, con la garganta ardida, que no perdieran el tiempo. Debíamos salir de aquí en seguida. ¿Dónde estaba el taxi que dijeron? Vámonos. Ya mandaría a Étienne a recoger el Citroën otro día, más tarde.

—¿La Citrón, señor conde? Pero si el Etién vino a recogerla anteayer, apenas salió del hospital y supo de su accidente, exclamó Florencio mientras los dos le ayudaban a incorporarse.

—Dijo que la llevaría a reparación. Pero nunca regresó.

—Recuerda tú Florencio que el señor Heredia nos dijo que se sentía responsable del accidente por culpa del señorito y le dijo al Etién que tuviera cuidado de manejar con una sola mano y que si quería lo acompañaba a recoger la Citrón y así les saludaba a usted, señor conde, y al señorito Víctor.

—Pero ya sabe usted como era de perdonavidas ese gabacho, con respeto sea dicho de usted, señor conde, que un español no le iba a enseñar nada ni él le iba a deber nada, ¡qué va! y total que como no se trata de ir a Tetuán por monas, habiéndolas y tantas por acá...

—Total, que tomó su propio coche y se fue para siempre.

—¿Qué dice usted, Florencio?

—Nada, que yo creo que el Etién se estrelló en su 2CV cuando venía a buscar la Citrón acá para repararla, dijo Florencio mientras los dos conducían suavemente a Branly hacia la escalera.

—Y como bien dice Florencio, pues yo creo que se mató. Puede ser. Nunca regresó.

—¿Y Heredia? ¿Hugo Heredia? ¿Qué dice?

—Su señor huésped salió de regreso a Méjico hoy en la mañana, señor conde.

—Gracias por permanecer aquí conmigo.

—El señor conde es muy bondadoso con nosotros y nos trata como seres humanos, dijo José cuando los tres llegaron al pie de la escalera.

—Usté viera, señor conde, cómo tratan los españoles a sus criados. Eh tú hazme esto y eh tú hazme el otro. Baturro de mierda, con excusas del señor conde, cretino cómo se ve que tu mare te dejó caer de la cuna so baboso, tonto de la cabeza, ¡ale!

—Y los señoritos son los peores. Les gusta humillar y crear quehaceres en balde. Levanta lo que dejé caer Pepe. Ahora déjalo caer donde lo encontraste Pepe. ¿No me oyes? Que lo levantes Pepe.

—Pues que las habas se cuecen en todas partes, porque el señorito mejicano no era mejor que los señoritos españoles. Ya ve usted señor conde lo que le hizo al llegar a Pepe. Cómo no íbamos a traer corriendo sus valijas cuando llamó a pedirlas.

—Y como consultamos con su papá del señorito y dijo que cómo no, que le trajéramos todo acá...

—Le dije riendo a Pepe, vamos rápido o te vuelve a coger a cinturonazos. ¡Vaya con el chaval! Es un verdadero diablo.

Salió a la terraza de los leones ayudado por Florencio y José. Le costaba entender lo que decían o, más bien, armonizar las verdades opuestas de sus palabras. Estaba mareado; los criados lo halagaban; los criados se contradecían; los criados habían estado esa mañana allí, con las maletas en las manos y las habían entregado al joven Víctor en el Citroën; habían sentido, como él, temor físico al pararse sobre las hojas secas; le habían, al cabo, rescatado de la furia demoniaca de «Heredia», el confuso vástago de muchos lugares más que de tiempo alguno, este hombre cargado de historias inconclusas porque él mismo no tenía fechas ni orígenes: ¿cómo iba a ser hijo de Francisco Luis y la mamasel, que se conocieron en La Guaira en 1812 y se separaron para siempre en un burdel de Cuernavaca en 1864?; ¿cómo aun, siendo hijo de Francisco Luis y su segunda mujer, la gruesa y lenta y glotona provinciana del Limousin, pudo haber sido un niño, contemporáneo de Branly, en los años de principios de este siglo, cuando mi amigo concurría al Parc Monceau? ¿Qué edad tenía «Heredia», qué edad Francisco Luis al morir?

Estos cálculos del desorden infinito de las edades, que así atentaban contra la racionalidad cronológica de Branly, se desvanecieron apenas miró, desde la terraza del *manoir*, la perfecta simetría del jardín francés, el espacio claro e inteligente donde la naturaleza era domada por la exactitud geométrica de arbustos, céspedes, pensamientos, alcachofas y urnas de piedra. Buscó en vano un signo de la cicatriz grisácea en el pasto.

El bosque de abedules, los rosales, las hayas y el sauce parecían exaltar su propia serenidad como un homenaje al verano perdido y en la avenida de castaños y encinos el otoño aún no pasaba con su canasta de despojos; el suelo de tierra fresca estaba barrido y limpio; no había hojas, sólo el juego encantador de sol y sombra entre ramajes verdes.

El Citroën estaba detenido donde terminaba la avenida y se iniciaba el jardín, sobre el sendero de grava. Cuando los vio salir de la casa a la terraza, Étienne dejó de sacudir la trompa del automóvil con su plumero, se llevó una mano a la visera y subió al coche. El sólido chofer giró alrededor del espacio de jardinería para detenerse frente a la escalinata de entrada, descendió y abrió la puerta trasera para que subiera Branly asistido por sus criados. Las voces de sorpresa de José y Florencio sonaron huecas, poco convincentes. De esto sí tiene claro recuerdo mi amigo.

—¡Vaya! Y uno que ya lo daba por muerto.

—¡Josú y mil veces josú, el resucitao divino!

—Suban atrás con el señor conde, anden, cuídenle bien. Yo voy a ir por sus cosas.

Dice Branly que se hundió en el asiento muelle, forrado de franela beige, perfectamente limpio y se negó a conversar con los criados, a mirarles siquiera, a darse por enterado de las miradas cómplices pero desconcertadas, los movimientos de hombros levantados y manos extendidas que pedían, en silencio, explicaciones.

Le hubiera sido tan fácil decirles, Hugo Heredia lo compró, igual que a ustedes, sólo que le costó un poco más. Un campesino bretón es más duro que dos campesinos andaluces. A Étienne le cuesta más dejar de recordar. A ustedes el olvido les viene fácil. Un poco más de tiempo y de dinero, es toda la diferencia: nadie debe recordar nada, no pasó nada.

Étienne descendió con una petaquilla llena, supuso Branly, de la ropa que mi amigo traía puesta la noche del accidente. Subió al auto y arrancó.

—¿Cómo sigue de su mano, Étienne?, preguntó Branly.

El chofer miró a su patrón por el retrovisor con una sonrisa de borrego y levantó la mano vendada.

—Manejo muy bien con una sola, señor conde.

—Ah.

Branly miró hacia atrás por la ventanilla del Citroën y leyó la fecha escrita en la escocia del dintel: AD 1870. Étienne había creído que era el número de la casa y que se había equivocado; en aquella ocasión murmuró pestes contra las nomenclaturas municipales que le dan dos números a la misma casa. Mi amigo supo que era una fecha porque al mirar hacia la planta alta desde el auto en movimiento, alejándose para siempre del Clos des Renards, vio asomada nerviosamente a la ventana una silueta que se desvanecía, bailando, en medio de tules vaporosos y peinados altos que parecían torres de algodón azucarado. La tigana lanzó su silbido lastimero. Pero Branly intentó en vano escuchar el tarareo del madrigal, *chante rossignol chante*.

XIX

Un viejo duerme poco, repite ahora Branly; se siente acosado por la necesidad de la vigilancia y la edad anciana en esto es sabia, lo dispone todo para que no sea fisiológicamente necesario dormir tanto como antes, cuando se regresaba fatigado de recorrer el castillo del abuelo, o después de los juegos en el Parc Monceau, el amor con Myrtho entre edredones color de rosa o las noches bajo relámpagos de fósforo en las trincheras.

De todos modos, un viejo dormilón es un tanto ridículo, me dice ahora, cuando al cabo los dos nos levantamos de la mesa en el comedor del club y avanzamos lentamente a lo largo del espacioso salón iluminado a esta hora sólo por los faroles exteriores de la Place de la Concorde. Además, son apenas las seis de la tarde, las luces se prenden y nos ciegan cuando llegamos al vestíbulo de recepción; un ejército de mozos y afanadores, varios de ellos meros adolescentes, entran con las camisas arremangadas, los delantales bien ceñidos y las caras rojas a preparar las mesas, tender los manteles limpios, doblar las servilletas frescas y remozar los floreros.

Los sirvientes se excusan con impaciencia, se inclinan, nos evitan con actitudes en las que el obsequio frisa con la hostilidad: nos hacen sentir que hemos retrasado su trabajo, su salida, su encuentro con hijos, mujeres, amigos, diversiones, sueño. Mi amigo y yo dejamos atrás el tintineo de copas y cucharillas que es como una serenata al borde de un surtidor de plata: el madrigal de la clara fuente ha permanecido en mi cabeza como suele ocurrir con esas rondas infantiles cuya simplicidad clásica e insistente desplaza de nuestro recuerdo y para nuestro enfado las composiciones que preferiríamos mantener alojadas allí, como en una especie de alta fidelidad permanente y gratuita; por encima de todas las cosas, por ejemplo, yo creo amar dos composiciones, el cuarteto

«Emperador» de Haydn y el trío número dos para piano, violín y cello de Schubert. Hubiese dado algo porque sus nobilísimos acordes acompañasen nuestro descenso por la igualmente noble escalera del pabellón obra de Gabriel y no una chanza infantil sobre ruiseñores, penas y alegrías al borde del agua.

Se prepara el servicio de cena del Automobile Club de France y nosotros, que estuvimos a punto de retrasarlo, sin recapacitar en los horarios de trabajo de los demás, cruzamos la biblioteca verde y caoba con sus notables grabados de los primeros automóviles franceses y en la planta baja entramos al bar moderno junto a la gran piscina. Hay pocos socios a esta hora y Branly me propone que nademos juntos después de terminar nuestra conversación en el solario adyacente a la alberca.

Yo asentí, él caminó hacia la piscina y le seguí, admirando su recuperada rigidez marcial.

—No, no me costó adivinar que Hugo Heredia había corrompido a toda mi servidumbre. De cierta manera, era el corolario fatal de esta historia y la única acción que reunía tantos hilos dispersos. El padre, le dije a usted desde el principio, le estaba dando una lección al hijo. Lamento informarle, mi querido amigo, puesto que usted es en parte de allá, que esa lección era la de una falsa aristocracia colonial que identifica su nobleza con el poder de la corrupción y de la crueldad impunes.

Se detuvo un momento sobre el tapete de cuerda que bordea la piscina.

—¿Lo admite usted?, me preguntó, alto y severo.

—Es probable, le dije.

—No. Es cierto, dijo reanudando su paso militar. Piénselo y verá que allí confluyen todas las historias, la de Hugo Heredia y su hijo, la de Francisco Luis y mademoiselle Lange, la del resentimiento atroz del dueño del Clos des Renards: en una común disposición espiritual, si así puede llamársela.

—Es probable, repetí un tanto desalentado, añadiendo que yo me sentía más bien de *acá* que de *allá*.

En los vestidores, los ayudantes gritaron nuestros números y nos desnudamos mientras los trajes de baño y las toallas numeradas, junto con las batas y alpargatas reglamentarias, descendían por el pequeño montacargas desde un inconfeso desván colectivo donde se guardaban estas pertenencias que los miembros del club no teníamos derecho a llevar y traer con nosotros sino que debíamos confiar al club hasta el día, si no de nuestra muerte, sí de nuestra improbable renuncia al privilegio de pertenecer a él. ¿Dónde más se cumplían ritos tan precisos e insólitos? No hablamos mientras los ayudantes en calzón corto y playera, calvos, grises y fuertes, nos atendían personalmente, enjabonándonos con estropajos duros, pero evitando cuidadosamente rozar nuestras partes privadas, antes de que pasásemos a las duchas.

Después de bañarnos, nos envolvimos en las batas de tela de toalla y entramos al salón caliente ideado por los servicios del club, no un sauna o un baño turco, sino apenas un agradable solario. Sentarse allí era como pasar una mañana de verano bajo un cielo encapotado.

Mantuve el discreto silencio que, a mi entender, invitaba a mi amigo a proseguir una historia que, por lo demás, pudo concluir en el instante en que Branly, flanqueado por sus criados españoles y conducido por su chofer bretón, abandonó el Clos des Renards, descalzo y en pijama. Temía las probables inculpaciones de Branly; su estoicismo hubiese sido monstruoso si, al menos una vez y cuál mejor que ésta, en compañía de un amigo, sin testigos y con un solemne aunque implícito juramento de no repetir una palabra de nuestra conversación, no hubiese dicho lo que él y yo pensábamos.

Por lo menos esto era cierto, dijo acomodándose en la silla de lona junto a la mía: Hugo Heredia había regresado a México y a su hijo Víctor nunca lo volvió a ver o a saber de él. Quizás, como dijo el espantoso castellano del Clos des Renards. Branly lo había vuelto a ver, sin posibilidad de reconocerlo, en un café, pasando por una calle: podía ser uno de los mozos que entró apresuradamente, a preparar el servicio de cena del club; ¿me di cuenta de la cantidad de adolescentes que servían como afanadores? Dije que sí y añadí que este sistema de aprendizaje medieval disfrazado era mejor que librar a esos muchachos a la calle del desempleo. Branly cerró los ojos y contestó que ése no era nuestro tema; su pregunta era si yo me había fijado en las caras de los jóvenes meseros, si había buscado entre ellas una que fuese eso que dijo «Heredia»: ni André ni Víctor, sino un nuevo ser, André y Víctor.

Esta vez le dije que no. La idea me parecía extraordinaria y nunca cruzó por mi cabeza. ¿Por qué había de ser así?

—Para estar cerca, dijo Branly.

—¿De usted?, inquirí sin demasiado énfasis.

Branly acarició las iniciales, bordadas con grueso hilo azul, de su bata.

—De la conciencia que les debo, dijo con una voz llana. Me es difícil volver a creer en mi propia razón y sin embargo la locura de los Heredia me resulta demasiado clásica y por ello más misteriosa; una locura vestida de civil.

Me tendió la mano.

Yo estuve a punto de tomarla.

Él, sin retirarla palmariamente, la retuvo con un gesto mínimo y estas palabras:

—Primero debo decirle, para no repetirlo más, que sí me he preguntado, muchísimas veces, si yo pude evitar el daño. ¿Qué debí hacer? Tengo tantas cosas que reprocharme. Sólo menciono una de ellas. Permití, ¿ve usted?, que mi orgulloso desprecio del «Heredia» francés me desviase del deber de llamar a Hugo Heredia el padre de Víctor. Recuerda usted que preferí decirle a «Heredia» que podía telefonear a mis criados para avisar que estábamos bien y pasaríamos unos días en Enghien. En realidad, yo debí telefonear personalmente a Hugo Heredia. ¿Para qué, pregunta usted con cierto asombro? ¿No resultó que la complicidad entre todos los Heredia era, como dicen los detectives ingleses, tan espesa como la que compromete a un grupo de bandidos? Es cierto. Y sin embargo, ¿qué puede convencerme de que yo, personalmente, cuando no lo sabía, debí telefonear al padre del muchacho y escuchar, incluso si me mentía, el tono de la voz que revela, al mentir, la verdad de las cosas: su mentira?

Pensé que Branly exageraba y le dije que evitar lo que sucedió era tan azaroso como cualquier otra combinación. Víctor pudo haber muerto en el accidente de aviación con su madre, en vez de su hermano Antonio. Podíamos multiplicar, añadí, las combinaciones del azar. Hugo y Víctor pudieron morir en ese accidente; también Hugo y Antonio. ¿Podía Branly acusarse de cualquiera de estas disposiciones herméticas a la voluntad humana?

—Pude hacer una cosa definitiva, murmuró el viejo, súbitamente envejecido, es verdad, al decir esto.

—¿Qué, Branly?, dije alarmado por ese descenso aleve de la edad sobre sus facciones habitualmente tensas y estiradas.

—Pude haberle dejado caer al precipicio. Me hubiese bastado no extender mi bastón, no apresarle del brazo con la empuñadura de mi bastón. Hubiese caído por lo menos cincuenta metros de la atalaya al juego de pelota en el barranco de Xochicalco.

No comenté nada. Me pareció excesiva, por no decir odiosa, esta aproximación de la muerte en los barrancos del valle de Morelos: mademoiselle Lange primero, Víctor Heredia después. El mismo barranco: ¿los mismos perros y buitres, siempre? Branly me miró con cierto humor.

—No olvide, si de verdad quiere ser generoso con mis culpas, que estuve a punto de rogarle al padre y al hijo que se abstuviesen de viajar juntos; pude haber invocado —es mi derecho, digamos, de antigüedad— una intuición, un sexto sentido, un respeto profundo por los muertos: los latinos entienden esto. Es más, estuve a punto de pedirle al padre que no viajase con su hijo; estuve a punto de ofrecerme a venir por el muchacho y viajar con él de regreso a México, ¿no es cierto?

—Eso me contó usted antes, Branly.

—¿Por qué, entonces, me precipité a invitarles a mi casa, dejándoles correr el riesgo de viajar juntos y matarse juntos, como la madre y el hermano antes?

Mi amigo se inclinó un poco para preguntarme esto. Yo repetí lo que antes había pensado, sentado allí en la silla de lona junto a Branly.

—Antes pensé que la cortesía es la única manera cierta que usted tiene para darle orden a los hechos humanos e invitarlos a aceptar el refugio de la civilización.

—¿Qué más?, dijo con celo.

—Espere. Pensé que así calmaba usted la agitación sin orden, para decirlo con sus propias palabras.

Me miró como si quisiese beber mi pensamiento: —Y exorcizaba las flores de ponzoña que se ofrecen entrelazadas con joyas preciosas, ¿no es así?

—Usted sabe mejor que yo dónde termina el azar de los destinos humanos y comienza el arte de la combinación literaria. Branly me ofreció un perfil dibujado con punta de plata.

—¿Son separables?, inquirió al cabo.

Reforzó su pregunta con una mirada nerviosa y apretó, esta vez, mis manos.

Descansó, dejándose caer en el fondo de la silla playera.

No nos miramos; sentados lado a lado en las sillas de lona del solario del club, miramos hacia un punto indefinido del espacio frente a nosotros, el piso de azulejos, los vidrios que nos separaban de la piscina y el bar.

Al cabo, rompí este ensimismamiento compartido preguntándole a mi amigo si había tenido, después, noticias de los Heredia. Mi pregunta, a la que Branly no contestó, escondía, claro está, otra, ¿qué hizo usted cuando regresó a su casa de la Avenue de Saxe? Me atreví a formularla en voz alta y Branly me respondió con toda precisión.

—Despedí a mis criados españoles y a Étienne; la última vez que un sirviente de nuestra casa fue cohechado fue en tiempo de los hugonotes, ¡imagínese usted!, sólo los protestantes y los latinoamericanos se han atrevido.

—O, si prefiere usted, un Hugo y un hugonote, dije con un débil intento de humor, como si quisiese apresurar el momento de un retorno a la normalidad entre Branly y yo, a sabiendas de que no era así y que mis palabras eran puro acto reflejo.

—Con razón en la corte de Carlos III el soborno se llamaba pomada mexicana, sonrió mi amigo.

Dijo esto con su acostumbrado y gracioso movimiento de manos; pero esta vez yo vi en él, en sus palabras bromistas, algo más que una intención de negarle solemnidad excesiva a las cosas. Branly movía las manos como en el acto final de un exorcismo; evaporaba, bendecía, despedía para siempre.

—Pero no escaparon a su atención, Branly, todas las pequeñas coincidencias, las aproximaciones tácitas.

Dije esto sin quererlo; estrictamente, no me correspondía añadir nada a lo que sabía porque Branly me lo había dicho y su palabra merecía toda mi confianza. Mi amigo estaba a punto de levantarse; ahora volvió a reclinarse contra el respaldo de lona.

Cerró los ojos. Unió los largos dedos junto al mentón y, en vez de contestar a mi pregunta, recitó una parte de su poema favorito, ese poema que se iba convirtiendo para mí en el *leit-motif* misterioso de esta historia a la que tantas veces le había solicitado, ahora me di cuenta, ser idéntica a quien la narraba y, al mismo tiempo, existir con independencia del narrador.

Mi amigo me preguntó si recordaba el título del poema. Le contesté que sí; era *La chambre voisine* de Jules Supervielle y ahora sentía, repetí, que sus estrofas nos habían acompañado a lo largo de esta tarde de noviembre.

—La víspera de la fiesta de San Martín, dijo Branly siempre con los ojos cerrados.

—¿Cómo?, dije, tratando de seguir los meandros mentales de mi amigo.

—Hablábamos hoy de una hora privilegiada de París, en la que los accidentes del día se disipan para que el día se corone de gloria. Un instante de luminosidad plena, ¿recuerda usted?, a pesar de la lluvia, la bruma o la nieve.

—¿Sí?

—La corona de la corona es el verano de San Martín, esa reaparición tardía del estío en medio del otoño, ese regalo inesperado para quienes nos habíamos resignado a sobrevivir, ateridos, en la madriguera glacial del mundo primerizo, el mundo hostil de los lobos contra los lobos, mi amigo.

Digo que traté de seguirle y por ello comenté que era cierto, dentro de unos días era la fiesta de San Martín, el once de noviembre, también día del armisticio de la gran guerra del 14-18 en la que Branly tuvo ocasión de participar. Mi amigo abrió un solo ojo, con cierto aire de burla, como si la epopeya no mereciese sino un recuerdo irónico. Habló de madrigueras; ahora me contó que el verano podía ser aun más atroz que el invierno; las trincheras del Marne eran una colmena de insectos y todos, oficiales y reclutas, se acostumbraron a despertar con los rostros cubiertos de moscas prendidas al sudor, las barbas y los sueños de los soldados. Ellas no hacían distingos.

—El veranillo de San Martín es como un regalo que el tiempo se hace a sí mismo. A los viejos nos hace creer que es posible prolongar la dulzura de los días. Es como el Sauternes que bebimos a la hora del almuerzo, ¿sabe usted? La dulzura dorada de ese vino no es sino el efecto de una cosecha tardía, de las uvas de noviembre, cuando los demás vinos ya han sido embodegados. Sólo las frutas maduras, convertidas casi en pasas, cuajadas con la experiencia del sol y la tierra moribundos, nos entregan la dulzura incomparable de un buen Sauternes.

Es cierto, le contesté, pero esa madurez dorada es inseparable de la corrupción que la apresura y aun precipita.

—Un hongo oscuro y repelente, Branly, por más que se le llame noble podredumbre. Tal es la condición, también, del Sauternes.

—Muchas veces le he dicho a usted que no podía anticiparle los hechos de esta narración aunque la hubiese vivido, porque una cosa era vivirla y otra narrarla.

—Pero ahora la narración ha concluido y usted me ha convertido, sin que yo se lo pidiese, en el nuevo narrador de cuanto me ha dicho.

Mi amigo no mostró mayor interés en mis palabras; pareció aceptarlas como un simple corolario de la historia. No entendí bien el carácter de su decepción cuando, moviendo la cabeza pesada para mirarme, me respondió que sólo una parte de lo que yo decía era cierto; yo me había convertido en un probable narrador de esta historia, pero la historia no había concluido porque la naturaleza de lo narrado es que sea incompleto y sea contiguo.

Contestó a mi interrogación arropándose en su bata de toalla blanca y preguntándome con una severidad nerviosa, fría pero solícita del calor que mi aceptación de sus palabras le daría, ¿qué cree usted que haría un hombre como yo, un hombre en el que el deber y el placer siempre han sabido vivir lado a lado, pero sólo a condición de que los justifique y reúna una presencia, no una nostalgia, mi amigo, no una esperanza, no, sino un sentido de la presencia aquí, encarnando tanto las obligaciones como las posibilidades del tiempo, qué significa ser quien soy y ser como soy, dígamelo usted, sino negarme a evadir ese sentido de la presencia que otros llaman responsabilidad, sí, pero una responsabilidad cabal que excluye, escúcheme usted, todo pretexto moderno, «esto no porque ya fue, esto tampoco porque aún no es», sino que dice todo está siendo, nada muere por completo sino porque, criminalmente, nosotros lo condenamos a muerte olvidándolo: el olvido es la única muerte, la presencia del pasado en el presente es la única vida y esto, lo entendí al regresar a mi casa y repasar mi aventura con los Heredia, es lo que, al cabo, me unía con Hugo Heredia, a pesar de todo lo que nos separaba profundamente?

—¿Qué cree usted que haría un hombre como yo?, repitió Branly después de una pausa imperceptible.

—Fue usted a México a buscar a Hugo Heredia.

Cerró los ojos y dijo que me repetiría palabra por palabra lo que Heredia le dijo un atardecer de octubre, cuando Branly lo ubicó en Xochicalco, trabajando en las excavaciones del antiquísimo centro ceremonial tolteca junto a la profunda barranca que se desploma de los altares hacia el valle de Morelos y su profusión de volcanes muertos.

—Toda narración es contigua de otra, repitió mi amigo. Quiero ser lo más fiel posible a la de Hugo Heredia. Luego entenderá por qué.

Me pidió que por el momento sólo imaginase que él y yo éramos capaces de recrear con toda fidelidad los actos de esta tarde, desde el momento en que yo entré al comedor del club, él me divisó y me sugirió que almorzásemos juntos. ¿Podía verme a mí mismo como le veía a él?, ¿podía él verse como yo le veía? ¿Podíamos ambos, mediante un descomunal esfuerzo conjunto, recrear verazmente el espacio sonoro que nos rodeaba, el tintineo de las copas, el peso auditivo de los cubiertos de plata que empleamos, el murmullo de las voces cercanas y de las lejanas también? ¿Podríamos los dos recordar, sin error, las palabras del mesero que nos atendió? ¿Su cara? ¿Sus manos?

—Escuche entonces mi voz narrar la de Heredia esa tarde reciente de octubre en Xochicalco; se trata de una figura creada por la imaginación narrativa, pues sólo ella es capaz de reproducir algo verbalmente, así sea incompleto, así sea aproximativo. Esa proximidad incompleta será, de todos modos, la única verdad posible.

Me preguntó si aceptaba estas condiciones y le dije, sin remedio, que sí; jamás había leído o escuchado una ficción sin acceder al pacto que mi amigo, en esta cima vibrante aunque peligrosa de nuestro contacto afectivo e intelectual, me ofrecía. Pero, ¿era posible un acuerdo así entre dos amigos presentes, como lo era entre un lector y un autor fatalmente distantes?

—Si ésta es su salvedad de lector, replicó Branly, lo presentaré a Hugo Heredia como otro autor de esta narración, un río más de esta carta hidrográfica que estamos dibujando, desde hace varias horas, usted y yo; sí, usted también, usted lo sabe, no puede echarse para atrás ahora, usted es ya otro río de esta cuenca cuyos verdaderos orígenes aún desconocemos, como ignoramos la multiplicidad de sus afluentes y el destino final al cual desemboca.

Tuvo la cortesía de preguntarme si necesitaba saber algo más para admitir la realidad de una narración que, por serlo, volvería al reino de lo virtual. ¿Cuándo viajó Branly a México? El 29 de octubre, la víspera de Todos Santos y el Día de Muertos. Sonrió; si no hubiese encontrado a Hugo Heredia, hubiese tenido, de todas maneras, un buen pretexto para conocer esas fiestas célebres en un país que no se ha resignado a desterrar a la muerte del dominio de la vida. ¿Dónde vivió? En el apartamento de Jean, el amigo común que lo presentó con los Heredia este mismo verano, dueño de un *pent-house* con amplia vista sobre el *smog* fatigado, las ruinas de cemento y el polvo tembloroso de la capital mexicana. ¿Cómo ubicó a Heredia? También gracias a Jean, quien consultó con la Secretaría de Educación Pública para saber dónde se encontraba trabajando el eminente arqueólogo. ¿Llegó solo o con su hijo? Solo. ¿Cómo fue explicada en México la desaparición del joven Víctor Heredia? Como una muerte accidental. ¿Cómo? Muerte por agua. ¿Dónde, en México o en Francia? En Normandía, en la playa de Dives-sur-Mer al pie del acantilado y las piedras románicas que se derrumban hacia el barranco de un mar fuerte y frío. ¿No hubo testigos? No; Hugo Heredia vio a su hijo entrar al mar; nunca regresó. ¿Dio parte a las autoridades? Sí; el cadáver del muchacho nunca fue encontrado. ¿Cuándo ocurrió esto? Mientras Branly se reponía del accidente en el Clos des Renards y escuchaba, todos los días, las conversaciones de Víctor y André, mientras recibía la visita del niño mexicano en su recámara. ¿Heredia regresó entonces a México cuando los criados de Branly lo anunciaron? Exactamente. ¿Nadie en México se extrañó de que regresara solo? Claro que no; Heredia había perdido a su otro hijo y a su mujer; la muerte de Víctor sólo confirmó la fatalidad de la familia y la fatalidad no sorprende a nadie en México. ¿Cuándo llegó Branly a Xochicalco? La víspera de la vigilia nocturna de los muertos.

El narrador debe imaginar a Heredia recorriendo el borde del precipicio de Xochicalco, sentándose a veces en una silla plegadiza, hablándole a Branly, quien a veces lo sigue de pie y otras desde otra silla, mientras el cielo se apaga y las velas de la ceremonia fúnebre se encienden, una tras otra, como si cada una representase dos almas, la de quien la prende y la de quien es recordado por ella, la piedra esculpida e inmóvil de las serpientes sagradas del mundo indígena y detrás los cerros de veladoras vacilantes, los rostros apenas perceptibles, tan sordos como las voces que suspiran las oraciones de la noche, voces de pájaro, trinos idénticos a la lejanía entristecida de los rostros oscuros, cubiertos por los rebozos, las manos de uñas rotas, los pies cubiertos de lodo seco, las rodillas ensangrentadas, las miradas invisibles del pueblo antiguo de México, la memoria vecina, la imagen rendida por el espejo sitiado de nuestras palabras, las conjugaciones de nacer amando y amar muriendo, los nombres de los Heredia, todos sus presentimientos, todos sus antepasados reducidos a una voz en la noche de los muertos: tú eres Heredia.

XX

Hugo Heredia

> *Qu'on n'entre plus dans la chambre*
> *D'où doit sortir un grand chien*
> *Ayant perdu la mémoire*
> *Et qui cherchera sur terre*
> *Comme le long de la mer*
> *L'homme qu'il laissa derrière*
> *Immobile* . . . .
> *J. S.,* La chambre voisine

No le pediré excusas innecesarias, señor conde; ni volveré a usar su título nobiliario. No olvido la lección que me dio cuando fuimos presentados aquí mismo en Xochicalco el verano pasado. Dispense las *gaucheries* sociales de un arqueólogo más acostumbrado a hablar con las piedras que con los hombres. Después de todo, quien escoge mi profesión lo hace porque cree seriamente que las piedras están vivas y nos hablan.

Aquella noche en que cenamos juntos en casa de Jean nuestro amigo común, le dije que los pueblos antiguos se niegan a desterrar las formas viejas en beneficio de las nuevas. Esto es un ejemplo de lo que las piedras nos dicen si las escuchamos. La sabiduría de ayer y la de hoy, en vez de expulsarse sucesivamente se suman en un acreción permanente. Todo debe estar vivo y presente, le dije a usted, como entre los pueblos imerima de Madagascar que resumen la historia posible en dos vertientes: la herencia de las orejas y la memoria de la boca.

Le repito este credo esencial de mi vocación porque es importante para entender una conducta que de otro modo usted puede juzgar poco razonable. Sí, apelo a usted porque no sé de otra persona capaz de entenderme mejor. He vivido entre piedras. Los taludes de Mitla, los frisos de Chichén-Itzá, los miradores de Uxmal, han sido no sólo los espacios de mi actividad profesional sino los tronos, perdone la palabra pero así lo siento, de una especie de honor recuperado. México es un país de trastornos; violentos casi siempre y dotados, cuando es así, de cierta grandeza épica; pero constantes y más crueles e insidiosos, se lo aseguro a usted, cuando se trata de trastornos pacíficos como los de los últimos sesenta años. Nunca se ha podido formar una costra aristocrática, por este motivo, en mi país. Nuestras heridas nunca cicatrizan; sólo una élite puede hacer que cierren, pero la voluntad de trastornarlo todo, periódicamente como antes, constantemente como hoy, lo impide.

Usted pertenece a una sociedad que no sacrifica las virtudes de sus antiguos verdugos cuando los victimiza. La aristocracia ha sido fusilada, guillotinada, exilada. Pero su cultura política, estética y social ha sido celosamente guardada por los franceses. Alguien como usted puede disfrutar, así, de los beneficios del viejo orden desaparecido junto con los del nuevo régimen republicano. Este es, permita que se lo diga, no el mejor de los mundos posibles, sino el mejor de dos mundos posibles. Hay una diferencia y yo quisiera tener, en mi propio país, esa opción. Pensé en todo esto cuando usted me contó, mientras cenábamos aquella noche en la casa de Jean en Cuernavaca, que Alejandro Dumas cuenta que Napoleón instituyó una renta de cien mil escudos a favor de la anciana viuda del Duque de Orleáns, el constructor del Parc Monceau, según lo recordó usted, Branly.

La razón de esta liberalidad fue que en sus salones de la Chaussée d'Antin, la Duquesa viuda conservaba las tradiciones de la buena sociedad en tiempos de Luis XIV y Luis XV. Más tarde dice Dumas que los doscientos cincuenta primeros años de una vida no cuentan sino como memoria. Ojalá pudiese decirse lo mismo de las naciones empeñadas en ser nuevas. No olvidé sus palabras durante esa cena.

Los Heredia de México somos lo que somos. Carne de presidio liberada de las mazmorras de Cádiz y Ceuta a cambio de la participación en las empresas de conquista de Indias. No lo abrumaré con una genealogía detallada; diez años después de la caída de la Gran Tenochtitlan teníamos mujeres indias e hijos mestizos en gran número y también tierras en gran extensión. Donde había tanta tierra ajena y tanto trabajador esclavizado, nosotros podíamos ser lo que el privilegio peninsular nos negó. Hidalgos con venganza, patricios verdaderamente holgazanes, poltrones, parásitos. No había por qué mover un dedo en el nuevo mundo, Branly. ¿Cómo demostrar entonces un poder que, como todas las funciones, se atrofia si no se ejerce? Sólo mediante el enervamiento de las apariencias y la impunidad de la crueldad. Esto se llamó, históricamente, encomienda de las tierras, mita minera, trabajos forzados, peonaje. Heredia es el nombre de muchos patriarcas, jueces y carceleros del nuevo mundo hispánico que al cabo sobrevivimos tres siglos porque hicimos creer a esa multitud de seres en andrajos que gracias a nosotros, a nuestra protección paternal y a nuestra consolación religiosa, ellos también seguían vivos.

De niño visité una de las haciendas que fue de mis antepasados. Había sido incendiada por los zapatistas durante la revolución; era una ruina, pero una ruina a imagen y semejanza de quienes una vez la habitaron. Fea, negra y cruel; las chozas, las cárceles, los trapiches derrumbados en torno al casco quemado del viejo ingenio azucarero me hablaron desde entonces de un mundo sin grandeza, íntimamente arruinado por la injusticia aun en el momento de su apogeo. Pero, ¿no es esto lo propio de los pueblos hispánicos: la concomitancia de la grandeza y de la decadencia?

Creo que aquella visita definió mi vocación. Crecí y busqué un asidero a mi identidad social; habíamos luchado tesoneramente por mantener nuestra posición contra los regímenes caprichosos del siglo diecinueve; las reformas liberales de Juárez nos hirieron primero, al cercenarnos de la alianza tradicional con la iglesia; nos beneficiaron en seguida cuando, después de veinte años de andar, ¡imagínese usted!, entre farmacias y despachos de abogados y redacciones de periódicos adaptándonos y mal a algo que entonces se llamaba la vida moderna, la dictadura de Porfirio Díaz creó las condiciones para rehacer parte de nuestro universo antiguo: el latifundio. Pero en treinta años, le digo a usted, no se cuece una nueva aristocracia y cuando yo nací, en 1931, mi destino estaba sellado: las profesiones o la picaresca. No había otros caminos para esos vestigios de las viejas oligarquías mexicanas a las que la revolución, definitivamente, dio el tiro de gracia. De ahora en adelante, Branly, todos en México tendrían derecho, como los fervorosos de Bonaparte en Francia, a todo. No es otra la forma, estará usted de acuerdo conmigo, de la opresión democrática.

Le cuento esto y lo que sigue porque deseo, no sólo que me comprenda usted en la complejidad de mis estratos síquicos e históricos, sino también que se interese, cordial y hospitalario amigo, en mí. Digo que las ruinas del mundo indígena fueron mis tronos; no se asombre usted de la paradoja; al cabo, los falsos hidalgos, los criollos enervados y sin duda los mestizos resentidos de eso que fue la Nueva España tenemos que reconocernos y reconocer que los fundamentos de esta tierra, su realización más profunda, su identidad, insignia y nobleza imborrables están en las viejas piedras toltecas, aztecas y mayas. En ellas, profesional a regañadientes, gran señor sin oportunidades de serlo, tirano sin mis esclavos, me refugié; a ellas les hablé y ellas me dijeron, créamelo usted, Branly, cuanto aquí llevo dicho. Considere usted aún más la extensión de la paradoja que digo. No podía aceptar que mi imagen fuese eso que Aldous Huxley llamó la arquitectura «jorobada» de la colonia española en México; y en lo que fue la sede de nuestro poder, la hacienda, sólo vi el horror que le he indicado antes. Tal fue, en mi ánimo, la victoria de los vencidos: yo, un criollo en busca de su grandeza perdida, sólo podía hallarla entre los monumentos del pasado de mis víctimas.

Las profesiones deforman; la arqueología no es excepción. Hablé más con las piedras que con mi mujer y mis dos hijos, Antonio y Víctor; debía viajar constantemente y nuestro apartamento en la calle del Río Garona era casi un *pied-à-terre* para mí. A Lucie mi esposa la conocí en el Instituto Francés de América Latina, ese oasis urbano de la calle del Río Nazas donde toda mi generación fue a aprender cine, literatura y sobre todo la civilización que creíamos mantener, personalmente, con una responsabilidad tremenda, durante los años en que Francia se apagó. Lo primero que Lucie me hizo notar es que cuanto le conté sobre mis antepasados estaba jalonado por ese extraño amor a Francia que supuestamente nos salva a los latinoamericanos de la vieja subordinación hispánica y de la nueva subordinación anglosajona; Francia es como una protección segura y anhelada. Lucie era hija de una de esas familias de la Barcelonette que hicieron fortuna en México creando los grandes almacenes; ahora, como suele suceder, lavaba las culpas comerciales de *sus* antepasados estudiando historia y literatura en el IFAL. Fue natural conocerse, quererse, casarse.

Le debo mucho. Ella no tenía vergüenza del comercio ni pretensiones orgullosas como las mías. Completó mi información, mi cultura; la razón francesa es un buen correctivo del delirio latinoamericano; también es su terrible horno y Lucie se divertía en recordarme que mi país hizo una revolución de independencia porque algunos hombres leyeron a Rousseau y Voltaire, una contrarrevolución ilustrada porque otros leyeron a Comte y una nueva revolución intelectualmente inflamada por Bergson. Le permito manifestar sus dudas, sobre los resultados de estos trasplantes ideológicos. Pero también le confieso, Branly, que la percepción, la disciplina, la capacidad de trabajo de Lucie fueron la fusta de una cierta ambición mía, una decisión de leerlo todo, saberlo todo, relacionarlo todo y no sucumbir a esa gangrena reductivista de nuestro siglo que, mercantilmente, en ese mismo comercio que enriqueció a los padres de mi mujer y empobreció, porque eran grandes señores y nunca supieron ejercerlo, a los míos, se traduce hoy en divorciar sin tregua al pasado del presente, con el propósito de que el pasado sea siempre algo muerto a fin de que nosotros mismos seamos siempre algo nuevo, diferente del pasado despreciable, nuevos y en consecuencia hambrientos de novedades en el arte, la ropa, la diversión, las máquinas. La novedad se ha convertido en el certificado de nuestra felicidad. Así somos drogados para que olvidemos que nuestro destino es ser también esa muerte cuando el futuro decida que nosotros somos el pasado.

Digo que hablé poco con ellos porque sólo les comuniqué la lección de las piedras. Yo mismo quizás no sabía otra cosa; ésta es mi culpa y hoy la he purgado. Lucie aplaudía *la buena lección* de las piedras, como ella la bautizó: el sentido del pasado, la obstinada renuncia a sacrificarlo, a exilarlo del presente que deja de ser comprensible sin su segunda dimensión, el pasado en el presente.

Digo que esto la deleitaba. No así lo que acabó por llamar *la mala lección* de las piedras: la convicción de que pertenecíamos a una casta superior, dueña de privilegios innatos y digna, por lo tanto, de reclamar una autoridad que nos había sido usurpada por un mundo advenedizo.

Lucie tenía una gran inteligencia y temía esta actitud mía porque, decía, en nuestras tierras la opresión ha sido peor que en Europa; los europeos explotaron a hombres de otras latitudes y pudieron, sin demasiado esfuerzo, olvidarlos. Nosotros teníamos a nuestras víctimas en casa y en número creciente: son los únicos fantasmas sólidos que conozco, decía mi mujer, están en las calles mendigando, durmiendo en pilas de basura, destilando un puñal de vidrio en sus miradas rencorosas.

—Un día te sentirás culpable, Hugo, me decía. La buena conciencia europea tiene algo que ver con la lejanía de las víctimas. Esta presencia de los humillados entre nosotros, un día, no nos dejará dormir más.

Antonio se acercó más a su madre y entendió sus razones; Víctor fue mi consentido y aprendió las mías. Créame usted, Branly, cuando le digo que no fueron otros los motivos espontáneos por los que, durante mis desplazamientos constantes a los trabajos de campo, Víctor me acompañó cada vez más; al hacerlo, conoció más que Antonio nuestro país y no debo ocultar que nada hice para apagar ese brillo de dominación y odio en su mirada cuando vio lo que tenía que ver: pueblos enteros de hombres, mujeres y niños borrachos, los hombres por la fiesta, las mujeres por el dolor, los niños porque maman la leche alcoholizada; la humillación devota en las iglesias mexicanas, ese sahumerio de miseria y fe inseparables; la crueldad y la rapiña de todos contra todos que es el santo y seña del campo mexicano. Despreció a los hombres; admiró las piedras y en ésta, la «buena lección», se reunió con su madre y su hermano.

Sorprendí una noche a mis dos hijos jugando un extraño juego. Recuerde usted que compartían la «buena lección» de un acendrado respeto al sentido del pasado y en verdad no hay pasado sin una manifestación lúdica que lo mantenga fresco. Ellos estaban apostando algo. Sentí un calosfrío al entender su apuesta. Apostaban a nuestras muertes, las de ellos y las de sus padres.

—¿Quién crees que va a morir primero?, dijo Toño.

—Lo más seguro es que seamos mi papá y yo, dijo Víctor. Vieras los avioncitos que tomamos para ir a los lugares de las sierras.

—Yo te prometo que mamá y yo lloraremos mucho por ustedes, contestó Toño.

—Papá y yo también, dijo Víctor.

Hablé con Lucie y le conté esto. Decidimos, por así decirlo, diversificarnos; pensamos que era morboso que los chicos identificaran así sus muertes con la de uno de sus padres. Tenían, sin embargo, razón en una cosa: nunca deberíamos viajar ella y yo juntos y exponer a Víctor y Antonio a la orfandad más desolada. Por mi parte, yo llevaría a Antonio conmigo a algunos de los viajes de exploración de pueblos de las sierras y las barrancas aisladas de México. Yo era hijo único. Mis propios padres habían muerto y los parientes de Lucie, a pesar de los esfuerzos de mi mujer por mantener el contacto y visitarles periódicamente, vivían en la indiferente lejanía francesa. A nuestros amigos les dijimos que era una decisión tomada desde que nació Víctor. Nadie se sorprendió; algunos elogiaron, nuestra previsión; nadie *recordó*, ¿ve usted?, que a veces habíamos viajado sólo *tres*, ella, uno de los niños y yo, exponiendo al otro niño a esa orfandad. Pero si nosotros mismos olvidamos el orden de nuestras vidas, ¿cómo hemos de exigirle a otros que lo recuerden? Mi profesión arqueológica, Branly, no tenía otro sentido que éste: suplir en algo esa amnesia de nosotros mismos, ese olvido de lo que fuimos y fueron nuestros padres y abuelos que, cuando se manifiesta, convoca a un fantasma involuntario que llega a decirnos: esto fuiste, esto fueron los tuyos, lo has olvidado; la misión de un fantasma es reparar los olvidos de los vivos, su injusticia para con los muertos.

Una decisión como ésta es común en muchas familias de hoy y Víctor tenía razón; las avionetas que un antropólogo debe usar para cruzar de Palenque a San Cristóbal, internarse en las sierras de Guerrero o sobrevolar los barrancos de Nayarit y Morelos son como mosquitos atrapados en un huracán. Porque la naturaleza mexicana, Branly, hasta cuando no se mueve parece temblar amenazadoramente. Barrancos hondísimos, estelas de basalto puro, picachos traicioneros, vientos encontrados en esta orografía delirante; desiertos súbitos y mil pirámides disfrazadas de colinas inofensivas, ve usted. ¿No lo ve desde donde nos encontramos esta tarde?

Lucie viajó más con Víctor, yo más con Toño; pero el otro permaneció siempre, sin que lo comentásemos nunca, nuestro verdadero preferido. Toño sólo admiraba y admitía la belleza muda del pasado; no la voz de su cruel poder ni sus prolongaciones en el presente. Una noche en un hotel de Pátzcuaro un joven mozo indígena, por descuido, derramó un jugo de tomate sobre la guayabera blanca que Antonio iba a estrenar esa noche para bajar a cenar junto al lago. Imaginé lo que hubiese dicho y hecho Víctor en este caso. Toño, en cambio, rió, ayudó al mozo a fregar el piso manchado de jugo y luego él mismo lavó la camisa y la colgó a secarse en el baño, dando gracias, dijo, por el invento del dacrón. Cuando Lucie regresó de un viaje a ver familiares suyos en Francia, se quejó, en cambio de la grosería de Víctor con el servicio de hoteles y restaurantes, sobre todo si descubría que eran, como suele suceder, ibéricos.

—Nacieron para servirme, decía el muchacho, con un dejo de humor soberbio.

Yo busqué la ocasión de escucharlos secretamente. Sólo se me presentó hace un año, cuando los cuatro viajamos a un congreso de antropología en Caracas y ocupamos cuartos vecinos en el Tamanaco. El escritor y editor Miguel Otero Silva había organizado un baile de máscaras en su residencia; Víctor y Antonio nos imaginaron ocupados con nuestros disfraces cuando se aproximaba la hora de la salida. Esto les oí decir.

—Tenías toda la razón, dijo Víctor. A papá no le gusta llorar.

—¿Entonces quieres hacer el cambalache?, sugirió su hermano.

—Si tú estás de acuerdo, Toño, cómo no.

—A mí ya me da igual, dijo Antonio con una cierta suficiencia propia de sus superiores catorce años.

—Entonces yo escojo morir con mi papá para que mamá y tú nos lloren, o que tú y papá sean los que mueran juntos para que mamá y yo los lloremos. Lo importante es que mami no muera porque ella es la buena para llorar.

Rieron de esto y yo me pregunté por qué lloraba Lucie, qué habían visto y qué sabían mis hijos que yo desconocía. No hubo tiempo de aclarar este misterio. En el taxi rumbo a la fiesta toqué la mano de mi esposa y le pregunté si todo estaba bien con ella. Dijo que sí, hoy más que nunca; esta noche no haríamos preguntas tontas, bailaríamos y seríamos felices. Felices pero incómodos, le dije, prisionero dentro de la casaca y los entorchados bolivarianos de mi disfraz de general de la independencia de Venezuela. Ella, en cambio, entró flotando al salón, bellísima en su atuendo del Primer Imperio, las gasas y tules vaporosos, el echarpe ancho, la alta almilla, las zapatillas de raso y el peinado como una torre de rizos azucarados.

La noche era calurosa y los Otero habían dispuesto las cosas en un extraordinario jardín suspendido en la planta alta de la residencia. Usted, Branly, es un viajero empedernido y conoce la manera como Caracas se esconde de su propia fealdad moderna recogiéndose en estos jardines amurallados y secretos, aunque ninguno, digo, tan extraordinario como éste, en el que el juego de luces altas y bajas, tenues y filosas, destacan y, por así decirlo, esculpen por segunda vez las esculturas que aquí pueden estar al aire libre: Henry Moore, Rodin.

Detrás de la estatua de Balzac envuelto en el atuendo monacal que usaba para escribir apareció esa figura eclesiástica. Un hombre de estatura regular, achaparrado por el torso cuadrado y basto, ennoblecido por una blanca cabeza leonina y vestido de cura párroco, con una arepa en una mano. Escuché los murmullos de desconcierto, ¿venía disfrazado de cura o lo era realmente? Alguien dijo con indignación que la ropa sagrada no era un disfraz y este singular invitado, de todos modos, sólo vestía de negro con un cuello talar. Se dirigió a mí en el preciso instante en que la música se iniciaba; Miguel Otero invitó a mi esposa y yo me quedé con la mano roma del hombre vestido de cura en la mía.

—Perdón, dijo con una voz meliflua, ayer me fue señalado usted en la inauguración. Tenía curiosidad en conocerle porque nos llamamos igual.

Debo haberle visto con una cara singularmente estúpida, porque se vio obligado a añadir: —Heredia. Yo también me llamo Heredia. El mismo nombre, ¿ve usted?

Dije que, en efecto, veía pero lo que veía era a Lucie como una maravillosa, hechizada figura aérea, más bella que nunca, con el color realzado por el trópico, bailando envuelta en tules blancos y distraídamente, por cortesía, le pregunté a este Heredia cuál era el origen de su familia; nosotros habíamos llegado a la Nueva España en el siglo dieciséis, le dije anticipando a su respuesta.

—Ah no, nuestros Heredia serán mucho más recientes en el nuevo mundo dijo el hombre al que, ahora, mirándole, no podía llamar, a pesar de todas las apariencias, viejo. Mi madre, dijo, vino de Haití a La Guaira huyendo de las insurrecciones de negros, ¿qué le parece? Muy reciente en comparación con su genealogía, ¿verdad?

Traté de recordar una «insurrección de negros» en Haití setenta, noventa años atrás y mi memoria no me dijo nada. El otro Heredia unió beatíficamente las manos, como si adivinase lo que me pasaba.

—Ah, la memoria no responde, ¿verdad?

—No, francamente no, señor Heredia.

—Y sin embargo, no hay más memoria que la recordada, ¿no es así?

—Eso dijo Pero Grullo, dije con cierta irritación. La plática con este Heredia se volvía grotesca; en efecto, comencé a notar algo senil en las palabras y movimientos del hombre y traté de excusarme. Me detuvo con fuerza del brazo. Me irrité contra él, zafándome, pero antes me obligó a escucharle.

—Búsqueme en el anuario si me necesita un día.

—¿Por qué habría de necesitarlo?, dije con cierta brusquedad.

—Todos necesitamos recordar a veces, dijo él, afablemente. Yo soy especialista en recuerdos.

—Cómo no. Ahora excúseme.

—Pero si no sabe mi nombre, ¿cómo me va a llamar?

—Cómo no, señor Heredia, ya me dijo usted.

—Víctor, dijo con su voz más suave. Víctor Heredia. Imagínese: la insurrección haitiana tuvo lugar, me parece en 1791, pero ésa fue la de Toussaint Louverture; la del rey Christophe fue más tarde, no estoy muy seguro, en verdad no estoy demasiado seguro de nada.

La puerta entre nuestra recámara y la de los niños estaba abierta a medias cuando Lucie y yo regresamos al hotel. Los muchachos tenían puesta la televisión pero un poco por debajo de las voces de una canción interrumpida con chistes la voz de Antonio, cada día más grave, más dueña de su inminente estado adulto, se escuchaba claramente.

—No, Víctor, de plano me rajo. Yo escojo morir con mamá.

C'est pas chic de ta part, dijo Víctor con una de las expresiones recogidas en los ininterrumpidos años de estudio en el Liceo Francés y que Lucie, habiéndoles enseñado un francés muy literario a sus hijos, se asombraba, con alegría, de ver regresar a su casa.

—¿Qué más te da?, dijo Toño. Tú escoges que papá y yo vamos a morir juntos y así tú y mamá se quedan juntos a llorar todo lo que quieran.

—No es lo mismo, dijo Víctor, te digo que no es lo mismo, ¡traidor!

Escuchamos cómo Víctor se fue sobre Antonio y yo entré a separarlos; Lucie se escondió en el baño; regañé a los chicos y les dije que regresarían solos en avión a México al día siguiente si no se comportaban. Mi mujer no quiso abrir el baño y cuando al fin salió a la recámara los muchachos habían caído dormidos y ella había llorado. Le pregunté si los escuchó hablar de esa manera antes y me dijo que sí. No era casualidad, añadió; estaba convencida de que el menor, Víctor, se encargaba de tocar el tema cuando sabía que ella podía escucharlo. Con un suspiro resignado, mi hermosa mujer dobló el traje de baile del Primer Imperio dentro de una caja de cartón y me dijo que hiciese lo mismo con mis galas castrenses; la mulata del negocio que alquilaba disfraces le dijo que regresaría muy de mañana a recogerlos, la señora entendía, estos trajes se alquilaban mucho, casi diario; podía dejar los cartones afuera de la puerta, ella los recogería.

Volamos de regreso los cuatro juntos. Ese simple hecho, creí, disipó la juguetona aunque morbosa inclinación de mis hijos. Al despegar de Maiquetía, La Guaira era una hora más que un lugar: un puerto escarpado esperando pacientemente que antiguas embarcaciones regresasen a surcar su mar extrañamente quieto y luminoso. Traté de distinguir unas manos, unos rostros, unos pañuelos diciendo adiós desde los caseríos del cerro y el fuerte de San Carlos. Sólo vi a los buitres que son los vigías verdaderos de todos los puertos del Mar Caribe. Cerré los ojos y el zumbido de los motores se confundió con el recuerdo del silbido quejoso del diostedé en los atardeceres venezolanos.

El accidente ocurrió esa Navidad, cuando Lucie y su consentido Antonio viajaron a París a visitar a los parientes de mi esposa. El DC-10 se precipitó en el mar cerca de las Azores y no fue posible recuperar los cadáveres. No, no hubo ningún signo, ningún portento. Ahora que usted y yo conocemos estas historias quisiéramos, acaso, creer que algo relacionado con ellas se manifestó en la muerte de mi mujer y mi hijo. No fue así y el terrible acontecimiento tuvo su más grave consecuencia, naturalmente, en mi casa y por motivos que a nadie sorprenderían. La tristeza de Víctor. Una tristeza que me conmovió y conmovió a cuantos nos trataban y que volvió aún más desolado nuestro pequeño apartamento del Río Garona. Pero una tristeza que mi hijo se negaba a compartir conmigo. Sólo yo conocía, habiendo escuchado a los hermanos, el motivo. Víctor se había quedado sin compañía para su luto.

Comprenderá usted, Branly, que apenas me di cuenta de esto me propuse ser el acompañante verdadero del luto de mi hijo. ¿Cómo podía tomar, sin embargo, el lugar de su madre, prevista por él para un llanto que lamentaría la desaparición de otra pareja: Antonio y yo? ¿Qué esperaba de mí el niño? ¿Qué le podía yo ofrecer? No era el primer padre viudo que debe contestar a estas preguntas; observé cómo iba cambiando Víctor, infinitamente afectado, más que por la muerte de su madre, por la ausencia de su madre como compañera fúnebre para llorar mi muerte y la del hermano de Víctor. El nombre de este dolor era otro nombre: crueldad.

¿Qué había en esta alma compartida, por así decirlo, que era la nuestra: de Víctor y mía? Ya se lo he dicho a usted: el desprecio por los hombres, el respeto por las piedras. Decidí que el muchacho podía perder, de ser necesario, el año escolar; lo importante era que no se separase nunca de mí, que aprendiese mis lecciones, la buena y la mala como las llamó su madre, acompañándome a esos tronos de un honor perdido y de una identidad recuperada que eran las grandes ruinas del pasado mexicano;

conmigo entraría también, cada vez más, al corazón de México: sus aldeas, sus iglesias, el mundo de polvo y aguardiente barato y trampa mezquina del indio humillado y el cacique ladino, dueño de tienda, burdel y montepío.

—De aquí salimos los Heredia. Míralo bien. Éste es nuestro barro.

Le eduqué, Branly, para admirar una autoridad con grandeza y dignidad y le hice notar su ausencia pertinaz; le eduqué para soñar con un país ideal gobernado por una verdadera aristocracia que disciplinase por igual a la masa degenerada por el vicio y por la explotación y a los vulgares y rapaces explotadores de nuestro país.

No supe darme cuenta de cómo fue cambiando Víctor, aunque sé que fue cambiando. El margen de lo que yo ignoraba de él creció; había cosas, intuí, que sólo mi hijo sabía o quería; sabía y quería algo que no le decía a nadie pero sólo yo sabía esto. Su luto no tuvo verdadera compañía y mi temor era que la buscase en el peligro: es decir, en lo desconocido. Por eso lo mantuve tan cerca de mí.

Entendí lo que usted ya conoce: la altanería gratuita de Víctor para con los inferiores, sobre todo los sirvientes. Hasta el grado en que esto es tan común en los muchachos de casa acomodada del mundo ibérico, no me llamó la atención; sí me molestó, íntimamente, que estas actitudes de mi hijo menor me hiciesen echar de menos el sentido de la camaradería espontánea de mi hijo mayor, Antonio.

Yo comencé, de esta manera, sin darme cuenta, a carcomer mi propio edificio, a comparar los instantes de frialdad, las crueles opciones de Víctor con la alegría natural, la celebración de las cosas, las iniciativas para el juego, que habían sido lo propio de Antonio. También, sin darnos cuenta, Víctor me formaba como yo creía formarlo a él; como él, con él, yo buscaba y lamentaba la ausencia de mi propio compañero para la muerte, mi camarada luctuoso: Antonio.

Tuve percepciones cada día más claras del carácter de Víctor. Coincidimos una primavera con la feria de San Marcos en Aguascalientes. Aquél es un mundo de desafíos, apuestas, machismos y azar extremoso; un perpetuo *todo o nada*, Branly, que es como un ciclón con su ojo en la pelea de gallos. Allí, todo lo que acabo de enunciar alcanza un frenesí no muy lejano de las formas antiguas del juego, el misterio y el riesgo colectivos. Llegué en el último instante al palenque; cuando se escuchó el grito de «cierren las puertas», las apuestas se desataron, los gallos fueron rociados con buches de agua y alcohol, soltados y enfrentados en esa lucha que todos, hasta las bestias, saben mortal. Recorrí los ojos, las manos, las cabezas de esa gran serpiente llena de contracciones que es un público afiebrado por la apuesta. Sólo Víctor, sentado en medio de la multitud agitada, permanecía totalmente inmóvil, sin mover un brazo, sin levantar un dedo, sin variar su mirada congelada del centro del palenque que por ese solo motivo, porque alguien lo miraba así, dejaba de ser un círculo lúdico para convertirse en una arena de ejecuciones. ¿Recuerda usted la película de Hitchcock en la que todos los espectadores de un partido de tenis siguen con las cabezas el movimiento de la pelota, salvo uno: el asesino? La mirada inmóvil de mi hijo me decía que para él la muerte de uno o ambos gallos era materia de indiferencia absoluta, pues como quiera que se considerase, este destino era el que fatalmente les correspondía, los dos gallos estaban preparados para el combate y armados con navajas en los espolones, eran juguetes de sus dueños pero también dueños de su combate y en última instancia era preferible morir en el palenque que en la pollería.

Que todo ello se tradujese en esa absoluta indiferencia moral me hizo pensar que para Víctor el culto de la autoridad aristocrática se estaba convirtiendo en el culto de la fatalidad ante un poder ciego y me pregunté qué cosa faltaba en esta educación concebida para adquirir un tiempo completo, sin sacrificio del pasado, que después de todo fue el impulso original de mi relación con mis hijos. Lo supe bien pronto, la primera vez que fuimos juntos a Xochicalco, antes de conocerle a usted, Branly. Trabajaba yo una tarde con el equipo de la antropóloga sueca Laura Bergquist en el área del juego de pelota que ve usted abajo de nosotros cuando todos escuchamos, en la altura de la ciudadela, un grito desgarrador que algunos juzgaron un trueno seco, de esos que anuncian con gran anticipación las lluvias vespertinas del valle de Morelos en julio. Entonces miré hacia la atalaya y vi a Víctor detenido en el borde del precipicio: allí mismo, Branly, donde usted lo detuvo con la empuñadura de su bastón, aquí mismo donde estoy detenido ahora imitando las acciones de Víctor para usted. Tenía las manos extendidas y sangrantes, así. Corrí hacia él; por fortuna, Bergquist y dos trabajadores me siguieron; Víctor cayó desde arriba pero cayó en nuestros brazos.

Amortiguamos el golpe, pero esa noche el muchacho deliró. Tenía las manos cortadas y repetía una sola palabra, «olvidé», «olvidé».

Cuando regresamos a México me confesó lo que sucedió. Entre jugando y explorando alrededor del templo tolteca, descubrió una hendidura en el talud de las serpientes emplumadas. Una rana de esas que parecen cruzar por el polvo guiándonos hacia los ríos ocultos de los montes se metió en la rajada del basamento y Víctor decidió seguirla con su mano; pero en lugar de tocar el cuerpo rugoso y palpitante del batracio rozó, me dice, una superficie de una tersura incomparable; algo, me dijo, semejante a un vidrio caliente. No olvido esta imagen viva y perfecta. Extrajo ese objeto y al mirarlo (se precipitó diciéndome en su fiebre renovada) contempló algo que no me podía describir, una unidad de tal manera excelente, sin fisuras, como una poderosa gota de oro cóncavo, que no necesitaba adorno, talla o añadido alguno; las manos humanas, si entiendo bien lo que entonces quiso decirme Víctor, nada podían otorgarle a esa perfección que, sin embargo, no era natural: había sido confeccionada, porque en su corona brillaba un relieve, seguramente un signo, que parecía nacer de la concentración de la materia.

Oiga usted esto, Branly: mi hijo me confesó que sintió un odio invencible hacia ese objeto perfecto que nada le debía a él ni a nadie; tomó una piedra filosa y golpeó el objeto hasta partirlo por la mitad y despojarlo, para siempre, de una belleza que era sinónimo de su unidad. Víctor, en la furia de su empeño, se cortó las manos y arrojó lejos una mitad del objeto; corrió con la otra, empujado por una fuerza vergonzosa, hacia el precipicio; arrojó todavía más lejos la segunda mitad que, dice, le quemaba las heridas y sólo entonces gritó y cayó.

Dejé que Víctor se durmiese en la noche en mi cama pero le di la espalda. Había fracasado. Víctor había aprendido los usos del poder arbitrario pero había perdido, de paso, la memoria de la unidad del tiempo. No era mi propósito, sé que usted me lo cree, que esto fuese así sino que, por lo contrario, la autoridad humana sirviese a la memoria de las civilizaciones, el sentido de nuestra presencia al sentido de cuanto nos precedió.

Si le digo todo esto, Branly, es porque siento que los Heredia tenemos una deuda contraída con usted. Vi lo que pasó por su mirada la noche que nos conocimos. Siento defraudarlo. No soy ese hombre universal del siglo de los descubrimientos, sino apenas un criollo mexicano medianamente resentido, como todos mis compatriotas que han sido marcados por la sensación de una insuficiencia sorda y rabiosa ante el mundo. Mi cultura, por lo tanto, es selectiva; ¿qué cosas pueden salvarme de esa especie de *capitis diminutio* que significa ser «latinoamericano», es decir, un hombre que convierte en melodrama cuanto toca: la tragedia le ha sido vedada y aun sus peores dolores no escapan al gran rubro del circo del desastre?

Oiga las canciones, lea las cartas de amor, escuche los discursos.

Pasaron varios meses en los que la comunicación con Víctor fue difícil, por no decir imposible. Retomó sus cursos en el Liceo Francés; le observaba y repetía esa frase de perogrullo que oí una vez, «no hay más memoria que la recordada». Comenzó a perseguirme como un sonsonete pegajoso. ¿Deja de existir cuanto no recordamos? ¿O somos nosotros los que, al olvidar algo, existimos menos; lo olvidado, en cambio, existe sin importarle que nosotros lo recordemos o no? Pensaba esto, naturalmente, en las visitas a sitios arqueológicos; los vastos tesoros de la antigüedad mexicana no son menos ciertos porque, durante siglos, hemos ignorado su existencia. Quizás la labor del arqueólogo se reduce a esto: reparar patéticamente un pasado.

Pensé esto durante una visita a la ciudad de los dioses, Teotihuacan, la primera verdadera ciudad del hemisferio occidental.

Sus grandes avenidas y pirámides son como una grafía de esa relación antigua con todas las cosas y entre todas las cosas. Recuerdo esa tarde aquí con usted esta otra tarde y en otro espacio arruinado porque Víctor fue conmigo y hoy creo que mi limitada lección tuvo algo que ver con los cambios que, gracias a Víctor, sucedieron entonces en nuestras vidas. Porque si desea usted, Branly, que yo le resuma la lección más profunda de la antigüedad mexicana, es ésta: todo está relacionado, nada está aislado, todas las cosas están acompañadas de la totalidad de sus atributos espaciales, temporales, físicos, oníricos, visibles e invisibles.

—Un niño al nacer (le dije esa tarde intensamente pálida a Víctor) viene acompañado de sus signos; pertenece a un día, un objeto físico, una dirección en el espacio, un color, un instante en el tiempo, un sentimiento, una temperatura. Pero lo extraordinario es que estos signos personales están relacionados con todos los demás, sus opuestos, complementos y prefiguraciones. Nada existe aisladamente.

—Dame un ejemplo, dijo Víctor y yo busqué su mirada; sentí que la capacidad de jugar juntos otra vez se restablecía y le expliqué, por ejemplo, si tu día es el del águila, Cuautli, concurrirán los signos de un alto vuelo que vigila al mundo como un sol, pero esta grandeza será compensada por el sacrificio que necesariamente la acompaña en la figura del dios Xipe Tótec, que da su vida por la siguiente cosecha y, a fin de escapar de sí mismo, se desprende de su piel, como las serpientes; la grandeza del vuelo del águila y la dolorosa miseria de nuestro señor el desollado.

Primero, qué banalidad, jugamos dominós; luego cartas, cada vez más complicadamente, como desafiándonos. Yo rescaté el inquietante «faro» de la *Pikova Dama* de Pushkin, con sus secretos de inmenso poder, inmensa riqueza y muerte también infinita; Víctor me contestó con un Tarot primitivo. Comparé aquella indiferencia de sonámbulo en el palenque de San Marcos con una especie de entusiasmo una tarde que fuimos juntos a los toros. Yo le había explicado que el *olé* taurino es una antiquísima palabra árabe, *wallah*: invocación, saludo a Dios. Víctor no la gritó esa tarde mirando las verónicas de El Niño de la Capea: la murmuró como una oración peligrosa que le salvaría la vida, sólo porque él la pronunciaba, al matador...

Juegos de fotos, Branly: recordar a sus compañeros de banca en la primaria, yo a los míos; recortar fotos para crear parejas inverosímiles, familias enteras cuyos rostros saltaban sobre los tiempos y las geografías; comprar películas de actualidad viejas, proyectarlas y tratar de incorporarnos, él o yo (siempre se requería un espectador) al ambiente reproducido por la cinta cinematográfica: carreras de automóviles, guerras en Manchuria y Etiopía, el desastre de un dirigible, las manifestaciones de peronistas en la plaza de Mayo.

Fue Víctor el primero en proponer que buscásemos nuestros nombres en los directorios telefónicos de los lugares que visitásemos. El par de Hugo Heredias, la media docena de Víctor Heredias en las listas del Distrito Federal fueron motivo de cierta algarabía risueña, la primera que pude comprobar, en mucho tiempo, en mi hijo. La novedad del juego, entonces, no requería otra cosa, para justificarse, que ésta, un fingido asombro, una risa compartida. En Mérida, en cambio, el solo hecho de haber únicamente un «Víctor Heredia» en el directorio fue una tentación: lo llamamos, rió con nosotros, colgamos. Pero en Puebla el juego se complicó;

Víctor propuso que el que perdiese le debía dar un premio al que ganase.

—¿Quién determinará qué clase de premio?, pregunté con una sonrisa.

—El que gane, claro, contestó, sin reír, Víctor.

En Puebla sólo había un Hugo Heredia en el anuario.

—Mi premio sería que hablásemos con naturalidad de tu madre y de tu hermano. Ha pasado más de un año y nunca los mencionamos. ¿No te importa que de ahora en adelante no los olvidemos?

No me contestó. Llamamos al Hugo Heredia de Puebla; éste nos gruñó con una voz carrasposa y colgó.

—¿Te has fijado, papá? Siempre nos contestan puros viejos.

—Podemos apostar también a que el siguiente Víctor sea joven y el siguiente Hugo viejo.

Víctor rió y dijo que yo no era viejo; le contesté que a los doce años de edad todos los hombres mayores de treinta nos parecen antiquísimos.

—Pero hay gente que nunca se hace vieja, dijo Víctor.

—¿Quiénes son esos afortunados?, dije con cierta ligereza.

—Los muertos, dijo con gravedad mi hijo; Antonio nunca se hará viejo.

Jean me ha hablado mucho de usted, Branly; en la Unesco le conocen personas que yo respeto; he disfrutado de su hospitalidad espontánea y, acaso, excesiva; he podido ver el mundo que le rodea, sus intereses; hojear los volúmenes de su biblioteca, leer lo que usted ha subrayado en algunos libros más cariñosamente maltratados que otros: Lamartine y Supervielle, Balzac. Sé, por ello, que sería ofenderle solicitar su discreción (más: su silencio) sobre esto que llevo dicho. No diría más. El verdadero secreto es el que no nos es pedido como tal pero que mantendremos en silencio para no sacrificar nuestra amistad con quien nos lo contó aunque éste no lo sepa.

Usted podrá decir que no me ha solicitado estas palabras; es cierto. No lo es menos que entre caballeros lo que uno necesita contarle a otro éste no lo repetirá a nadie. Usted me responderá que estoy equivocado porque el orgullo no habla. Yo debo excusarme, Branly, diciéndole que me trago el orgullo para pedirle excusas; hemos empleado su nombre, su casa, su auto, su chofer, para concluir un pacto cuyas consecuencias me es imposible, hoy mismo, prever. Esto es lo que exige que yo le hable a usted y, sin embargo, le pida a usted que no le hable a nadie. Me explico. Cuanto llevo dicho hasta aquí, implícitamente, es objeto de una discreción que no necesito solicitarle. Lo que voy a contarle ahora debe serlo de un silencio que, de ser violado, violaría un compromiso del cual depende mi vida. Vea usted: se lo cuento porque usted merece una explicación, nada más. Pero si lo que antes relaté es preciso y comprobable, lo que ahora añado está abierto a todas las interpretaciones. Yo mismo, que lo viví, no lo entiendo bien. ¿Se lo digo, al cabo, para compartir mi asombro, mi duda, mi perplejidad? Es posible. También lo es que no le hubiese dicho nada de esto si usted no hubiera venido hasta aquí, buscándome, exponiéndose a mi violencia o a mi burla como yo, al recibirlo, me expongo, es cierto, a las suyas. Quiero entender, al verle esta noche aquí, mientras se apaga la tarde y se encienden las velas de la vigilia de muertos, que usted merece mis palabras y yo merezco su silencio.

En Monterrey encontramos un «Víctor Heredia» en el anuario. Lo llamó mi hijo desde nuestro cuarto en el Hotel Ancira. Protegió con una mano la bocina para silenciar nuestras voces y me dijo:

—Dice que él no olvida nada.

Sentí un frío en la nuca y tomé la bocina. Dije quién era. La voz me contestó que agradecía la llamada; la esperaba desde hacía tiempo y nos invitaba a tomar el té en su apartamento frente al Obispado, en la parte antigua de esta ciudad ensombrecida, ayer y hoy, por un sol que se filtra bárbaramente a través del polvo. La ciudad no me inspira confianza; hay en ella demasiada indiferencia hacia su propia fealdad, como si Monterrey estuviese allí por un descuido divino, pasajeramente, mientras su grotesca oligarquía hace dinero y se lo lleva al cielo. Quizás por ello me abstuve de comunicar la invitación de «Víctor Heredia» a mi hijo; pero fue Víctor quien me pidió que, para ser premiado, le llevase a conocer a su homónimo. Lo dijo con un tono que ponía en entredicho, si yo le negase este favor, todo el frágil edificio de nuestros juegos y, en consecuencia, de nuestra confianza. De nuestro cariño renaciente, Branly.

No le hablé de la invitación. Nos presentamos sin avisar, como dijo Víctor la tarde que los tres, usted, él y yo, tomamos el té juntos en su casa de la avenida de Saxe, ¿recuerda? Pero no hubo cara de asombro en el hombre que nos recibió esa tarde en un apartamento viejo y de mal gusto, abundante en maderas plateadas y descuidados muebles de los años treinta, de esos que en Francia aún se ven en las Galerías Barbés.

El asombro fue todo mío. Recordé al hombre que apareció detrás de la estatua de Balzac en un jardín de Caracas mientras mi bella Lucie bailaba envuelta en gasas blancas. La sorpresa de «Heredia» que Víctor registró debió ser una sorpresa por mi sorpresa; la desesperación de Víctor cuando yo negué haber ido con él al apartamento de «Heredia» en Monterrey aquella tarde en casa de usted, Branly, fue sólo la explicable alarma de quien no quiere permanecer sin compañía en una decisión que, sin embargo, finalmente, la excluye.

Digo que recordé al hombre del jardín nocturno de Caracas porque este «Heredia» no era exactamente el otro; sólo me lo recordaba. Pero tuve la presencia de ánimo para decirme a mí mismo que quizás esto es lo que aquel hombre quiso decir cuando se presentó como especialista en recuerdos. Esto es lo que pasó en el momento en que mi hijo y yo nos presentamos *juntos* al apartamento de «Heredia». Un instante después, el viejo envuelto en una bata de seda acolchada, blanca, deshebrada que nos recibía en pantuflas y con una taza de atole en la mano fingió gran sorpresa y nos preguntó si no éramos unos parientes ocultos, de esos que salen, como el comején, de las vigas cuando sospechan la muerte próxima del pariente viejo y rico.

Dirá usted al leer esto que mi hijo Víctor tenía razón y que soy yo quien ha mentido todo el tiempo. No; quiero que usted entienda algo muy difícil. Los dos tenemos razón, mi hijo Víctor y yo. Ninguno ha mentido. Él fue solo y fuimos juntos; «Heredia» registró mi asombro al reconocerme pero también manifestó el suyo con esa patraña de los parientes pobres. Estas cosas sucedían, o más bien *se* sucedían, Branly, entre parpadeos, instantáneamente, en ese lugar de piso astillado y pintado de plata que miraba a través de cortinas de punto sucias hacia los edificios grises, descascarados, chatos, sin gracia, de Monterrey. Una presencia era sucedida por una ausencia, una actitud por su opuesto, una afirmación por su negación, yo por él; sólo «Heredia», al mirarme a mí, al mirarle a él, nos introducía, parado allí con una taza de atole entre las manos, a su discurso; pero, óigame bien, Branly, al hablarle a uno de nosotros excluía al otro, no sólo del discurso, sino de la presencia. Lo supe sólo más tarde, cuando de la manera más tentativa e insegura del mundo le pregunté a Víctor si recordaba tal o cual cosa que «Heredia» me dijo esa tarde. Víctor dijo que no y me miró con curiosidad.

Dejé de preguntar. Sé que yo tampoco había oído lo que «Heredia» le había dicho a Víctor. Volví a sentir el frío que este hombre introducía en mi vida; imaginé, Branly, un poder de separación infinito. El nombre de «Heredia» era el nombre de un aislamiento caótico que todo lo confunde y separa. Vi en los ojos de mi hijo cuando «Heredia» me hablaba a mí esa misma ausencia cruel que una vez me espantó en el palenque de San Marcos; imaginé que ése era el precio del aislamiento de Víctor y que mi mirada cuando «Heredia» le hablaba a Víctor y me condenaba a mi soledad no debía ser muy distinta. ¿Qué se dijeron Víctor y su viejo homónimo sin que yo pudiese oírles? ¿Qué pacto concluyeron, Branly? Nunca más nos será posible saberlo a ciencia cierta, porque usted nunca sabrá más de lo que yo le estoy contando. Pero mi intuición me dice que en esos momentos Víctor dejó de ser mío, pasó a manos de «Heredia» y que, para amar a mi pobre hijo, tenía que seguirle a donde le condujese este demonio.

¿Qué me dijo «Heredia» a mí? Empleó menos palabras que las que yo requiero, Branly, para reproducir su terrible oferta. Tenemos algo en común: el deseo secreto de recuperar a unos muertos que nos hacen falta. No podemos olvidarlos. Los vivos deben servir a los muertos; éstos son impotentes para ciertas cosas. Pero al servirles, podemos estar seguros de que seremos servidos cuando nosotros muramos. Hablamos de reparar patéticamente un pasado; fueron mis palabras pero «Heredia» las repitió esa tarde, mientras ofrecía una variedad de atoles a mi hijo, champurrado de chocolate, aguado de fresa y churros fríos cubiertos de azúcar polvosa.

—¿Puedo ofrecerle algo más serio, don Hugo?

Había algo grosero en su cortesía.

Dije que no, no deseaba nada. ¿Ni siquiera lo que él me ofrecía? No una copa, rió, no. Mi mujer. Mi hijo Antonio. No, no a cambio de nada; él, «Heredia», también necesitaba a otras gentes. Su caso era aún más álgido, por decirlo así, porque si yo podía desear el regreso de quienes fueron, él requería la presencia de quien nunca fue, ¿le entendía? Debí decir nuevamente que no y algo que me retenía allí —todo esto sucedió en algunos minutos, no más de cinco o seis, se lo aseguro— se quebró, le di las gracias a «Heredia» por su té que resultó ser atole de maíz, le dije que se trataba de satisfacer una curiosidad de mi hijo y ahora deberíamos retirarnos.

—Regresen cuando gusten, dijo «Heredia» acariciando la cabeza de Víctor.

—No, le digo que era sólo un capricho del niño, un juego.

—Ah, pero él no debe regresar solo. Mi trato es con usted, don Hugo. Piénselo bien. Le veré esta noche en su hotel.

No dije nada esta vez. Algo me impedía burlarme de él en Monterrey como lo hice antes en Caracas. Incliné la cabeza, tomé la mano de Víctor y salí sin decir palabra.

Esa noche, arropé a Víctor y a pesar mío descendí al bar del Ancira. ¿Usted qué hubiera hecho, Branly, después de un día así, tan pródigo en impresiones desordenadas? ¿Hay alguien a quien usted haya olvidado y quisiese recuperar? Piense entonces en lo que yo me dije durante las horas que siguieron a nuestro encuentro con «Heredia»: estoy olvidando a Lucie y Antonio, es inevitable, pronto serán una vaga memoria convocable sólo con cierta esfuerzo, la ayuda de una fotografía, el acicate de un perfume repentino. En cambio Víctor está aquí, presente; a él no tengo que recordarlo.

¿Por qué no me ayuda Víctor a recordar? Se lo he pedido tantas veces. Sentí un odio desordenado hacia mi hijo vivo.

Eso mismo me preguntó, a boca de jarro, «Heredia» esa noche. Estaba sentado cerca de la barra, en una mesa debajo de los viejos espejos de principio de siglo, inscritos y conservados allí por un gusto del pasado raro en Monterrey. Las grandes aspas de los ventiladores colgando del techo no agitaban la melena blanca de este hombre de facciones finas y cuerpo basto, vestido esta noche con un traje de pana amarilla demasiado caliente para el clima de Monterrey y un disparatado cuello de celuloide sin corbata que cubriese sus impúdicas botonaduras de hueso. ¿Por qué no habría de ayudarme Víctor a recordar? Víctor puede recordarlo todo. Está vivo; sólo le falta el complemento adecuado para que sus tesis, don Hugo, se realicen plenamente: un pasado vivo, actual, irrenunciable. Víctor y alguien más, Víctor unido a alguien. Juntos tendrán esa memoria, serán ese pasado. Así, Víctor tendrá más vida que su hermano muerto: lo recordará como si Antonio siguiese vivo. Pero también tendrá la vida de su hermano muerto: recordará lo que Antonio sabe porque está muerto. ¿Qué se necesita? Un espacio perfecto, don Hugo, un espacio antiguo donde mi muerto y el suyo se encuentren a través del joven Víctor, que está vivo.

—Otro hermano para Víctor, dijo «Heredia» en el bar del Ancira. Si quiere usted, sólo esto es lo que le ofrezco.

Levantó el vaso de *mint-julep* veracruzano y brindó en silencio. Esperó a que yo hiciese lo propio.

—¿Qué piensa usted, don Hugo?, dijo «Heredia» con el vaso levantado.

—Hace unos meses, en un acceso de furia, Víctor rompió un objeto que encontramos en unas ruinas, dije sin demasiado ánimo. Estaba pensando que lo que usted me ofrece es un poco lo que yo deseé entonces, sin saberlo hasta hoy. ¿Sabe qué cosa? Quisiera que las mitades de ese objeto se reuniesen para que esa unidad no falte en el arte, la historia, el pasado, la cultura, como usted guste.

—¿Quiere decir que acepta mi pacto?

—Quiero decir que aceptaría la reconstitución de ese objeto dañado por mi hijo como una prueba de la buena fe de usted.

—¿Le bastaría encontrar la mitad del objeto?

Le contesté que sí; pensé que ello sería suficiente para recobrar la esperanza en una reunión de esa totalidad perdida. Me dijo entonces que Víctor encontraría la fracción perdida en Xochicalco; sería la prenda para recobrar, más tarde, la otra mitad y reconstituir el objeto.

—¿Qué debo hacer cuando mi hijo encuentre la mitad de lo que destruyó?

—A partir de ese momento, todo se determinará de una manera que no quiero llamar fatal; nadie quiere usar esa palabra; llamémosla mejor una manera ordenada, sucesiva, ¿eh? Una cosa seguirá a otra. Usted, don Hugo, entenderá lo que sucede y escogerá siempre el mejor camino, cómo no, se lo aseguro yo.

Luego se fue por los cerros de Úbeda, contándome viejas historias de su pasado familiar en varios lugares de las Antillas. Le escuché con cierta perplejidad, pues abundaban en su historia las faltas de sintaxis histórica, las fechas no coincidían y al cabo era difícil saber si el hombre de los dedos chatos y la mirada clara escogía a su gusto personas y calendarios para fabricarse la historia genealógica que más le acomodaba. Mencionó diversos nombres, de su familia y de amistades, según supuse entonces. Conocí, sin atar bien los cabos, las historias de un tal Francisco Luis y sus dos mujeres, un mercader francés de nombre Lange, una nana mulata.

Nunca entendí si mi interlocutor era hijo de la primera mujer de Francisco Luis, cosa fisiológicamente imposible, pues entonces yo estaría hablando con un hombre de más de ciento sesenta años; o de la segunda, y entonces, de cualquier manera, debió nacer en algún momento entre 1850 y 1900, cuando la segunda señora de Heredia murió, pero no sé a qué edad. Y sin embargo, él insistía en referirse a la primera esposa de su padre como «mamá».

—¿Usted conoció a la señorita Lange?, me atreví a preguntarle.

—Pasé nueve meses en su vientre, sonrió de una manera desagradable, entre sorbo y sorbo de sus popotes.

—¿Dónde nació usted, dónde lo bautizaron?, pregunté con una voz sin consecuencias.

—Es lo de menos, dijo defensivamente.

—No, insistí con tono de conversación social, ¿cómo fue bautizado?

En ese momento, Branly, «Heredia» se despojó de cuanto en él sonaba hueco o parecía grotesco; me miró con una intención terrible, que supe traducir en una forma muy peculiar de dolor, ajena totalmente a mí, lo reconozco. ¿Por qué era ajena? Me respondí solo: yo he vivido; sólo puedo lamentarme de haber escogido mal a veces, celebrar lo que escogí bien, sentir el dolor de lo que he perdido, sobre todo la muerte de mi mujer y mi hijo, reírme un poco de algunos achaques y del hecho mismo de los años que pasan; lamentar, celebrar y reír mi propia muerte, aceptable porque jamás pensé que podía evitarla y porque siempre estuve convencido de que haber vivido poco como Toño, mucho como yo, ¿no lo cree usted que ha vivido tanto y tan bien, Branly?, bien valía el precio de la muerte. Pensé en mi mujer muerta, en nuestras noches juntos, sus palabras de amor.

No; nada de esto le había sucedido a «Heredia» y porque supe que mi vida era esto que le acabo de decir, supe también que la de mi compañero de esta noche en el bar del Hotel Ancira era la ausencia de todo ello. Por ello creo entender lo que me dijo entonces, con un tono pavoroso de autocompasión súbita, escandalosa en un hombre de su confección e intenciones.

—¿He sido olvidado? Dígame usted, don Hugo, ¿nadie me recuerda?

No supe qué contestar a esta interrogación plañidera; el propio «Heredia» debió sentirse ridículo. Añadió: —*Tant pis, mon ami*; peor para el que olvida. Yo me encargaré de que me recuerden.

Sorbió ruidosamente los fondos de su bebida de ron y yerbabuena y pidió que lo condujese a la recámara donde dormía Víctor. Subimos, abrí la puerta y el hombre desproporcionado y robusto se coló delante de mí, me cerró la puerta en las narices y cuando yo empecé a golpear con indignación contra la puerta y a sonar el timbre, escuché la voz de «Heredia» a través de los resquicios de la caoba barnizada.

—No me interrumpa, don Hugo. Regrese en media hora. Yo habré terminado. Todo depende de que ahora me deje usted libre. Se lo imploro. Hágalo por su hijo. Y nunca le cuente a nadie lo que ha sucedido entre nosotros. Hágalo por su hijo.

Dejé de golpear. Me aparté de la puerta. Pero no abandoné mi vigilia en el corredor del hotel. Conté los minutos en mi reloj. Dejé que pasaran cinco después de la media hora. Volví a golpear contra la puerta, pidiéndole a «Heredia» que saliera ya, como lo prometió. Pero la puerta cedió ante mi puño. Estaba entreabierta; entré y mi hijo dormía. Estaba, también, solo. Nunca volví a ver a «Heredia».

El resto de la historia usted la conoce, Branly. Le dije que aquella noche en el Ancira «Heredia» me habló de su familia y quienes tuvieron que ver con ella. Estos nombres nada me dijeron entonces. Pero cuando usted me fue presentado por Jean aquel día en Xochicalco, sentí un sobresalto. Su nombre regresó a mí; «Heredia» lo había mencionado. Le juro que trato de recordar en qué contexto; mis precisiones son tan vagas como las referencias de «Heredia»: Branly, un sitio de mala fama frecuentado por el ejército francés de México, un barranco, una mujer mal enterrada, un parque en París, una ventana, un niño. ¿Le dice algo todo esto? Yo no sabría atar todos estos cabos, mi amigo.

Prefiero, además, reservarle a usted el aura de misterio con que llegó a mi vida y precipitó los hechos. Víctor recobró ese día la mitad del objeto. Sobre todo con esto le asocio a usted. Algo construido para durar, una pieza de arte hecha para algo más que el comercio, el engaño de los sentidos o la festinación de lo pasajero, un objeto emblemático de esa presencia del pasado que es la única razón profunda de mi vida, iba a ser devuelto a su prístina belleza y unidad; la destrucción colérica, estúpida, bárbara y caprichosa de la cual fue objeto iba a ser reparada, penosamente, pero reparada al cabo.

No sé, Branly, qué ha olvidado usted de sí mismo, de su pasado, de su línea genealógica, a pesar de todo mucho más documentada que la nuestra. Nosotros los Heredia, con más razón, ¿qué no habremos olvidado? Ahora paso noches enteras tratando de evocar lo que ya no sé; una crueldad imaginable, un abandono fatal, una violación querida, las transgresiones todas de la carne, la ambición, el dinero, el poder y la casta que jalonan y amasan unas vidas como las de los Heredia son olvidadas, sí, porque quizás no podríamos vivir con la conciencia permanente de las vidas que hemos segado, las haciendas que hemos usurpado, la miseria sobre la que todos los que somos algo en el Nuevo Mundo hemos construido nuestro ser. Lucie, al cabo, tendrá razón. Utopía negra: la devoró una epopeya sangrienta; mire usted lo que es hoy ese sueño del Edén recobrado y su buen salvaje.

En cambio, un objeto no es cruel, Branly, no tiene pasión, no daña a nadie y sólo da fe de lo que es permanente y brilla con las luces hermanas de un ayer y un hoy que el arte no sabría distinguir.

¿Quién te visitó, con quién estuviste?, le dije brutalmente a mi hijo cuando lo desperté, sacudiéndolo, en la recámara del Ancira. André, contestó, André...

Se llama como quiere. Fue niño con nosotros y envejece con nosotros. Espero que pase bien, gracias a mí, el tiempo que le queda en compañía de ese muchacho que tanto deseó ver o ser y tener, no sé cuál verbo emplear, como yo pasaré mi tiempo bien, en compañía de Lucie y Antonio, gracias a él.

Y si lo que alcanzo a entender es cierto, un día estaremos juntos los cuatro porque el propio Víctor, de alguna manera, se reunirá con nosotros. Entonces todos seremos compañeros de nuestro luto.

Depende de que entienda las palabras. Tuviste un pasado y no lo recuerdas. Trata de identificarlo en el poco tiempo que te queda o perderás tu futuro.

Es esta la obligación que compartimos todos los actores de esta historia. Yo se la paso a usted, Branly, rogándole que la acepte como una prueba de mi agradecimiento. Porque le estoy agradecido le he dicho esta tarde todo lo que sé, ni más ni menos. Sé que me expongo a un terrible desenlace si usted me es desleal y se lo cuenta a alguien. Pero esto, entre caballeros, sobra pedirlo.

Vea, Branly; a usted y a mí nos unió un común rechazo de la muerte del pasado que es presente de las civilizaciones; a mí y a «Heredia», la sanción pragmática, si así puedo llamarla, de esta actitud: la voluntad de servir a los muertos para que los vivos, algún día, nos sirvan. Vea cómo, por mi intermedio, usted y ese demonio acabaron aliados en una común determinación, la de recobrar al ángel.

XXI

Cuando Branly terminó su largo relato de las palabras de Hugo Heredia en Xochicalco durante la vigilia de Todos Santos, su sentido final, como un papel arrojado al mar, tardó en hundirse hasta el fondo de mi conciencia; le faltaba saturarse de agua y sol, humos de yodo y sal y cuanto nos permite convertir lo que se dice en lo que se sabe y lo que se sabe en algo más: el destino que toda palabra encierra pero también, oracularmente, anuncia.

Por ello sólo se me ocurrió, primero, preguntarle a Branly si el niño Víctor le había dicho algo más a su padre en ese momento en que volvieron a reunirse, después de que Heredia el viejo los separó en el Hotel Ancira. Pero mi amigo no pareció escucharme; su mirada lejana, sus labios murmurantes, lo sentí de manera cierta, aun no regresaban de la fiesta luctuosa en México.

No me atreví a interrumpir su extraña ensoñación posesiva. Él mismo, cuando habló, dijo palabras que no me sonaron suyas, como si Hugo Heredia continuase hablando por la voz de mi amigo.

—Depende de que entienda las palabras. Tuviste un pasado y no lo recuerdas. Trata de identificarlo en el poco tiempo que te queda o perderás tu futuro.

Su mirada volvió a afocarse, encontró un punto cercano de referencia en la mía.

—Branly, le dije con cierta angustia, ¿se siente bien?, ¿le ocurre algo?

—Era la noche del Día de Muertos, dijo, recobrando su voz personal.

—Lo sé. Me lo dijo usted.

Le dijo a Hugo Heredia esa tarde de difuntos en Xochicalco que había venido a oír la verdad de sus labios porque cuando lo conoció lo admiró y no podía aceptar que un hombre de su calidad intelectual fuese un bárbaro.

—Tenía que darle la cara y obligarle a dármela, tenía que conocer sus razones para obrar como lo hizo, participar de las trampas del salvaje «Heredia», corromper a mi servicio doméstico y engañar a las autoridades de mi país con la noticia de la muerte por agua de su hijo en la costa normanda. No podía, mi querido amigo, añadir nada más a la vulgaridad de ese hombre cuyo perfil ha adivinado usted en una noche de carnaval en Caracas, en un espantoso apartamento pintado de plata y un hotel de Monterrey y, por fin, en su espacio propio, el Clos des Renards.

La mirada de Branly se extravió al mencionar la propiedad de Enghien-les-Bains; habló sin demasiada coherencia, como si se dirigiese a otro, de los círculos, sordos lamentos y heridas grises de esa ciudad doliente que «Heredia» parecía arrastrar consigo, abriendo los precipicios que son las cicatrices de esta historia para dar voz a un universo insoportable de duros suspiros, lenguas extrañas y horribles jergas, acentos de rabia y campos de miseria cenicienta bajo un cielo viudo de estrellas.

Supe así que mi amigo continuaba citando, reproduciendo voces y murmullos cercanos a esa migración de su espíritu que fue la noche pasada entre los murmullos y las voces de una sierra poblada de luces ciegas. ¿Qué más le dijo Hugo Heredia, lo presioné, termine la historia, Branly, qué le dijo?

Mi amigo me miró como si me reconociera apenas.

—¿Hugo Heredia? Hugo Heredia me dijo que esta historia me la pasaba a mí, rogándome que la aceptase como una prueba de su agradecimiento. «Sé que me expongo a un terrible desenlace si usted me es desleal y se lo cuenta a alguien. Pero esto, entre caballeros, sobra pedirlo», me dijo esa noche.

Las palabras de Branly por fin se asentaron en el fondo de mi conciencia; hice lo que nunca había hecho, por afecto, por respeto a este hombre de ochenta y tres años; lo tomé con violencia de los hombros, lo agité, le dije que me dijera la verdad, ¿éstas eran las palabras que Hugo Heredia le dijo a Branly cuando terminó de contarle la historia o eran las que Branly me decía hoy, aquí, en el solario de la piscina del Automobile Club a mí?

Mi acción era determinada por el terror súbito que me invistió; no quería ser el que sabía, el último en saber, el que recibe el regalo del diablo y luego no sabe cómo deshacerse de él. No quería ser el que recibe y sabe para pasar el resto de su vida buscando otra víctima a la cual darle y hacerle saber. No quería ser el narrador.

La palidez líquida desapareció de los ojos de Branly. No se había enterado de mi violencia. Me sentí avergonzado. Lo solté pero no dejé de mirarlo.

—Branly, ¿me oye usted?

—Perfectamente, mi amigo, asintió con absoluta compostura.

—Dígame algo. Dígamelo directamente. Le he escuchado con atención. Ahora me falta saber qué sabía usted antes de decirme lo que le dijo Hugo Heredia. Quiero saber lo que usted sabía antes y no me dijo antes. Le pregunté si todas las pequeñas coincidencias, las aproximaciones tácitas, habían escapado a su atención.

Mi amigo estaba a punto de levantarse. Ahora volvió a reclinarse contra el respaldo de lona.

—Sí, el retrato de mi padre junto a la cabecera de mi cama; el reloj obra de Antoine-André Ravrio, en cuyo taller perecieron envenenados varios obreros por el contacto con el baño dorado de mercurio; la figura de ese reloj, la mujer con atuendo del imperio que toca a un clavecín... Estuve a punto de destruir ambas cosas, amigo mío; yo también sospeché que misteriosamente esa foto, ese reloj y su figura de bronce bañado en oro me ligaban, fatalmente, sin quererlo, a la historia de los Heredia.

—¿Por qué no lo hizo usted, Branly?

Mi amigo se encogió de hombros antes de contestarme.

—Terminé por relacionar y ubicar algunos objetos, es cierto. Lo que nunca supe es por qué están allí. Ve usted, yo también he perdido el poder de analogía entre las cosas, esa relación entre todo lo que existe que fue el signo profundo de nuestra cultura de fundación a la que se refiere Hugo Heredia. Quizás algún antepasado mío, en el siglo catorce, podía entender sin pena la homologación entre Dios, un ciervo de astas nacientes y la aureola de una luna roja. Mi antepasado del siglo diecisiete ya no sabía esto; nada se parecía entre sí. El arte, ve usted, y sobre todo el arte de narrar es un desesperado intento por restablecer la analogía sin sacrificar la diferenciación. Esto es lo que se le ocurrió a Cervantes y Balzac, Dostoievsky y Proust no han hecho otra cosa. Supongo que ninguna novela escapa a esa terrible exigencia.

Añadió que lo propio de la obra de arte es que la solución del enigma sea un nuevo enigma y terminó citando al poeta René Char cuando dice que se acerca el momento en que sólo sabrá requerirnos lo que debe quedar inexplicado.

Noté su nuevo impulso para dejar la silla pero no estaba dispuesto a dejarme vencer por una de tantas fiorituras literarias de mi amigo Branly.

—Siempre he dicho, ya que habla de Cervantes, que usted se parece a ese paradigma de cortesía, don Diego de Miranda, el caballero del verde gabán, que le brinda hospitalidad a Don Quijote cuando todos se la niegan. ¿No se excedió usted, sin embargo, en el caso de los Heredia? Entiéndame bien, Branly; nada le reprocho.

—No faltaba más, dijo mi amigo uniendo los dedos junto a los labios delgados y amables.

—No; digo que primero los recibió usted con un alarde de hospitalidad ...

—Y no me arrepiento de ello, me interrumpió Branly sin mirarme.

—¿Por qué?, dije con cierta impertinencia.

Branly no se inmutó; sólo dejó caer las manos sobre su regazo. Dijo entonces que a los Heredia les debía tres cosas. Soñó con una mujer a la que amó en el pasado y aunque no la pudo identificar, sí pudo recobrar el sentimiento de un tiempo en el que le bastaba saberse enamorado sin esperanza para ser feliz. Recuperó la soberanía sin ambición y las preguntas sin respuesta de su propia infancia.

—¿Recuerda usted el temor que sentí de desaprovechar la invitación de Víctor el joven cuando transformó mi salón en una suntuosa caverna de velas encendidas, plata y bronce? Me juré entonces que no declinaría ninguna de las solicitudes de Víctor, que eran las de mi propia infancia. Ya ve usted que tuve razón.

—¿Y su tercera deuda?, dije con ánimo de apresurar las conclusiones de Branly.

Me miró con extrañeza y me dijo que yo la había no sólo adivinado sino formulado con precisión. Hace muchísimos años, él debió dar un paso de más en el Parc Monceau; tardó setenta años en hacerlo, pero esta vez sí le tendió la mano, le devolvió el balón al niño triste detrás de los vidrios biselados de la casa de la Avenida Velázquez.

—No sé por qué siento que los crímenes de esta historia, si los hay, son de omisión, de ausencia, más que de acción y presencia. Acaso sólo Francisco Luis de Heredia actuó, en el sentido vulgar de engañarse creyendo que sus decisiones podían dañar, humillar, vengar, decidir el curso de las cosas. Los demás no; todo ocurrió porque alguien no hizo algo. Creo, querido amigo, haber reparado mi propio delito de omisión infantil. Si el niño al que nunca le di la mano en el Parc Monceau se llamaba André, ahora ese niño, gracias a mí, por mi conducto, porque yo invité a los Heredia a mi residencia en París, porque seguí el juego de la homonimia en el anuario telefónico, porque llevé a Víctor al Clos des Renards y porque en el acto final no interrumpí el encuentro de las cosas, ese niño, digo, ya nunca estará solo.

No comenté nada pero Branly notó mi mirada y al notarla la obvió, buscando de nuevo un horizonte más lejano detrás de los vidrios del solario, entre los miembros del club que, en bata y zapatillas, bebían en la barra y eran atendidos por los jóvenes mozos.

—No confunda usted mi gratitud con una especie de buena conciencia, me dijo sin mirarme.

—No, respondí, no hago semejante cosa; simplemente, me asombro de que, debiéndole usted todo esto a los Heredia, haya violado la obligación que asumió con cierta solemnidad.

—¿Obligación?, dijo Branly mirándome de repente y con una risa seca. Usted se burla de mí, mi amigo.

No permití que el tono seco y altivo de mi viejo amigo me alterase. Mantuve mi mirada al nivel de la suya, casi ofreciéndole mi silencio si él lo prefería, dándole a entender que mi curiosidad no era superior a mi respeto hacia él y hacia lo que creía entender como su secreto. Pero sus ojos, al reconocer los míos, subieron a otro escalón de la soberbia. No era esto lo que esperaba de él.

—Tengo una convicción después de escucharle, insistí. Esta historia debió permanecer ignorada salvo por quienes la vivieron.

¿Por qué me la ha contado? Usted prometió no contarle esta historia a nadie. Ha faltado a esa promesa. ¿Por qué? Si hace setenta años cometió una falta negándole la amistad a un niño solitario, ahora sólo la ha reparado para incurrir en otra. ¿Tendrá tiempo de reparar esta nueva culpa, Branly?

Branly, esta vez, se incorporó con energía.

—¿Con qué derecho me habla usted en ese tono?, me dijo.

—Con el derecho que me da ser, ahora, el repositorio de la historia de los Heredia y sometido, por ello, al pacto de silencio que usted ha violado esta tarde.

—No se engañe, me respondió con un orgullo frío. No ha entendido usted algo, mi amigo. La verdadera historia de los Heredia, créamelo, permanece inédita.

—¿Quiere decir que cuanto me ha contado no es cierto?, dije acentuando mi propia exasperación.

—Quizás los hechos lo son, dijo Branly con un suspiro silencioso. Pero la única verdad está oculta y es ésta: el odio de Hugo Heredia hacia su hijo Víctor que primero deseó la muerte de su padre y de su hermano para quedarse a llorar solo con su madre; en seguida el odio de Hugo Heredia hacia su hijo Víctor porque Víctor odió a las piedras, hirió ese pasado venerado por Hugo, destruyó caprichosamente, como dice Hugo, ese objeto perfecto encontrado entre las ruinas de Xochicalco. Hugo Heredia odió a su hijo cuando se dio cuenta de que Víctor no había aprendido la lección. Sólo despreciaba a los hombres; pero no amaba las piedras. No merecía ser el heredero de los Heredia.

Se detuvo un instante para mirarme con algo semejante a la compasión.

—Permítame, continuó. He sido desleal, si usted lo quiere formular así, a un hombre cruel y movido por el odio y el desprecio hacia los hombres, aunque redimido, ante sí mismo, por el amor hacia el pasado. En cambio, he sido fiel a dos muchachos reunidos por motivos que escapan a mi lógica y a la suya; a ellos les di la mano; más no puedo saber. Hugo Heredia quiso condenar a su hijo al pasado. Yo me he encargado, al contarle a usted la historia que debió permanecer oculta, de condenar a Hugo Heredia. El mismo lo dijo: de mi silencio dependía su vida. Usted y yo no importamos; importa arruinar a Hugo Heredia y salvar a los niños. Esto es lo que le dije cuando nos separamos y el auto de Jean me condujo de Xochicalco a Cuernavaca. Estoy tranquilo. La última vez que lo vi lo iluminaba apenas el fulgor moribundo de los cirios de esa noche amarilla. Mire usted, mi amigo; no pude dejar de ver entre las sombras ciertas miradas que me acercaron al cumplimiento de mi deseo; eran las que algunos hombres y niños sentados en el cerro, rodeados de velas y flores, dirigían a Hugo Heredia. Miradas de odio secreto, soterrado. Crímenes pacientes, mi amigo.

—¿Y el otro Heredia, el viejo?

—Ya no tiene por qué odiarme. Yo lo reconocí. Obtuvo lo que quiso.

—Perdone mi estupidez. ¿Qué quería?

—El niño nació, ¿ve usted?

Se despojó de la bata y la arrojó sobre la silla. Era un hombre fuerte, blanco, de carnes apenas vencidas por la edad aunque vigorosamente pinceladas de venas azules. Mi amigo Branly: lo miré alejarse con su trusa azul rumbo a la piscina y me dije que acaso le debía una excusa; no obstante, el hecho de tener conocimiento de la historia de los Heredia me aquejaba como un extraño mal, un tumor en la imaginación. No quería ser el último en saber la historia y no sabía en verdad, a pesar de la fuerza de mi imaginación amedrentada, por qué, como las mitades reunidas de ese objeto que Branly tocó cuando Víctor y André las juntaron dentro del Citroën, saberla me quemaba.

Caminó hacia la piscina y yo le seguí, admirando su rigidez marcial recuperada. El llegó antes que yo a los tapetes de cuerda que rodean la vasta alberca de dimensiones olímpicas pero que ha sido dotada de un atractivo entre palaciego y bucólico; más que para rentistas acaudalados, altos funcionarios y hombres de negocios, la piscina del Automobile Club de France debería estar reservada a ninfas y sátiros; su estanque de mosaicos verdes evoca un paraje silvestre, el ribete dorado de un baño del apogeo romano. La cascada de agua cristalina que cae desde una fuente en forma de concha acabaría por transportarnos a un siglo antiguo, de no ser por la extrañeza que rompe todo este encanto heráldico como un subrayado con pluma fuente sobre un papiro medieval: la pasarela de fierro bruto que cruza la piscina a una altura de nueve o diez metros, cerca de las bóvedas del tragaluz que de día ilumina este extraordinario pozo acuático hundido en el corazón de París, entre la Place de la Concorde y la rue St. Honoré, el Hotel de la Marina y el Hotel de Crillon.

Vi a Branly clavarse en él y nadar reposadamente; era el único deportista y las aguas de la piscina le acogieron con una singular concentración; sólo él rompía su quietud, pero sólo él se ofrecía a ellas, se entregaba a su tranquilidad. Como el estanque y su puente, agua y fierro, mi amigo, lo sabía ya, estaba viviendo en un estado dual de receptividad y hermetismo que acentuaba, a la par, su generoso interés en los demás y el culto exacerbado de sus idiosincrasias.

Fue en ese preciso instante cuando levanté la mirada y observé a ese mesero avanzar por la pasarela de fierro suspendida sobre la piscina; no le hubiese notado si él no se hubiese detenido, con su bandeja vacía entre las manos y una mirada singular, repentina e irreproducible, angosta, felina, extrañamente desprendida de la aureola de cabellera rizada y broncínea, la piel parejamente dorada y los labios sonrientes, jugosos, como si cada parte de su cabeza y de su cuerpo, que adiviné a la vez tenso y lánguido, como el de ciertos animales cuyo reposo sólo imaginamos porque frente a los hombres siempre están en acción vindicativa y hambrienta, perteneciese a seres distintos.

Las aguas de la piscina se agitaron. Me detuve un instante paralizado por el fenómeno; el lago tranquilo se transformó en un oleaje encrespado y vi a Branly levantar un brazo, combatir ese hervor de las aguas repentinamente turbias y luego sucumbir; me clavé detrás de él, no puedo jurar que mi presencia haya calmado la furia de la piscina pero sí que al llegar a mi amigo, rodear su cuello con mi brazo y nadar hacia el borde de la alberca no había ya ningún signo de alteración en las aguas salvo la que él y yo habíamos provocado. Miré hacia la pasarela. No había nadie allí. Los ayudantes se acercaron corriendo a auxiliarnos, los miembros del club miraron desde la barra, algunos acudieron a ver qué sucedía, alguien comentó que Branly debía cuidarse más, no había estado bien estas últimas semanas.

Entre los ayudantes y yo llevamos a mi amigo a una *chaise longue* de los vestidores, donde reposó sin decir nada.

Más tarde lo conduje a su casa. Su ama de llaves nos recibió; no la conocía; sustituía a José y Florencio y era una hermosa mujer de unos cuarenta años. Jamás, como digo, la había visto y me llamó la atención que, aunque sonriese y se condujese con toda normalidad, en sus ojos había el brillo de un llanto perenne. Sé que hay personas, sobre todo mujeres, así, que parecen siempre a punto de llorar y lo cierto es que sólo son gentes de particular bondad, de emoción retenida o de timidez flagrante. A veces, me faltaba saber, son sólo seres humanos conscientes de un dolor ajeno.

La foto del padre de Branly ya no estaba en la cabecera de la cama. Lo noté cuando lo recostamos allí, excusándose del accidente, sonriendo, diciendo que acaso a su edad debería olvidar el deporte.

Alargó la mano. Yo la tomé; me sorprendió su calor.

Abandoné la recámara con la impresión de unos ojos que estaban cercanos y ausentes; quizás ésta era otra manera de decir que veían algo que me estaba vedado a mí. En todo caso, me sentí vagamente inquieto, como si al salir de allí cediese en la solidaridad debida a mi amigo en su combate pertinaz, inacabable y sobre todo desigual con algo o alguien que había expulsado de la recámara el retrato del joven capitán de Branly, nacido en 1870 y muerto en 1900 a causa de un microbio que no hubiese resistido una inyección de penicilina.

Más tarde recorrí el salón, admiré de nuevo el matrimonio del bronce, el mármol, el yeso y la plata con la amboina, el roble, la haya y el tejo y comparé el lujo inapelable de los candelabra de plata, las ánforas de malaquita, los espejos con remates de figuras aladas y medallones de mariposas con la descripción del interior del Clos des Renards y su intensa sensación desolada, su olor de cueros y su humedad enjalbegada. La comparación me llevó, insensiblemente, a buscar, en vano, el maravilloso reloj suspendido en el arco de una escenografía de bronce dorado, donde la figura de una mujer tocaba un clavecín con patas de grifo dentro de una suntuosa caja de cortinas y puertas inmóviles.

Al no encontrarlo, busqué otra cosa: lo que ese reloj tocaba al sonar las horas, un madrigal antiguo. ¿Cómo era su letra? ¿Dónde lo había escuchado por última vez?

Acaso este espíritu inquisitivo me condujo a la biblioteca de Branly. Le había pedido al ama de llaves que, de todos modos, llamase al médico de cabecera de mi amigo y decidí esperarlo y cerciorarme de su estado de salud. Mi curiosidad me llevó a recorrer con un dedo, estante tras estante, los lomos de la espléndida, pequeña biblioteca. Me detuve con cierto amargo deleite al reconocer los títulos de algunos libros que habían aparecido en el curso de esta narración: *La Duchesse de Langeais par Honoré de Balzac, Méditations de Lamartine, Poésies de Jules Supervielle, Les Chants de Maldoror par Isidore Ducasse dit Comte de Lautréamont, Les Trophées de José María de Hérédia, Imitation de Nôtre Dame la Lune par Jules Laforgue y Mémoires de M. Alexandre Dumas.*

Me intrigó la presencia en este anaquel privilegiado de un volumen que no había sido evocado en el curso del relato de mi amigo el conde de Branly. Recordé entonces que los niños, Víctor y André, sí habían hablado de *Montecristo*, los *Mosqueteros* y la *Máscara de fierro*. El libro estaba marcado por un indicador de seda amarilla que quebraba el polvo dorado de su canal. Lo tomé del lomo, acaricié la piel cremosa y las cantoneras marrón; la cabezada crujió cuando lo abrí y leí la página de tipografía realzada por la costumbre y el tiempo, como si las letras de los libros viejos quisiesen desprenderse de las páginas para ganar un vuelo similar al de los pájaros migratorios.

Lo que leí no pertenecía, propiamente, a las memorias del poderoso escritor al que nadie, por fortuna, fue capaz de transformar mágicamente, como lo deseaba con ironía Flaubert, al culto del arte. Siempre me he dicho que en Dumas los libros son verdaderamente como el hombre, glotones, gozosos, abundantes, generosos, límpidos pero secretamente eróticos, insaciables. Esta página recordaba que, al morir, el viejo Dumas le entregó un luis de oro a su hijo, el autor de *La dama de las camelias*, y le dijo que ya lo veía, su padre tenía fama de pródigo, extravagante constructor de castillos en el camino de Bougival y amante impenitente de mujeres que, más sabias que él, sólo le aceptaron el regalo de la espuma de los días. Sin embargo, añadió, había llegado a París con este luis de oro y aún lo conservaba a la hora de la muerte.

Junto a esta página había otra escrita con tinta morada sobre papel cuadriculado y pegada cuidadosamente a la cartivana del volumen. «En 1870, poco antes de morir, A.D. llegó en tílburi a mi casa de Enghien. Traía en brazos, como lo prometió antes, al niño rubio y hermoso. Por indicaciones mías, C. salió y le entregó al niño negro. A.D. lo recogió entre sus brazos y me mandó decir con C. que de esta manera quedaban saldadas las deudas antiguas de honor, dinero, explotación y venganza. Añadió que acaso esta fecha debía ser celebrada; cada quien tenía, al cabo, lo suyo. No quise decepcionarle. Inscribí sus iniciales y la fecha en la escocia del dintel. Él no las pudo ver, pues antes murió soñando, quién lo puede saber, en los bosques de su infancia en Retz o quizás en los montes de la infancia de su padre en Haití. Admiro al escritor célebre pero no estoy obligado a recibir al hijo de una esclava de las plantaciones perdidas por mi estúpido suegro. Desconozco el destino del niño negro. Pobre L.; se había encariñado con él y llora todo el día».

No sé por qué sólo entonces recordé las estrofas finales del viejo madrigal, «y sus aguas eran tan hermosas que en ellas me ahogué», *j'ai trouvé l'eau si belle, que je m'y suis noyé*. Nunca dejaré de pensar que las escuché por última vez en la piscina del club y que las cantaba un mozo cuyas facciones de gato montés no coincidían exactamente con la intención de su cabeza, detenido con su charola de servicio en la pasarela de fierro sobre las aguas que caen en cascada a la alberca.

XXII

Visité algunos días después la propiedad del Clos des Renards. Había gran trasiego y movimiento de camiones y obreros. Me acerqué, entrando por la gran reja, a la alameda de encinos y castaños. Las hojas muertas han sido barridas. El hermoso bosque de abedules sigue allí. Pero adentro de la casa, los trabajadores la están transformando por completo. Decorados, paredes, pinturas, ceras, cal y ébanos caen ante mi mirada atónita; hay un montón de cueros incendiados al pie de la terraza de los leones y los carpinteros ponen nuevos marcos a las puertas y a las ventanas.

Escucho un ruido peculiar y me asomo por una de las ventanas repuestas. Un equipo de obreras, mujeres vestidas con anchos faldones y blusas de mezclilla, las cabezas tocadas por gruesas pañoletas que ocultan sus cabelleras, raspan con espátula los pisos y las paredes de la casa. No hablan, no me miran.

Noto, sin embargo, que la inscripción en el dintel, *A.D. 1870*, no ha sido tocada. En cambio, los obreros inician una excavación honda en el centro del jardín francés. Sin duda, allí estará el estanque que hacía falta aquí. Gracias a la excavación, ha desaparecido —si es que jamás existió verdaderamente— la cicatriz quemada, sulfurosa, que Branly dijo haber visto desde su recámara y recorrido, descalzo, la última vez que el don de la simultaneidad le fue otorgado por el sueño, el tiempo, el espacio del Clos des Renards.

Pregunto a los obreros el nombre del propietario; nadie sabe nada. Siento impaciencia. Nos alejamos de esa casa que está siendo despojada de sus maldiciones como las antiguas moradas de la peste medieval.

Regreso a París esa tarde, después de pasearme por Enghien, Montmorency, Andilly, Margency y otras localidades de la región, donde tengo amigos y recuerdos. Ha estallado el otoño de Corot, coronado de bruma plateada. Iré a visitar a mi amigo Branly, quien está sufriendo de una aguda afección bronquial.

—Debe usted reponerse cuanto antes, le digo en son de broma; no quiero ser la única persona que conozca la historia de los Heredia.

Me observa con una mirada entristecida y me dice que no me preocupe, la memoria es cosa infiel y nada se olvida más fácil que un muerto.

—Si sólo supiera usted el esfuerzo que me cuesta recordar los rostros de mis dos primeras mujeres. Nada más cercano en la vida. Nada más alejado en la muerte.

—¿No tiene fotos de ellas?

Niega levemente con una mano, como si quisiera decirme que lo que no se recuerda espontáneamente merece, sin duda, la tumba del olvido.

—En cambio, qué bien recuerdo a Félicité, mi nana en el castillo del abuelo durante las vacaciones. A ella sí. Ella me contó algunas cosas; mi abuelo también fue militar, primero con la Monarquía de Julio y luego con el Segundo Imperio. Pero él nunca me contó nada de eso. No sé.

—Quizás esto es lo que temía Hugo Heredia, me atreví a opinar.

—¿Qué cosa?

—Olvidar así a su mujer y a su hijo muertos.

Branly se voltea a mirarme con esa furia concentrada pero impotente de los viejos, más terrible que la de un joven porque la ausencia de amenaza física concentra la sospecha de amagos muchos peores.

—¿No hay noticias de él?, dice con la voz dificultada.

—No, respondo con sorpresa. ¿Por qué habría de haberlas?

—Dijo que su vida dependía de mi silencio. Pero vo hablé; yo se lo conté todo a usted. Mi única esperanza es que Hugo Heredia haya muerto.

Dice esto con cierta pasión; la tos le vence. Mientras se repone del acceso, le digo que la tarde de noviembre es muy bella, un poco fría pero hermosísima, como esas tardes que él siempre admiró en la isla de Francia desde que, siendo niño, se detuvo un día en el puente sobre el río y vivió ese minuto milagroso que disipa los accidentes de la jornada, lluvia o bruma, canícula o nieve, para revelar la esencia luminosa de esta ciudad privilegiada.

—No cambie de tema, me regaña Branly con el pañuelo entre las manos. Heredia el francés le dijo a Hugo que no contara nada porque de ello dependía la vida de Víctor. Pero Hugo habló, Hugo me contó la historia a mí.

—Y usted a mí, Branly. Además, no cambié de tema. Una mañana, en esta misma casa, Víctor lo invitó a participar en un juego y usted estuvo a punto de desperdiciar la ocasión.

—Es cierto. Estúpidamente. Con exigencias de orden y razón, con el disfraz solemne de una madurez que ocultaba el miedo de recobrar la imaginación perdida.

Mientras abro de par en par las altas ventanas biseladas de la recámara de Branly sobre su jardín del solitario pino marítimo, le cuento que esa mañana estuve en el Clos des Renards.

—Visité su recámara, mi amigo. La ropa que usted llevaba puesta la noche del accidente sigue allí, arrojada en un rincón. ¿Qué recogió Étienne la mañana cuando él y los españoles fueron por usted? ¿Qué traía Étienne en su petaquilla negra?

Branly me miró de una manera pavorosa: su mirada estaba en otra parte, le precedía por varios segundos, nadando en un agua clara.

—Ella me pidió que soñara con ella. Dijo que nunca nos haremos viejos mientras yo la recuerde a ella y ella me recuerde a mí.

Siento un remordimiento súbito; me acerco a las ventanas para cerrarlas, pero Branly me detiene con un movimiento de la mano, diciéndome que no, no debo preocuparme más.

Alcanza a decir algo con su voz sofocada.

—Ve usted: siempre creí que aun al encontrarla, no dejaría de buscarla, de esperar pacientemente que me entregara su retrato escondido. Lo hice por el muchacho, se lo aseguro. Él me permitió recordar a mi amor. Pude haber muerto sin recordarla. Tengo ochenta y tres años. ¿Se da cuenta? Por poco la olvido para siempre. He querido recompensarlo. Quizás él también recuerda a quien olvidó, gracias a mí. Quizás no fue inútil.

—Dios quiera que no se haya usted equivocado.

—Pronto lo sabremos, mi amigo. ¿Qué piensa usted?

Miro la figura tristemente iluminada de Branly, sentado sin fuerzas sobre el sillón de brocados desleídos, envuelto en la bata antigua, afelpada y sin descendencia posible. Siento compasión por él pero no me dejo vencer; recuerdo cuál es su herencia:

los Heredia, México, Venezuela, la historia de la cual él se está liberando con gusto para dármela a mí, que no la quiero.

No obstante, una contradicción interna, irremediable pero insustituible, me obliga a exigirle a mi viejo amigo que me lo cuente todo, como si este agotamiento de los recursos de la narración pudiese significar la muerte de la historia que no deseo y mi liberación consiguiente de la responsabilidad de contársela a alguien. Esto debe explicar el sentido de mis incomprensibles palabras.

—¿No hay nada más, Branly? ¿No se olvida usted de nada? Debo saberlo todo antes...

La mirada del viejo resucita al escucharme decir esto. Me mira con una ironía profunda, casi mordaz, digna, me digo, de sus grandes momentos de placer, intuición, presencia y dominio; lo imagino mirando así, por última vez, a Hugo Heredia en el crepúsculo de una barranca solitaria y sagrada donde dormitan los dioses del Nuevo Mundo.

—¿Antes de que yo muera? Ah, mi amigo, eso no ocurrirá todavía. Por varias razones.

Suspira, tamborilea los brocados raídos del brazo de su sillón y yo pienso que mi pregunta ha violado el argumento de mi propia salud; como los dioses saldrán un día de los manglares podridos donde otro día fueron asesinados, de mi deseo irracional emergió la pregunta: saberlo todo antes de que Branly muriese y ya no pudiese contarme nada, heredarme ninguna historia y condenarme a deambular como un mendigo ciego, solicitando la compasión de algunas monedas verbales para terminar la historia que heredé. Esto sí que me condenaría a nunca poder deshacerme de ella. Necesitaba conocerla completamente para transmitirla, completamente, a otro. Pero Branly no sabía de este desconcierto de mi inteligencia; hablaba, más bien, de las razones de su supervivencia.

—No, nunca moriré mientras la recuerde a ella y ella me recuerde a mí. Ésa es la primera razón. La segunda y más importante es que el viento de esta noche no me matará porque ya estoy oliendo la tibieza del verano de San Martín. El otoño será aplazado una vez más, mi amigo. Recuerde usted que San Martín era santo por generoso; ¿no compartió su capa con un mendigo?

Ahora me mira con una particular perspicacia.

—Mañana es el once de noviembre, Fuentes. Es su cumpleaños. Vea cómo aún no estoy senil; recuerdo las fechas de nacimiento y muerte de mis amigos. No se preocupe. Ahora usted y yo estamos aquí en una de las posibilidades infinitas de una vida y una narración. Usted teme ser el narrador de esta novela sobre los Heredia porque teme la venganza de un vulgar demonio contra el último hombre que la conozca. Olvida algo que, sin embargo, he tratado de decirle varias veces. Toda novela es algo inconcluso pero también es algo contiguo. Tome su propia vida. En 1945, Fuentes, usted se quedó a vivir entre Buenos Aires y Montevideo, no regresó a su México nativo, se convirtió en un ciudadano del Río de la Plata y en 1955 pasó a vivir en Francia; dejó de ser tan ríoplatense y se hizo más francés que otra cosa, ¿no es verdad?

Le dije que sí; él lo sabía y yo también, aunque a veces yo dudase del éxito de mi incorporación al mundo francés. Tocó cariñosamente mi mano.

—Imagine si hubiese regresado a México al terminar la guerra y se hubiese arraigado en el país de sus padres. Imagine que publica su primer libro de cuentos a los veinticinco años y su primera novela cuatro después; habla usted de México y los mexicanos, las heridas de un cuerpo, la persistencia de unos sueños, la máscara del progreso. Queda para siempre identificado con ese país y su gente.

—No fue así, Branly, digo sin demasiada seguridad. No sé si para bien o para mal, pero soy otra cosa.

Me pide con una sonrisa extraña que le sirva una copa de la botella de Château-Yquem que está junto a la cabecera de su cama. ¿No debe, más bien, regresar a su lecho? Sí, lo hará más tarde y por su cuenta. ¿No deseo una copa de ese vino tardío, hijo de las uvas viejas del otoño?

Lo acompaño en un brindis.

—Por su otra vida, Fuentes, por su vida adyacente. Piense en lo que pudo ser y celebre conmigo su aniversario y la llegada del veranillo de San Martín con un vino que aplaza la muerte y nos ofrece una segunda vendimia. San Martín ha cortado otra vez su capa para protegernos del invierno. Piense que lo mismo sucede con toda novela. Hay otra narración contigua, paralela, invisible, de cuanto creemos debido a una escritura singular. ¿Quién ha escrito la novela de los Heredia? ¿Hugo Heredia en las ruinas de Xochicalco o el rústico propietario del Clos des Renards? ¿Yo que se la he contado, usted que algún día contará lo que yo le he dicho, o alguien más, un desconocido? Piense otra cosa: la novela ya fue escrita. Es una novela de fantasmas inédita, que yace en un cofre enterrado bajo la urna de un jardín o entre los ladrillos sueltos del cubo de un montacargas. Su autor, sobra decirlo, es Alejandro Dumas. Vaya tranquilo, mi amigo. Yo sé sobrevivir al terror.

Aprieto su mano. El me ruega que, al salir, le diga al ama de llaves que puede retirarse, él ya no la necesita. Quiere dormir hasta tarde. Pero yo me abstengo de hablar con la mujer en cuyos ojos hay el brillo de un llanto perenne.

Sin embargo, al regresar por el pasillo que conduce de la recámara de Branly a la sala, noto una puerta abierta de par en par que estaba cerrada cuando llegué a visitar a mi amigo esta víspera del día de San Martín.

Iba pensando, al dejar a Branly en su dormitorio, en la ciudad luminosa y tibia prometida por él para el renovado verano del día siguiente. Al pasar junto a esas puertas abiertas, me siento atraído como por la luz que describía en mi imaginación, capaz de disipar los accidentes de la jornada, lluvia o bruma, canícula o nieve. Al girar con el gesto de buscar el origen de la luz me percato de que al fondo de esta habitación se encienden, poco a poco, vela tras vela, los candelabros cuya ausencia yo había, con asombro, deplorado.

Sigo el movimiento que va encendiendo las velas y veo que es una mano envuelta en tinieblas. Recuerdo que un día el niño Víctor prendió a mitad del día, detrás de las cortinas cerradas, estas mismas velas en este mismo lugar pero ahora, en mi ánimo súbitamente sobrecogido, éste es otro espacio, ligeramente desplazado, perdido su eje, difamadas sus simetrías.

Entro a la habitación y trato de penetrar, en vano, la oscuridad rectora en torno a la figura que enciende las velas y que me repele, azoradamente, hacia otro rincón de la pieza, lejos de los candelabros de bases bronceadas con cabezas de carnero, las guirnaldas de muchachas a guisa de tallos, con los ojos vendados; las culebras de bronce mordiendo las pantallas y la cera derretida sobre los lomos argentinos de una jauría de caza.

Las manos dolientes terminan de encender las velas, la recámara se ilumina y ella está arrodillada frente a la mesa de noche junto a su cama de baldaquín de cuero; en la mesa está colocado el objeto que no pude encontrar en el salón, el reloj suspendido en una escenografía de bronce dorado, donde la figura de una mujer toca un piano con patas de grifo dentro de una suntuosa caja de cortinas y puertas inmóviles. También reposa encima de ese buró la foto color sepia del padre de Branly.

Ella permanece de hinojos, sollozando, tapándose la cara con las manos.

Es el momento en que caen todas las defensas de humor, inocencia o racionalidad con las que me he estado defendiendo de la narración de Branly; no importa que la mujer esté vestida de negro y no con el traje de baile blanco de profundo escote, almilla alta y ancho echarpe; no sé si pueda llamarse intuición a la desnudez repentina ante un sol de los desiertos mahgrebís o bajo la tormenta de una selva ecuatorial que al despojarnos del paraguas lógico con el que recorremos calles bien alumbradas, entramos sin temor a los comercios, descendemos sin pensarlo de los autobuses o firmamos con desenfado cheques bancarios, nos obliga a aceptar como inevitable lo que tenemos. Intuición o conocimiento de algo que no nos sucedió a nosotros y que sin embargo determina una verdad que no quisiéramos ni siquiera sospechar, mucho menos admitir en los compartimientos ordenados de la buena razón socrática: alguien ha estado viviendo constantemente a nuestro lado, desde siempre, no sólo desde el instante de nuestro nacimiento sino exactamente *desde siempre*, una persona fundida en nuestra vida como el mar en el mar. Y en nuestra muerte como la respiración en el aire. Durante nuestra vida nos acompaña sin dar señas de su propia vida, como si fuese menos que una sombra, apenas un rumor que camina de puntas, apenas el roce repentino e imperceptible de un tafetán antiguo contra la manija de una puerta entreabierta, aunque ella, estoy seguro de lo que pienso mientras aparto con fuerza las manos duras que no sólo ocultan sino que desfiguran ese rostro femenino, vive su vida invisible al lado de la nuestra con naturalidad, con almuerzos a horas precisas, posesiones bien contadas y miradas que nunca vemos, pero donde el celo y la ternura combaten hasta rendirse en una ausencia contigua: vecinos los cuerpos y sus fantasmas, vecina la narración y su espectro.

—Lucie, le digo, Lucie, ya descansa, ya déjalo en paz, ya te sirvió, ya te devolvió a tu hijo, como mejor pudo, dale las gracias por eso, es un hombre bueno.

La mujer de Hugo Heredia posee una fuerza terrible, tejida como una malla de voluntad nerviosa más que por otro vigor cualquiera y yo no puedo evitar más que una nueva desgracia: que ella se rasguñe el rostro hasta disolverlo, lo temo, en un llanto indistinguible de la sangre. Pero temo aún más que las hipótesis nacidas de esa intuición que me desnudaba ante mí mismo porque me hundía de un golpe en la miseria de un olvido constante de otra mujer como ésta, otra Lucie, la mía, ignorada por mí, que acaso me acompañaba insensiblemente, como ésta que era el fantasma de Branly, evaporasen la presencia de la eterna acompañante de mi amigo antes de que pudiese ver su rostro: creí que en él estaba la cifra de su secreto, más que en esas hipótesis que eran todas preguntas, ninguna respuesta, ¿tenemos todos un fantasma que nos acompaña a lo largo de nuestra vida sin que jamás lo veamos?, ¿es nuestra muerte la condición para que nuestro fantasma encarne?, ¿quién, entonces, va a acompañarnos en nuestra muerte?, ¿el fantasma de nuestra vida, el único que nos recuerda verdaderamente?, ¿cómo se llama ese fantasma?, ¿puede ser distinto de lo único que simultáneamente es fantasma y muerte en nuestra vida: nuestra juventud?

Me basta pensar que todos estos enigmas, si no su solución, están cifrados en el rostro oculto de Lucie para imaginar que he perdido la oportunidad de conocerla realmente al mirar, no su rostro de mujer, sino el rostro de hombre de mi amigo el conde de Branly. Si en algún lado estaba la realidad de la mujer eternamente inconclusa que caminó sin gravedad por todos los senderos mágicos del Parc Monceau era en el rostro de cera, en las manos pálidas, en la mirada inteligente del hombre que debió ignorar la muerte de la mujer para recibir su presencia espectral. Branly: ¿sólo en él resucitaban todos los tiempos de la mujer de Hugo Heredia que fue la novia de los parques infantiles de mi amigo que fue la mamasel gabacha, la niña que hace ciento ochenta años fue vista por otro espectro de Branly en el mismo parque, a la misma hora, en la misma luz?

Apenas creo resolver un enigma, la solución misma se transforma en otro misterio. La explicación que Lucie podría darme es obstinadamente negada por los Heredia y al cabo sólo entiendo que una mirada lo ha vigilado todo, lo ha sabido todo, desde siempre, perseverante, cruel en su voluntad patética de resucitarlo todo, desde unas ventanas de vidrio biselado en un hotel particular de la avenida Velázquez.

Me digo todo esto en un instante, mientras lucho por apartar las manos del rostro de la mujer, que acaso, en ese mismo instante, sin necesidad de compulsión, libremente, con una fatalidad alegre y siniestra, apartaba también las manos del rostro en el cuadro perdido en la buhardilla del Clos des Renards. Debo jurar que antes de revelar por la fuerza ese rostro me reproché a mí mismo cuanto estaba haciendo, me dije que mis conclusiones eran fáciles, caprichosas, nacidas de la pura necesidad de concluir para no violar las leyes de la simetría, pero que en verdad, en verdad no tengo ni tendré los derechos ni los poderes para interpretar nada, variar nada, entrometerme en los túneles de esta historia soberanamente indiferente a mi persona.

Logro apartar las manos de Lucie y no puedo reprimir un grito de angustia. Comprendo, al ver esa mirada de vértigo infinito, lo que había en el fondo del cubo del montacargas en el Clos des Renards, en el trasiego de hojas muertas y dagas de hielo; sé finalmente del canje diabólico por el que vendemos nuestra alma a fin de no estar solos en la muerte.

Branly no recordaba en vano ciertas palabras escritas para conjurar el propio objeto de su canto: duros suspiros, lenguas extrañas y horribles jergas, acentos de rabia y campos de miseria cenicienta bajo un cielo viudo de estrellas.

Esto es el rostro de Lucie.

La mujer grita también cuando la descubro; primero su grito es de miedo; en seguida es de dolor.

No es una hipótesis; Lucie va a vivir apenas muera mi amigo Branly. La cara que miro temblando es una cara en acecho, lupina, impaciente por devorar la oportunidad de la muerte; no es, este rostro tembloroso que miro, el de una mujer viva, es el del despojo mortal de un fantasma en el tránsito terrible entre su cuerpo de ayer y su espectro de mañana. Quisiera regresar a la recámara de Branly y preguntarle si él sabe que cuando muera él será, como ella lo ha sido hasta ahora, el fantasma de la mujer. Pero aunque ella deje de ser un cadáver, nunca será más que un espectro.

Mi Lucie me lo dice con la voz mojada y olorosa a hongos, estás envejeciendo rápidamente, Carlos; no eres de aquí, nunca más serás de allá. ¿Conoces a tu fantasma? Tomará tu lugar apenas mueras y entonces tú serás el fantasma de quien fue, en tu vida, tu propio espectro. No te hagas ilusiones; no lo has podido asesinar, por más que lo has intentado; no lo dejaste atrás, en México, en Buenos Aires, como creíste de niño.

Sus ojos vaciados, surtidores de sangre, me capturan con una mezcla de náusea y fascinación dolorosa.

—Yo lo puedo ver. Está en el umbral paciente de mi recámara. Sal con él. Déjanos solos. Ya no vuelvas más.

Me cuesta, ahora, arrancarme del contacto húmedo con esa mujer hincada cuyo rostro no sabría describir sin desvanecerme. Le doy la espalda a la madre de Víctor y Antonio; se diría que ahora ella se cuelga de mis brazos al tiempo que me pide salir de su aposento; pero ésta no es más que una ilusión, una nueva ilusión, mía. Ella ignora la cercanía o la distancia tal y como nosotros las entendemos. Sus manos tocan mis brazos pero yo sé que mi cuerpo es otro para ella; su cercanía no es conmigo sino con mi propio fantasma, el que desde ahora, me acaba de decir la mujer, me espera junto a la puerta de la recámara iluminada por parpadeos de plata fúnebre.

Ella permanece de hinojos, sollozando, tapándose de nuevo la cara con las manos, canturreando con voz quebrada *il y a longtemps que je t'aime, jamais je ne t'oublirai.*

XXIII

El verano de San Martín

Dejaré que él sea quien guíe mis pasos en esta noche de creciente tibieza, como si París regresase, cargada de fiestas olvidadas y piedras memorables, al seno infinitamente cálido pero también inmensamente desolado de su creación.

Cincelado por ese conflicto entre la virtuosa estación de los calendarios y la salvaje fortuna del mundo físico, el perfil de la ciudad adquiere el relieve de un tiempo encarnado; no sé quién es el ser que me acompaña, nonato o regresado de entre los muertos, pero sé que gracias a él sé que en este balcón se reclinó Musset para descansar de la palidez encerrada de la Princesa Belgiojoso y que por este pasaje húmedo corrieron los pies apesadumbrados de Gérard de Nerval, pero también que desde aquel puente, en el mismo instante en que Nerval escribía *El desdichado*, se contemplaba ya en las aguas incesantes César Vallejo; en el Boulevard de Latour Mabourg oiré la voz de Pablo Neruda, en la rue de Longchamp la de Octavio Paz, cruzaré con mi espectro la Passerelle Debilly sobre el Sena, las hojas secas se detendrán a medio aire sobre las estatuas del parque Galliéra, la noche cálida reverberará encajonada en la avenue Montaigne y el otoño vencido buscará refugio en los sótanos de la rue Boissy d'Anglas; llegaremos a donde lo temía, a la Place de la Concorde, al cruce infinito de los caminos, al espacio fatal donde un mediodía de este mes de noviembre me acerqué a mi amigo Branly en el comedor del Automobile Club y le sugerí que almorzáramos juntos.

¿Tengo derecho al enigma que me ha perseguido durante la caminata nocturna de la Avenue de Saxe a la Place de la Concorde? ¿Por qué me conocía Lucie? ¿Sabía acaso que su marido, Hugo Heredia, hombre de mi misma edad, me había esperado en vano frente a la fachada barroca de la Escuela de Mascarones para ir juntos a la Librería Francesa del Paseo de la Reforma, tomar un café con Huguette Balzola en el entresuelo de la administración de la librería, salir con el último número del *France Observateur* y el primer ejemplar de la nueva novela de Mauriac, caminar hasta el Instituto Francés de la Calle de Nazas en medio del polvo inquieto de los crepúsculos mexicanos, ver una vieja película de Renoir o Buñuel y hablar juntos, comparar notas de exilios y pertenencias, posesiones y desposesiones, fatalidades y libertades, seres y no seres, ternuras y crueldades, conciertos y desconciertos: el resentimiento salvado por el reconocimiento? ¿Fui yo el amigo que le faltó, por haberme quedado a vivir en la Argentina, a Hugo Heredia? ¿Fue él el amigo que yo no tuve en la numerosa soledad porteña de mi juventud?

El calor aumenta sensiblemente mientras cruzo la plaza en dirección del pabellón de Gabriel. No sé si mis ojos ven claramente lo que ven; llevo prisa y sólo una ráfaga perdida de viento me trae el olor de las magnolias en flor del jardín de las Tullerías. Veo ventanas que se abren, sofocadas, en el Hotel de Crillon y cabezas que se asoman a la noche del veranillo de San Martín, incrédulas.

Normalmente, el portero del club no me dejaría entrar a esta hora; hoy, sin embargo, le encuentro en mangas de camisa, reclinado contra los barrotes de fierro negro del portón sin candado. Parece un presidiario indeciso entre abandonar la cárcel o permanecer en el refugio al cual se ha acostumbrado.

Me reconoce, resopla, me deja pasar porque huele algo fuera de lo común en el aire y yo soy un asidero familiar; necesita decirme lo obvio:

—Vaya calorcito. No es normal, ¿eh?

Le digo que olvidé papeles muy importantes, por descuidado, en los vestidores de la piscina; conozco el camino; puedo ir solo; él debe vigilar la puerta; en efecto, la noche no es normal.

Sé a dónde voy, a dónde me empuja mi acompañante invisible: huelo la piña rebanada, el plátano negro y maduro, la roja mantequilla del mamey, mi boca se llena de sabores perdidos, anticipados, derretidos sobre mi lengua caliente.

Creo escuchar el murmullo de unas voces que cantan; espero el madrigal de la clara fuente pero distingo las melancólicas palabras en español, *ay de mí llorona, llorona de ayer y hoy, ayer era maravilla, llorona, y ahora ni sombra soy.*

Paso por el bar y estoy frente a la piscina. A sus costados crecen las plantas entretejidas, revueltas, los árboles de tronco oloroso cubiertos de hiedras y lianas que suben por las pilastras de mosaico verde hacia la gran bóveda de fierro y cristal ciego, tapado por la espesa trabazón de los follajes. Las flores huelen fuertes, envenenadas, hambrientas. Árboles de pólvora: los había olvidado y ahora su olor me recuerda las cortezas que sirvieron para fabricar las municiones de Indias.

Desciendo unos peldaños en busca del claro del agua velada por la profusión del follaje; creo que derrumbo los nidos del minúsculo pájaro mosquito, agito el vuelo de los papagayos y me encuentro, de repente, cara a cara con un mico que podría ser mi retrato: me imita, huye trepando por las ramas, piso el cadáver tasajeado de un culebrón relleno de la multitud de sus propios huevos, piso la tierra húmeda, el lodo amarillo de los bordes de la piscina del Automobile Club de France y repentinamente no hay más rumor que el de los monos araguatos y parlanchines confundidos con la selva.

Subo de prisa al puente sobre la piscina, desde donde un joven sirviente observó con mirada felina el ensayo de muerte de Branly.

Un inmenso silencio, después, desciende sobre la placidez muerta de las aguas. Una película, que podría ser el vaho de la selva, cubre el manantial verdoso. En el centro de esa nata color de esperma flotan abrazados los dos cuerpos. Son dos fetos doblados sobre sí mismos y abrazados como siameses, atados por los ombligos, flotando con una placidez que desmiente todo pasado, toda historia, todo arrepentimiento.

Sus caras son viejas. Los miro desde la pasarela de fierro. Son fetos muy viejos, como si hubiesen durado nueve siglos en el vientre de su madre. Trato de adivinar sus rostros arrugados y si en el simio veloz que encontré al llegar pude adivinar mi propia cara, ahora veo, con nitidez fotográfica, las caras de dos niños que se volvieron viejos en las de esos dos fetos flotantes.

Jamás los conocí. Pero la voz junto a mí me dice al oído, no quiénes son ellos, sino quién soy soy.

—Heredia. Tú eres Heredia.

Me retiro con gran tristeza, sin dar la espalda, como si me despidiese para siempre de un héroe prisionero, de un dios enterrado en vida, de los ángeles ahogados y la voz de mi fantasma me persigue hasta la puerta de fierro y la plaza donde el otoño comienza a recuperar sus derechos transitoriamente usurpados.

Está agonizando el verano de San Martín. Nadie recuerda toda la historia.

Fin

Dossier crítico

Cómo escribí algunos de mis libros, por Carlos Fuentes

A mi amiga inmortal, Lillian Hellman

UNA, sí, UNA MUCHACHA *de veinte años, en el verano de 1961, hace vein-te años cruzó el umbral entre el pequeño salón de un apartamento del Boulevard Raspail y entró a la recámara donde yo la esperaba.*

No sólo la esperaba: la recordaba, la había conocido en México cuando era una niña y ahora, en esta tarde caliente de París, la mucha-cha era ella más su recuerdo.

*Había un rumor de descontento y un olor de pólvora en la capital francesa: eran los años durante los cuales De Gaulle se desprendió de Argelia —*Je Vous Ai Compris!*— y la OAS, la* Organización del Ejército Secreto, *plastiqueaba insdiscriminadamente a Sartre y a su conserje: las bombas de los generales eran igualitarias. París, sin embargo, es una ciu-dad doble: cuanto ocurre en ella posee un espejismo que parece reproducir el espacio de la actualidad; pero esto, pronto los descubrimos, es un enga-ño. Los espejos abundantes de los interiores de París hacen algo más que reproducir un espacio. García Márquez dice que los parisinos crean con sus espejos la ilusión de que sus estrechos apartamentos parezcan el doble de grandes de lo que realmente son. El verdadero misterio —Gabriel y yo lo sabemos— es que en esos espejos se refleja siempre otro tiempo, el que pasó, el que vendrá, y que a veces, con suerte, una persona que es otra persona pasa también flotando sobre esos lagos de azogue. Yo creo que los espejos de París, más que contener una ilusión que les sea propia, son a su vez reflejos de algo más intangible: la luz de la ciudad, una luz que he intentado describir muchas veces, en crónicas políticas como* París: la Re-volución de Mayo *y en novelas como* Una familia lejana, *donde digo que la luz de París es idéntica a la «expectativa de que todas las tardes... un minuto milagroso disiparía los accidentes de la jornada —lluvia, bruma, canícula o nieve— para revelar, como en un paisaje de Corot, la esencia luminosa de la Isla de Francia».*

El segundo espacio, la segunda persona —la otra— en el espejo no nace allí, sino que viene de la luz. La muchacha que pasó de su sala a la recámara donde yo la esperaba esa tarde caliente de agosto hace veinte años era otra porque habían pasado seis años desde que la conocí, adolescente, en México. Pero también era otra porque la luz de la tarde, como si la esperase a ella, venció una barrera empecinada de nubes, pri-

mero se abrió paso tímidamente, como colándose entre la amenaza de una tormenta estival; luego se hizo una luminosa perla, con sus nubes; y al cabo se desparramó por breves segundos con una plenitud que también era una agonía.

En esa sucesión casi instantánea de momentos, la muchacha que yo recordaba de catorce años y que ahora tenía veinte sufrió las mismas transformaciones que la luz convocada a través de los cristales de las ventanas; ese umbral entre la sala y la recámara se convirtió en el umbral entre todas las edades de la muchacha; la luz que luchó contra las nubes también luchó contra su carne, la tomó, la dibujó, le otorgó años de sombra, le esculpió una muerte en la mirada, le arrancó la sonrisa de los labios, le languideció la cabellera con la tristeza flotante de la locura: era otra, fue otra, no la que será, sino la que, siempre, está siendo.

La luz se adueñó de esa muchacha, la amó antes que yo, y yo sólo fui, esa tarde, «en el reino del amor huésped extraño» y supe que los ojos del amor pueden mirarnos también con "Muerte hermosa".

La mañana siguiente empecé a escribir Aura en un café cerca de mi hotel en la rue de Berri. Recuerdo el día: Jruschov acababa de leer en Moscú su plan de desarrollo de veinte años y el New York Herald Tribune lo reproducía en toda su gris minucia y era vendido por muchachas fantasmales, amantes que en breve cárcel traigo aprisionadas, las autoras de Aura: las muertas.

* * *

DOS, sí, DOS AÑOS ANTES estaba bebiendo unas copas con Luis Buñuel en su casa de la calle de Providencia y hablábamos de Quevedo, que el cineasta aragonés conoce como pocos.

Ustedes ya notaron que el verdadero autor de Aura se llama Francisco de Quevedo y Villegas y que yo lo represento.

Gran ventaja del tiempo: el supuesto autor deja de serlo, se convierte en representante de quien firmó el libro, lo hizo publicar, lo cobró (y sigue cobrando) las regalías. Pero el libro fue escrito —siempre lo fue, siempre lo es— por otros. Quevedo y una muchacha que era casi polvo enamorado. Buñuel y una tarde mexicana, tan distinta de las de París, pero tan distinta también, en 1959, de las tardes mexicanas de hoy.

Los volcanes se miraban bajando por Insurgentes a la Colonia del Valle y aún no había un Puerto de Liverpool en la esquina de Félix Cuevas. Buñuel, detrás de su minimonasterio de paredes altas coronadas de vidrio quebrado, había regresado al cine mexicano con Nazarín y ahora traía en la cabeza una vieja idea: la trasposición del cuadro de Géricault, Le radeau de la Meduse, que cuelga en el Louvre y describe el drama de los sobrevivientes de un desastre marítimo del siglo XIX, a la pantalla. Los sobrevivientes del naufragio del barco La Medusa intentaron, al principio, guardar las formas de la vida civilizada. A lo largo de los días primero, de las semanas en seguida, la eternidad al fin de su encierro por el amor —prisión de agua— el barniz de la civilización se cuarteó y se convirtió en sal primero, olas después, tiburones al cabo: los sobrevivientes sobrevivieron porque se devoraron entre sí. Se necesitaron para exterminarse.

Claro, esta trasposición a la mirada de Medusa de Buñuel se llama El ángel exterminador, una de las más hermosas películas de su autor, *en la que un grupo de gentes que jamás se ha necesitado verdaderamente se encuentra encerrado en una elegante sala de la cual, misteriosamente, no pueden nunca salir. El umbral se convierte en abismo y la necesidad se convierte en exterminio: los náufragos de la calle de la Providencia sólo se necesitan para comerse entre sí. El tema de la necesidad es profundo y persistente en Buñuel y sus películas, una y otra vez, nos revelan la manera cómo se necesitan una mujer y un hombre, un niño y un loco, un santo y un pecador, un criminal y un sueño, una soltera y un deseo.*

Buñuel estaba ideando su película El ángel exterminador *y cruzando, para ello, con su paso de miembro de la cuadrilla pensionada de Cagancho, el umbral entre el vestíbulo y el bar de su casa. Ese ir y venir de Luis era un poco una forma de la inmovilidad, pues*

> *A todas partes que me vuelvo veo*
> *las amenazas de la llama ardiente,*
> *y en cualquier lugar tengo presente*
> *tormento esquivo y burlador deseo.*

Como habíamos hablado de Quevedo y nos miraba un retrato del joven Buñuel pintado por Dalí en los años veinte, la firma poética de Eluard se impuso en mi espíritu aquella tarde mexicana de aire transparente y olor de tortilla tatemada y chiles recién cortados y flores fugitivas: «La poesía será recíproca»; y si Buñuel pensaba en Géricault y El ángel exterminador *y Quevedo, yo pensaba que la balsa de la Medusa contenía ya una mirada de piedra que atraparía a los personajes de* El ángel exterminador *no sólo en la ficción de una sombra proyectada sobre la pantalla sino dentro de la realidad física y mecánica de la cámara de Gabriel Figueroa que sería de allí en adelante la prisión de los náufragos: sombrilla, máquina de coser, mesa de disección: Buñuel se detuvo en el dintel y se preguntó en voz alta:*

—¿Y si al cruzar un umbral pudiésemos recuperar de un golpe la juventud, ser viejos de un lado de la puerta y jóvenes de nuevo apenas la cruzamos?

* * *

TRES, sí, TRES DÍAS DESPUÉS de la tarde en Boulevard Raspail fui a ver una película que todos mis amigos, pero sobre todo Julio Cortázar, juzgaban admirable: Los cuentos de la luna vaga después de la lluvia, *del realizador japonés Kenji Mizoguchi. Llevaba conmigo las primeras cuartillas afiebradas de* Aura, *escritas en ese café cerca de los Campos Elíseos mientras tomaba el desayuno y leía el* Fígaro *matutino.*

> *Lees ese anuncio: una oferta de esta*
> *naturaleza no se hace todos los días.*
> *Lees y relees el aviso. Parece dirigido*
> *a ti, y a nadie más.*

Porque Tú eres Otro, tal era la visión subyacente a mis encuentros con Buñuel en México, con la muchacha encarcelada por la luz en París, con Quevedo en el hielo abrasador, el fuego helado, la herida que duele y no se siente, el soñado bien y el mal presente que se proclama Amor pero primero se llamó Deseo. La película de Mizoguchi, curiosamente, se estaba exhibiendo en el cine de las Ursulinas, el mismo lugar donde, un poco más de treinta años antes, se estrenó con gran escándalo El perro andaluz, de Buñuel.

En las imágenes evanescentes de Mizoguchi se contaba la hermosa historia de amor adaptada por el director japonés del cuento La casa entre los juncos, de la colección del Ugetsu Monogatari, escrita en el siglo XVIII por el narrador abandonado y mutilado por la viruela, Ueda Akinari, quien pudo volver a usar su mano enferma para tomar el pincel ayudado milagrosamente por el Dios Zorro, Inari, y escribir unos cuentos que son únicos porque son múltiples. La «originalidad», entre comillas, es un mal de la modernidad que quiere saberse siempre nueva para asistir, cada vez, al nacimiento de sí misma y sólo dialoga, como la Moda, de Giacomo Leopardi, con la Muerte:

LA MODA: ¡Señora Muerte! ¡Señora Muerte!
LA MUERTE: Espera a que suene tu hora, y no tendrás necesidad de llamarme.
LA MODA: ¡Señora Muerte!
LA MUERTE: ¡Vete al diablo! Vendré a buscarte cuando menos me desees.
LA MODA: Pero soy tu hermana, la moda. ¿No recuerdas que ambas somos hijas de la decadencia?

Los pueblos antiguos saben, en cambio, que no hay palabras que no desciendan de otras palabras y que la imaginación sólo se parece al poder en que ni la una ni el otro pueden reinar sobre la Nada: imaginar la nada, o creer que se gobierna a Nadie, es una forma —acaso la más segura— de volverse loco. Nadie lo supo, quizás, mejor que Conrad en el corazón de las tinieblas o Styron en el lecho de la oscuridad: el precio del pecado no es la muerte, sino el aislamiento.

La breve novela de Akinari sucede en 1454 y relata la historia de Katsúshiro, un joven humillado por su pobreza y su incapacidad para los trabajos agrarios, quien abandona su hogar para hacer fortuna como mercader en la ciudad y deja el cuidado de su casa a orillas de los juncos a su joven y bellísima mujer, Miyagi, prometiéndole que regresará al caer las hojas del otoño. Pasan los meses; el marido no regresa; la mujer se resigna a la «ley de este mundo: nadie debe confiar en mañana». Las guerras civiles del siglo XVI bajo los Shogun Ashíkaga vuelven imposible el reencuentro; la gente sólo piensa en salvar su piel, los viejos se esconden en las montañas, los jóvenes son prisioneros de la leva; todos incendian y roban; la confusión se apodera del mundo, los otoños pasan y el corazón humano se vuelve, también feroz. «Todo —nos dice el autor recordándonos que nos está hablando de memoria—, todo era ruina en ese siglo miserable».

Katsúshiro conoce la prosperidad y logra viajar a Kyoto: sólo desde allí, siete años después de que se despidió de Miyagi, trata otra vez de regresar a su hogar, pero encuentra que aún no caen las barreras del conflicto político ni amainan las amenazas del bandidaje. Teme ahora encontrar, como en los mitos del pasado, el hogar en ruinas. En ese caso su aldea le parece comparable a una cueva de demonios. *Una fiebre le asalta*. Los siete años han pasado como un sueño. El hombre imagina que la mujer, como él, es una prisionera del tiempo y que, como él, no ha podido alargar la mano y tocar los dedos del ser amado.

Las pruebas de la precariedad humana rodean a Katsúshiro; los cadáveres se apilan en las calles; él pasa entre ellos; ni él ni los muertos somos inmortales; la forma primera de la muerte es una respuesta al tiempo: se llama el olvido y quizás la mujer de Katsúshiro (lo imagina él!) ha muerto ya, no es más que un habitante de las regiones subterráneas. La muerte es lo que, finalmente, conduce a Katsúshiro de regreso a su aldea: si su mujer ha muerto él levantará un pequeño altar de noche aprovechando la luna de las lluvias.

Regresa a la aldea arruinada. El pino que identificaba su casa ha sido abatido por un relámpago. Pero la casa está de pie. Katsúshiro distingue la luz de una lámpara. ¿Habita un extraño en su casa? Katsúshiro cruza el umbral, entra y una voz muy vieja le dice:

—¿Quién anda allí?

Él responde: —Soy yo, he regresado.

Ella reconoce la voz de su marido. Ella se acerca a él, vestida de negro y cubierta de mugre, los ojos hundidos, la cabellera anudada despeñándose por la espalda. No era la mujer de antes, pero al mirar a su marido, sin decir nada más, estalló en lágrimas.

El hombre y la mujer se acuestan juntos y él le cuenta el motivo de su retraso y de su resignación; ella le contesta que el mundo se ha llenado de horror pero que ella esperó en vano:

—Si hubiese muerto de amor, concluye, esperando volverte a ver, hubiese muerto de un mal de amor ignorado por ti.

Duermen abrazados, profundamente. Al aclarar el día, una vaga impresión de frío penetra hasta la inconsciencia del sueño de Katsúshiro. Lo despierta el ruido de algo flotante. Un líquido frío cae, gota a gota, sobre su rostro. Su mujer ya no estaba a su lado. Se había vuelto invisible. Nunca la volverá a ver.

Katsúshiro descubre a un viejo servidor escondido en una choza en medio de un campo de alcanfor. Él le cuenta la verdad al héroe: Miyagi murió muchos años atrás, fue la única mujer de la comarca que nunca la abandonó, a pesar de las amenazas terribles de la guerra, para mantener la promesa: volveremos a vernos en el otoño. No sólo los bandidos invadieron este lugar. Los fantasmas también se aposentaron allí. Un día Miyagi se unió a ellos.

Las imágenes de Mizoguchi contaban una historia similar, pero distinta del relato de Akinari. Menos inocente, la historia del cineasta contemporáneo convertía a Miyagi en una suerte de Penélope maculada, una antigua cortesana que debe probar su fidelidad al marido con más ahínco que una doncella.

Cuando la aldea es invadida por la tropa del gobernador Uesugui enviada desde Kamakura a combatir a un shogun fantasmal e inasible en la montaña, Miyagi, para salvarse de la violencia de los soldados, se da la muerte; los soldados la entierran en el jardín y cuando su marido, al cabo, regresa, debe valerse de los servicios de una vieja bruja para recuperar la visión y el contacto espectrales con su mujer muerta.

* * *

CUATRO, no, CUATRO AÑOS DESPUÉS de ver la película de Mizoguchi y de escribir Aura, *encontré en una vieja librería del Trastévere en Roma, a la cual me dirigieron Rafael Alberti y María Teresa León, una versión italiana de los cuentos japoneses del* Togi Boko, *escritos por Hiosuishi Shoun y publicados en 1666. Mi sorpresa fue muy grande cuando encontré allí, escrito dos siglos antes del relato del Akinari y trescientos años antes de la película de Mizoguchi, el relato titulado «La cortesana Miyagino», donde esta misma historia es relatada pero con un final que es un acceso directo a la necrofilia: el héroe que regresa, el Ulises sin más heroismo que el de un olvido recuperado, no se vale de una bruja para recuperar, a su vez, a su deseo encarnado, la cortesana Miyagino que le juró fidelidad a él; abre la tumba y encuentra a su mujer, muerta años atrás, tan hermosa como el día que dejó de verla. El fantasma de Miyagino regresa a contarle la historia a su marido transido de dolor.*

Picada mi curiosidad por esta historia dentro de la historia de Aura, *le pedí esta vez a Buñuel, quien ahora preparaba el guión de su película* La Vía Láctea *mediante la lectura de los 180 volúmenes del tratado del Abate Migne sobre patrística y herejías en la Biblioteca Nacional de París, que me procurase acceso a ese santuario bibliográfico más difícil de penetrar que la virginidad de una doncella japonesa del siglo xv o que el cadáver de una cortesana de la misma nacionalidad y época.*

Las bibliotecas anglosajonas, digo de paso, están abiertas a todos y no hay nada más fácil que encontrar un libro en Oxford o en Harvard, en Princeton o en Dartmouth, sacarlo, llevarlo a casa, acariciarlo, leerlo, anotarlo y devolverlo. Nada más difícil, en cambio, que acercarse a una biblioteca latina: como si el presunto lector fuese también caco presumido, incendiario convicto, vándalo certificado, el perseguidor de un libro en París, Roma o Madrid se encuentra con que los libros no son para leerse sino para encerrarse, hacerse raros y acaso sucumbir al banquete de las ratas. Con razón Juan Goytisolo, al invadir una biblioteca española en su Conde Don Julián *aprovecha el tiempo aplastando moscas gordas y verdes entre las páginas de Lope de Vega y Azorín.*

Pero regreso a ese Lecumberri bibliográfico que es la Biblioteca Nacional de París: Buñuel vio la manera de hacerme entrar y buscar en las sombras, con miedo de ser descubierto, la ascendencia de los cuentos japoneses del Togi Boko, *que a su vez fueron la ascendencia de los cuentos de la luna después de la lluvia de Akinari, que a su vez inspiraron la película de Mizoguchi que yo vi en París a principios de septiembre de 1961, cuando buscaba la forma y la intención de* Aura.

La fuente final de esta historia, descubrí entonces, era el cuento chino llamado La Biografía de Ai'king, *parte de la colección* Tsien teng sin hoa.

Pero, ¿podía tener una fuente final el cuento que yo vi en un cine de París creyendo encontrar en la mujer muerta de Mizoguchi a la hermana de Aura *cuya madre, creía yo engañado, era una imagen de juventud derrotada por una luz muy antigua en un apartamento del Boulevard Raspail y cuyo padre era un acto, engañoso también, de la imaginación y del deseo al cruzar el dintel entre el vestíbulo y el bar de una casa de la Colonia del Valle?*

¿Podría yo, alguien, nadie, remontarse más allá de La Biografía de Ai'King *a los surtidores múltiples en los que ese cuento, a su vez, se perdía; las tradiciones de la literatura china más antigua, la marca de siglos narrativos que apenas murmuran la vastedad de sus temas constantes; la doncella sobrehumana, la mujer fatal, la esposa espectral, la pareja reunida?*

Supe entonces que mi respuesta tendría que ser negativa, pero que, al mismo tiempo, cuanto sucedía sólo confirmaba mi intención original; Aura *vino al mundo para aumentar la descendencia secular de las brujas.*

* * *

CINCO, POR LO MENOS CINCO, FUERON LAS BRUJAS *que parieron conscientemente a* Aura *durante esas mañanas de su redacción inicial en un café cerca de la* Rue de Berri *por donde pasaban, más o menos apresurados y apesadumbrados por la actualidad más urgente, K. S. Karon el escéptico, Jean Daniel el interrogante, Françoise Giroud la vibrante, rumbo a la redacción de* L'Express, *la entonces gran revista que ellos hacían contra las bombas y las censuras y con la cercanía —es alucinante pensarlo hoy— de sus colaboradores Sartre y Camus, Mendés-France y Mauriac.*

Esas cinco portadoras del consuelo y el deseo, creo hoy, fueron la tiránica anciana de Los Papeles de Aspern, *de Henry James, que a su vez desciende de la enloquecida Miss Havisham de* Las Grandes Esperanzas, *de* Dickens, *que a su vez se desprende de la antiquísima Condesa de* La Dama de Corazones, *de Pushkin, que guarda el secreto de ganar siempre a las cartas, quienes a su vez descienden de la bruja medieval de Michelet que reserva para sí, aun a costa de la muerte por fuego, los secretos de la sabiduría prohibida por la razón moderna, los papeles condenados, las cartas manchadas por la cera de unos candelabros largo tiempo apagados, los naipes desleídos por los dedos de la avaricia y el miedo, pero también los secretos de una antigüedad que se proyecta con más fuerza que el porvenir en el escándalo de la mujer sin pecado, de la mujer que no incita al pecado como Eva ni abre la caja de las desgracias como Pandora; de la mujer que no es, en la frase de Tertuliano, «un templo construido sobre un albañal», de la mujer que no tiene que salvarse golpeando una puerta como la Nora de la* Casa de Muñecas, *de Ibsen, sino que, anterior a todas ellas, es dueña de su tiempo porque es dueña de su voluntad y de su cuerpo: porque no admite la separación entre ambos y esto hiere mortalmente al hombre que quisiera dividir su pensamiento de su carne para asemejarse, por el primero, a su Dios, y por el segundo, a su Demonio.*

El Adán del Paraíso Perdido, *de John Milton, increpa al Creador, le pide cuentas, ¿acaso te solicité que me ascendieras de las tinieblas?, le pregunta Adán a su Dios, y peor aún, ¿por qué me hiciste para una tarea que no sabría cumplir?*

Este hombre dividido entre su pensamiento divino y su dolencia carnal vuelve insoportable su propio conflicto, más que cuando pide la muerte, cuando pide al menos, porque ella es peor que la muerte, la vida sin Eva, es decir sin Evil, sin Mal: la vida entre hombres solos sería la vida entre ángeles para el Adán de Milton. Pero será la vida dividida o, perdón, divi-vida. Vista como Eva o Pandora desde la otra orilla de una división, la mujer contesta diciendo que ella es una, cuerpo y alma inseparables, sin quejas contra el Creador, sin pecado concebida porque la manzana del paraíso no mata: alimenta y nos salva del Edén subvertido por la esquizofrenia entre lo que hay en mi cabeza divina y lo que hay entre mis piernas humanas.

La diferencia narrativa y, acaso, moral entre Aura *y los libros de James, Dickens y Pushkin es que, en éstos, el hombre seductor separa a la mujer joven de la mujer anciana, a fin de traicionarla. En* Aura, *en cambio, todas mujeres la joven y la vieja, unen fuerzas para sojuzgar al hombre.*

La mujer secreta de James, Dickens. Pushkin y Michelet, que encuentra su joven descendencia en Aura, *tiene, decía, una quinta ascendencia. Se llama Circe; es la Diosa de las Metamorfosis y para ella no hay extremos o divorcios entre el cuerpo y el alma porque todo se está transfigurando constantemente, conteniendo su anterioridad y anunciando una promesa que no sacrifica nada de cuanto somos porque fuimos y seremos:*

Ayer se fue, mañana no ha llegado,
hoy se está yendo sin parar un punto;
soy un fue, y un seré y un es cansado.

Como Quevedo, le pregunté a los papeles de Aura *escritos febrilmente en este fin del verano de 1961,* Ah de la vida, ¿nadie me responde?, *y la contestación vino en la noche que acompañó a las palabras escritas entre el trajín del comercio y el periodismo y la alimentación de una gran avenida parisina: me respondió Felipe Montero, el falso protagonista de* Aura, *tuteándome; tú lees ese anuncio. Sólo falta tu nombre. Crees que es Felipe Montero. Te mientes. Tú eres Tú: Tú eres Otro. Tú eres el Lector. Tú eres lo que lees. Tú eres lo que ves. Tú serás Aura. Tú fuiste Consuelo.*

—Felipe Montero. Leí su anuncio.

—Sí, ya sé. Está bien. Que le dé la luz. Así, claro.

...Te apartarás para que la luz combinada de la plata, la cera y el vidrio dibuje esa cofia de seda que debe recoger un pelo muy blanco y enmarcar un rostro casi infantil de tan viejo...

—Le dije que regresaría...

—¿Quién?

—Aura. Mi compañera. Mi sobrina.

—Buenas tardes.

La joven inclinará la cabeza y la anciana, al mismo tiempo que ella, remedará el gesto.

—Es el señor Montero. Va a vivir con nosotras.

* * *

SEIS, SÓLO SEIS DÍAS ANTES de su muerte, conocí a La Traviata. Sylvia y yo fuimos invitados en septiembre de 1976 a casa de nuestros amigos muy queridos, Gabriella y Teddy van Zuylen, que a pesar de su nombre de familia son él de ascendencia egipcia y ella, de ascendencia española y norteamericana; tienen cuatro hijas con los ojos verdes de Aura que espían entre los cuadros de Matta, Lam, Gironella y Alechinsky, sin que nadie sepa nunca si entran o salen de las pinturas. Su casa es uno de esos centros nerviosos de París, el salón poblado indiscriminadamente por los espectros de Cagliostro y Diderot, Mme. de Staël y Mme. Verdurin. «Te tengo una sorpresa», dijo Gaby van Zuylen, y me sentó junto a María Callas.

Esta mujer me estremeció sin que yo supiera en el primer momento por qué. Mientras cenábamos, traté de hablar con ella al tiempo que hablaba conmigo mismo. La había visto cantar La Traviata *en México en 1950 y tantos, desde la gayola del Palacio de Bellas Artes, cuando la entonces María Mennighini Callas era una robusta muchacha con la voz más gloriosa y joven que yo había escuchado jamás: la Callas cantaba como Manolete toreaba: no había comparación con nada ni nadie. Era ya un joven mito.*

Le conté esto esa noche en París. Me interrumpió para preguntarme con una velocidad a un tiempo tajante y aterciopelada en la intención:

—¿Qué le parece el mito ahora que la ha conocido?

—Me parece que ha adelgazado —me atreví a decirle.

Ella se rió con un tono distinto al de su voz parlante. Yo imaginé que para María Callas reír o llorar eran actos más cercanos al canto que el habla. Porque debo admitir que su voz cotidiana era la de una mujer popular de los barrios menos socorridos de Nueva York: Brooklyn, el Bronx, la voz de su vendedora de discos de María Callas en un almacén de Sam Gooddy en Times Square. No era la voz de Medea, la voz de Norma, la voz de La Dama de las Camelias. *Y sí, había adelgazado, todos lo sabíamos, sin perder su gloriosa y cálida voz de diva suprema, todo lo contrario: nadie fue más bella, mejor actriz o mejor cantante en un escenario de ópera en el siglo XX.*

La seducción de la Callas, sin embargo, no estaba sólo en el recuerdo de su gloria escénica; esta mujer adelgazada ahora no por la voluntad sino por la enfermedad y el tiempo, cada vez más cercana a su hueso, cada vez más transparente y tenuemente aliada a la vida, poseía un secreto hipnótico que se revelaba como atención. No creo haber conocido a una mujer que le prestara más atención al hombre con el que hablaba que María Callas; su atención era una forma del diálogo; por sus ojos que eran dos faros negros en una borrasca de pétalos blancos y aceitunas mojadas, pasaban imágenes de mutación sorprendente: cambiaban sus pensamientos, los pensamientos se transformaban en imágenes, sí, pero sólo porque ella cambiaba incesantemente como si sus ojos fuesen el balcón de una ópera interminable e inconclusa que, en la vida cotidiana, prolongaba en silencio el rumor cada vez más apegado, el eco apenas, de las noches que pertenecieron a Lucia de Lamermoor y a Violetta Valéry.

Descubrí en ese instante el verdadero origen de Aura: su origen anecdótico, sí, pero también su origen en el deseo que es puerto de partida y destino fatal de esta novela. Yo había escuchado a María Callas cantar La Traviata *en México cuando ella y yo teníamos más o menos la misma edad, veinte años quizás, y ahora nos conocíamos casi treinta años después y yo veía lo que había conocido antes, pero ella veía en mí a un señor que acababa de conocer. No podía compararme conmigo mismo. Yo sí: a mí, y a ella.*

Y en esa comparación descubrí otra voz, no la voz un tanto vulgar de la inteligentísima compañera sentada a mi derecha en una cena; no la voz de la cantante que le devolvió a la música lírica una vida arrancada de los museos; no, sino la voz de la vejez y la locura que, lo recordé ahora (y me lo confirma la grabación Ángel que salí a comprar de prisa a

la mañana siguiente), es la voz estremecedora de María Callas en la esce-
na de la muerte de La Traviata.

Donde todas la intérpretes de la obra de Verdi buscan un pathos
supremo mediante el temblor agónico y tratan de aproximarse a la muerte
con sollozos, gritos o temblores, María Callas hace algo insólito: transfor-
ma su voz en la de una anciana y le da a esa voz de mujer muy vieja la
inflexión de la locura.

La recuerdo tanto que hasta la puedo imitar, en las líneas finales:

> Estrano!
> Cessarono
> Gli spasmi del dolore

Pero si ésta es la voz de una viejecilla hipocondriaca quejándose
de los achaques de la edad, enseguida María Callas inyecta un aire de
desvarío en las palabras de la esperanza renaciente al lado de la enferme-
dad insalvable:

> In mi rinasce —m'agita
> Insolito vigore
> Ah! Ma io rittorno a viver

y sólo entonces la muerte, y nada más que la muerte, derrota a la
vejez y a la locura con la exclamación de la juventud:

> Oh gioia!
> Oh alegría!

María Callas nos invitó a Sylvia y a mí a vernos de nuevo pocas
semanas después. Pero antes, una tarde, La Traviata *murió para siempre.*
Pero también, antes, me había entregado mi secreto: Aura *nació en ese*
instante en el que María Callas identificó en la voz de una sola mujer la
juventud y la vejez, la vida y la muerte, inseparables, convocándose las
unas a las otras, las cuatro, al cabo, juventud, vejez, vida, muerte, nom-
bres de mujer.

* * *

SIETE, *sí,* SIETE DÍAS *tomó la creación divina, el octavo día nació la crea-*
ción humana y su nombre fue el deseo. Volví a leer, después de la muerte
de María Callas, para hacer una versión para la televisión francesa con el
director argentino Jorge Lavelli, La Dama de las Camelias, *de Alejandro*
Dumas hijo. La novela es muy superior a la ópera de Verdi o a las versiones
teatrales y cinematrográficas porque contiene un elemento de necrofilia
delirante del cual aquéllas carecen.

La novela se inicia con el regreso a París de Armando Duval, A.D.,
el sosias de Alejandro Dumas, ciertamente, quien se entera de la muerte de
Margarita Gautier, su amante perdida por la voluntad sospechosa de Duval
padre y acude desesperado a su tumba en el Pere Lachaise.

La escena que sigue es seguramente la más delirante en materia
de necrofilia narrativa. Lavelli y yo la dramatizamos para la TV francesa
con gran fidelidad a Dumas hijo:

Armando obtiene la orden de exhumar a Margarita. En cuanto los parientes de los vecinos de tumba se enteran de quién está enterrada allí, protestan y dicen que debería haber terrenos aparte para mujeres como ésa: un prostíbulo para los muertos.

El guardián le dice a Armando que no será difícil distinguir la tumba de Margarita Gautier. Todos los días, alguien hace llegar hasta allí un ramo de camelias. Es un desconocido. Armando siente celos de Margarita muerta; no sabe quién le manda las camelias. ¡Ah, si el pecado salvara del tedio, en la vida o en la muerte! Esto es lo primero que Margarita le dijo a Armando cuando lo conoció:

—El compañero de las almas enfermas es el tedio.

Armando va a salvar a Margarita del tedio de la muerte.

Los enterradores empiezan a trabajar, excavando la tierra. La pica de uno de ellos pega contra el crucifijo del ataúd. La caja fúnebre de Margarita es extraída lentamente, se despoja de la tierra suelta, es liberada de la fosa.

Las maderas crujen espantosamente. Los enterradores abren con esfuerzo el féretro. Por fin, logran abrir. Todos se tapan las narices. Todos, salvo Armando, reculan.

Un gran sudario blanco cubre el cadáver, diseñando algunas sinuosidades.

Uno de los extremos del sudario está carcomido y deja ver un pie de la muerta.

Armando ordena con un gesto que el sudario sea rasgado.

Uno de los enterradores descubre buscamente el rostro de Margarita:

Los ojos no son más que dos hoyos, los labios han desaparecido, los dientes permanecen blancos, descubiertos, apretados, la larga cabellera negra, seca, embarrada en las sienes, vela un poco las cavidades verdes de las mejillas.

Armando se hinca, toma la mano descarnada de Margarita y la besa.

Sólo entonces se inicia la novela que, abierta por la muerte, culmina en la muerte. La novela es el acto del deseo de Armando Duval de encontrar el objeto del deseo, el cuerpo de Margarita. Pero como ningún deseo es inocente porque no sólo deseamos sino que deseamos transformar, cambiar lo que deseamos una vez que lo hacemos nuestro, Armando Duval obtiene el cadáver de Margarita Gautier para transformarlo en literatura, en libro, en ese TÚ que estructura el deseo en Aura.

TÚ: Mi ánimo, mi palabra capaz de moverse, como los fantasmas, en todas las dimensiones del espacio y del tiempo, aun más allá de la muerte.

Tú hundirás tu cabeza, tus ojos abiertos, en el pelo plateado de Consuelo, la mujer que volverá a abrazarte cuando la luna pase, tan tapada por las nubes, los oculte a ambos, se lleve en el aire, por algún tiempo, la memoria de la juventud, la memoria encarnada.

—Volverá, Felipe, la traeremos juntos. Deja que recupere fuerzas y la haré regresar.

Felipe Montero, por supuesto, no eres Tú. Tú eres Tú. Felipe Montero es el autor de Terra Nostra.

A propósito de *Aura* y *Cumpleaños*, por Juan Goytisolo

LAS PALABRAS *no son los nombres transparentes de las cosas, forman una entidad autónoma, regida por sus propias leyes: la relación entre literatura y "realidad" existe, pero no tiene, por consiguiente, el carácter simplista, de mera transposición mecánica, que lectores y críticos se empeñan, ingenuamente, en imaginar, y la función del escritor radica, quizás, en hacer salir al lenguaje de su transparencia ilusoria.*

Si tomamos la novela por lo que efectivamente es —una construcción puramente verbal— y no por lo que pretende ser —un reflejo de la realidad que dice representar—, comprenderemos mejor un hecho de capital importancia que el enfoque ilusionista de la crítica al uso —hipnotizada por la "realidad" novelesca de los autores— suele dejar de lado: toda obra literaria aparece en un universo poblado de obras y su vinculación con ellas, en la medida en que las prolonga o las modifica, será siempre más intensa que su relación con la realidad. Como advirtieron los formalistas rusos hace medio siglo, mientras la existencia de un texto literario (poema, novela, etc.) que no se refiera a un texto anterior sino tan sólo a lo que la terminología lingüística denomina "referente" (esto es, realidad exterior) es casi inconcebible, podemos concebir muy bien, en cambio, el fenómeno opuesto: la existencia de un texto vinculado únicamente en el corpus de las obras publicadas con anterioridad a él y cuya relación con el referente sea casi nula (la patraña boccacciana de Timoneda, la novela picaresca en su fase de decadencia, etc.). En uno de sus libros primerizos, Américo Castro había observado con gran intuición que Don Quijote *es una novela forjada y deducida de la materia activa de otros libros: "La primera parte emana esencialmente los libros leídos por Don Quijote; la segunda es, a su vez, emanación de la primera, pues no se limita a seguir narrando nuevos sucesos, sino que incorpora en la vida del personaje la conciencia de haber sido aquélla ya narrada en un libro. El* Don Quijote *de la segunda parte se continúa a sí mismo y a la tradición literaria de Cide Hamete." Otro ejemplo clásico de este fenómeno se halla en* Sterne, *cuyo* Tristram Shandy *mantiene, en numerosos pasajes, un diálogo intertextual muy claro con* Don Quijote *(cfr. la carta de Mr. Shandy a Uncle Toby sobre el matrimonio) dado que, como es sabido, Sterne se dirigía a un público que conocía al dedillo y admiraba la obra cervantina. Este tipo de "discurso connotativo" (según lo denomina Tzvetan Todorov) reaparece, a través de* Tristram Shandy, *en la novela de Diderot,* Jacques, le fataliste *(episodio de la rodilla herida) y sería teóricamente posible (y altamente provechoso) examinar la entera evolución de las propiedades del discurso novelesco a través de su prisma: el arte como juego de espejos, como sucesión dialéctica de formas, como creación ininterrumpida. Con tal enfoque, en la literatura no habría ya obras tabúes, acabadas, autónomas, construidas de una vez para siempre. El tiempo y las obras posteriores las modificarían. Hipótesis de trabajo fecunda: el influjo entre obras de cronología distinta sería no unilateral sino recíproco y la obra posterior podría inyectar a su vez nueva savia en la trama de las obras que la preceden, establecer un diálogo con ellas, extraerlas de su primitiva cadena significativa y vincularlas, más allá de sus propios límites, en un nuevo texto general, común y más amplio.*

Cuando Carlos Fuentes publicó su novela breve titulada Aura *(Era, México, 1962), sus lectores de entonces la juzgamos una obra rematada y perfecta: suficiente, redonda, definitiva. Ocho años más tarde, la aparición de* Cumpleaños *(Joaquín Mortíz, México, 1970) proyecta una nueva luz sobre ella que, si no invalida nuestros primeros juicios, al menos pone de manifiesto el carácter fragmentario de los mismos. Pues si el influjo de* Aura *sobre* Cumpleaños, *a todas luces, intenso, el influjo a posteriori de* Cumpleaños *sobre* Aura *no es menor. Relación por partida doble: la obra precedente no sólo configura la ulterior sino que es configurada por ella. Una lectura atenta de los dos textos permite ver con claridad que nos hallamos en presencia de un díptico narrativo:* Cumpleaños *da su razón de ser a* Aura; *en* Aura *hallamos, a su vez, la clave de* Cumpleaños; *piezas simétricas que se ajustan, obsesiones e imágenes recurrentes, rico diálogo intertextual.*

Comencemos por Aura: *Felipe Montero, 27 años, antiguo becario de la Sorbona, se presenta en el domicilio de la ancianísima viuda del general Llorente con objeto de ayudarla a redactar y completar las Memorias de su esposo: tres mil pesos al mes, comida y habitación. Instalado en una vieja morada, misteriosa y sombría ("Es terrible desconocer, por dentro y por fuera, la estructura de la casa que se habita", dirá más tarde el narrador de* Cumpleaños), *el joven traba conocimiento con la sobrina de la anciana, la fascinante, bellísma Aura: "ojos de mar que fluyen, se hacen espuma, vuelven a la calma verde, se inflaman como una ola". Naciente amor grávido de aprensiones, temores, recelos alienación de la muchacha, identificación (¿desdoblamiento?) entre tía y sobrina:*

"Miras rápidamente de la tía a la sobrina y de la sobrina a la tía, pero la señora Consuelo, en ese instante, detiene todo movimiento y, al mismo tiempo, Aura deja el cuchillo sobre el plato y permanece inmóvil y tú recuerdas que, una fracción de segundo antes, la señora Consuelo hizo lo mismo."

"Permanecen varios minutos en silencio: tú terminando de comer, ellas inmóviles como estatuas mirándote comer." (págs. 59-60)

Las sospechas del personaje invocado por el autor (el tuteado Felipe) parecen confirmarse cuando, tras observar a Aura mientras degüella un macho cabrío en la cocina, descubre a la vieja, en su recámara, repitiendo exactamente los mismos movimientos: despellejando al cabrío de aire con su cuchillo de aire (págs. 65-66). De vuelta a la cocina, la muchacha prosigue, absorta, su trabajo y, como la Nuncia de Cumpleaños, *no escucha las palabras del personaje y le mira como si fuera de aire (cuando Nino, el gato, se frota contra el invisible (?) narrador de* Cumpleaños *Nuncia le dará un puntapié: "¿Por qué te detienes? ¿Qué miras?*

*¿Qué baces? Maldito Nino, siempre tratando de asustarme, siempre ba-
ciendo creer que bay alguien más en los lugares..." (pág. 100) y si, para
complacer al niño, le da de cenar, simula que destapa uno de los peroles,
sirve su contenido en un plato de aire y lo pasa de modo ceremonioso al
lugar que supuestamente ocupa y que obstinadamente le niega). De un
día para otro, en la mansión poblada de animales inquietantes (la coneja
blanca de doña Consuelo, los gatos en celo, los ratones simétricamente
opuestos al gato-tigre, el búho y la cabra de Cumpleaños) Aura envejece
vertiginosamente (como envejecerán Nuncia y el niño, el ego y el alter
ego); "la muchacha de ayer no podía tener más de veinte años; la mujer
de boy parece de cuarenta" (pág. 69). Y, al poseerla por segunda vez,
Felipe advierte de pronto que la anciana ha contemplado el acto amoroso
(como el ego de la narración de Cumpleaños observa el de su alter ego con
la dócil y lúbrica Nuncia):*

*"La señora Consuelo, que te sonríe cabeceando, que te sonríe jun-
to con Aura, que mueve la cabeza al mismo tiempo que la vieja: las dos te
sonríen, te agradecen... Las dos te darán la espalda, caminarán pausadamente hacia la puerta que comunica con la recámara de la anciana,
pasarán al cuarto donde tiemblan las luces colocadas frente a las imágenes, cerrarán la puerta detrás de ellas, te dejarán dormir en la cama de
Aura." (pág. 71)*

*Simultaneidad, desdoblamiento del tú, (el tú del personaje tutea-
do: tú de un tú que no es yo) pero, paralelamente, como en Cumpleaños,
simultaneidad, desdoblamiento del yo. Aura es el doble de doña Consuelo
y doña Consuelo es una sola con Aura (el personaje-pivote de la narración
lo descubrirá a sus expensas en una escena magistral, digna del mejor
Poe) y, a la vez, Felipe y el general Llorente se fundirán (puesto que se
desdoblaron) en una misma persona:*

*"Pegas estas fotografías a tus ojos, las levantas hacia el tragaluz:
tapas con una mano la barba blanca del general Llorente, lo imaginas
con el pelo negro y siempre te encuentras, borrado, perdido, olvidado, pero
tú, tú, tú." (pág. 77)*

*El reloj devendrá así un "objeto inservible" que mide falsamente
el tiempo, que "engaña el verdadero tiempo" y Felipe (el general Llorente)
podrá contemplar con estupor real (como el viejo fallecimiento de Cumpleaños) la máscara absurda que ha empleado a lo largo de su vida, "esas
facciones de goma y cartón que durante un cuarto de siglo han cubierto
tu verdadera faz, tu rostro antiguo, el que tuviste antes y habías olvidado".
(pág. 78)*

*La pregunta acude naturalmente a los labios:
"—¿Y ahora? ¿Quién eres ahora?
"Él dijo una palabra incomprensible; Nuncia tradujo:
"Ahora soy tú", (Cumpleaños, pág. 150.)*

*¿Estamos hablando de Aura? Los dos textos se entrelazan, se bara-
jan, se mezclan hasta confundirse, complementarios, convergentes, simétricos. Avanzando en la lectura de uno desciframos el universo fascinante
del otro: en Aura aprendemos a leer Cumpleaños, en Cumpleaños hallamos, invertida, la imagen turbadora de Aura.*

En el segundo lienzo del díptico, Fuentes procede a una ambiciosa extensión del material. Si en Aura el pronombre de conjugación "tú" abría el surco de la escritura y el presente de indicativo (tiempo verbal que marca "la coincidencia del acontecimiento descrito con la instancia del discurso que lo describe", según la ya clásica definición de Benveniste) cedía a menudo el paso a un insólito empleo del futuro en tanto que presente proyectado hacia el porvenir (modalidad subjetiva, no categoría histórica), en Cumpleaños el eje de impulsión lo constituye el "yo" tradicional y el presente intemporal (capaz de funcionar, como sabemos, en una cronología pasada como en una futura) alterna con los tiempos verbales clásicos de la categoría literaria abstracta que Benveniste denomina "historia" (imperfecto, pluscuamperfecto, pretérito indefinido). En abierta ruptura con las siempre arbitrarias (y rematadamente burguesas) leyes de la verosimilitud, el cuadro de la acción, la misteriosa mansión sucesivamente ubicada en Inglaterra, México y la costa dálmata, cobija las apariciones y desapariciones de una serie de personajes proteicos cuyas "esencias" se modifican (en virtud de una arbitrariedad plenamente asumida) conforme a las necesidades retóricas de la narración. Con anterioridad a Cervantes, bueno será recordarlo, el género narrativo carecía de personajes psicológicos: las acciones de éstos eran intransitivas en la medida en que el personaje se cifraba en un simple nombre y la acción en un verbo. Hoy cuando, después de haber dominado la escena durante los tres últimos siglos, el personaje transitivo (de "espesor psicológico") comienza a desertar de todo un sector (el más consciente) de la novela, asistimos al nacimiento de un personaje de nuevo cuño, el personaje "lingüístico" (sin "espesor", ni "esencia"; una simple voz) cuyo perfil mudable se disuelve en el murmullo mismo de la escritura. Por emplear la fórmula de Barthes respecto al discurso sadiano, Fuentes escoge el discurso frente al referente, convierte las imposibilidades del referente en posibilidades del discurso: el gato Nino se metamorfosea en tigre; el narrador (¿George?) es sucesivamente viejo, joven, niño, viejo y joven, es Cristo y es Nuncia, es la Santísima Trinidad, es Siger de Brabante. Los objetos simbólicos que aparecen a lo largo del relato (el estilete, los esquís, los juguetes, las jaulas, el telegrama de cumpleaños) cobran funciones nuevas, sorprendentes conforme la acción desarrolla. El paso de yo a tú, de Aura a Consuelo, de Felipe a Llorente, del ego a su álter ego se opera con un virtuosismo y maestría raramente alcanzados en la narrativa contemporánea:

"Admiro mi propia pasión; sentado en el sillón de altas orejas, con los pies sobre el taburete, me veo amar a Nuncia, me congratulo, me excito. Todo esto lo estoy viendo; mis ojos no me mienten. Yo estoy encima de Nuncia, me veo amar a Nuncia, Nuncia goza en mis brazos. No puede haber prueba más eficaz: Yo me estoy viendo, sentado, desde mi sillón, en la cama con Nuncia." (pág. 125) (Escena complementaria y opuesta, que desdobla, refleja, proyecta en ella la de la anciana doña Consuelo contemplando la posesión carnal de su álter ego, la bellísima Aura. El empleo de diferentes pronombres de conjugación —el "tú" y el "yo"— halla así una razón de ser —una justificación— que ningún lector atento puede pasar por alto).

Carlos Fuentes nos hace entrar, a medida que el relato se extiende, en un deslumbrante juego de espejos, en un extraño ceremonial de

*desdoblamientos e identidades que indefinidamente se repiten, como el
rumor del eco entre las montañas:*

    *"Terminé de calzarlo de (calzarme) y me sentí urgido de una
audacia; tomé las zapatillas de Nuncia, me hinqué ante ella y tomé uno
de sus pies entre mis manos. Le coloqué la zapatilla; ella no protestó; besé
su pie; ella se estremeció... Levanté tímidamente los ojos; Nuncia me sonreía. Miré a mis espaldas; el jinete (yo) estaba sentado en el sillón de altas
orejas, viéndonos como yo los vi antes... Nuncia arañaba las sábanas,
genía; el jinete nos miraba, impasible: yo me miraba." (págs. 128-129).*

    *Cuando, como Aura, el personaje, vertiginosamente, envejezca y
Nuncia, su amante, lo transporte en una silla de ruedas, el juego de espejos (diálogo de textos) conducirá, por pura lógica (la lógica narrativa ha
sido, es, será siempre un* ars *combinatoria) a la hermética claustración de
Siger, a la comida deslizada bajo la puerta por el criado loco, al crimen
ritual: la danza "helada y reluciente" del estilete que (como su doble anterior, el del macho cabrío, el que acuchilla el aire en una danza fantástica) se hundirá al fin en la espalda propiciatoria del chivo-anciano.*

    *Resultaría difícil hallar ocupación más sugestiva y atrayente que
la lectura confrontada de los dos textos: lectura creadora por excelencia,
que reescribe uno por medio del otro, que instala cada uno en el espacio
literario del otro y los acomoda al fin, en un espacio nuevo, como dos
piezas a la vez autónomas e interdependiente, capaces de cópula y de
reproducción.*

    *Pero dejemos la palabra al propio Fuentes: "Un cierto orden se
está imponiendo; lo afirman algunas simetrías, que antes no sabía distinguir; la gran ventana gótica del poniente posee, ahora, una correspondencia en el oriente; las ojivas se suceden con regularidad..." (Cumpleaños,
pág. 144).*

    *Nuevo orden, sí, de dos niveles narrativos que simétricamente se
complementan y forman un tercero más general y vasto, sin perder por ello
su propia identidad. ¿Se lo proponía así el autor?*

    *La respuesta no importa: sólo los textos hablan. Y en ellos halla-
mos —y el lector hallará, sin duda— un sabroso ejemplo de interacción
por encima de una cronología distinta, de apasionante, paradigmático
diálogo intertextual.*

    Cumpleaños *me recuerda algo extraño maravilloso ocurrido hace
un tiempo. Me telefoneó Guadalupe Ramírez y dijo: "Quiero que vengas a
ver lo último que he pintado. Quizá te guste...".*

    *Me sentí mal ante la invitación. Guadalupe no me interesaba.
Había sido, hasta aquella fecha, un pintor que siempre era "otro pintor";
una persona sin conciencia propia, cercada por los fantasmas de Picasso,
de Léger y de quienquiera que fuere el último que había visto reproducido.
Sin embargo, como creo que no hay que rechazar a un artista y menos a
un amigo (aun cuando, eso sí, plantados frente a su obra, tengamos la
obligación de expresar honradamente lo que pensamos de ella, si somos
interrogados al respecto), fui, vi y me quedé asombrado ante las bellas
"invenciones plásticas" que estaba mirando. Allí no había nadie más que
Guadalupe y una gran síntesis de sus fantasmas; pero estos habían huido.
"Para sacármelos de encima" —me explicó— "he trabajado durante tres*

años, día a día, horas y horas interminables, sin descanso. He sufrido mucho. Y ya no me llamo Guadalupe... Me llamo Santos Porque soy otro."

Tenía y no tenía razón. ¿Era otro cuando por fin había logrado ser "él mismo", en esa forma tan heroica y con tan hermosos resultados? ¿Tenemos realmente identidad cuando andamos perdidos en las profundidades ajenas, en los laberintos de otros hombres y sus universos?

Ciertamente, de los artistas que lo son esencialmente, hay que esperarlo todo. Muchas veces vacilan, temen a la creación. Es decir, se temen a sí mismos; se aterrorizan ante ese mundo abismal que está en ellos y cuyos espejos feroces son la tela, el mármol o la hoja de papel en blanco. En esas materias amenazadoras pueden darse la obra fallida y el sufrimiento que trae consigo, o lo bello en todos sus grados de excelencia. Es cuestión de dar un salto en el vacío. Un salto horrible y, al mismo tiempo, esplendoroso, que cada cual da a su manera.

Esto es lo que hizo Carlos Fuentes con su Cumpleaños. *Por primera vez se atrevió a "saltar"; a desprenderse de ligamentos que sólo hoy vemos que no necesitaba o que únicamente requería para ir haciéndose lenta y trabajosamente.*

Ahora se notan en él varias influencias —solamente no las tienen los tontos y los insensibles— pero de tal modo asimiladas, que pueden compararse a un proceso alquímico; y tan bien escogidas que admiran.

Para mí lo importante de Cumpleaños *no está en los problemas que plantea, sino en la forma de plantearlos: como síntesis —y esto no es poco si se hace bien, como él lo hizo— de las ideas metafísicas que han alimentado las culturas oriental y occidental (incluyendo entre ellas las que postulan ciertas doctrinas iniciásticas).*

No puede caber duda de que este escritor se atrevió a dar un salto fáustico (entendiendo por fáustico el querer, demoníacamente, hacer lo imposible). Y de que llegó de sobra a donde quería: lo que parece una novela pero que es algo más: un gran poema metafísico.

La novela: unión de contrarios, por Guy Davenport

A la mitad de esta metafísica historia de fantasmas, el lector cae presa de una deliciosa confusión. ¿Se halla acaso en un mundo imaginario semejante al de Henry James, en el que los fantasmas son proyecciones psicológicas de estados internos, o ha sido conducido hasta los límites de la realidad en los que la razón colinda con el mito y la fantasía, tal como ocurre en los relatos de Balzac, Dumas padre y Poe, o lo que sucede es más bien que la realidad ha sido hasta tal punto trastocada en irrealidad —como en la obra de Luis Buñuel, a quien está dedicado este libro— que los sentidos y la conciencia no pueden menos que agudizarse?

Carlos Fuentes consigue en todos sus libros una ajustada unión de contrarios: lo sensualmente bello y lo horripilantemente feo, la inocencia y el mal, el pasado y el presente, lo conocido y lo extraño, la naturaleza y la cultura. En Una familia lejana, novela en la que dos muchachos se funden en uno y un hombre se desintegra hasta convertirse en cascada de hojas secas, estas tensiones operan en una trama circular que las obliga a entrecruzarse hasta crear un enigma a la altura de los de Poe o Borges.

La historia es aparentemente sencilla. En el elegante comedor y en la piscina del Automobile Club de France, en la Place de la Concorde, un sofisticado caballero que ha viajado por todo el mundo y cuya edad rebasa ya los 80 años le cuenta una historia a un novelista mexicano llamado Carlos Fuentes, como nuestro novelista. Lo hace (rompiendo la promesa de que nunca la revelaría) para poder entender un suceso del que razonablemente duda que haya ocurrido, o cuando menos en la forma en que lo vivió.

La trama se modifica según el ángulo de visión. Branly, el narrador, es al principio un observador pasivo, pero más adelante, cuando su relato no ha dejado de parecer aún un juego carente de sentido, se convierte en actor y finalmente en el protagonista mismo de su historia, una vez que la novela alcanza su clímax. En una de sus vertientes, el argumento es el que sigue: Hugo Heredia, arqueólogo mexicano, perdió a su esposa y a uno de sus dos hijos varones en un accidente aéreo; su relación con el otro de sus hijos se vuelve entonces muy intensa. En medio de una vida sumamente activa, que los hace desplazarse desde excavaciones arqueológicas en México a las ciudades en todo el mundo en las que Heredia dicta conferencias y asiste a congresos científicos, padre e hijo inventan un juego: consultar el directorio telefónico de los lugares que visitan para ver si en alguno aparece el nombre de cualquiera de los dos. El hijo, Víctor Heredia, encuentra su nombre en el directorio de París, y para seguir con el juego el anciano Branly, su anfitrión en Francia, lo conduce hasta el castillo en el suburbio de Enghien en el que vive su homónimo.

El Víctor Heredia parisino es ya un hombre maduro, pero tiene un hijo de la misma edad del Víctor Heredia mexicano. Es en este punto en el que, al estilo de las más osadas novelas góticas (aunque como si hubiesen sido modernizadas por un surrealista), la trama comienza a desplegar dimensiones míticas, fantásticas y oníricas sin por ello dejar de volver una y otra vez al mundo de la razón. Fuentes mismo traba entonces un juego con sus lectores: ante tales distorsiones de la realidad, no nos queda sino preguntarnos si el novelista terminará por explicarnos todos los misterios o por sumergirnos en uno mayor, más allá de los límites de la realidad. Hace ambas cosas.

En medio de todo esto, viene a resultar que el Víctor Heredia padre (cuyo apellido es fácilmente asociable con palabras como heredad y herencia) fue en su infancia un chico solitario deseoso de participar en los juegos con los que Branly y sus amigos se divertían entonces en el Parc Monceau. Una vez había lanzado deliberadamente una pelota en dirección al parque con la intención de que Branly se la devolviera y se hicieran amigos, pero éste había dejado pasar la oportunidad, lo que lamentaría siempre. Así, Heredia decide retener en el castillo a Branly y al joven mexicano Víctor Heredia a fin de que el muchacho se convierta para su hijo en el compañero de juegos que Branly nunca fue para él.

No obstante, quizá nada de esto sea cierto; es únicamente la explicación que, a partir de su culpa, Branly puede darle a lo que ocurrió.

Otros hechos —relacionados tanto con la mujer de la que Branly se enamoró durante la Primera Guerra Mundial como con el poeta Rimbaud, la lucha de clases y la explotación europea del Nuevo Mundo— ofrecen sin embargo una explicación adicional, en la que de cualquier forma nada parece embonar del todo. Algunos de estos hechos, jirones del pasado, ocurrieron en momentos tan disímiles que la imposibilidad de enlazarlos temporalmente suscita todas las dudas, mientras que la burda coincidencia entre sus detalles parecería delatar su artificialidad. Así pues, cuando el lector arriba al último tercio de la novela, ya no sabe qué es verdadero y qué no lo es, confusión que sin embargo no tiene en el fondo la menor importancia.

Lo importante es la prodigiosa habilidad de Fuentes para entretejer misterios y urdir desconcertantes sorpresas. Absolutamente consciente de lo que hace, Fuentes recurre a la tradición literaria a la que pertenece para nutrir con ella su imaginación, una imaginación tan poderosa como la de un Heredia más: José María de Heredia (1842-1905), excelente poeta parnasiano de nacionalidad cubana. Esta novela es entonces, en más de un sentido, una reflexión acerca de los escritores latinoamericanos que, como el propio Fuentes, eligieron la cultura francesa como el ámbito ideal para el desarrollo de su creatividad. No es gratuito, así, que el poema El cuarto contiguo *de Jules Supervielle (nacido en Uruguay) figure entre los epígrafes de la novela, y que Branly y Fuentes lo citen en un intento más por interpretar la extraña historia del primero. Jules Laforgue, Paul Lafargue, Isidore Ducasse (Lautréamont), Reynaldo Hahn... sería interminable la lista de latinoamericanos distinguidos (en la que habría que incluir también a Alexandre Dumas) cuya presencia en la literatura francesa está* envuelta por un aura especial. De acuerdo con la recreación imaginaria que Fuentes hace de él, este influjo es de naturaleza exótica, primitiva, mítica, civilizada de antiguo por la cultura europea.

¿Es afortunada la devolución de esta herencia dispersa, o constituye en cambio una venganza? Los dos finales de esta novela hacen posibles ambas interpretaciones. La fusión del Viejo y el Nuevo mundos convierte a la cruza resultante (ejemplificada, para no ir más lejos, por la ambientación francesa de una novela de autor mexicano, como es el caso) en un invento, en algo absolutamente novedoso. Se unen así la intuición y la razón (como ejemplo de lo cual podría citarse nuestro conocimiento de la naturaleza humana a partir de los estudios de Claude Lévi-Strauss en la selva brasileña), la naturaleza y la cultura (según la visión de Jean-Jacques Rousseau), lo originario y lo derivado (la necesidad que, a la manera de Anteo, tiene la civilización de permanecer en contacto con sus fuentes para renovar sus energías).

Sin embargo, esa fusión también puede producir un monstruo, o algo que nos lo parezca en virtud de su rareza. Fuentes nos ofrece abundantes ejemplos de esta fusión cultural, algunos de ellos maravillosamente turbadores. El hijo del Víctor Heredia francés "no está bien hecho". Cuando lo vemos sin su traje de marinero haciendo el amor con el mexicano Víctor Heredia en el asiento trasero de un auto, nos enteramos de que, al igual que el dios Pan, sus velludas extremidades inferiores son las de una cabra.

¿Unieron realmente sus cuerpos los dos muchachos y se convirtieron en el joven y gallardo mesero con paso de pantera y mirada animal que no cesa de aparecer una y otra vez en el Automobile Club de France mientras Branly relata su fantástica historia? ¿Por qué el Víctor Heredia francés vive en una casa que perteneció a Alexandre Dumas? ¿Por qué su pasado, según su propia versión, pertenece a una generación anterior a la suya? Estas preguntas no carecen de respuesta. Fuentes es un novelista que crea estructuras en nuestra imaginación. Aun ante sus fantasías más extremas sentimos que nada en su obra es trivial ni puramente sensual o decorativo. Por el contrario, escribe con la autoridad de un gran poeta que, como su maestro Buñuel, precisa de un realismo detalladamente observado y vívidamente sentido como medio para penetrar hasta las más profundas oscuridades del pasado, sin el que, como dice uno de los personajes de este libro, careceríamos por completo de futuro.